ANN MAXWELL

Flammender Himmel

Buch

Die junge Glasdesignerin Angelina durfte einmal in ihrem Leben die große Liebe kennenlernen – bis der Tod ihres Geliebten ihrem Herzen eine unheilbare Wunde zufügte. Nun schenkt sie ihre ganze Leidenschaft der Kunst.

Miles Hawkins erwartet von Frauen grundsätzlich nur das Schlechteste. Er wurde belogen und betrogen, und nun hat er sich erbittert geschworen, nie mehr einer Frau sein Vertrauen zu schenken.

Als die beiden zutiefst verletzten Menschen sich begegnen, spüren sie sehr wohl den Funken, der zwischen ihnen überspringt, doch lange wagt es keiner von ihnen, dem anderen sein Herz zu öffnen. Schließlich ist es Angelina, die über ihren Schatten springt und Miles ihre Liebe gesteht – obgleich sie fürchten muß, ihn genau damit zu verlieren ...

Autorin

Ann Maxwell, die auch höchst erfolgreiche historische Liebesromane unter dem Pseudonym Elizabeth Lowell schreibt, ist ein wahres Multitalent. Sie gehört zu den besten und populärsten Autorinnen ebenso spannender wie romantischer Bücher und hat bisher weit über vierzig Titel veröffentlicht. In den USA wurde sie mehrfach mit dem *Romantic Times Award* preisgekrönt.

Bei Goldmann sind von Ann Maxwell außerdem lieferbar:

Flammender Diamant (42427) · Lockende Wildnis (42428)
Schimmernder Rubin (43406)

Unter dem Autorennamen Elizabeth Lowell sind erschienen:

Brandung des Herzens (42829) · Fesseln aus Seide (42867)
Im Strudel der Gefühle (42792) · Roulette der Liebe (42697)
Lockende Nachtigall (43408)

ANN
MAXWELL

Flammender Himmel

Roman

Aus dem Amerikanischen
von Gertrud Wittich

GOLDMANN

Originaltitel: A Woman Without Lies
Originalverlag: Silhouette Books (1985);
neuveröffentlicht bei Avon Books, New York (1995)

Umwelthinweis:
Alle bedruckten Materialien dieses Taschenbuches
sind chlorfrei und umweltschonend.
Das Papier enthält Recycling-Anteile.

Der Goldmann Verlag
ist ein Unternehmen der Verlagsgruppe Bertelsmann

Deutsche Erstveröffentlichung Mai 1997

Umschlaggestaltung: Design Team München
Umschlagillustration: Minuto/Schlück, Garbsen
Satz: deutsch-türkischer fotosatz, Berlin
Druck: Elsnerdruck, Berlin
Verlagsnummer: 43615
Lektorat: SK
Redaktion: Elke Bartels
Herstellung: Sebastian Strohmaier
Made in Germany
ISBN 3-442-43615-X

1 3 5 7 9 10 8 6 4 2

1. Kapitel

Angelina Lange stand reglos inmitten ihrer Glaskreationen, die in allen Regenbogenfarben leuchteten und schillerten. Die Leute um sie herum, die langsam zwischen ihren Kunstwerken umherspazierten und leise murmelnd ihrer Bewunderung Ausdruck verliehen, nahm sie kaum wahr.

Einige ihrer aus Buntglasstücken zusammengesetzten Bilder erstrahlten in satten Grün- und Blautönen wie die kanadischen Wälder, wie das Meer, der Himmel und die schimmernden Berge am Horizont. Wieder andere ähnelten Tiffanykreationen mit einem Hauch Gold, die den milden, sonnenüberfluteten Sommern Britisch-Kolumbiens nachempfunden waren.

Ein paar ihrer Glastafeln zeigten rein abstrakte, impressionistische Motive, ein Rausch an Farben und Bewegung, von solch sinnlicher Ausdruckskraft wie das lockende Wispern des Geliebten.

Es gab Bilder in sämtlichen Formaten und Größen. Die meisten hingen in massiven Holzrahmen an den zum Meer gewandten Panoramafenstern der Galerie. Einige jedoch schwebten, von unsichtbaren Schnüren festgehalten, von der hohen Decke.

Sowohl künstliches als auch natürliches Licht ließ die Kunstwerke in satten Farben erstrahlen und tauchte den riesigen Raum in ein schillerndes Farbenmeer.

Eine Sommerwolke verhüllte die Sonne für kurze Zeit, und als sie schließlich wieder hervorkam, ging ein bewunderndes Raunen durch den Saal. Von einem Augenblick zum andern erstrahlte der Raum in den schönsten, leuchtendsten Farben.

Unbewußt wandte Angel ihr Gesicht dem hereinströmenden Licht zu, das ihre schlanke, hochgewachsene Gestalt in Wärme tauchte. Ihr hellblondes, leicht gewelltes Haar schimmerte wie geschmolzenes Gold – ebenso schön wie die Farben, die sie bei ihren Glasbildern verwendete. Einen Augenblick lang stand sie einfach nur da, nahm das Sonnenlicht in sich auf und schob den finsteren Schatten der Vergangenheit – für diesen Moment zumindest – beiseite.

»Angelina?«

Angel öffnete ihre traurigen, meergrünen Augen und wandte sich der fast scheuen Stimme zu.

Bill Northrup, der Besitzer der Galerie, wartete schweigend darauf, daß sie ihm ihre Aufmerksamkeit schenkte. Es hatte einmal eine Zeit gegeben, als er mehr gewollt hatte als nur ihre Aufmerksamkeit. Nun jedoch hatte er sich gezwungenermaßen mit dem abgefunden, was sie zu geben bereit war – ihre Freundschaft und ihre Kunst.

Angel schenkte Bill ein Lächeln, doch in ihren Augen stand eine tiefe Traurigkeit, eine Traurigkeit, die ebenso ein Teil ihrer selbst war wie ihre langen Beine und ihr schlanker, anmutiger Körper.

»Ich habe immer das Gefühl, ich sollte meine Bilder eigentlich mit ›Angelina und Sonne‹ signieren«, sagte Angel, »denn ohne die Sonne wären meine Glasbilder gar nichts.«

Bill schüttelte mißbilligend den Kopf.

»Du bist viel zu bescheiden«, sagte er. »Sieh dich doch um. Deine Arbeiten verkaufen sich unheimlich gut, obwohl dies deine erste Ausstellung hier ist.«

Angel sah sich um, doch sie hatte nur Augen für ihre Bilder. Licht und Schatten, leuchtende Farbkaskaden, immer wechselnd, nie statisch, so als ob man sich im Zentrum eines sich langsam drehenden Diamanten befände.

Es freute sie, daß sich ihre Arbeiten so gut verkauften, denn immerhin verdiente sie damit ihren Lebensunterhalt. Das Geld als solches aber war ihr gleichgültig. Farben dagegen nicht. Farben und das Bewußtsein, daß auch anderen ihre Regenbogenvisionen Freude bereiteten.

»Das ist gut«, erwiderte sie schlicht. »Schönheit ist etwas, woran man auch andere teilhaben lassen sollte.«

Bill seufzte. »Du bist einfach nicht hart genug für das Geschäftsleben.«

»Ein geschäftstüchtiger Engel?« fragte sie und lachte leise in Anspielung auf ihren Namen. »Das ist doch ziemlich unwahrscheinlich, nicht wahr?«

»Dann bin ich eben der Geschäftsmann und du der Engel«, erwiderte Bill.

»So war's abgemacht.« Ihre Lippen formten ein leises, amüsiertes Lächeln. »Du hast deinen Teil unserer Vereinbarung bis jetzt sehr gut eingehalten.«

»Nun, der Typ, der dich sprechen will, könnte mir da sicher noch einiges beibringen.«

Angels honigfarbene Augenbrauen hoben sich fragend.

»Am Telefon«, erklärte Bill. »Ein gewisser Miles Hawkins.«

Angel schüttelte ratlos den Kopf, und Lichtflecken spielten mit ihrem brustlangen, hellblonden Haar.

»Kenne ich nicht«, sagte sie.

»Aber er scheint dich zu kennen.«

»Bist du sicher?«

»Er sagte was von Derry und daß er dich unbedingt sofort sprechen müsse.«

Angels Lächeln erstarb.

»Ich hab' ihm gesagt, daß die Vernissage noch mindestens eine Stunde dauert«, erklärte Bill, »aber der Mann läßt sich einfach nicht abwimmeln. Ich werde ihm sagen –«

»Nein«, unterbrach ihn Angel. »Wenn's um Derry geht, dann nehme ich den Anruf an.«

»Das hab' ich mir schon gedacht. Derry ist das einzige männliche Wesen, an dem dir etwas liegt.«

Angel warf Bill einen raschen Blick aus ihren tiefgrünen Meeraugen zu. Wieder das alte Thema.

»Derry ist für mich wie ein Bruder«, sagte sie leise. »Nicht mehr. Und ganz sicher nicht weniger.«

Bill seufzte und murmelte hinter Angel her: »Stimmt, und noch dazu ein höllisch attraktiver Bursche, der keine Spur mit dir verwandt ist.«

Angel hörte es und war einen Augenblick lang verblüfft. Es war ihr nie in den Sinn gekommen, daß Derry ein »attraktiver Bursche« sein könnte, doch sie mußte zugeben, daß es stimmte. Mit seinem Blondschopf und seinem muskulösen Körper hatte er schon mehr als einer Frau den Kopf verdreht.

Doch wenn Angel an Derry dachte, dann nur in Verbindung mit dem unbeugsamen Willen und der Hingabe, mit der er sein Ziel, einmal Arzt zu werden, verfolgte, seiner eisernen Disziplin, die ihn sogar während der Sommerferien büffeln ließ, und nicht zuletzt mit dem Schmerz und der Wut jener Nacht, in der er sie aus dem vollkommen zerstörten Autowrack gezerrt hatte.

Wenn also jemand, selbst ein völlig Fremder, mit ihr über Derry reden wollte, dann war Angel bereit zuzuhören.

Sie schritt rasch in Bills Büroräume, ergriff den Hörer und drückte auf die Leuchttaste, die anzeigte, daß ein Teilnehmer in der Leitung war.

»Mr. Hawkins?« sagte sie ruhig, doch das Zögern in ihrer Stimme war dennoch nicht ganz zu überhören. »Ich fürchte, ich kann mich nicht an Sie erinnern.«

»Ich nehme an, Derry hat mich als Hawk bezeichnet«, erwiderte die tiefe männliche Stimme am anderen Ende der Leitung.

»Ach ... *der* Mr. Hawkins. Derry spricht schon seit Wochen von nichts anderem, nur noch »Hawk dies« und »Hawk jenes«. Ich habe Ihren vollen Namen nicht gleich erkannt.«

Er sagte nichts.

Angel fragte sich einen Moment lang, ob sie ihn möglicherweise beleidigt hatte. Sie hoffte nicht. Hawk war unentbehrlich, wenn es um Derrys Träume vom Medizinstudium ging.

»Derry meinte, Sie wären wahrscheinlich von Scharen von Verehrern umringt«, meinte Hawk ungehalten, »aber Sie würden mich trotzdem im ›Goldener Stein‹ treffen, wenn ich Sie darum bäte.«

Sie mußte lächeln. Sie konnte sich Derrys spöttischen Ton vorstellen.

»Derry macht gern Scherze, Mr. Hawkins. Die Leute hier bewundern meine Glasbilder, nicht mich. Aber was den Rest betrifft, so hat er recht. Wenn er möchte, daß ich mich mit Ihnen treffe, dann tue ich das auch.«

»Einfach so?« meinte Hawk ironisch. »Mit einem vollkommen Fremden?«

Bei diesem Wort lief Angel ein leichter Schauder über den Rücken. Hawk scherzte nicht. Seine Stimme klang harsch und verächtlich, sein Ton war kalt und finster.

»Einfach so«, antwortete sie leise. »Ich bin in neunzig Minuten im ›Goldener Stein‹.«

»Nein. Jetzt gleich.«

»Wie bitte?« Angel glaubte, nicht richtig gehört zu haben.

»Jetzt sofort, Angel.« Dann fügte er kühl hinzu: »Ihr Derry braucht Sie.«

»Aber –«

Er hängte auf.

Angel starrte verwirrt und mehr als nur ein wenig verärgert auf den Hörer. Dieser Mann war grob, befehlshaberisch und schroff. Außerdem nannte sie niemand Angel, nicht einmal Derry.

Angelina, das ja. Oder Angie. Aber Angel? Niemals. Nur insgeheim, ganz für sich selbst, nannte sich Angel bei diesem Namen, dem Namen, den sie sich gegeben hatte, als sie nach jenem schrecklichen Unfall, den sie eigentlich nicht hätte überleben sollen, im Krankenhaus aufgewacht war.

Ein Unfall, den sie nicht hatte überleben *wollen*. Zumindest anfangs nicht. Nicht allein.

»Gibt's Probleme?« fragte Bill, der lautlos hinter sie getreten war.

Angel löste ihren Blick von dem Telefonhörer, den sie noch in der Hand hielt. Langsam legte sie auf.

»Ich weiß nicht«, erwiderte sie unglücklich.

Dann kehrte sie Bill den Rücken zu. Rasch nahm sie ihre Handtasche und ihr leichtes schwarzes Umhängetuch aus einer der Schreibtischschubladen.

»Bitte entschuldige mich bei den Leuten, Bill.«

»Angelina, du kannst nicht einfach deine eigene Eröffnungsausstellung verlassen«, begann Bill in einem Ton, der ihr Vernunft einzuhämmern suchte.

»Derry braucht mich.«

»Deine Karriere ist jetzt wichtiger!«

Sie warf einen Blick auf das Menschengewimmel im Ausstellungsraum.

»Sie kaufen meine Glasbilder, nicht mich«, erwiderte sie.

Bill fluchte, wollte mehr sagen, gab jedoch auf. Mit Angel war einfach nicht zu reden, wenn es um zwei Themen ging. Ihre Kunst war eines davon.

Derry Ramsey das andere.

Angel schlang das seidene Umhängetuch um ihre Schultern und verließ die Galerie durch den Hinterausgang. Selbst mitten im Sommer konnte es in Vancouver ziemlich kühl werden, besonders wenn Wolken und Sonne am Nachmittagshimmel Katz und Maus spielten.

Angel war nicht überrascht, das ›Goldener Stein‹ fast voll besetzt vorzufinden, als sie die Tür zum Lokal öffnete. Es war ein beliebter Treffpunkt, sowohl für Touristen als auch für Einheimische. Normalerweise hätte sie die laute, verrauchte Bar gemieden.

Doch dieser Nachmittag war kein gewöhnlicher. An diesem Nachmittag hatte Derry sie gebeten, sich mit einem unhöflichen Kerl namens Hawk zu treffen, obwohl er wußte, daß sie sich mitten in ihrer ersten Ausstellung in der Northrup Gallery befand.

Irgendwie war Angel Hawk sogar dankbar für seine Grobheit. Das hielt sie nämlich davon ab, sich zu viele Gedanken über den Grund von Derrys unerwarteter Bitte zu machen.

Sie stand in der Tür und wartete ungeduldig darauf, daß sich ihre Augen an das schummrige rote Licht, das die Besucher der Bar offensichtlich bevorzugten, gewöhnten.

Der Mann, der sich Hawk nannte, saß an einem der Tische und musterte Angel durchdringend. Mit finsterem Blick registrierte er ihr schwarzes Seidenkleid und das schwarze Fransentuch, das sie nachlässig über die Schultern geworfen hatte. Ihr langes hellblondes Haar schien das Licht einzufangen und zu verstärken.

Die Tür des Lokals öffnete sich hinter Angel, und Sonnenlicht überflutete sie. Ihr Haar schimmerte und bewegte sich im Luftzug. Derrys Beschreibung – groß, blond und dünn – wurde der schlanken, schüchternen Gestalt an der Tür nicht annähernd gerecht.

Und dennoch war Hawk sicher, daß dies Derrys Angie war. Niemand sonst konnte solche Augen haben: viel zu groß für ihr schmales Gesicht und viel zu traurig für ihr Alter.

Hawks Mund verzog sich zynisch, als er sah, wie jung Angie – nein *Angel* – war.

Keine, die so aussieht wie sie, ist ein Engel, sagte er sich sarkastisch. *Egal, wie zart und ätherisch sie auch erscheint.*

Hawks Lippen preßten sich zu einem dünnen Strich zusammen, als er an die letzte blonde Unschuld dachte, mit der er sich eine Zeitlang amüsiert hatte, eine Schauspielerin, hinter deren schimmernder Fassade nichts als Leere und Lügen steckten.

Diese Schauspielerin war, kurz gesagt, genau so wie jede andere Frau, die Hawk bisher kennengelernt hatte. So wie dieser Engel hier, der regungslos in der Tür stand und ihn anstarrte.

Angel.

Eine faustdicke Lüge, dachte Hawk kalt. *Eine schöne Lüge. Eine verflucht schöne Lüge.*

Doch das sind die Schlimmsten ja immer.

Ich werde sie also Angel nennen, und jedesmal, wenn ich ihren Namen ausspreche, werde ich daran denken, daß sie alles andere als ein Engel ist.

Angel blickte den Mann an, der nur ein paar Meter von ihr

entfernt an einem Tisch saß und sie anstarrte. Mit untrüglicher Sicherheit wußte sie, daß dieser Mann, der sie so durchdringend ansah, Hawk war.

Inmitten der etwas übertriebenen Fröhlichkeit, die in der Bar herrschte, kam ihr Hawk wie eine Felseninsel bei Sonnenuntergang vor, Schwärze inmitten von Farbigkeit, hartes, unerschütterliches Selbstvertrauen in einer ziellos hin und her wogenden Menge.

Die Lokaltür öffnete sich, und ein Lichtstrahl fiel auf den Mann am Tisch. Da wußte Angel auf einmal, warum man ihn Hawk, den Falken, nannte. Es war nicht wegen seiner kantigen Gesichtszüge oder seines dichten, schwarzen Haares oder der schwarzen Augenbrauen. Nicht wegen seines harten, muskulösen Körpers. Ja, es lag nicht einmal an der raubtierähnlichen Grazie, mit der er in diesem Moment auf sie zukam.

Es waren seine Augen, die Augen eines Falken, Augen von durchdringendem, klarem, tiefem Braun, wilde und gleichzeitig einsame Augen.

»Hawk«, sagte sie.

»Angel.«

Seine Stimme klang tief und rauh, genauso wild und ungebändigt wie seine Augen.

»Man nennt mich Angie.«

Es folgte ein Augenblick fast unheimlicher Stille, in der Hawk sie prüfend musterte.

»Man nennt mich auch nicht Hawk, zumindest nicht in meiner Anwesenheit«, sagte er. »Nicht mal ein harmloses Schoßhündchen wie Derry Ramsey nennt mich so.«

Angel zögerte. Sie wußte nicht, warum Hawk sich so abfällig über Derry äußerte. Sie wußte, daß Derry buchstäblich den Boden unter Hawks Füßen anbetete. Ganz plötzlich wollte sie mehr über den Mann wissen, der Derrys uneingeschränkte Bewunderung errungen hatte.

»Und wie nennt man Sie hinter Ihrem Rücken?« fragte Angel.

Hawks Augen verengten sich zu Schlitzen.

»Man bezeichnet mich mit allen möglichen Namen, von denen Engel keine Ahnung haben«, sagte er.

Seine klaren, harten Augen musterten sie beinahe unpersönlich, blieben vielsagend an dem schimmernden, blonden Strahlenkranz ihres Haares hängen.

»Angel. Genau so sehen Sie aus.«

Hawks Ton besagte, daß dies ihr Name sei und daß er sie, was ihn betraf, auch weiterhin so nennen würde. Angel.

Seine Arroganz ärgerte sie, doch sie zwang sich, ruhig zu bleiben. Derry brauchte Hawk. Auf jeden Fall konnte Hawk nicht wissen, was der Name Angel für sie bedeutete.

Etwas Lebendiges, das einmal tot war.

»Dann werde ich Sie Hawk nennen«, sagte Angel mit leiser Stimme, »und wir sind offensichtlich beide nicht glücklich mit unserem Namen.«

2. Kapitel

Hawks linke Augenbraue hob sich zynisch, was die harten Linien seines Gesichts noch mehr hervorhob. Er drehte sich um und wollte zu seinem Tisch zurückgehen.

Dann fragte er: »Was trinken Sie, Angel?«

»Sonne.«

Hawk fuhr so blitzartig zu ihr herum, daß Angel erschrocken den Atem anhielt. Sie hatte noch nie jemanden erlebt, der sich derart schnell bewegte. Schnell und dennoch vollkommen kontrolliert und von einer Geschmeidigkeit, die beeindruckend war. Wie der Wind.

»Sonne«, meinte er und wies mit einer Handbewegung auf die düstere, rauchverhangene Bar, »ist hier Mangelware.«

»Ich bin nicht hergekommen, um etwas zu trinken, Hawk. Ich bin hergekommen, weil Derry mich braucht.«

Ihre sanfte Stimme besaß einen stählernen Unterton, denselben Ton, der Bill davor gewarnt hatte, daß mit ihr nicht zu spaßen war, wenn es um Derry ging.

»Was will Derry von mir?« fragte Angel.

Hawk war der veränderte Ton in ihrer Stimme nicht entgangen.

»Ein neues Bein«, erwiderte er grob. »Er hatte einen Unfall.«

Auf einmal drehte sich alles um Angel, Schmerzensschreie, rotes Licht, splitterndes Glas im kalten Mondschein und der erstickende Gestank von Benzin, von Panik, Schmerz und Blut. Das alles umtoste sie wie ein Wirbelsturm.

Sie wollte etwas sagen, wollte Fragen stellen, sich davon überzeugen, daß mit Derry alles in Ordnung war, daß dies nicht eine Wiederholung jenes entsetzlichen Autounfalls von vor drei Jahren war, bei dem ihre Mutter, ihr Vater und ihr Verlobter umgekommen waren und sie selbst ihren schweren Verletzungen beinahe erlegen wäre.

Aber Angels Hals war wie zugeschnürt, und sie brachte keinen Laut hervor, während sie zitternd dastand und nach Luft rang.

Derry hatte ihr vor drei Jahren das Leben gerettet. Sie konnte den Gedanken, daß ihm etwas zugestoßen sein könnte, daß er möglicherweise verletzt war, daß er sie brauchte und sie nicht bei ihm war, einfach nicht ertragen.

Selbst in der düsteren Beleuchtung des Lokals war nicht zu übersehen, daß Angel kreidebleich geworden war. Hawk hörte, wie sie keuchend nach Atem rang, sah sie hilflos schwanken. Ihre Hand fühlte sich eiskalt an, als er sie packte und festhielt.

»D-Derry?« Angel stieß den Namen mühsam zwischen zusammengebissenen Zähnen hervor.

»Es ist nur ein gebrochenes Bein«, knurrte Hawk.

Während er sprach, schüttelte er Angel, um sicherzugehen, daß sie ihn auch verstand. Doch dann sah er die Panik und den Kummer in ihren Augen und lockerte instinktiv seinen Griff.

»Er ist nicht schwer verletzt, Angel.«

Sie starrte zu ihm auf. Hawk klang auf einmal so sanft, so beruhigend und mitfühlend. Das war überraschend für einen rücksichtslosen Mann wie ihn. Zumindest erschien er ihr so.

»Es ist nur ein gebrochenes Bein«, wiederholte Hawk. »Sonst ist Derry ganz in Ordnung.«

»Ein Autounfall«, flüsterte Angel mit heiserer Stimme. »All die scharfen Glassplitter, das verbogene Metall. Und die Schreie. O Gott, diese Schreie ...«

Hawks Augen verengten sich, und ein Schauder lief ihm über den Rücken. Angel schien so sicher zu sein, daß Derry sich bei einem Autounfall verletzt hatte. Die Gewißheit stand unübersehbar in ihren Augen. Die Gewißheit und das blanke Entsetzen.

Sein Griff um ihren Arm verstärkte sich und zwang sie, ihre Aufmerksamkeit wieder auf ihn zu richten.

»Es passierte beim Fußball, es war kein Autounfall«, sagte Hawk mit langsamer, deutlicher Stimme.

»F- F-«

Sie brachte das Wort nicht über die Lippen.

»Derry hat mit ein paar Freunden Fußball gespielt«, meinte Hawk eindringlich. »Er sprang hoch, um den Ball zu köpfen, ist irgendwie falsch aufgekommen und hat sich das Fußgelenk glatt an zwei Stellen gebrochen.«

Einen Augenblick lang sank Angel zutiefst erleichtert an Hawks Brust. Dann schoß ihr Kopf in die Höhe, und sie richtete sich kerzengerade auf. Mit riesigen Augen, Augen, die viel zu groß und zu traurig für ihr Gesicht waren, blickte sie zu ihm auf. Sie fragte sich, ob er sie absichtlich hatte verletzen wollen mit seinen ersten rücksichtslosen Worten.

Er braucht ein neues Bein.

Angel forschte sekundenlang in Hawks kompromißlosen Zügen. Nein, er hatte nicht wissen können, welche Wirkung seine unbedachte Äußerung auf sie haben würde. Auf keinen Fall. Er wußte ja nichts von dem Autounfall, der ihr Leben zerstört hatte.

Der *sie* zerstört hatte.

»Angel?«

Hawk legte seine Finger prüfend an ihren Hals und fühlte ihren wild hämmernden Puls.

»Haben Sie gehört, was ich gesagt habe?« fragte er mit tiefer, sonorer Stimme.

»Ja ...«

Angel sprach so leise, daß Hawk sich vorbeugen mußte, um sie zu verstehen. Wie von selbst schmiegten sich seine Finger an ihren Hals und verloren sich in ihrem Samthaar, doch sein Daumen verließ ihren Puls nicht. Hawk zog Angel an sich, schlang den Arm um sie und wiegte sie sanft. Er tat es rein instinktiv und war ebenso überrascht darüber wie sie.

Und dennoch war es eine vollkommen natürliche Geste. Er wünschte nur, auch ihn hätte jemand so gehalten und getröstet, als er noch klein war. Und nicht nur damals; auch jetzt noch. Gesichter, in denen das blanke Entsetzen stand, waren nichts Neues für ihn; auch er hatte schon genug Scherben und zertrümmerte Autos in seinem Leben gesehen. Das und den Tod. Einen Gutteil dieses Entsetzens hatte er selbst durchlebt und auch einige der Autounfälle, doch niemand war gekommen, um ihn zu trösten.

Ist das der Grund, warum ich Angel festhalte? fragte sich Hawk. *Oder liegt's daran, daß sie so weich und süß ist, daß sie wie Sonnenschein riecht und warm wird unter meinen Händen?*

Als Hawks Lippen sanft über Angels Schläfe strichen, über ihre geschlossenen Augen und bis hinunter zu ihrem zarten Mundwinkel, fühlte sein Daumen, wie ihr Puls plötzlich hochschnellte. Sie regte sich und kuschelte sich an seine schützende Brust, ohne ihn jedoch zu umarmen. Ein zitternder Seufzer löste sich von ihren weichen Lippen.

Da veränderte sich Hawks Gesichtsausdruck, wurde wieder hart und zynisch. Angel war tatsächlich keinen Deut besser als all die anderen, denen er bisher begegnet war.

Wenn sie nicht bei dem Mann ist, den sie liebt, dann liebt sie den Mann, mit dem sie gerade zusammen ist.

Angel fühlte, daß sich etwas an Hawks Umarmung verändert hatte. Verwirrt blickte sie zu ihm auf. Trost hatte sie wirklich nicht von ihm erwartet. Und noch weniger das Gefühl der Wärme, das sie durchströmte, sobald seine Hände sie berührten. Doch der Blick, mit dem er sie jetzt ansah, war genauso kalt und abschätzend wie die Linie seines Mundes.

»Sparen Sie sich den traurigen Hundeblick für Derry«, sagte Hawk. »Er ist jung genug, um auf sämtliche Tricks hereinzufallen.«

Ganz plötzlich wurde sich Angel der lauten Bar bewußt und der amüsierten Blicke, die ihnen nicht wenige der Besucher zuwarfen. In dem finsteren, glutroten Licht haftete Hawks Zügen auf einmal etwas Satanisches an. Sie hatte keine Ahnung, was für ein Spiel er hier mit ihr spielte.

Sie wollte es auch gar nicht wissen.

Es war schlimm genug, daß ihr überall dort warm geworden war, wo er sie berührt hatte. Zunächst hatte sie sich einfach nur wohl gefühlt in seiner tröstenden Umarmung, doch dann verspürte sie auf einmal eine Wärme, wie sie sie schon seit Jahren nicht mehr empfunden hatte.

Abrupt machte Angel auf dem Absatz kehrt und ging zur Tür. Hawk, der sie instinktiv hatte festhalten wollen, hielt nur noch ihr seidenes Schultertuch in den Händen.

Hawk starrte das schwarze Tuch an, das wie tot über seinem Arm hing. Er fluchte.

Die Sonne stach Angel in die Augen, als sie ins Freie trat. Sie klemmte sich ihre Tasche unter den Arm und trat rasch an die Gehsteigkante, als sie ein Taxi näher kommen sah. Gerade hob sie den Arm, um es heranzuwinken, da wurde ihr Handgelenk ganz plötzlich von einer kräftigen, braungebrannten Männerhand gepackt.

Angel mußte sich nicht umdrehen, um zu wissen, daß der Eisengriff Hawk gehörte. Sie versuchte auch gar nicht erst, sich ihm zu entwinden, da sie wußte, daß es zwecklos gewesen wäre. Seine Finger waren wie ... Krallen.

Sie wandte sich langsam um und blickte ihn schweigend aus ihren großen, meergrünen Augen an.

»Wo soll's denn hingehen?« fragte Hawk.

»Zu Derry.«

»Der Glückliche«, sagte er, und sein sarkastischer Ton traf sie wie ein Peitschenhieb.

Einen Moment lang sah Angel aus, als ob sie eine Ohrfeige erhalten hätte. Ihre Augen verengten sich zornig. Doch dann glätteten sich ihre Züge, denn sie hatte sich an zwei simple Tatsachen erinnert: Hawk war wichtig für Derrys Zukunft, und Derry war wichtig für sie. Derry zuliebe würde sie Zunge und Temperament im Zaum halten.

Und um meinetwillen. Wut und Haß führen nur zur Selbstzerstörung. Habe ich das denn immer noch nicht begriffen?

Hawk sah, wie sich Angels Gesichtsausdruck innerhalb von zwei Atemzügen veränderte. Wo zuvor Wut und ein Sturm von Emotionen gewesen war, war auf einmal eine glatte, ausdruckslose Fassade. Regungslos und geduldig stand sie da und wartete darauf, daß er sie wieder losließ. Das machte ihn seltsamerweise wütender als jede Gegenwehr.

Er mochte sie zwar festhalten, doch sie hatte sich innerlich vollkommen von ihm zurückgezogen.

»Na, fällt Ihnen nichts mehr ein?« fragte Hawk herausfordernd. »Wie wär's mit einem niedlichen Bitte-Bitte, ein paar wohleinstudierten Seufzern oder einem verführerischen kleinen Gerangel?«

Angel stand nur abwartend da, während sie ihren Zorn im Zaum hielt. Sie war geübt darin, ihre Gefühle zu beherrschen. Seit dem Autounfall wußte sie alles darüber. Der überwältigende Zorn, der sie nach dem Tod ihrer Eltern und nach Grants Tod beherrscht hatte, hätte beinahe das zerstört, was noch von ihr übrig war, nachdem Derry sie aus dem Autowrack gezerrt hatte. Angel hatte erst wieder zu leben begonnen, nachdem sie es geschafft hatte, mit ihrer ohnmächtigen Wut über die Ungerechtigkeit des Lebens fertig zu werden.

Genauso wie sie wieder zu gehen gelernt hatte, so hatte sie auch gelernt, ihre Gefühle zu beherrschen. Beides hatte sie fast übermenschliche Kraft gekostet, doch sie hatte es geschafft und ihren inneren Frieden wiedergefunden. Und der war ihr viel zu kostbar, als daß sie ihn gerade jetzt aufgegeben hätte.

Angel dachte an die Sonne und an Farben, so leuchtend und vielfältig, wie man sie sich nur vorstellen konnte. Wie ein Geizhals, der jeden Pfennig hortet, raffte sie vor ihrem geistigen Auge die schönsten Farben zusammen. Sie badete in ihrer Leuchtkraft, ließ sich von ihnen überspülen wie von einem warmen Sommerregen, ließ alle zerstörerischen Emotionen von sich abgleiten.

Farben, unglaubliche Farben. Ultramarinblau, Rubinrot und Zitronengelb, Türkis und Weinrot und Jadegrün ... Vor allem jedoch beschwor sie das Bild einer perfekten, karminroten Rose herauf, deren samtige Blütenblätter sich siegessicher und dennoch gelassen dem Licht der Sonne entgegenreckten.

Angel öffnete die Augen. Sie waren so rein und so unergründlich wie das Meer.

»Was wollen Sie von mir, Mr. Hawkins?«

Hawk hielt einen Moment lang den Atem an. In der kurzen Zeit, die er mit Angel verbracht hatte, hatte er sie geschockt und ängstlich erlebt, hatte Erleichterung und die ersten zarten Anzeichen von Leidenschaft in ihren tiefgrünen Augen gelesen, hatte sie verletzt und wütend erlebt. Diese unheimliche Ruhe aber, die nun von ihr ausging, traf ihn vollkommen unerwartet.

Etwas wie dies hatte er noch nie gesehen, außer in seinem eigenen Spiegelbild, als er noch jung und unerfahren genug war, um etwas zu empfinden, gleichzeitig jedoch alt genug, um zu wissen, daß er nicht zeigen durfte, was er fühlte, oder er würde zugrunde gehen.

Nun jedoch verfügte er über eine vollkommene Selbstbeherrschung, jederzeit und überall.

Es ärgerte Hawk, daß Angel so ruhig war. Sie war viel zu jung, um eine solche Selbstbeherrschung zu besitzen, und viel zu oberflächlich, um sie überhaupt zu benötigen. Sie flatterte von Mann zu Mann, von Gefühl zu Gefühl, wie der hübsche, hirnlose kleine Schmetterling, der sie war.

Aber sie ist eine verflucht gute Schauspielerin, dachte Hawk. *Soviel muß ich zugeben. Das war die überzeugendste Vorspiegelung von echten Gefühlen und echter Selbstbeherrschung, die ich seit wer weiß wie vielen Jahren erlebt habe.*

»Derry wird Ihnen schon sagen, was ich will«, meinte Hawk kurz angebunden, doch er ließ Angels Handgelenk noch immer nicht los.

Rasch schritt er zu einer Limousine, die am Straßenrand parkte. Angel blieb keine Wahl, als ihm zu folgen und einzusteigen.

Während sich die Limousine in den Straßenverkehr einfädelte, warf Hawk Angel ihr Tuch in den Schoß.

»Wo fahren wir hin?« fragte sie ruhig.

»Zu Ihrer wahren Liebe«, erwiderte Hawk.

Sie blickte ihn an, ohne etwas zu erwidern.

»Das nehme ich zumindest an«, meinte Hawk ironisch. »Aber Frauen wie Sie erleben die wahre Liebe ja wohl so oft, daß sie leicht den Überblick verlieren.«

Sie sah Hawk nur aus großen, traurigen Augen an.

»Ich weiß nicht, wovon Sie reden. Und«, fügte Angel kühl hinzu, »Sie auch nicht. Sie wissen gar nichts über mich, und das beweisen Sie jedesmal, wenn Sie den Mund aufmachen.«

Hawks Lippen verzogen sich zu einem höhnischen Grinsen.

»Aber eins weiß ich ganz sicher«, sagte er. »Ich werde Derry diesen Sommer einen riesigen Gefallen erweisen.«

»Eagle Head zu kaufen ist kein Gefallen, Mr. Hawkins. Es ist eine kluge Geschäftsentscheidung.«

Er zuckte mit den Schultern. »Ich meinte nicht das Grundstück.«

Er sah das Mädchen an, das neben ihm saß, und mußte daran

denken, wie weich und süß sie sich in seinen Armen angefühlt hatte. Der reine Sommerduft ihres Haares berauschte seine Sinne, und er sog unwillkürlich die Luft ein.

Warum zum Teufel sieht sie nur so unnahbar, so unangreifbar aus? fragte sich Hawk bitter. *Sie ist doch auch bloß wie jede andere – nichts als Leere und Lügen.*

Schweigend betrachtete Hawk das kühle, reservierte Profil des Mädchens und dachte an ihren weichen Körper und an ihr Seufzen. Und in diesem Moment beschloß er, daß er sie haben wollte, daß er sie haben würde.

Und wenn er mit ihr fertig war, würde er ihr ihre trügerische Maske schon vom Gesicht reißen.

Ich werde Derry zeigen, daß seine süße Angie kein Engel ist. Derry ist viel zu jung, um mit einem raffinierten Luder wie ihr fertig werden zu können. Es könnte ihn ebenso kaputtmachen wie mich damals.

Aber im Gegensatz zu mir ist Derry viel zu weich, um das zu überleben.

In Hawk dagegen war kein bißchen Weichheit.

Er kannte Frauen wie Angel seit der Nacht, in der er achtzehn Jahre alt geworden war – Frauen, die immer nur nahmen und nahmen, ohne jemals etwas dafür zu geben, außer gelegentlich ihren Körper.

Das machte Hawk nichts aus. Nicht mehr. Er gehörte jetzt ebenfalls zu den Nehmenden. Sobald sich Angel einmal an den Gedanken gewöhnt hatte, daß er sie durchschaute, würden sie prima miteinander auskommen.

Sie benutzten einander. Jeder den anderen.

Angel blickte aus dem Fenster, doch alles, was sie sah, war Hawks Gesicht, wie sie ihn zum ersten Mal in der düsteren Bar erblickt hatte – einsam, arrogant, ungezähmt. Wenn er nicht diesen einen kurzen Moment lang sanft zu ihr gewesen wäre, hätte sie ihn schlichtweg für kalt und grausam gehalten und wäre ihm strikt aus dem Weg gegangen.

Doch die Behutsamkeit, mit der er sie in seinen Armen gehalten hatte, bestätigte ihren ersten Eindruck, daß Hawk sehr einsam war. Sie wußte, daß Einsamkeit einen Menschen leicht kalt und grausam werden lassen konnte, aber wiederum auch mitfühlend.

Grausamkeit entwickelte sich jedoch leichter als Mitgefühl. Um Mitgefühl empfinden zu können, mußte man erst genesen, mußte wieder ein ganzer Mensch sein.

Angel hatte es Derry zunächst nicht verziehen, daß er sie aus dem brennenden Autowrack gezogen hatte, daß er sie gezwungen hatte weiterzuleben, während der Mann, den sie liebte, den Tod gefunden hatte. Derry entsetzte das zutiefst. Er hatte geweint, und sie hatte ihn in ihren Armen gehalten, hatte sich dafür gehaßt, daß sie ihm weh tat, daß sie am Leben war, hatte überhaupt alles und jeden gehaßt – außer Derry. Er war ebenso allein, ebenso einsam wie sie und dennoch nicht grausam.

Diese Erkenntnis hatte ihr schließlich aus ihrer tiefen Verzweiflung und ihrem Kummer herausgeholfen. Von diesem Moment an hatte sie Derry über alles geschätzt und geliebt.

Mittlerweile hatte sie Derry sogar dafür gedankt, daß er sie aus den Trümmern ihrer Vergangenheit geholt und in eine ungewisse Zukunft entlassen hatte.

Jetzt fragte Angel sich, was wohl nötig wäre, um Hawk zu ändern. Sie dachte an die Härte, die in erster Linie von ihm ausstrahlte, und fragte sich, ob es überhaupt etwas gab, das stark genug war, seinen Stahlpanzer zu durchdringen, einen Panzer, der ihn so vollständig umgab wie der Himmel einen Greifvogel.

Aber vielleicht zog er ja, wie sein Namensvetter, der Falke, die einsamen, kalten Gefilde des Himmels der menschlichen Gesellschaft vor.

Und dennoch, einen Moment lang, einen flüchtigen Augenblick lang, war Hawk ihr so nahe gewesen, so warm und lebendig.

Die Limousine bog in diesem Moment in den Hafen von Vancouver ein. Durch die plötzliche Richtungsänderung wurde Angel abrupt aus ihren Gedanken gerissen. Sie merkte jetzt erst, wo sie sich befanden. Dort, gleich am Hafen, vor dem fast unbewegten Pazifik, leuchtete ihr das bunte Schild des Island-Taxi-Terminals entgegen, und gleich dahinter dümpelte ein kleines Wasserflugzeug auf den Wellen.

Angel drehte sich überrascht zu ihrem Mitfahrer um.

Er beobachtete sie.

Ein unbestimmtes Gefühl sagte ihr, daß er sie die ganze Zeit über beobachtet hatte. Fast schockiert stellte sie fest, daß er einen Schnurrbart trug, eine rabenschwarze Haarlinie direkt über seinem harten, gutgeschnittenen Mund. Sie glänzte fast unmerklich, als er den Kopf bewegte.

Der Schnurrbart war ihr zuvor überhaupt nicht aufgefallen; alles, was sie gesehen hatte, waren seine finsteren, durchdringenden Augen, mit denen er sie musterte.

»Hawk – Mr. Hawkins –«

»Hawk«, sagte er und beobachtete, wie sie darauf reagierte, »nennen Sie mich Hawk, Angel. Das wird uns beiden helfen, uns daran zu erinnern, was wir in Wirklichkeit sind.«

»Was wollen Sie damit sagen?«

»Daß ich ein Falke bin und Sie ein Engel.«

Er stieß ein kurzes, verächtliches Lachen aus.

»Nun«, fügte er hinzu, »das trifft zumindest auf einen von uns beiden zu. Einer von uns ist genau das, was er zu sein scheint.«

»Fliegen wir etwa nach Vancouver Island?« fragte Angel verwirrt und leicht verärgert über seine rätselhaften Worte.

»Wollen Sie vielleicht behaupten, ein Engel hat Angst vorm Fliegen?« fragte er sanft.

»Nicht mehr als ein Falke«, erwiderte sie.

Angel runzelte die Stirn. Hawk hatte so eine Art, sie dauernd aus der Fassung zu bringen. Sie holte tief Atem und merkte, wie sie langsam wieder ruhig wurde.

»Mein Auto steht noch bei der Galerie«, erklärte sie. »Ich wollte eigentlich die Fähre zu Derry hinüber nehmen.«

Hawk zog ein schmales, in Leder eingebundenes Notizbuch

und danach einen goldenen Kugelschreiber aus seiner Jackentasche. Er reichte ihr beides.

»Schreiben Sie die Adresse der Galerie auf, dazu Ihre Autonummer und eine Beschreibung des Wagens«, sagte er. »Sie haben ihn dann bis morgen.«

Sie zögerte einen Moment, bevor sie nachgab.

Der Kugelschreiber in ihrer Hand besaß noch die Körperwärme des Mannes, der so dicht neben ihr saß. Rasch, als ob sie fürchtete, der Stift könne sie verbrennen, kritzelte Angel die notwendigen Angaben auf den Block.

Hawk nahm den Wagenschlüssel, den sie aus ihrer Handtasche fischte, den Notizblock und den Stift. Eine Sekunde lang streichelten seine Fingerspitzen über das glatte, goldene Metall des Schreibers.

Angel wußte, daß er ihre Körperwärme ebenso fühlte wie sie die seine vorhin. Ihr Atem stockte.

Hawk warf ihr einen raschen Blick zu und sah, daß sie beide das gleiche dachten. Sein Mundwinkel verzog sich höhnisch.

Er steckte den Kugelschreiber wieder in seine Brusttasche. Das Geräusch, als er die Seite mit ihren Angaben aus seinem Notizbuch riß, klang unnatürlich laut in der wie elektrisch geladenen Stille. Er übergab Papier und Wagenschlüssel dem Chauffeur.

»Wann – wann hat Derry sich verletzt? Wann ist der Unfall passiert?« fragte Angel und haßte es, daß ihre Stimme so atemlos klang. Doch sie konnte nichts dagegen tun.

»Vor zwei Tagen. Ich erfuhr erst davon, nachdem er operiert worden war.«

»Operiert!«

Sofort war alles andere vergessen, einschließlich ihrer Reaktion auf Hawk.

»Aber Sie sagten doch, er hätte sich bloß das Bein gebrochen!« rief sie verzweifelt.

Wieder sah Hawk Angst und Panik in Angels Augen flackern.

Eine verflucht gute Schauspielerin, dachte er zynisch. *Hat ihren Körper mit einem Wimpernschlag unter Kontrolle. Die wirklich guten Schauspielerinnen können das alle. Identifizieren sich vollkommen mit der Rolle, die sie gerade spielen. Egal, was für eine Rolle das ist und wer die anderen Darsteller sind.*

Leere Hüllen. Schön, aber leer – und voller Lügen.

Es gab einmal eine Zeit, da hatte Hawk an die sanften Worte und die noch sanfteren Küsse geglaubt. Doch dann hatte er gelernt, hinter die betörende, sinnliche Fassade zu sehen.

»Genauer gesagt hat er sich das Fußgelenk gebrochen«, erklärte er kurz angebunden. »Glatter Bruch. Er landete nur deshalb auf dem Tisch, weil das Gelenk verschraubt werden mußte, damit der Knochen schneller wieder zusammenwächst.«

»O Gott«, stieß Angel erstickt hervor. Ihr wurde speiübel. »Ich hätte bei ihm sein müssen! Ganz allein aus der Narkose aufzuwachen, die Schmerzen und nicht zu wissen, wo man ist, und keiner da, der einen hält, der einen tröstet ...«

Hawks Augen verengten sich, und er suchte forschend in Angels Zügen. Er wußte, was es hieß, im Krankenhaus aufzuwachen, nicht zu wissen, wo man war, die starken Schmerzen und jene schrecklichen Momente, bis man die Orientierung gefunden hatte, bis einem wieder einfiel, was passiert war.

Es überraschte ihn nicht wenig, daß Angel ebenfalls zu wissen schien, wie das war.

»Das klingt ja so, als ob Sie's selbst schon erlebt hätten«, sagte Hawk.

Einen Augenblick lang antwortete sie nicht.

Dann sagte sie leise: »Das habe ich.«

Doch bevor Hawk weiterfragen konnte, kam ihm Angel zuvor. Mit kühler, beherrschter Stimme meinte sie: »Gibt es sonst noch etwas, das Sie mir nicht über Derry erzählt haben?«

»Er weigert sich, Schmerzmittel zu nehmen.«

»Warum?«

»Er sagt, Schmerzen hätten einen Sinn.«

Angel schloß die Augen, dachte an die langen Monate nach

dem Autounfall, als sie ihre Schmerztabletten und die Krücken einfach weggeworfen und sich gezwungen hatte, wieder zu gehen. Derry hatte damals mit ihr geweint und ihr bei ihren ersten zaghaften Schritten geholfen.

Und dann hatte sie ihn gebeten zu gehen, hatte gesagt, daß Schmerzen einen Sinn hätten. Sie hatten ihr gesagt, daß sie noch am Leben war.

Hawk wollte gerade eine weitere Frage stellen, als die Limousine auch schon auf dem Parkplatz der Fähranlegestelle anhielt.

Angel tastete automatisch nach dem Türgriff, um Hawks neugierig bohrendem Blick auszuweichen. Doch bevor der Chauffeur aussteigen konnte, um Angels Wagentür zu öffnen, war Hawk auch schon draußen und reichte ihr über den Sitz hinweg seine Hand.

Sie zögerte, legte dann jedoch ihre Hand in die seine. Die maskuline Wärme und Kraft, die von ihm ausströmten, schockten sie, aber es war zu spät für einen Rückzieher.

Mit derselben kraftvollen Eleganz, mit der er alles tat, zog Hawk Angel aus der Limousine. Er gab ihre Hand frei, aber erst nachdem er mit den Fingern über die empfindliche Haut an ihrem Handgelenk bis zu ihren Fingerspitzen hinabgestrichen war. Er streichelte sie ebenso wie den goldenen Kugelschreiber vorhin. Er fühlte, wie sich ihr Puls auf einmal beschleunigte, sah, wie eine zarte Röte in ihre blassen Wangen stieg.

Überrascht und verwirrt blickte sie aus ihren großen, blaugrünen Augen zu ihm auf.

Er zog spöttisch fragend eine rabenschwarze Braue hoch.

»Stimmt etwas nicht?« fragte er milde.

Angel errötete noch mehr. Sie kam sich vor wie eine Idiotin, weil sie so heftig auf diesen harten, kalten Fremden reagierte. Energisch riß sie sich zusammen. Dennoch konnte sie nicht anders, als über das Rätsel namens Hawk nachzugrübeln.

Manchmal habe ich fast das Gefühl, er begehrt mich, dachte sie, *aber noch öfter scheint es, als ob er mich nicht ausstehen könnte, mich sogar verachtet.*

Hawks Gefühle wiederum waren komplex, schnell und intensiv. Doch äußerlich war er vollkommen beherrscht. Er war völlig anders als jeder Mann, den Angel bisher kennengelernt hatte. Sie konnte ihn einfach nicht einschätzen. Das einzige, was sie tun konnte, war, auf seinen scharfen Verstand, auf seine Einsamkeit und auf die maskuline Sinnlichkeit, die sie unter seinem kalten Äußeren zu verspüren meinte, zu reagieren.

Schweigend blickte sie zu ihm auf. Fast hatte sie Angst vor ihm.

Und vor sich selbst.

Hawk beobachtete Angel, beobachtete die Emotionen, die sich so klar auf ihrem zarten Gesicht spiegelten. Mit einem Gefühl des Triumphs stellte er fest, daß er Angels Schwachstelle entdeckt hatte.

Eine sanfte Berührung bringt sie zu Fall.

Fast mußte er lächeln. Wie ein Greifvogel, der auf den Aufwinden segelt, hatte er eine Bewegung tief unten am Boden erspäht, hatte etwas Lebendiges, etwas Verwundbares entdeckt. Die Beute hatte sich offenbart. Nun kam die Verfolgungsjagd, das blitzschnelle Vorstoßen, die plötzlichen Richtungsänderungen, das pfeilschnelle Zupacken, kurz, die Jagd, die das Blut in Wallung brachte.

Und dann würde sie ihm gehören, ein Engel, erlegt von einem Falken, ein Engel, der zitternd und schluchzend in seinen Armen lag.

3. Kapitel

Nach Osten gewandt, mit Blick auf die Meerenge und die vielen kleinen Inseln, lag hoch oben auf einer schiefergrauen Klippe das Haus der Ramseys. Und zwischen dem indigoblauen Festland und Vancouver Island selbst lag der Ozean, eine glatte, schimmernde Fläche geschmolzenen Goldes, die einen scharfen Kontrast zu den fast schwarzen, rauhen Klippen der kleinen und kleinsten Inselchen rund um Vancouver Island bildete.

Kleine Motorboote umkreisten die beliebtesten der Inseln, tanzten lustig auf den Wellen, während Fischer unermüdlich nach Lachsen Ausschau hielten.

Östlich des Hauses lag der kleine Ort Campbell River. Begrenzt wurde er auf der einen Seite vom Salzwasser und auf der anderen vom jadegrünen Campbell, der sich an dieser Stelle wild rauschend ins Meer ergoß. Es war später Nachmittag, und die Luft war unglaublich klar, fast unwirklich, wie hauchzarter Diamantenstaub, der die Atmosphäre zum Funkeln brachte.

Angel hatte jedoch kaum einen Blick für die herrliche Aussicht übrig. Je näher sie dem Haus der Ramseys kamen, desto größer wurde ihre Angst, daß Hawk ihr vielleicht doch nicht die ganze Wahrheit über das Ausmaß von Derrys Verletzungen mitgeteilt hatte. Sie mußte all ihre Willenskraft aufbieten, um während des Flugs und der kurzen Fahrt vom Island-Taxi-Terminal auf Vancouver Island nicht weiter in Hawk zu dringen.

Doch sie hielt den Mund. Ihr Instinkt sagte ihr, daß sie bereits viel zu viel von sich preisgegeben hatte.

Sobald Hawks großer BMW vor dem Anwesen anhielt, war Angel auch schon draußen und rannte zum Haus. Ohne zu klingeln oder zu klopfen verschwand sie durch die Haustür.

Sie und Derry wohnten dort schon seit drei Jahren zusammen. Anfänglich war es einfach nicht anders gegangen; in den ersten Monaten nach dem Unfall kam sie nicht ohne fremde Hilfe aus. Später verbrachten sie dann immer die Sommer gemeinsam dort, denn sie hatte das Ferienhaus, das ihre Eltern am Campbell River besaßen, verkauft, damit Derry die Erbschaftssteuer auf Eagle Head bezahlen konnte.

Genaugenommen gehörte Angel also ein Viertel des Hauses und des dazugehörigen rund fünftausend Hektar großen Grundstücks. Doch daran dachte sie nur selten. Soweit es sie betraf, gehörten das Haus und Eagle Head immer noch ausschließlich dem einzigen überlebenden Ramsey – Derry.

»Derry?« rief Angel und lief rasch den Gang entlang und durch das Wohnzimmer, wobei sie sich suchend nach ihm umblickte. »Derry, wo bist du?«

»Hier hinten«, rief Derry.

Hawk betrat das Haus gerade noch rechtzeitig, um zu sehen, wie Angel mit wehenden hellblonden Locken zum Hinterausgang lief. Die Anmut ihrer Bewegungen und ihre schlanken, wunderschön geformten Beine ließen ihn einen Moment lang bewegungslos verharren.

Er fragte sich unwillkürlich, wie es sich wohl anfühlen mochte, wenn sie ihre langen Beine um ihn schlingen und ihn in sich festhalten würde.

Er stieß einen gedämpften Fluch aus. Solche Gedanken konnte er nicht gebrauchen. Entschlossen machte er die Eingangstür hinter sich zu und eilte durchs Wohnzimmer. Der blonde Engel ging ihm langsam unter die Haut. Hawk kannte nur eine Methode, um sich von dieser Art von Besessenheit zu befreien.

Das Bett.

Das war der Ort, an dem sich die Lügen früher oder später immer als solche entlarvten, egal, wie verführerisch die Lippen, die sie äußerten, auch sein mochten. Nichts als einstudierte Leidenschaft, eine auf Lügen und nicht auf Liebe basierende Theatervorstellung. Nehmen, konsumieren und wegwerfen, das war es und nichts weiter. Und dann Lebwohl, mit einem Scheck und einem flüchtigen Winken.

Und wieder hinauf in den kalten, unendlichen, klaren Himmel, wieder kreisen und gleiten, wieder warten auf jenes flüchtige Anzeichen von Verwundbarkeit, das einem verriet, wo die Beute war, dort unten auf der Erde. Das war der Moment, in dem das Adrenalin zu pulsen begann, der Moment, wenn die Jagd begann, der Moment, der Hawk erneut zum Leben erweckte.

Hawk hatte schon vor Jahren die Hoffnung aufgegeben, je eine Frau zu finden, die nicht falsch und verlogen war. Ja, er wußte nicht einmal, daß er überhaupt nach einer solchen Frau suchte.

Er kannte nur die Jagd, den Kampf und den Sieg.

Äußerlich vollkommen unbewegt holte Hawk Angel ein, die soeben durch die große Wohnküche zu der riesigen, aus Zedernholz gebauten Sonnenterrasse eilte. Wie die bronzenen Flügel eines riesigen Vogels spannte sich die Terrasse über die Klippen und die darunterliegende See.

Derry lag ausgestreckt auf einer Couch. Sein linkes Bein war vom großen Zeh bis zum Oberschenkel in einen dicken Gipsverband gehüllt, der seinen normalerweise so aktiven und sportlich durchtrainierten Körper zu Bewegungslosigkeit verurteilte. Fast zumindest.

Angel hielt erschrocken den Atem an, als sie sah, wie blaß Derry war, als sie die dunklen Schatten unter seinen Augen und den schmerzvoll zusammengepreßten Mund bemerkte. Wortlos eilte sie zu ihm, kniete nieder und zog seinen Kopf an ihre Brust. Mit leiser, sanfter, beruhigender Stimme, fast so, als ob sie ein Kind trösten würde, sprach sie auf ihn ein.

»Nimm die Tabletten, Derry«, murmelte sie.

Sie fuhr mit den Fingern durch sein dichtes blondes Haar, massierte ihm Kopfhaut und Nacken, jene Stellen, die sich aufgrund seiner Schmerzen stark verkrampf hatten.

»Schmerzen haben ihren Sinn, aber sie können dich nichts lehren, was du nicht schon weißt«, sagte Angel leise. »Nimm doch die Tabletten, wenigstens für ein paar Tage, bis du dich wieder bewegen kannst, ohne das Gefühl haben zu müssen, daß jemand ein Messer in deinem Fußgelenk umdreht.«

Derry sagte nichts.

Angel wippte auf die Hacken zurück und blickte forschend in Derrys blaue Augen.

»Versprochen?« flüsterte sie.

»He«, sagte Derry mit seiner hellen Stimme, die in eigenartigem Kontrast zu seinen breiten Schultern und seiner muskulösen Brust stand. »Ich bin okay, Angie. Wirklich.«

»Das einzige, was du wirklich bist, ist käsig«, erwiderte Angel.

Derry lächelte und zog sie an sich.

»Mir geht's gut«, versicherte er ihr. »Das einzige, was mir zu schaffen macht, ist das Gefühl, daß mir gleich die Blase platzt.«

Angel mußte trotz ihrer Besorgnis lächeln. »So schlimm?«

»Schlimmer.«

Sie blickte sich suchend nach seinen Krücken um. Als sie sie sah, ergriff sie sie und legte dann einen Arm um Derry, um ihm beim Aufstehen zu helfen.

»Na komm schon, du schwerer Ochse«, murmelte sie. »Wozu hast du denn all die Muskeln, doch nicht nur, um die hübschen Touristinnen zu beeindrucken, oder?«

Erst jetzt begriff Hawk, was Angel vorhatte. Sie wirkte geradezu lächerlich schmal neben Derrys kräftigem Körper.

Doch bevor Hawk noch etwas sagen konnte, begann sie auch schon, Derry hochzuhieven.

Sofort trat Hawk vor und nahm ihr Derry ab.

»Was zum Teufel tun Sie da?« fragte er barsch.

»Derry zum Klo helfen«, sagte Angel.

Sein barscher Ton überraschte sie ebensosehr wie die Kraft, mit der er Derry hochzog. Er hob ihn praktisch von der Couch.

»Danke«, sagte sie und lächelte Hawk an. »Das Aufstehen ist immer das schwerste. Der Rest ist halb so schlimm.«

Angel reichte Derry die Krücken.

»Bereit?« fragte sie.

»Das bin ich schon seit Stunden«, sagte Derry. »Konnte mich bloß nicht dazu aufraffen, mich auf die Füße zu kämpfen.«

»Du hättest mich früher anrufen sollen.«

»Ach, verdammt, Angie, ich kann schon auf mich selbst aufpassen. Und ich wollte dich nicht von deiner Vernissage wegholen.«

Derry blickte von Hawk zu Angel.

»Und ich glaube immer noch, daß ich's nicht hätte tun sollen«, fügte er hinzu. »Ich weiß, was dir deine Arbeit bedeutet.«

»Das war sicher nicht meine letzte Ausstellung«, erwiderte Angel entschieden und schob Derry die Krücken unter die Achseln. »Aber dich gibt's nur einmal.«

Hawk beobachtete Angel mit widerwilliger Bewunderung.

Sie hat's wirklich drauf, dachte er grimmig. *All die liebevollen kleinen Gesten, die besorgten Blicke, das energische Lächeln, die ermunternden Worte.*

Eine perfekte Vorspiegelung von Liebe.

Hawk wäre vielleicht schon selbst darauf hereingefallen, wenn Angel nicht dahingeschmolzen wäre wie Schnee an der Sonne, als er sie in dieser verrauchten Kneipe angefaßt hatte. Angel liebte weder Derry noch sonst jemanden.

Aber sie spielte ihre Rolle perfekt, das mußte man ihr lassen.

Ebenso perfekt, wie Hawk seine Rolle beherrschte.

Das war ein notwendiger Bestandteil der Jagd, notwendig, um zu gewinnen. Hawk konnte sich geben, wie immer sein Opfer ihn haben wollte. So lange wie nötig.

Angel lief besorgt neben Derry her, als dieser seine ersten Schritte tat. Trotz ihrer Sorge um ihn verzichtete sie darauf, ihm zu helfen.

Zuerst bewegte sich Derry noch etwas ungeschickt, dann aber zunehmend sicherer.

»Du bist noch nicht viel mit diesen Krücken rumgelaufen, stimmt's?« fragte sie.

Derry schüttelte wortlos den Kopf. Er sagte nichts, denn er wußte, daß der stechende Schmerz, der in Wellen von seinem gebrochenen Fußgelenk ausging, in seiner Stimme mitgeschwungen hätte, und er wollte vermeiden, daß Angel merkte, wie weh es tat.

»Wo sind die Schmerztabletten?« meinte Angel daraufhin in einem sachlichen Ton, der keinen Widerspruch duldete.

Derry schöpfte tief Atem.

»Du hast damals vor drei Jahren auch keine Schmerzmittel genommen«, sagte er.

»Zuerst schon«, erwiderte Angel. »Zu oft und zu viele. Aber

das hier ist etwas anderes, Derry. Du bist anders als ich damals. Nimm wenigstens eine, bitte. Ich bleibe auch bei dir. Falls dir schwindlig wird und du vergißt, welches Jahr wir haben, bin ich für dich da.«

Angel blickte mit großen, traurigen Augen zu Derry auf. Er wollte widersprechen, sank dann jedoch ergeben auf seine Krücken. Gegen die schmerzvollen Erinnerungen in ihren Augen kam er nicht an.

»Woher wußtest du, wovor ich Angst hatte?« fragte Derry.

»Weil ich's selbst durchgemacht habe«, antwortete sie einfach.

Sie erhob sich auf die Zehenspitzen und küßte ihn auf die Wange. Derry schloß die Augen und lächelte.

»Es ist schön, dich wieder hier zu haben«, sagte er leise. »Die Tabletten liegen auf der Anrichte in der Küche.«

»Brauchst du Hilfe im Bad?« fragte Angel und wandte sich bereits um, um die Tabletten zu holen.

»Wenn ich ins Klo fallen sollte, werd' ich dich schon rufen«, sagte Derry und grinste. »Fast wie in alten Zeiten, wie?«

Sie lachte traurig und schüttelte den Kopf.

»Ich hätte mir wirklich eine bessere Begrüßung vorstellen können«, sagte sie.

Lächelnd wandte sich Derry um und humpelte den Gang entlang in Richtung Badezimmer.

»Achte auf die lose Kachel im Gang«, rief Angel hinter ihm her.

»Ich weiß, ich weiß. Ich wohne schließlich schon länger hier als du.«

Hawk trat näher, als Angel einen der Küchenschränke aufmachte und ein Glas herausholte. Sie füllte es mit Wasser und drehte sich um.

Hawk stand so dicht hinter ihr, daß sie erschrocken zusammenfuhr.

»Sie leben mit Derry zusammen?« fragte er mit unbewegter Stimme.

»Nur während der Sommermonate«, sagte sie.

Sie stellte das Glas beiseite und mühte sich mit dem Deckel des Tablettenröhrchens ab.

»Den Rest des Jahres über lebe ich in Seattle«, fuhr sie fort. »Aber ich komme her, wann immer ich kann. Vor allem an Weihnachten.«

Angel hielt inne, als sie an ihr erstes Weihnachten ohne ihre Familie denken mußte. Ohne Grant. Weihnachten war immer am schlimmsten. An Weihnachten kamen die alte Wut und der alte Kummer am stärksten hoch.

Sie und Derry verbrachten die Weihnachtsferien immer zusammen, denn beide wußten, daß der andere Verständnis dafür haben würde, wenn eher Tränen flossen und Trauer herrschte als fröhliche Ausgelassenheit.

Aber daran wollte Angel im Moment nicht denken. Tränen brachten die Toten auch nicht wieder zurück.

Sie rang energisch mit dem Röhrchendeckel, der schließlich aufsprang und in weitem Bogen auf den Boden flog.

Hawk hob ihn mit einer raschen, geschmeidigen Bewegung auf. Er hatte sowohl die Traurigkeit als auch den ... Mut ... in Angels Augen gelesen. Er fragte sich, welche Gedanken ihr wohl soviel Kummer bereiteten.

Oder macht sie mir das alles bloß vor? Die Traurigkeit? Die Entschlossenheit? fragte er sich. *Hat ausgerechnet sie meine Achillesferse entdeckt, etwas, was noch keine andere Frau geschafft hat?*

Spürt sie irgendwie, daß ich nichts mehr respektiere und bewundere als den Mut, den man braucht, um sich von Schicksalsschlägen zu erholen und sein Leben wieder in den Griff zu bekommen?

»Danke«, sagte Angel gepreßt und nahm den Deckel aus Hawks langen, kräftigen Fingern.

»Leben Sie schon lange mit Derry zusammen?« fragte er.

»Seit drei Jahren«, antwortete sie.

Sie hielt die Hand auf und schüttelte eine Tablette heraus.

»Im Sommer und während der Ferien«, meinte Hawk in fast neutralem Ton.

Etwas in seiner Stimme ließ Angels Kopf hochfahren. Ein paar hellblonde, samtige Strähnen fielen über ihre Brüste und bildeten einen sinnlichen Kontrast zu ihrem schwarzen Seidenkleid.

»Hat Ihnen Derry denn nichts erzählt?« fragte sie. »Wir sind mehr oder weniger zusammen aufgewachsen.«

»Ja, er hat's mir gesagt. Wie praktisch.«

Angel zuckte die Schultern. »In den Sommerferien lebten unsere Familien fast Tür an Tür, und unsere Väter waren wie Brüder.«

»Und trotzdem verbringen Sie die meiste Zeit in Seattle?«

»Ich bin amerikanische Staatsbürgerin.«

»Wenn Sie ihn heiraten, wird sich das ändern.«

»Wen heiraten?« fragte Angel überrascht.

»Derry«, erwiderte Hawk. Seine braunen Augen musterten sie mit kalter Berechnung.

Angels Reaktion war nicht anders, als Hawk erwartet hatte. Sie bestritt ihr Verhältnis mit Derry.

Als sie automatisch den Kopf schüttelte, stieg der süße Duft ihres Haares in Hawks Nase. Seine Nüstern blähten sich unfreiwillig, saugten gierig ihren betörenden Geruch auf. Eine heiße Lustwelle stieg in ihm hoch, doch er ließ sich nichts anmerken. Ein Mann, der verriet, daß er eine Frau begehrte, war ein Schwachkopf.

Das wußte Hawk schon seit seinem achtzehnten Geburtstag. An diesem Tag hatte er aufgehört, ein Schwachkopf zu sein.

»Derry ist für mich wie ein Bruder«, sagte Angel.

»Fast wie ein wirklicher Bruder«, fügte Hawk sanft hinzu, ohne ihr auch nur ein Wort zu glauben.

»Genau«, stimmte sie zu. »Derry und ich, wir sind wie Geschwister.«

Sie wandte sich ab und legte die Schmerztablette neben das Wasserglas auf die Anrichte. Unbehaglich drehte sie sich wieder um und spähte den Gang entlang.

»Er wird schon allein zurechtkommen«, sagte Hawk. »Was kann ihm im Bad schon passieren?«

»Sie würden sich wundern.«

Angel lächelte trocken, als sie daran dachte, wie ungeschickt sie vor drei Jahren gewesen war, als sie zum ersten Mal allein aufs Klo gehumpelt war. Am Ende hatte Derry kommen müssen, um sie und ihre Krücken wieder zu entwirren.

Sie war ihm bis heute dafür dankbar, daß er eher besorgt als belustigt reagiert hatte, als er sie neben der Toilettenschüssel vorfand. Zum Glück war außer ihrem Stolz nichts verletzt worden, und Derry hatte selbst den wieder aufgerichtet, indem er ihr wortlos und ohne Umschweife geholfen hatte.

Hawk sah Angels verstohlenes Lächeln und fragte sich, wie oft sie und Derry wohl schon gemeinsam in der Dusche oder der Badewanne gewesen waren. *O ja, es gibt durchaus Möglichkeiten, im Badezimmer in ausgesprochen angenehme Schwierigkeiten zu geraten*, dachte er.

Aber weiter darüber nachzudenken hieße, seine Begierde offensichtlich werden zu lassen, also wandte Hawk seine Gedanken mit derselben Disziplin, die ihn einst zu einem Top-Rennfahrer und nun zu einem eiskalten Geschäftsmann gemacht hatte, anderen Dingen zu.

»Möchten Sie, daß ich nach Derry sehe?« fragte er in beiläufigem Ton. Seine braunen Augen wirkten finster.

Angel zögerte.

»Ja, könnten Sie bitte?« meinte sie leise. »Krücken können die wahre Hölle sein, wenn man nicht an sie gewöhnt ist.«

Hawk wandte sich ab und ging den Gang hinunter. Insgeheim mußte er Angel beistimmen, was Krücken betraf. Er war schon zweimal auf sie angewiesen gewesen, nach jedem seiner größeren Unfälle bei Autorennen. Das eine Mal nur ein paar Tage, das andere Mal jedoch ganze neunzehn Wochen lang.

Hawk konnte sich, außer was die Monate nach seinem achtzehnten Geburtstag betraf, an keine unangenehmere Zeit in seinem Leben erinnern.

Er begegnete Derry im Gang. Der junge Mann sah ihn zuerst überrascht, dann resigniert an.

»Hab' ich so lange gebraucht?« fragte Derry.

»Nicht unbedingt. Aber Angel war ein bißchen nervös.«

»Angel? Ach, Sie meinen Angie.« Derry sah ihn unsicher an und fügte leise hinzu: »Sie mag's nicht, wenn man sie Angel nennt.«

»Ich weiß.«

»Warum –«

»Sie wird sich schon dran gewöhnen«, sagte Hawk und kehrte Derry den Rücken zu, »so wie ich mich an Hawk gewöhnen mußte.«

4. Kapitel

Schweigend gingen Hawk und Derry in die Küche zurück, wo Angel sie erwartete. Bei Derrys Auftauchen stand die Erleichterung klar auf Angels Gesicht geschrieben. Sie hielt ihm die Tablette samt Glas hin.

»Los, runter damit«, sagte sie.

Derry zog eine Grimasse, nahm die Tablette jedoch widerspruchslos an.

»Hast du was gegessen?« fragte Angel.

»Klar. Bin doch kein Baby.«

Sie legte ihre schmale Hand an Derrys Wange. So hell ihre Haut auch war, im Moment war sie sogar noch dunkler als Derrys.

»Du bist so schrecklich blaß«, flüsterte sie.

Derry schmiegte seine Wange in Angels Handfläche.

»Mit mir ist alles okay, Angie. Wirklich.«

»Es würde Ihnen noch besser gehen, wenn Sie sich hinlegen würden«, sagte Hawk barsch.

Es klang mehr wie ein Befehl als wie ein Vorschlag.

Sie hat den Jungen wirklich in den Krallen, Teufel noch mal, dachte Hawk grimmig. *Bin gerade noch rechtzeitig aufgetaucht.*

Er folgte Derry auf die Terrasse und beobachtete, wie sich der junge Mann mühsam in den Sessel sinken ließ. Er machte keine Anstalten, ihm zu helfen, außer um ihm die Krücken abzunehmen. Als Angel beispringen wollte, hielt er sie zurück.

»Er ist kein Krüppel«, sagte Hawk kühl.

»Aber –«, begann Angel.

»Sagen Sie bloß nicht, Sie sind eins von diesen gluckenhaften Weibern«, unterbrach Hawk sie in scherzhaftem Ton, den sein schneidender Blick jedoch Lügen strafte. »Die Art, die die Männer ständig bemuttern und sie zu hilflosen Babies machen. Oder mag es Derry etwa, bemuttert zu werden?«

Angel preßte zornig die Lippen zusammen, doch bevor sie Hawk sagen konnte, was sie von seiner scharfen Zunge und von seinem Mangel an Einfühlungsvermögen hielt, hörte sie Derry lachen.

»Mr. Hawkins«, sagte Derry und versuchte mühsam, ein Kissen hinter seinem Kopf zu plazieren, »Sie wissen ja gar nicht –«

»Nennen Sie mich Hawk. Soll zu mir passen, wie ich gehört habe.«

Noch während er sprach, trat Hawk vor und rückte Derrys Kissen mit einer raschen, unauffälligen Bewegung zurecht, so daß es nun genau unter seinem Kopf lag.

»Das stimmt«, meinte Derry und stieß einen Seufzer aus. »Der Name paßt zu Ihnen. Bloß daß mir bis jetzt noch kein Falke mit Humor untergekommen ist.«

Lächelnd ließ er sich in die Kissen zurücksinken.

»Aber Angie ist nun wirklich die letzte, die ihre Mitmenschen überängstlich bemuttert«, fügte Derry hinzu. »Sie ist die Gelassenheit in Person.«

Hawk zog fragend eine schwarze Braue hoch und blickte Angel an, als ob er sie zum ersten Mal sähe.

»Tatsächlich?« fragte er leise.

»Tatsächlich«, meinte Derry. »Sie sollte eigentlich diejenige sein, die Medizin studiert, nicht ich. Nichts, aber auch gar nichts kann Angie mehr umwerfen.«

Angel versuchte, unter Hawks skeptischem Blick nicht nervös zu werden. Es war nicht einfach, weiß Gott nicht. Sie wußte, was in ihm vorging. Sicher mußte er daran denken, wie rot sie geworden war, als er sie umarmt hatte, und auch an ihre Panik, als sie von Derrys Unfall erfuhr.

»Ich fürchte, es hat mich ganz schön umgehauen, als Hawk mir erzählte, du hättest einen Unfall gehabt«, sagte sie. »Und dann hab' ich's an Hawk ausgelassen.« Sie lächelte. »Soviel zu Engeln und ihrer sprichwörtlichen Gelassenheit.«

Hawks finsterer Blick blieb an Angels Mund haften und wanderte dann über ihren langen, schlanken Hals, der einen wundervollen Kontrast zu ihrem schwarzen Seidenkleid bildete, und weiter über ihr Samthaar, das in weichen Locken über ihre Brüste fiel.

Angel spürte, wie ihr bei Hawks durchdringendem Blick der Atem wegblieb und wie ihr Herz auf einmal wild zu hämmern begann.

Ich wünschte, ich hätte nie die Verletzlichkeit unter der harten Schale dieses Mannes gesehen, dachte sie unglücklich. *Ich wünschte, Hawk wäre wirklich so gefühllos, wie er erscheint.*

Dann könnte ich ihn und seine hungrigen Blicke einfach ignorieren, dann würde mich das alles kaltlassen und nicht den Seelenfrieden stören, den ich mir so hart erkämpft habe.

Doch Angel konnte sie einfach nicht übersehen, die Wärme und Fürsorge, die in Hawk schlummerten und die immer wieder für kurze Momente zum Vorschein kamen, so wie vorhin, als er das Kissen für Derry zurechtgerückt hatte. Die Gegensätze, die dieser Mann in sich vereinte, sein offensichtlich so komplexer Charakter, faszinierten und beunruhigten Angel.

Gelassen? dachte sie spöttisch. *Wohl kaum, zumindest nicht, solange Hawk in der Nähe ist.*

Angel trat um Hawk herum und strich Derry das Haar aus der Stirn.

»Na, schon müde?« fragte sie. Derry schüttelte den Kopf und seufzte – eine wortlose Bitte, noch weiter gestreichelt zu werden.

»Mmm, das tut gut«, murmelte er.

Sie fuhr lächelnd fort, Derry übers Haar zu streicheln.

Er erwiderte ihr Lächeln und wandte den Blick dann dem großen, dunkelhaarigen Mann zu, dessen Intelligenz und unverblümte Art ihn schon bei ihrer ersten Begegnung vor ein paar Wochen angezogen hatten.

»In einem Punkt haben Sie gar nicht so unrecht, Hawk«, meinte Derry. »Manche Männer lieben es geradezu, bemuttert zu werden.«

»Soll ich 'ne Krankenschwester für Sie engagieren?« fragte Hawk.

»Nur wenn sie jung und hübsch ist«, erwiderte Derry.

»Dann nennt man sie aber nicht Krankenschwester«, meinte Hawk. »Wenn sie jung und hübsch sind, nennt man sie –«

»Ist ja egal«, unterbrach ihn Derry hastig. »Ich könnte im Moment sowieso nicht viel anstellen, nicht, bevor ich aus diesem Gipskorsett raus bin, jedenfalls.«

Er rutschte unbehaglich hin und her, versuchte, eine bequeme Position zu finden.

Hawk ging zu einem der gepolsterten Stühle, nahm eins der Kissen und war mit ein paar raschen Schritten wieder bei Derry. Mit einer geschickten Bewegung verstaute er das Kissen unter Derrys Gipsbein und entlastete so seine Wirbelsäule.

Derry seufzte. »Danke. Das verdammte Ding wiegt mindestens 'ne Tonne.«

Angel sah Hawk überrascht an. Der Mann war ihr ein Rätsel. Was er sagte, war so rücksichtslos und kalt, aber was er tat, so umsichtig und mitfühlend.

Hawk erwiderte kühl ihren Blick.

»Na los, dann bemuttern Sie ihn schon«, sagte er. »Das lenkt ihn wenigstens von seinem kaputten Fußgelenk ab.«

Derry lachte laut auf. Seine blauen Augen funkelten vergnügt.

»Das mag ich so an Ihnen«, sagte er. »Jeder andere würde mich mit Samthandschuhen anfassen, aber nicht Sie. Als künftiger Arzt glaube ich daran, daß auch harte Burschen wie Sie ihren Platz in dieser Welt verdient haben.«

»Stimmt«, meinte Angel säuerlich. »In Sibirien.«

Einen Augenblick lang war Derry entsetzt. Dann brach er in lautes Gelächter aus. Die angespannten Linien in seinem Gesicht glätteten sich, und auf einmal sah er aus wie ein Siebzehnjähriger und gar nicht wie der Einundzwanzigjährige, der er tatsächlich war. Er nahm Angels Hand und drückte sie liebevoll. Dann legte er sie wieder auf seine Stirn.

»Streichle mich«, sagte er zufrieden. »Das ist gut für mich. Ihr beide seid gut für mich. Hab' mir schon beinahe selbst leid getan, bevor ihr aufgetaucht seid.«

Angels Verärgerung verschwand bei Derrys Worten. Sie fing wieder an, ihm über die Stirn zu streicheln, und er entspannte sich sichtlich. Doch sie spürte, wie Hawks finsterer, undurchdringlicher Blick jeder ihrer Bewegungen folgte.

Derry schloß die Augen und seufzte wohlig.

»Deine Hände sind wie du, Angie«, murmelte er. »So lieb und großzügig. So ruhig und gelassen. Wirst du mir helfen?«

»Aber natürlich«, meinte sie schlicht.

»Bist du sicher? Ich weiß, wie beschäftigt du bist.«

»Aber es ist doch Sommer«, sagte Angel. »Im Sommer tue ich doch sowieso nichts weiter als Sonne, Licht und Farben tanken.«

Derrys Augen öffneten sich wieder. Die Erleichterung stand ihm deutlich ins Gesicht geschrieben.

»Danke«, sagte er mit langsamer, schwerer Zunge.

Offenbar begann die Schmerztablette zu wirken. Derry blickte Hawk an, der hinter Angel stand.

»Wann möchten Sie ... Ihre ... große Tour starten?« fragte er schleppend.

Einen Augenblick lang tat Angel Hawk beinahe leid. Da saß sie fein säuberlich in der Falle, die ihr der blonde junge Charmeur gestellt hatte. Hawks Mundwinkel verzogen sich zu einem kaum merklichen Lächeln. Derrys Charme war eine nicht zu unterschätzende Kraft. Sie zog die Menschen an wie das Licht die Motten.

Aber Hawk hatte bis jetzt noch keine Anzeichen dafür entdecken können, daß Derry ein Lügner war oder andere für seine Zwecke ausnutzte. Er konnte genausowenig für seinen Charme wie für seine gut gewachsenen Gliedmaßen. Derry war noch nicht verdorben von Frauen und ihren Lügen.

Und er, Hawk, würde dafür sorgen, daß es auch so blieb.

»Morgen ist früh genug«, sagte Hawk. »Bevor Angel nicht davon überzeugt ist, daß Sie für sich selbst sorgen können, ist ihr Herz ohnehin nicht bei der Sache.«

Angels Kopf fuhr hoch. »Wovon redet ihr eigentlich?« wollte sie wissen.

Derrys Blick heftete sich wieder auf Angel. Er kniff die Augen zusammen, versuchte, seinen Blick trotz der einschläfernden Wirkung der Tablette auf ihr Gesicht zu fixieren.

»Hawk ... rumführen«, stieß Derry mühsam hervor. »Ich ... kann ... ja nicht.«

Angel blickte zu Hawk auf. Die Überraschung stand klar in ihren großen meergrünen Augen.

»Wissen Sie, was Derry meint?« fragte sie besorgt.

Derry hörte ihre Stimme wie durch dichten Nebel. Bleierne Schläfrigkeit hüllte ihn ein. Er wußte, daß er ihr unbedingt begreiflich machen mußte, wie wichtig ihre Mithilfe war, doch sein Mund konnte die Worte nicht mehr formen.

Plötzlich merkte Derry, wieviel Kraft er bereits verloren hatte, wie ohnmächtig er sich fühlte. Panisch fing er an, gegen die Wirkung der Tablette anzukämpfen.

»Angie?«

Angel spürte, wie sich Derrys Muskeln anspannten. Sofort sprach sie beruhigend auf ihn ein. Sie konnte sich noch erinnern, wie hilflos sie sich gefühlt hatte vor drei Jahren, als sie in dem Krankenhaus lag, wie die Schmerzmittel sie in die Dunkelheit gerissen und ihr sogar die Kraft zum Schreien geraubt hatten.

Außer in ihrem Kopf. Dort hatte sie geschrien, laut und ohne Unterlaß, gefangen im übermächtigen Griff der Barbiturate.

»Laß die Tablette ruhig wirken«, sagte Angel eindringlich. »Kämpf nicht dagegen an, hörst du, Derry? Nicht dagegen ankämpfen. Laß los, Derry. Laß ruhig los. Es ist alles in Ordnung.«

»Kann nicht ... Hawk.«

»Ich kümmere mich schon um Hawk«, versicherte sie beruhigend. »Laß los, Derry. Ich bin ja da, ich lasse dich nicht allein.«

Sie strich zärtlich über Derrys Stirn und Wangen, konzentrierte sich ganz auf ihn, versuchte ihn zur Ruhe zu bringen.

»Es ist alles in Ordnung«, sagte Angel leise. Ihre Stimme klang wie ein Segen. »Schlaf jetzt, Derry. Ich bin ja da.«

Derrys Blick haftete einen Augenblick lang auf ihrem Gesicht. Er schöpfte zitternd Atem, dann nickte er langsam und entspannte sich.

Erst jetzt merkte Angel, daß Hawk neben sie getreten war und ihr geholfen hatte, indem er Derry mit eisernem Griff bei den Schultern festhielt. Ohne Hawk wäre sie nie mit ihm fertig geworden.

»Danke«, sagte sie leise zu Hawk. »Es geht ihm jetzt wieder gut. Er hatte bloß 'ne Schrecksekunde, als ihm klarwurde, daß die Tablette stärker war als er. Die Hilflosigkeit, die man dabei empfindet, ist schrecklich.«

Angel ballte unwillkürlich die Hände zu Fäusten, als sie an die Zeit vor drei Jahren dachte – an die Schmerzen, die Hilflosigkeit und ihre ohnmächtige Wut.

Hawk bemerkte auch das. Ohne zu überlegen, nahm er ihre Hände in seine und öffnete sanft ihre verkrampften Finger. Er war überrascht, wie kalt sie waren, und rieb sie vorsichtig.

»Derry ist ebenso stark wie charmant«, sagte er, während er ihre Hände wärmte. »Er kommt schon wieder in Ordnung.«

Mühsam zwang sich Angel zur Ruhe. Die Wärme, die von Hawk ausstrahlte, war fast ein Schock.

Sie blickte zu ihm auf und begegnete seinem harten, klaren

Blick. Er war … ja, abschätzend auf sie gerichtet. Doch sein Blick war bei weitem nicht so beruhigend wie der langsame Rhythmus seiner Hände, mit denen er Wärme in ihre Haut rieb.

Auf einmal fühlte sich Angel sehr verwundbar, fast nackt, als ob ein eisiger Wind aus den Bergen über sie hinwegfegte.

Hastig entzog sie ihm ihre Hände. Sie fing wieder an, Derry übers Haar zu streichen, aber diesmal tat sie's eher, um sich selbst zu beruhigen.

Hawk beobachtete sie schweigend, folgte jeder ihrer Bewegungen, ihren Augen, den letzten Sonnenstrahlen, die ihr hellblondes Haar aufleuchten ließen. Vor allem jedoch beobachtete er, wie sich ihre Brüste unter der nachtschwarzen Seide ihres Kleides langsam hoben und senkten.

Die Tatsache, daß er Angel begehrte, überraschte ihn nicht. Die Tatsache, daß er das Bedürfnis verspürte, sie zu trösten, schon.

Je schneller ich sie ins Bett kriege, desto besser. Ich hab' noch nie eine Schauspielerin gesehen, die derart mühelos sowohl die Starke als auch die Verwundbare spielt.

Und so unheimlich überzeugend.

Im Bett werden all ihre Lügen auffliegen und mich von der Faszination, die sie auf mich ausübt, befreien.

»Was hat Derry gemeint?« fragte Angel nach einer Weile erneut.

»Sie meinen die große Tour?« fragte Hawk.

Ohne den Blick von Derry abzuwenden, nickte Angel. Ihre Kopfbewegung ließ ein paar hellblonde, seidige Locken übereinanderfallen.

Hawk hätte sich am liebsten eine dieser Locken um den Finger gewickelt und sie dann langsam wieder losgelassen. Er wollte die seidige Weiche und den Glanz von Angels Haar fühlen.

»Ich war noch nie im Nordwesten von Kanada«, sagte er. »Ehrlich gesagt, ich kenne diesen Landstrich überhaupt nicht. Bevor ich also meine Anlage exklusiver Ferienwohnungen baue, möchte ich schon sicher sein, daß ich den Käufern mehr zu bieten habe als teure Wohnungen in einer netten Umgebung.«

Angel saß nur reglos da und wartete. Unter Aufbietung all ihres Willens gelang es ihr, ihre Hände ruhigzuhalten, eine Anstrengung, die sie ihre ganze Kraft kostete. Der Gedanke, Eagle Head hergeben zu müssen, war unerträglich. Am liebsten hätte sie laut geschrien und geheult oder Hawk angefleht, es nicht zu kaufen.

Aber nur durch den Verkauf von Eagle Head war es Derry möglich, die acht Jahre zu finanzieren, die sein Medizinstudium dauern würde.

Angel würde ihm nicht im Weg stehen. Egal, wie sehr sie auch an Eagle Head hing, Derry war ihr wichtiger.

»Und genau hier kommen Sie ins Spiel«, sagte Hawk mit einer Stimme, die ebenso ausdruckslos war wie seine Augen. »Sie werden mich rumführen.«

»Wie bitte?« fragte sie. Sie glaubte, nicht recht gehört zu haben.

»In seinem jetzigen Zustand kommt Derry ja kaum in ein Auto rein, ganz zu schweigen von einem Boot«, sagte er sachlich.

Angel rührte sich nicht. Ihre Hand lag auf Derrys Stirn.

»Und eine Strandwanderung ist völlig unmöglich«, fuhr Hawk fort. »Zumindest nicht über die engen, gewundenen Pfade, die von den Klippen hinunterführen.«

Angel schwieg.

»Derry meinte, Sie könnten mir an seiner Stelle das Gelände zeigen«, sagte Hawk, ohne sie aus den Augen zu lassen. »Tatsächlich hat er gesagt, Sie wären eine viel bessere Anglerin als er. Dasselbe gilt fürs Muschelsammeln. Er meinte, Sie könnten kochen wie Bocuse und wüßten über die besten Plätze im Umkreis von hundert Meilen Bescheid.«

»Er übertreibt.«

Er zuckte die Schultern. »Nun, es liegt bei Ihnen.«

Angel wandte den Blick nicht von Derry ab.

Dann fügte Hawk kühl hinzu: »Sie werden aber sicher verstehen, daß ich nicht die Katze im Sack kaufen kann. Kein Rundgang, kein Geschäft. Sorry, aber so ist nun mal das Leben. Nichts ist umsonst.«

Er beobachtete, wie seine Worte auf Angel wirkten. Kein Rundgang, kein Geschäft.

Und keinen Penny für ihren Anteil an dem Grundstück.

Derry hatte es Hawk gegenüber erwähnt – daß Angel ein Viertel von Eagle Head gehörte. Hawk nahm an, daß dies ihre Belohnung für geleistete Dienste war. Wie hätte es sich Angel sonst erlauben können, drei Monate im Jahr – von den Ferien ganz zu schweigen – zu faulenzen?

Jemand mußte eben für das Privileg von Angels Gesellschaft bezahlen, und ein Viertel von Eagle Head war kein schlechter Lohn für drei Jahre »Arbeit«.

Angel bemerkte den zynischen Blick nicht, mit dem Hawk sie maß. Sie sah nur Derry und die Furchen, die die Schmerzen und der Schlafmangel in die gebräunte Haut seines Gesichts gegraben hatten. Derry sah sehr jung aus, doch er war's nicht, das wußte sie. Nicht wirklich.

Keiner, der den schrecklichen Unfall von vor drei Jahren überlebt hatte, würde je wieder jung und unbeschwert sein. Unerfahren, vielleicht. Aber jung nicht.

Angel seufzte.

Derry muß Hawk sehr gern haben, wenn er ihm anbietet, sich von mir herumführen zu lassen, dachte sie unglücklich.

Derry muß also auch die Einsamkeit unter Hawks arroganter Fassade gespürt haben. Einsam wie ein Falke im unendlichen, kalten Himmel. Und ebenso faszinierend.

Kraftvoll und geschmeidig, unergründlich und gefährlich. Mit Augen, denen nichts entgeht, die bis ins Innerste eines Menschen vordringen.

Angels Hand zögerte kurz über Derrys Haar, dann fuhr sie fort, ihn fast abwesend zu streicheln.

Es gibt wirklich keinen Grund, Hawk die Sehenswürdigkei-

ten und Schönheiten des pazifischen Nordwestens nicht zu zeigen. Ich hätte den Sommer ohnehin mit Streifzügen durch Vancouver Island und die Meerenge verbracht.

Es ist wohl kaum zuviel verlangt, Hawk dabei mitzunehmen und Derry auf diese Weise zu helfen, seinen Traum wahr zu machen.

Angel sah zu Hawk auf und war nicht überrascht festzustellen, daß er sie beobachtet hatte. Sie hielt seinem harten, unergründlichen Blick ohne mit der Wimper zu zucken stand.

»Wie lange werden Sie mich brauchen?« fragte sie ruhig.

Hawks linker Mundwinkel verzog sich zynisch. *Nicht mehr als ein, zwei Nächte, wette ich.*

Doch als er sprach, war ihm nichts von dem anzumerken, was ihm durch den Kopf ging.

»Höchstens sechs Wochen«, sagte er. »Mehr Zeit habe ich beim besten Willen nicht. Da sind noch ein paar andere Grundstücksangelegenheiten, um die ich mich kümmern muß.«

Er runzelte fast unmerklich die Stirn. Er hatte ein kompliziertes Netzwerk von mehreren Immobilien- und Grundstücksverkäufen aufgebaut, das in etwa sechs Wochen zum Abschluß kommen würde. Dann war er entweder ein ganzes Stück reicher oder mußte wieder ganz von vorne anfangen.

Der Adrenalinspiegel kletterte in jedem Fall.

Und das war es, was für ihn zählte. Nicht Geld, sondern Adrenalin. Seit er mit dem Rennsport aufgehört hatte, hatte er bereits mehrere Vermögen erworben und wieder verloren. Wie beim Rennen zog er bei seinen Geschäften jedoch den Sieg der Niederlage vor.

Ob Erfolg oder Mißerfolg, ein hoher Adrenalinspiegel war gewährleistet. Erspähen, verfolgen, erlegen, ein endloser Kreislauf, immer erregend, immer spannend. Auf diese Weise fühlte sich Hawk lebendig. Nur auf diese Weise.

»Sechs Wochen«, wiederholte Angel und versuchte mühsam, das Zittern in ihrer Stimme zu verbergen.

»Mit Unterbrechungen. Ich werde zwischendurch öfter mal

wegfliegen müssen.« Er musterte sie mit einem durchdringenden Blick aus seinen beinahe schwarzen Augen. »Wir können ja mal einen vorläufigen Plan erstellen. Sie sagen mir, was es alles zu sehen gibt, und wir überlegen gemeinsam, wann es für uns am besten paßt.«

Angel nickte abwesend.

»Und keine Versprechungen«, fügte Hawk hinzu. »Vielleicht gefällt mir die Gegend ja gar nicht. Wenn nicht, dann ist unser Deal natürlich geplatzt.«

Angel blickte Derry an. Trotz des starken Beruhigungsmittels bewegte er sich unruhig hin und her und stöhnte leise. Die Schmerzen waren lediglich in den Hintergrund gerückt worden, aber keineswegs verschwunden.

Einen Moment lang hielt Angel, die immer noch beruhigend über Derrys Haar strich, inne. Sie überlegte, wie oft Derry wohl an ihrem Bett gesessen und über ihren unruhigen Schlaf gewacht hatte, wie oft er sie wimmern gehört haben mußte, wenn ihr Unterbewußtsein die unbarmherzigen Zügel, mit denen sie tagsüber ihre Emotionen unter Kontrolle hielt, losließ.

Wie oft war sie aufgewacht und hatte sein liebevolles Lächeln gesehen, hatte seine ermutigenden Worte gehört – *du siehst heute schon viel besser aus.*

Nein, natürlich würde sie Derry helfen, das stand außer Frage. Wenn Hawk sie für seine Tour brauchte, dann würde Angel für ihn dasein, egal, ob sechs Wochen oder sechs Jahre lang.

Sanft begann Angel wieder, über Derrys widerspenstiges blondes Haar zu streicheln.

»In Ordnung«, sagte sie leise, ohne Hawk dabei anzusehen. »Ich werde alles tun, was nötig ist.«

5. Kapitel

Draußen war's noch finster, und die Morgendämmerung würde noch fast eine Stunde lang auf sich warten lassen. Angel stand in der Küche, verpackte Lebensmittel in Plastiktüten, wickelte Sandwiches in Butterbrotpapier und wendete die Speckstreifen, die munter in der Pfanne brutzelten.

Als sie das dumpfe Geräusch von Derrys Krücken im Gang hörte, schälte sie noch eine Handvoll Speckstreifen aus der Packung und tat sie in die Pfanne.

»Du bist aber früh auf«, sagte sie und drehte sich mit einem Lächeln zu Derry um. »Hab' ich dich aufgeweckt?«

»Nö.«

Mit einer schmerzvollen Grimasse kam Derry in die Küche gehumpelt. Normalerweise war er morgens immer gut aufgelegt – was einen manchmal regelrecht wahnsinnig machen konnte. Seine Stimmung verriet Angel, daß sein Fußgelenk ziemlich weh tun mußte.

»Hast du gut geschlafen?« fragte sie und sah ihn forschend an.

Derry zog ein finsteres Gesicht. Mit seinem verstrubbelten blonden Haarschopf und dem unwirschen Gesichtsausdruck sah er aus wie ein mürrischer Sechzehnjähriger.

»Nein, lausig«, murmelte er. »Mein Schädel brummt, als ob ich 'nen Kater hätte.«

»So siehst du auch aus. Wie wär's mit Orangensaft?«

Gähnend fuhr er sich mit den Fingern durchs Haar. Er nickte.

»Ja, bitte«, sagte er und fügte hoffnungsvoll hinzu: »Gibt's auch Kaffee?«

»Setz dich hin. Ich bring' dir alles.«

Während Derry zu dem kleinen Frühstückstischchen humpelte, von dem aus man einen herrlichen Blick über die Meerenge hatte, richtete Angel rasch ein Tablett mit Kaffee, Orangensaft, Toast und verschiedenen Sorten hausgemachter Marmelade her. Letztere hatte sie Mrs. Carey, einer Nachbarin, zu verdanken, die die beste Marmelade von ganz Vancouver Island machte. Vor zwei Monaten war sie über ihre Katze gestolpert und hatte sich dabei die Hüfte gebrochen. Den Gips war sie inzwischen zwar los, aber Angel erledigte immer noch ihre Einkäufe, ebenso wie die von zwei anderen vorübergehenden Pflegefällen.

»Wo ist Hawk?« fragte Derry, als Angel das Tablett vor ihn hinstellte.

»Am Telefon.«

Er schüttelte den Kopf. »Er arbeitet zuviel. Es ist ja noch nicht mal Tag.«

»Er spricht mit London. Mit irgendeinem Lord.«

»Muß wohl um die Insel gehen, die er kaufen will.«

»Eine ganze Insel?« fragte Angel.

»Richtig«, meinte Derry. »Er will dort 'ne Raffinerie für Nordseeöl errichten.«

Angel zögerte kurz, dann ging sie wieder zum Herd zurück.

»Hawk muß ziemlich reich sein«, sagte sie.

»Glaub' schon. Als ich mich bei der Bank über ihn erkundigte, funkelten die Augen des alten Johnston wie bei 'ner Weihnachtsbescherung.«

»Der Orangensaft«, sagte Angel.

Gehorsam trank Derry sein Glas aus.

»Hawk ist in der »internationalen Finanzwelt«, wie Johnston es bezeichnete, als ziemlicher Draufgänger bekannt«, fügte er hinzu. »Als einer, der kein Risiko scheut.«

Derry hielt inne und nahm ein paar kräftige Schlucke von dem aromatischen Kaffee. Er seufzte und warf einen hoffnungsvollen Blick auf die Kaffeekanne.

Lächelnd nahm Angel die Kanne und schenkte ihm nach.

»Komisch«, meinte er einen Moment später. »Hawk benimmt sich gar nicht so, als ob er wer weiß wie reich wäre.«

Sie zuckte mit den Schultern und kümmerte sich wieder um den Speck.

»Wie benimmt man sich denn, wenn man reich ist?« fragte sie.

»Na, du weißt schon. Mit Geld um sich werfen. Dauernd Bemerkungen über die richtigen Orte und die richtigen Leute fallenlassen. Privatflugzeuge und superschneller Sportwagen und all so was.«

»Wie bei Clarissa?«

Derry sah sie an und seufzte. »Genau. Die war schon ’ne Nummer, nicht wahr?«

Angel mußte ein Lächeln unterdrücken.

»Ich könnte dir sagen, was für ’ne Nummer die war«, meinte sie, »aber die Bezeichnung dafür habe ich aus meinem Wortschatz gestrichen. Gott sei Dank hast du sie durchschaut, Derry. Sie sah blendend aus, das stimmt, hatte aber nicht mehr im Kopf als eine Auster.«

»Nun mach mal die Austern nicht schlecht«, erwiderte er trocken.

Lächelnd legte Angel die Speckstreifen zum Trocknen auf Papiertücher.

»Wie viele Eier willst du?« fragte sie.

»Fünf.«

»Hast ganz schön Hunger, was?«

»Immerhin hab’ ich das Abendessen verschlafen, schon vergessen?«

»Mhmm«, meinte Angel und schnitt den knusprigen Speck in feine Streifen.

Sie konnte sich nur zu gut ans Abendessen erinnern. Sie und Hawk hatten eine ganze Stunde damit verbracht, einen Plan auszuarbeiten. Sie hatte eine Liste der Sehenswürdigkeiten und Freizeitangebote erstellt und gleich dazugeschrieben, wieviel Zeit man jeweils dafür einkalkulieren mußte. Hawk überflog die Liste einmal rasch und legte sie dann beiseite.

Dann forschte er Angel genau aus, wobei er keinen einzigen der siebenunddreißig Punkte auf der Liste, auf die er nicht mehr als einen raschen Blick geworfen hatte, ausließ. Seine Fragen waren scharf und präzise. Am Ende dieser Stunde kam sich Angel wie ausgewrungen vor.

Nachdem Hawk über alle Informationen verfügte, die er brauchte, erstellte er – wieder ohne einen Blick auf ihre Liste zu werfen – einen vorläufigen Zeitplan, händigte Angel mehrere tausend Dollar für ihre Ausgaben aus und entschuldigte sich.

Danach hatte er eine Stunde lang mit der Börse in Tokio telefoniert.

Zischend landete die Eiermasse in der heißen Omelettpfanne. Angel schwenkte sie kräftig, und während das Omelett langsam Form annahm, fügte sie mit rascher Hand die diversen Zutaten hinzu. Ihre Hand hielt einen Moment lang über den Häufchen, die sie aus frisch geschnittenen Zutaten auf einem Brett neben dem Herd aufgeschichtet hatte, inne.

»Pilze?« fragte sie.

»Alles, was du dahast«, erwiderte Derry ohne Zögern.

Das Omelett, auf dessen Oberfläche der geschmolzene Käse goldgelb glänzte, ging flockig auf. Gerade als Angel es zusammenklappte, klingelte der Küchenwecker.

Sie ließ Derrys Omelett auf einen vorgewärmten Teller gleiten, zog dann ein Blech mit frischgebackenen Croissants aus dem Ofen und schichtete die heißen Hörnchen in einen mit einer Serviette ausgelegten Brotwärmer. Dann brachte sie die herrlich duftenden Croissants und das dampfende Omelett an den Tisch.

Derry blickte grinsend zu ihr auf.

»Danke, Angie«, sagte er leise. »Da können Erdnußbuttertoasts einfach nicht mithalten.«

»Nun, das ist ja wohl kein Kunststück.«

»Aber die feine Bauernleberwurst vielleicht?« fragte Derry in unschuldigem Ton.

Angel erschauderte.

Derry probierte das Omelett und seufzte ekstatisch.

»In einem Punkt hatte Clarissa zumindest recht«, sagte er.

»Und das wäre?«

»Du verdirbst mich für jede andere.«

Angel lachte und verwuschelte liebevoll Derrys blonden

Schopf. Dann drehte sie sich um, weil sie zum Herd zurückgehen wollte – und wäre um ein Haar mit Hawk zusammengestoßen.

»Oh!« Sie riß die Augen auf und fuhr erschrocken zurück. »Lieber Himmel, Sie können sich vielleicht an einen ranschleichen!«

Hawk musterte Angel kalt. Sein Gesicht wirkte in diesem Moment besonders hart, seine Augen fast schwarz im künstlichen Licht der Küchenlampe.

Angel wäre am liebsten noch weiter zurückgewichen, konnte aber nicht, weil sie bereits an Derrys Gipsbein stieß.

»Haben Sie nicht gut geschlafen?« fragte sie und forschte besorgt in Hawks Zügen.

»So gut wie immer.« Sein Ton war knapp und barsch und ebenso kalt wie der Blick, mit dem er sie von oben bis unten musterte.

Er drehte sich um und nahm eine Tasse von der Anrichte. Dann griff er sich die Kaffeekanne und goß das dunkle Gebräu in die Tasse. Während er einen Schluck nahm, fiel sein Blick auf die bunt aufgehäuften Omelettzutaten auf der Anrichte.

»Setzen Sie sich«, sagte Angel rasch. »Wie viele Eier wollen Sie für Ihr Omelett?«

»Machen Sie sich keine Mühe.« Hawk warf ihr einen finsteren Blick zu. »Das fehlte mir gerade noch, daß Sie mich für alle anderen Frauen verderben.«

Derry gab ein ersticktes Geräusch von sich, das rasch in lautes Gelächter eskalierte.

Angel preßte kurz die Lippen zusammen, bevor sie sich wieder in der Hand hatte. Sie wünschte, sie würde Hawks ätzende Bemerkungen ebenso amüsant finden wie Derry. Doch stattdessen schien sie sie dauernd persönlich zu nehmen.

»Ach Unsinn«, sagte sie und trat rasch an den Herd. »Wie viele Eier also?«

»Sechs.«

Angel war überrascht. Sie warf einen unauffälligen Blick in

seine Richtung. Er war sogar noch größer, als sie ihn in Erinnerung hatte. Er mußte mindestens einsneunzig sein, besaß einen muskulösen, harten und ausgesprochen männlichen Körper, an dem kein Gramm Fett war.

Irgendwie kam in der lässigen Kleidung, die er heute morgen trug, seine Größe noch viel deutlicher zutage als in dem eleganten Zweireiher von gestern. Sein enganliegender schwarzer Pulli erinnerte sie an die Wollpullover von irischen Fischern. Wie er so dastand, wirkte er unverhältnismäßig breit, vor allem in den Schultern, die das Licht der Küchenlampe fast verdeckten.

Vor allem wirkte er viel ... ja, primitiver als gestern. Die ausgewaschenen Jeans, die er trug, lagen eng an seinen kräftigen Oberschenkeln und ließen auf ebenso muskulöse Waden schließen. An den Füßen trug er weiche Lederschuhe.

Aber es war sein unglaublich kraftvoller Körper, der Angels Blick wie magnetisch auf sich zog, die täuschend schmalen Hüften unter wundervoll breiten, männlichen Schultern.

»Alle Reißverschlüsse zu?« fragte Hawk so leise, daß Derry es nicht hören konnte.

Angel errötete.

»Alle, außer dem an Ihrem großen Mundwerk«, erwiderte sie. Aber auch sie sprach so leise, daß Derry es nicht hörte.

Um Hawks Mundwinkel zuckte es.

»Ihre nicht«, murmelte er.

»Was?«

»Reißverschlüsse.«

Angel blickte an sich hinab und sah, daß Hawk recht hatte. Sie hatte sich so hastig angezogen, daß sie vergessen hatte, den Reißverschluß an ihren Jeans zuzumachen, und nun blitzte ein Stück seidener Slip hervor.

Die scheinbare Umkehr der Rollen ließ Angels Verärgerung in einem fröhlichen Lachen verpuffen.

Vielleicht ist Derrys Sicht der Dinge ja doch die bessere, mußte sie sich insgeheim eingestehen. *An Hawks trockenen, unerwarteten Humor kann man sich direkt gewöhnen.*

Grinsend zog Angel ihren Reißverschluß hoch. Dann drehte sie sich um und fing an, Eier in eine Schüssel zu schlagen.

Hawk sah zu, wie sie sein Omelett mit dem selbstverständlichen Geschick zubereitete, das auf langer Erfahrung beruht. Es überraschte ihn keineswegs, daß sie eine gute Köchin war. Männer lassen sich nun mal gerne bekochen, und Angel war offensichtlich eine Frau, die es sich zur Lebensaufgabe gemacht hatte, Männer zufriedenzustellen.

Während Hawk an dem aromatischen Kaffee nippte, fragte er sich, auf welche Weise sie wohl sonst noch gelernt haben mochte, Männer zufriedenzustellen. Der Gedanke erregte ihn. Doch mit der ihm eigenen Disziplin wandte er sich rasch anderen Dingen zu, denn er wußte, daß seine Neugier heute ohnehin nicht befriedigt werden würde. Und wohl auch in den nächsten Tagen nicht.

Hawk nahm an, daß Angel wie ein Kaninchen, das vor der Hundemeute flieht, Haken schlagen und rasche Wendungen und Sprünge machen und ihm vor der Nase herumtanzen würde, um ihn verrückt zu machen. Nicht, daß ihn das gestört hätte. Das machte den unvermeidlichen Ausgang der Jagd nur um so aufregender, um so erstrebenswerter.

Eine leichte Beute war die Mühe nicht wert, das galt zumindest für ihn.

Hawk aß schweigend das zarte, köstliche Omelett. Die Croissants waren flockig und dampften noch, als er sie auseinanderriß. Seine Finger glänzten fettig, denn die Hörnchen strotzten nur so vor Butter. Und die Marmeladen schmeckten himmlisch, mehr fruchtig als süß, und besaßen eine satte, herrliche Farbe.

Draußen, jenseits der Meerenge, zeigten sich die ersten Anzeichen von blassem Morgenlicht und verwandelten die Nacht in leuchtende Schattierungen von Schwarz und Grau. Hawk war umgeben von leisen, heimeligen Geräuschen, den Geräuschen einer Mahlzeit: Besteck, das leise auf Tellern klirrt, das dumpfe Geräusch einer Tasse, die auf dem Tisch abgestellt wird, das

Knarren von Derrys Stuhl, wenn er sein Gewicht verlagerte, und Angels leise Schritte, als sie sich zu ihnen an den Tisch setzte.

Der Friede dieses Augenblicks durchdrang Hawks Panzer und breitete sich ebenso lautlos und vollständig in ihm aus wie die Morgendämmerung über der Landschaft. Es war lange, lange her, daß Hawk auf diese Weise gefrühstückt hatte.

Normalerweise war er allein. Und wenn er nicht allein war, saß gewöhnlich eine Frau mit ihm am Tisch, die versuchte, ein Gespräch in Gang zu bringen, die plapperte und plapperte, um die Leere auszufüllen, die der Nacht nach der Jagd folgte. Diese Art von verzweifeltem Geplapper ließ Hawk völlig kalt. Aber mit Leuten zusammenzusitzen, die nichts von ihm wollten, war ebenso ungewöhnlich wie friedvoll.

Doch dann wurde ihm bewußt, was er da dachte. Er preßte die Lippen zusammen und stieß seinen leeren Teller zurück.

Wem will ich hier eigentlich was vormachen? fragte er sich verächtlich. *Natürlich wollen Derry und Angel was von mir.*

Mein Geld.

Angel zeigt mir Vancouver Island schließlich nicht aus der Güte ihres geldgierigen kleinen Herzens heraus. Wenn ich Eagle Head kaufe, wird sie mehr als reichlich für ihre Mühen entschädigt.

Und selbst wenn nicht, kann sie 'nen hübschen kleinen Profit machen, indem sie ihre Spesen etwas aufpolstert.

Dasselbe gilt für Derry.

Nicht, daß es Hawk sonderlich viel ausmachte. So lief das Spiel nun mal, das hatte er schon an seinem achtzehnten Geburtstag gelernt, an dem Tag, an dem er begriffen hatte, daß er ein Trottel war, wenn er in einer Welt voller Lügen emotional aufrichtig blieb.

Angel aß ihr kleines Omelett auf, erhob sich und begann den Tisch abzuräumen.

Derry blickte auf die Meerenge hinaus. Winzige Lichter tanzten auf den Wellen. Es waren die Boote der Sportfischer, die von der Campbell River Marina in die Meerenge hinausfuhren.

»Laßt das Geschirr ruhig stehen«, sagte Derry. »Ihr verpaßt sonst noch die Flut.«

»Die haben wir bereits verpaßt«, sagte Angel seufzend.

Hawk hörte, wie sehnsüchtig ihre Stimme klang.

»Sie fischen doch nicht wirklich gern?« fragte er erstaunt.

»Nicht nur gern, ich bin ganz verrückt danach.«

»Und sie ist echt gut«, sagte Derry. »Besser als ich. Sie kennt alle Plätze, weiß genau, wie tief die Fische jeweils stehen, welchen Köder man benutzen soll, kennt all die kleinen Buchten und Inselchen, all die –«

»Das reicht«, unterbrach ihn Angel trocken. »Hawk ist offensichtlich kein Angler.«

»Wie kommen Sie darauf?« fragte Hawk.

»Sie haben die ganze Zeit am Telefon gehangen, wo wir doch auf dem Wasser hätten sein sollen.«

»Das war geschäftlich.«

»Wie gesagt, Sie sind kein Angler«, sagte Angel. »Nichts, aber auch gar nichts, kann einen richtigen Angler von einem morgendlichen Lachsfang abhalten.«

Derry grinste.

»Nun laß den Mann doch mal«, sagte er. »Er hat noch nie 'nen Lachs gefangen, also weiß er auch nicht, was ihm da entgeht.«

Angel sah Hawk an, der ihren Blick interessiert erwiderte. In dem seltsam intensiven Licht, das der Morgendämmerung vorausgeht, wirkten ihre Augen dunkelgrün und bildeten einen leuchtenden Kontrast zu ihrem langen, hellblonden Haar.

»Sind Sie überhaupt schon mal beim Fischen gewesen?« fragte Angel, während sie sich vorbeugte, um Hawks Teller abzuräumen.

Hawk mußte an den kleinen Fischteich auf der Farm denken, auf der er aufgewachsen war. Wann immer sein Vater etwas Zeit von den endlosen Pflichten eines Farmers hatte abknapsen können, waren die beiden zu dem Teich gegangen. Eines der wenigen Male, die Hawk seinen Vater hatte lachen sehen, war, als er einen zehnpfündigen Wels aus dem trüben Wasser fischte.

»Doch, ich habe schon mal gefischt, ein- oder zweimal«, sagte Hawk mit rauher, fast sehnsüchtiger Stimme.

Als Angel den veränderten Ton in seiner Stimme hörte, hatte sie auf einmal einen Kloß im Hals. Sie sah deutlich die Schatten, die seine Züge streiften und für einen Moment die harten Linien um seinen Mund glätteten.

Ohne Vorwarnung fühlte sie, wie ihr Tränen in die Augen traten. Sie spürte, daß Hawks Erinnerungen so wie er waren, bittersüß und einsam, komplex und manchmal grausam. Am liebsten hätte sie die Bitterkeit fortgewischt, die Süße verstärkt und die Komplexität seiner Erinnerungen mit all den bunten Farben von Gefühlen bereichert.

Was Hawks gelegentliche Grausamkeit betraf, davor hatte Angel keine Angst. Nach dem Autounfall war sie selbst eine Zeitlang unglaublich grausam zu all ihren Freunden gewesen. Doch diese Zeit war vorübergegangen, und ihre Erfahrungen hatten einen ganz neuen Menschen aus ihr gemacht.

Angel blickte in die dunklen Augen, die so dicht über ihr waren. Sie umklammerte Hawks Gabel, die noch warm von seinen Fingern war.

»Sie werden in diesem Sommer einen Lachs fangen«, sagte sie leise. »Das verspreche ich Ihnen.«

Bevor Hawk antworten konnte, richtete sich Angel auf und verließ den Tisch mit Hawks Besteck und Teller. Rasch und wortlos räumte sie das Geschirr in die Spülmaschine. Obwohl sie die Flut verpaßt hatten, konnte sie's kaum abwarten, aufs Wasser hinauszukommen.

»Bereit?« fragte sie und blickte ihn an.

Hawk beobachtete sie, hatte sie nicht aus den Augen gelassen, seit sie ihm mit zitternder Stimme einen Lachs versprochen hatte. Geräuschlos stellte er seine leere Tasse ab.

»Ich bin bereit, seit ich achtzehn wurde«, sagte er.

6. Kapitel

Als Hawk begriff, was er gerade gesagt hatte, nahm sein Gesicht sofort wieder seinen normalen, undurchdringlichen Ausdruck an, und seine Gedanken und Gefühle verschwanden wieder hinter der mahagonifarbenen Maske seiner Augen. Wortlos half er Angel, alles zum Auto hinauszutragen. Und das war eine ganze Menge Proviant, eine umfangreiche Angelausrüstung, Jacken und sogar ein Zeichenblock, den Angel in letzter Minute noch dazugepackt hatte.

Hawk ließ seinen Blick über den vollgestopften Kofferraum seines BMWs gleiten und richtete ihn dann auf Angel.

»Wir schippern doch nicht etwa bis rauf nach Alaska, oder?« fragte er trocken.

»Das wäre gar keine so schlechte Idee«, meinte Angel sehnsüchtig. »Ich wollte immer schon mal die ganze Meerenge abfahren.«

Er warf ihr einen wachsamen, abschätzenden Blick zu.

»Aber das steht diesen Sommer nicht auf unserer Liste«, sagte sie.

Sie fing an, die Taschen und Tüten so umzuordnen, daß sich der Kofferraumdeckel schließen ließ. Hawk wollte schon helfen, da hörte er plötzlich den schrillen, ungezähmten Schrei eines Adlers in der Morgendämmerung. Wie angewurzelt blieb er stehen und sah hinauf. Mit finsteren, wilden Augen suchte er den Himmel nach dem Greifvogel ab.

Da war er, ein schwarzer Schatten, der mit ausgebreiteten Flügeln und gezückten Krallen auf seine Beute niederschoß. Hawk konnte sie nicht sehen, da sie im Gras verborgen war, doch der Adler hatte offensichtlich keine derartigen Probleme. Blitzschnell schlug er zu und nahm seine sterbende Beute unter halb geöffneten Flügeln verborgen mit sich in die Lüfte.

Dann erspähten die unheimlichen Augen des Vogels die beiden Menschen, die regungslos dort unten standen und ihn beobachteten. Mit einem schrillen, zornigen Schrei ergriff er die Flucht und flog mit seiner Beute in die nahe liegenden Baumkronen.

Der Himmel war nun durchdrungen von den zarten, fast durchsichtigen Farben des Sonnenaufgangs. Jenseits der Meerenge erhoben sich die zerklüfteten Umrisse der Berge, schwarz wie die Nacht und dennoch auf eigenartige Weise leuchtend. Einige zarte Wolken standen am Himmel darüber, zuerst scharlachrot, dann schimmernd wie geschmolzenes Gold.

Hawk verspürte auf einmal eine übermächtige Freude. Er wandte sein Gesicht dem Himmel zu und badete im sanften Licht der Morgensonne. Er hatte viel zu wenig Zeit in der Natur verbracht, seit er die Farm verlassen hatte. Erst jetzt, in diesem Moment, wurde ihm klar, wie sehr er die Weite des Himmels vermißt hatte.

Von der hochaufragenden Felsnadel des Eagle Heads ertönte der wilde Schrei eines anderen Raubvogels.

Angel blickte zu Hawk auf und sah das wilde Entzücken auf seinem Gesicht. Ein lustvoller Schauer überlief sie. Im ersten Moment war sie zutiefst erschrocken, doch dann akzeptierte sie ihre Gefühle.

Lust und Leidenschaft sind nichts Erschreckendes. Ich habe mich nach Grants Tod zum Weiterleben entschlossen. Und Liebe und Lust sind ein natürlicher Bestandteil des Lebens.

Die Tatsache, daß ich seit drei Jahren keinen Mann mehr begehrt habe, heißt noch lange nicht, daß ich nie mehr einen begehren werde.

Angel verleugnete ihre Gefühle für Hawk nicht, wußte jedoch auch, daß er sie sehr leicht verletzen konnte. Einem so harten, gefühllosen Mann wie ihm war sie noch nie begegnet. Doch unter dieser Härte, das fühlte sie genau, schlummerte eine starke Sehnsucht nach Schönheit, nach Wärme, nach ... Liebe. Ohne diese Sehnsucht in ihm hätte sie sich nie und nimmer zu ihm hingezogen gefühlt.

Aber Angel wußte auch, daß es keine Garantie dafür gab, daß

sie diejenige sein würde, die es schaffte, seinen Panzer zu durchdringen. Vielleicht konnte das niemand, nicht einmal Hawk selbst.

Er war stark. Und er hatte den Großteil seines Lebens allein verbracht.

Wie sie.

Bin ich wirklich bereit, meinen so hart erkämpften Seelenfrieden um eines Mannes willen zu riskieren, der seinen Glauben an die Liebe verloren hat?

Sie schloß den Kofferraumdeckel mit einem scharfen, metallischen Klicken, das Hawk aus seinen Gedanken riß. Er sah, wie sie in den Wagen stieg. Nach kurzem Zögern setzte er sich hinters Steuer. Es fiel ihm schwer, sich von der Farbenpracht des kanadischen Sonnenaufgangs loszureißen.

Angel schwieg während der Fahrt. Offensichtlich war sie ebenso durchdrungen von der atemberaubenden Schönheit des Morgenhimmels wie Hawk.

Sie stellten den Wagen an der Bootsanlegestelle ab. Möwen kreischten über ihnen, als sie ausstiegen, und die Luft war erfüllt vom Geruch des Meeres. Wortlos begannen beide, die Vorräte auf den Anleger zu tragen.

Als Angel Hawks Boot sah, blieb sie wie angewurzelt stehen und riß die Augen auf. Die Jacht war fast zehn Meter lang und besaß den rassigen Schnitt italienischer Motorboote. Mit einem Blick konnte sie sehen, daß dieses Boot wunderbar leicht zu steuern sein, daß es nur so über die rauhen Wasser der Meerenge fliegen würde – wie ein Falke auf Luftströmen.

»Sie ist wunderschön«, sagte sie einfach und drehte sich zu Hawk um. »Wie heißt die Jacht?«

»Hab' ihr noch keinen Namen gegeben.«

Das Boot war also so neu, wie es aussah. Es blitzte und blinkte im Licht der aufgehenden Sonne.

»Überlegen Sie sich gut, wie Sie sie nennen werden«, sagte Angel, »ein Schiff wird nur einmal getauft. Und dies hier verdient den besten Namen.«

»Weil's hübsch anzusehen ist?« fragte Hawk in beiläufigem Ton und betrat sicheren Schritts das schwankende Bootsdeck.

»Diese Jacht ist nicht hübsch«, sagte Angel und maß das Gefährt mit Kennerblick. »Sie ist einfach herrlich. Die perfekte Verschmelzung von Form und Funktion. Nichts, das überflüssig wäre, aber alles Notwendige vorhanden.«

Hawk wandte den Kopf um und blickte Angel über die Schulter hinweg an. Sie merkte nichts; alles, was sie sah, war die blinkende weiße Jacht.

Seine Lippen verzogen sich zynisch.

»Und sauteuer«, meinte er.

Angel warf noch einen langen, sehnsüchtigen Blick auf das Boot, dann seufzte sie.

»Das glaube ich Ihnen aufs Wort. Die Italiener sind nicht gerade zimperlich, wenn's um die Preise für ihre Spielzeuge geht.« Sie blickte Hawk an. »Können Sie, äh, mit dem Boot umgehen?«

»Ich bin früher Regatten gefahren.«

»Ich dachte, Derry hätte gesagt, Sie wären Autorennen gefahren.«

»Hab' beides gemacht. Beim Motorsport war mehr zu verdienen.«

»Und mehr Gefahr?« fragte Angel.

Hawks Augen verengten sich zu Schlitzen.

»Macht Sie das an?« fragte er.

»Nein.«

»Eine Menge Frauen fühlen sich davon unwiderstehlich angezogen.«

»Tatsächlich?« fragte sie. »Warum?«

Hawk schnaubte verächtlich. »Adrenalin, Süße. Es sagt einem, daß man lebendig ist.«

»Oder daß jemand anderer tot ist«, erwiderte sie mit Augen, die viel zu groß, viel zu traurig für ihr zartes Gesicht waren.

Erinnerungen stiegen in ihr auf, drohten sie zu ersticken.

Hawk sah die Schatten, die über Angels Gesicht glitten.

Doch dann raffte sie die Taschen und Tüten, die sie in der Hand hielt, zusammen und betrat die Jacht, als ob nichts geschehen wäre.

Und es ist auch nichts geschehen, dachte er. Was für Gespenster auch immer Angel heimsuchen mochten, sie waren nicht neu. Sie waren ein unabänderlicher Teil ihres Lebens, so wie die seinen ein unabänderlicher Teil seines Lebens waren.

Vielleicht war dieser traurige Blick aber auch nur Theater, substanzlos wie die Dunkelheit.

Hawk verwarf den Gedanken mit einem Schulterzucken.

Egal, ob echt oder nur gespielt, es ändert nichts an dem, was Angel ist. Selbst Tiere zucken im Schlaf, selbst ihre begrenzten Hirne werden von bösen Träumen und Erinnerungen heimgesucht.

»Ich zeige Ihnen, wie man mit der Jacht umgeht, sobald wir draußen auf der Meerenge sind«, sagte er. »Das heißt, wenn Sie wollen.«

»Klar will ich. Außerdem ist das die einzige Art, wie Sie zum Angeln kommen.«

Er zog fragend eine Augenbraue hoch.

»Es ist fast unmöglich, in einem Boot von dieser Größe allein zu fischen«, erklärte Angel. »Es muß immer jemand am Ruder stehen, besonders bei Flut und wenn man einen dicken Lachs am Haken hat und es rundherum von anderen Booten nur so wimmelt.«

Hawk und Angel brachten noch die restlichen Vorräte an Bord. Die Sonne stand schon ein ganzes Stück über dem Horizont, als Hawk die Jacht schließlich vorsichtig vom Anleger weg und in die starke Strömung des Campbell Rivers hinaus manövrierte.

Links von ihnen erstreckten sich weite, grasbewachsene Ebenen, die schließlich in Wald übergingen, der bis an die Küste reichte. Rechts von ihnen schob sich eine Landzunge vorwitzig ins Meer hinaus, wo sie eine Gezeitengrenze bildete.

Ein kleines Wasserflugzeug startete soeben. Seine Motoren

dröhnten, die Schwimmkufen durchpflügten das Wasser schneller und schneller, bis sich das Gefährt in den weiten, blaßblauen Himmel erhob.

Hawk nahm das alles mit einem raschen, weitausholenden Blick in sich auf. Sobald er die letzte Geschwindigkeitsbegrenzungsboje passiert hatte, drehte er behutsam die beiden Dieselmotoren auf. Die Jacht hob sich federleicht aus dem Wasser und durchpflügte die blaugrüne See, eine schneeweiße Gischtlinie hinter sich herziehend.

Er hielt das Tempo jedoch weit unter dem, was die Jacht hergab, denn rechts von ihnen, jenseits der Landzunge, wimmelte es nur so von kleinen Booten. Wie von unsichtbaren Hinweisschildern geleitet, hatten sich die Boote alle an einer ganz bestimmten Stelle versammelt. Zahllose Angelruten ragten über Bootsseiten und Hecks hinaus. Durch das vereinte Gewicht von Meerwasser und Köder bogen sie sich im klaren, blauen Himmel wie dünne Peitschenstiele.

»Muß wohl Gottes ureigenes Anglerparadies sein«, kommentierte Hawk.

Angel lächelte.

»Das ist Frenchman's Pool«, sagte sie. Sie mußte fast schreien, um sich über das laute Dröhnen der Dieselmotoren verständlich zu machen. »Bevor der Damm gebaut wurde, trat der Campbell River im Frühling gewöhnlich über seine Ufer. Durch die dauernden Überschwemmungen wurde ein riesiges Loch im Meeresboden ausgewaschen.«

Hawk warf einen Blick über seine Schulter. Kein Damm zu sehen und auch kein Loch im Meeresboden.

»Viele der Lachsschwärme aus dem Meer kommen gewöhnlich hier zusammen«, sagte Angel und deutete dorthin, wo sich die Boote tummelten. »Einige meinen, die Fische machen hier Station, um sich nach Jahren im Meerwasser ans Süßwasser zu gewöhnen. Andere sagen, sie warten hier, bis sie die Signale bekommen, die sie schließlich in den Fluß selbst hinauflocken.«

»Und was glauben Sie?« fragte Hawk.

Eine Zeitlang sagte Angel gar nichts.

Hawk musterte ihr Profil mit einem neugierigen, ja, hungrigen Blick. Es fiel ihm zunehmend schwer, seinen Körper in Schach zu halten.

Im Licht der Sonne sahen die hellblonden Haarsträhnen, die sich aus ihrem Zopf gelöst hatten, wie bleiche Flammen aus, die über ihre samtige Haut leckten. Ihr Profil war ungewöhnlich rein und klar; Stirn, Nase und Kinn bildeten eine harmonische, kraftvolle Einheit, ohne jedoch unfeminin zu wirken.

Als sie ihm ihr Gesicht schließlich zuwandte, wirkten ihre Augen so klar und durchsichtig wie ein tiefer, grüner See. Ihr Blick war mehr nach innen gerichtet als auf Hawk oder das unruhige Meer.

»Ich glaube«, begann Angel langsam, »daß die Lachse im Frenchman's Pool zusammenkommen, um mit sich und dem Süßwasser ihren Frieden zu machen, denn das Süßwasser bedeutet sowohl ihre Erfüllung als auch ihren Tod.«

»Wenn man Ihnen so zuhört, könnte man meinen, daß Lachse fast etwas Menschliches hätten.«

»Tatsächlich?« murmelte sie und lächelte traurig. »Aber die meisten Menschen haben diesen Mut nicht. Sie blicken nicht weiter in die Zukunft als bis zu ihrer nächsten Mahlzeit. Die Lachse dagegen sehen ihrem Tod und auch dem, was danach kommt, ins Auge.«

»Dem, was danach kommt?«

»Geborenwerden. Der endlose Kreislauf von Leben und Tod – Tod und Erneuerung, die ineinander übergehen wie der Campbell River ins Meer.«

Ein Schrei ertönte, gefolgt von aufgeregtem französischem Geplapper. Angel lehnte sich über die Reling und spähte durch die helle Morgensonne.

»Schauen Sie!« rief sie. »Er hat einen erwischt!«

Sie deutete auf ein kleines Ruderboot, das aussah, als ob es auf der glänzenden Wasseroberfläche festklebte. Aufgeregt umklammerte sie Hawks Arm.

»Sehen Sie?« fragte sie. »Dort, das Ruderboot, gleich neben dem gelben Kajütenboot. O Mann, das muß ein ganz schöner Brummer sein! Sehen Sie nur, wie sich die Rute biegt!«

Einen Moment lang konnte Hawk nichts außer Angels Nähe wahrnehmen, ihren süßen Duft, ihre Hand auf seinem Oberarm.

Dann folgte sein Blick der Richtung, in die sie zeigte. Er sah ein kleines Ruderboot, das tapfer gegen die unsichtbare Strömung ankämpfte. Das Boot besaß keinen Motor; da war nur ein breitschultriger Mann, der stetig ruderte, und ein anderer, der mit der gebogenen Angelrute kämpfte.

»Was ist mit ihrem Motor passiert?« fragte Hawk.

»Das ist ein Boot aus dem Ruderclub. Da sind keine Motoren erlaubt.«

»Warum nicht?«

»Man will den Lachs so fangen, wie damals die ersten englischen Einwanderer – mit hölzernen Rudern und hölzernen Ködern, Mann gegen Fisch, mit nichts als Verstand und Muskelkraft.«

Hawks Interesse war geweckt. Das kleine Boot saß wie festgezurrt auf dem Wasser, es gab weder Vor noch Zurück, ein Tauziehen zwischen Mensch und Lachs.

»Die Leute kommen von überall aus der Welt hierher, nur um einen dreißigpfündigen Lachs in einem Ruderboot zu fangen«, sagte Angel. »Wem's gelingt, der wird Mitglied des Ruderclubs.«

»Sind Sie Mitglied?« fragte Hawk sanft.

»Ja.«

»Und wer hat für Sie gerudert? Derry?«

Die Frage durchschnitt Angels Herz wie ein Messer, riß alte Wunden wieder auf.

Grant hatte für sie gerudert. Sie hatten zusammen gelacht und sich gefreut wie die Kinder, hatten vereinbart, den Lachs zu räuchern und ihn dann bei ihrer Hochzeit zu servieren.

Zehn Tage später war Grant tot gewesen.

»Am Wochenende«, sagte Angel mit heiserer Stimme, ohne auf Hawks Frage einzugehen, »ist der Frenchman's Pool so voller Boote, daß man ihn fast zu Fuß überqueren könnte.«

Hawk war weder der tiefe Kummer, der über Angels Züge gehuscht war, entgangen, noch die Tatsache, daß sie seine Frage ignoriert hatte.

»Das würde ich auch gerne versuchen, von einem Ruderboot aus zu angeln«, sagte er. »Ist der Mann, der für Sie gerudert hat, noch verfügbar?«

»Nein«, erwiderte Angel mit leiser, abweisender Stimme.

»Warum nicht?«

»Ich bin nicht stark genug, um mehr als eine Stunde lang gegen die Strömung anzurudern«, sagte sie, ignorierte auch diese Frage. »Das reicht nicht, um einem eine faire Fangchance zu geben. Carlson würde sicher für Sie rudern, wenn ich ihn darum bäte. Carlson kann, wenn nötig, tagelang gegen jede Strömung anrudern.«

»Carlson?«

»Ein Freund«, erwiderte Angel leise. »Ein sehr alter Freund.«

Hawks Mundwinkel verzog sich höhnisch. Er fragte sich, wie viele *sehr alte Freunde* Angel wohl noch hatte.

»Möchten Sie, daß ich Carlson bitte, Sie zu rudern?« fragte sie.

»Ich werd's mir überlegen.«

Er drehte ihr den Rücken zu.

Angel fühlte seine Muskeln unter ihren Fingern und merkte jetzt erst, daß ihre Hand immer noch auf seinem Oberarm lag. Rasch zog sie sie weg.

»Möchten Sie warten, bis die den Fisch an Land gezogen haben?« fragte Hawk und drosselte den Bootsmotor.

»Nein. Das kann Stunden dauern. Lachse sind unheimlich stark. Oder möchten Sie vielleicht warten?«

»Ich würde lieber so schnell wie möglich aus diesem Gewimmel hier rauskommen und Ihnen zeigen, wie man mit dem Boot umgeht. Welche Richtung?«

»Nach Norden«, sagte Angel entschieden. »Je weiter nach Norden, desto weniger Leute.«

»Klingt ganz nach meiner Lieblingsrichtung.«

Hawk stand im Ruderhaus und drehte den Motor auf, so daß sich der schimmernde weiße Bug der Jacht elegant aus den Wellen erhob.

Angel hielt sich am Sitz fest und starrte aufs Meer hinaus, während das Boot rasch an Geschwindigkeit zulegte. Sie beobachtete das Wasser vor ihnen mit angestrengt zusammengekniffenen Augen.

»Hat man Sie vor Treibstämmen gewarnt?« fragte sie plötzlich.

»Nein. Wieso, was ist das?« erwiderte Hawk.

»Nun, das sind große, meist einzeln schwimmende Baumstämme, die sich von Schleppbooten gelöst haben. Wenn sie sich voll Wasser saugen, dann schwimmen sie direkt unter der Wasseroberfläche, bis sie schließlich sinken.«

Hawk drosselte sofort den Motor.

»Klingt ganz schön gefährlich«, meinte er.

»Ist es oft auch. Meistens kommt man aber mit 'ner kalten Dusche und einem kaputten Boot davon.«

Links von ihnen raste ein Motorboot gischtsprühend vorbei.

»Scheint, als ob die auch noch nichts von Treibstämmen gehört hätten«, meinte Hawk.

»Man gewöhnt sich dran, so wie an Unwetter und Fünfzehn-Knoten-Strömungen. Das gehört dazu.«

»Wie an Autounfälle.«

Angel zuckte zusammen, hatte sich jedoch schnell wieder in der Hand. »Ja«, sagte sie. »Wie an Autounfälle. Man steigt trotzdem wieder ein.«

Wieder huschten dunkle Schatten über ihr zartes Gesicht, und wieder waren sie in der nächsten Sekunde verschwunden.

»Wie schnell kann man Ihrer Meinung nach hier fahren?« fragte er.

»Jetzt?«

Angel drehte sich langsam um und ließ ihren Blick übers Meer gleiten.

»Es herrscht gute Sicht«, sagte sie. »Der Wind hat sich gelegt. Die Flut hat ihren Höhepunkt noch nicht erreicht.«

Hawk blickte sich ebenfalls um, verglich ihre Beobachtungen mit seinen Erfahrungen in bezug auf Wasser, Rennboote und die eigenen Reflexe.

Schließlich deutete Angel mit einem Wink auf das Motorboot vor ihnen, das sich rasch entfernte.

»Ungefähr so schnell wie die dort«, meinte sie.

Er zog eine Augenbraue hoch, sagte jedoch nichts und erhöhte erneut die Geschwindigkeit.

»So viele Treibstämme sind's nun auch wieder nicht«, erklärte sie. »Und die meisten davon werden mit Wimpeln gekennzeichnet, sobald man sie findet.«

»Mit diesen Dingern da?« fragte er und deutete auf eine Handvoll zirka einen Meter langer Stecken mit einer scharfen Spitze am einen und einem dreieckigen Fähnchen am anderen Ende.

Angel nickte. »Wenn wir einen Treibstamm finden, wird er mit einem Wimpel markiert.«

»Und dann? Die kanadische Küstenwache alarmieren?«

»Nö. Normalerweise nehmen Holzhändler die Dinger auf. Jetzt, wo der Holzpreis so hoch ist, ist so ein Stamm mehrere hundert Dollar wert.«

»Und wenn ihn keiner mitnimmt?« fragte Hawk.

»Dann kann man den Stamm dank des Wimpels gut erkennen und ihm ausweichen, selbst wenn man doppelt soviel Tempo drauf hat wie wir jetzt.«

»Wäre schön, wenn all die kleinen Gefahrenzonen des Lebens so hübsch markiert wären«, meinte Hawk ironisch.

»Die Wimpel funktionieren aber nur, wenn man vernünftig genug ist, ihnen auch auszuweichen«, sagte Angel ebenso ironisch.

Befolgst du eigentlich deinen eigenen Rat? fragte sie sich im stillen. *Hawk ist doch mit Warnwimpeln nur so gespickt, und ich kann nicht aufhören, den Menschen und Mann dahinter zu sehen, seinen Hunger, seine Intelligenz, seine Leidenschaft und Stärke, eben all das, was das Leben lebenswert macht.*

Und die Gefahr. Die ist beim besten Willen nicht zu übersehen.

Angel unterschätzte Hawks Gefährlichkeit nicht. Ebensowenig, wie sie sie fürchtete. Sie respektierte sie einfach.

Gefahren gab es immer, sie waren ebenso ein Teil des Lebens wie die Liebe. Wer das eine wollte, mußte auch das andere akzeptieren. Das hatte Grant Ramsey sie gelehrt ... Liebe und Tod.

Diese Erfahrung hätte Angel beinahe zerstört. Sie wußte nicht, ob sie stark genug für eine weitere Lektion war.

Sie wußte nur eins: Sie würde es herausfinden.

7. Kapitel

Angel berührte Hawks Arm und deutete nach rechts, um ihm zu zeigen, daß er Kurs auf die etwas ruhigeren Gewässer in dieser Richtung nehmen sollte. Während der Fahrt durch die Meerenge hatte keiner von beiden versucht, sich über das Röhren der Dieselmotoren hinweg zu verständigen.

Geschickt steuerte Hawk das Boot an der Leeseite einer grauen Landspitze entlang in ruhigeres Wasser. Er legte den Leerlauf ein und ließ das Boot einen Moment treiben, um zu sehen, wie stark an dieser Stelle die Strömung war. Kaum der Rede wert.

Mit einer geschmeidigen Bewegung glitt Hawk aus dem Führersitz. Als er aufgerichtet dastand, war er Angel so nahe, daß sie den herben Duft seines Aftershaves riechen konnte. Seine Augen waren von einem reinen, kristallklaren Braun mit Goldflecken darin. Sein Schnurrbart war so schwarz wie seine Pupillen.

Angel fragte sich, wie sich dieser Schnurrbart wohl auf ihrer Haut anfühlen mochte. Rauh oder weich oder eine erregende Kombination aus beidem?

Fühlt er sich kühl an oder ebenso warm wie der Rest seines Körpers, eine Wärme, die ich sogar jetzt spüre, obwohl ich ihn überhaupt nicht berühre?

Angel war derart gebannt von ihren heimlichen Spekulationen, daß sie wie erstarrt dastand und sogar das Atmen vergaß. Dann sah sie plötzlich, wie sich Hawks Pupillen weiteten, als er merkte, wie sie ihn anstarrte.

Sie fuhr zurück, wandte den Blick von Hawks hartem und doch sinnlichem Mund ab. Sie wollte etwas sagen, irgendwas, denn sie fühlte, daß er sie nun ebenso eindringlich musterte.

Doch ihr Kopf war wie leergefegt.

Mit gesenktem Blick schlüpfte Angel an ihm vorbei und setzte sich ans Ruder des schnittigen Bootes.

Hawk beugte sich über sie und über das Armaturenbrett mit seinen Schaltern und Kontrollanzeigen. Er spürte ihre Nervosität, merkte deutlich, daß seine Nähe sie aus der Ruhe brachte. Er achtete jedoch darauf, sie nicht zu berühren. Er hatte ihren Rückzug ebenso deutlich wahrgenommen wie die Sinnlichkeit, mit der sie ihn zuvor gemustert hatte.

Obwohl Hawk seinen Drang, über Angels Hals und ihren hektischen Puls zu streicheln, beherrschte, konnte er nicht verleugnen, daß sein Blut plötzlich ebenfalls schneller durch seine Adern floß, daß sein Adrenalinspiegel merkbar gestiegen war, nun, da die Jagd begonnen hatte. Doch nichts von dem, was er fühlte, war seiner Stimme oder seinem Ausdruck anzumerken.

Wie seine Beute, konnte sich auch der Jäger, wenn nötig, zurückziehen. Er wußte ja, daß jeder Rückzug nur temporär war.

»Haben Sie je etwas so Kraftvolles in der Hand gehabt?« fragte Hawk mit leiser, fast intimer Stimme.

Angel wandte den Blick nicht vom Armaturenbrett ab.

»Nein«, sagte sie.

In ihren Ohren klang dieses Wort heiser, wie abgerissen. Sie holte tief Atem und versuchte, ihren rasenden Puls unter Kontrolle zu bringen.

»Nein«, wiederholte sie. »Derrys Boot war nur halb so groß und besaß nur etwa ein Viertel der Motorstärke.«

»War?«

»Er hat's vor ein paar Monaten verkauft.«

Was Angel nicht erwähnte, war, daß er es ohne ihr Wissen verkauft hatte. Um die Studiengebühren, die sich im letzten Jahr vor seinem Collegeabschluß angehäuft hatten, abzubezahlen.

Angel hätte ihm das Geld gegeben, wenn sie davon gewußt hätte. Zumindest hätte sie es versucht. Aber Derry war fest entschlossen, kein Geld mehr von ihr anzunehmen, obwohl sie sich nichts Lohnenderes vorstellen konnte, als ihr Geld in seine Zukunft zu investieren.

»Und Sie waren dagegen.« Es war eine Feststellung, keine Frage.

»Wogegen?«

»Daß Derry sein Boot verkauft.«

»Es war seins, er konnte damit machen, was er wollte.«

Angels Ton war ruhig. Sie hatte sich wieder in der Hand.

»Aber Sie liebten es, damit rauszufahren«, sagte Hawk.

Sie hörte das rauhe, fast unmerkliche Zittern in seiner Stimme und blickte auf.

»Ja«, antwortete sie.

»Wie gut für Sie, daß ich aufgetaucht bin«, sagte Hawk und richtete sich auf. »Sonst hätten Sie vielleicht Ihr hübsches kleines ... Köpfchen ... feilbieten müssen, um aufs Wasser rauszukommen.«

»Die Leute, die mich mit rausnehmen, bezahlen für mehr als nur mein Köpfchen«, sagte Angel, die Hawk damit bewußt einen Anlaß zu falschen Schlußfolgerungen gab.

»Darauf wette ich.« Sein Ton war voller Verachtung.

»Sie würden verlieren.«

Angel blickte ihn gelassen an und schwieg eine Zeitlang.

Dann meinte sie ruhig: »Ich hab' eine Lizenz als Angellehrerin.«

Hawk sagte nichts dazu, aber eine seiner schwarzen Brauen schob sich vielsagend in die Höhe.

»Wie ich Ihnen schon sagte, Hawk, Sie wissen nicht das geringste über mich.«

»Sie wären überrascht, Süße«, sagte er.

Sein Ton war emotionslos, bis auf den kleinen, fast unmerklichen Anflug von Hohn, der so typisch für ihn war wie sein dichtes schwarzes Haar. Einen Moment lang fragte sich Angel, was für eine Frau ihn wohl so verbittert gemacht haben mochte, daß er alle Frauen für oberflächlich und gefühllos hielt.

Aber über die Frau oder die Frauen in Hawks Leben nachzudenken hieße bloß, wieder ihre innere Ruhe einzubüßen. Angel hatte weder Kontrolle über Hawk noch über seine Frauen oder die Konsequenzen, die er aus seiner Vergangenheit gezogen hatte und nun auf die Gegenwart, auf sie, anwendete.

Alles, worüber Angel Kontrolle besaß, war sie selbst, waren ihre eigenen Reaktionen und Schlußfolgerungen.

Ganz bewußt, so wie sie's in den schrecklichen Monaten nach Grants Tod gelernt hatte, schuf Angel vor ihrem geistigen Auge das Bild von etwas so überirdisch Schönem, wie sie es noch nie in ihrem Leben gesehen hatte ...

Eine einzelne, perfekte Rose, die sich im jungfräulichen, kühlen Licht eines Sommermorgens öffnet. Ihre purpurnen Blütenblätter schimmern von Tautropfen, ruhig, feierlich, unberührt, ein Wunder, das den langen, harten Winter und den darauf folgenden, ungewissen Frühling in perfekter Schönheit überstanden hat.

Eine einfache Rose.

Siegreich, gelassen, schön.

Ruhe breitete sich sichtbar in Angel aus, während die Rose vor ihrem geistigen Auge Gestalt annahm. Gelassen und selbstbewußt, Körper und Geist in erneuter Harmonie, legte sie die Hände ans Ruder der schnittigen Jacht.

Hawk beobachtete fasziniert die Veränderung, die in Angel vorging. Scharf und abschätzend folgte er mit zusammengekniffenen Augen jeder ihrer Bewegungen. Er fühlte, daß sie sich vor ihm zurückgezogen hatte.

Nein, nicht zurückgezogen, dachte er. *Sie hat lediglich einen Ort der Ruhe in sich selbst gefunden.*

Einen Ort, wo ich nicht an sie herankomme.

Angel erhöhte allmählich die Umdrehungszahl der beiden Dieselmotoren. Sie beobachtete sorgfältig die Leuchtanzeigen. Die Motoren waren wundervoll ausbalanciert, liefen in exakter Synchronität, ein Meisterwerk der Technik.

Mit einem anerkennenden Nicken drosselte sie die Motoren wieder, legte den ersten Gang ein und brachte das Boot unter Hawks genauer und schließlich anerkennender Aufsicht auf Touren. Das Boot reagierte auf jede kleinste Handbewegung, durchpflügte mit seinem schnittigen Bug das tiefgrüne Meerwasser, eine schäumende Gischtwelle hinter sich herziehend.

Angel schaltete das Sonargerät ein und beobachtete wachsam die Anzeige, während sie in der Meerenge kreuzte. Neugierig musterte Hawk den kleinen grünen Bildschirm.

»Haben Sie schon mal mit einem Echolot Fische aufgestöbert?« fragte Angel.

»Nein.«

Sie deutete auf den unteren Teil des Bildschirms und dann auf die Tiefenanzeige daneben.

»Im Moment«, sagte Angel, »liegt die Tiefe bei ungefähr zwanzig Faden. Nichts ist zwischen uns und dem Meeresboden, außer – Moment mal!«

Ohne die Augen von der Echolotanzeige abzuwenden, drosselte sie die Motoren, wendete das Boot und fuhr zurück.

»Da«, sagte sie und deutete auf eine schimmernde Ansammlung von beweglichen Linien in zirka zehn Faden Tiefe. »Ein Fischschwarm. Wahrscheinlich Heringe.«

»Woher wissen Sie das?«

Angel zuckte leicht mit den Schultern, eine anmutige Bewegung, die Hawk nicht entging.

»Erfahrung«, erwiderte sie einfach. »Heringe sind ziellose, aber dichte Schwärmer. Sehen Sie, wie rasch sich die Linien bewegen?«

Hawk beobachtete zwar den Bildschirm, doch der Großteil seiner Aufmerksamkeit wurde von den schlanken Händen, die so rasch gelernt hatten, mit dem mächtigen Motorboot umzugehen, gefangengenommen. Was immer Angel auch sein mochte, sie besaß das Selbstbewußtsein und Reaktionsvermögen eines Rennfahrers.

»Und wie sehen Lachse auf dem Schirm aus?« fragte Hawk mit tiefer, vibrierender Stimme.

Er beugte sich vor, als ob er den Bildschirm genauer ansehen wolle, aber es war das Mädchen, das all seine Sinne ausfüllte. Seine Nasenflügel blähten sich unfreiwillig, während er ihren zarten Duft einsog, den Duft, den er mittlerweile untrennbar mit Angel verband – eine Mischung aus Sonne und Wind und verborgenen Wiesenblumen.

»Lachse sind weniger deutlich zu erkennen, außer Sie stoßen auf einen wirklich großen Schwarm.«

Angel schloß eine Sekunde lang die Augen und nahm die Wärme, die von Hawks Körper ausging, in sich auf. Auf einmal konnte sie nicht mehr richtig denken. Grimmig riß sie sich zusammen.

»Lachse schwimmen selten am Meeresboden«, sagte sie. »Wenn Sie dort einen Schwarm entdecken, dann handelt es sich um Kabeljau, nicht um Lachs.«

Warum muß er unbedingt so dicht bei mir stehen? fragte sie sich verzweifelt. *Ich kann ja kaum Luft holen, ohne ihn einzuatmen.*

Sie fühlte sich von seinem Körper bedrängt, und ihre Ruhe schwand mit jedem Atemzug, mit dem sie seinen männlichen Duft in sich aufnahm.

»Sind Sie kurzsichtig?« fragte Angel in leicht ersticktem Ton.

»Kurzsichtig?« Er klang überrascht.

»Na, wie die Leute, die nichts sehen können, außer wenn sie direkt draufhocken«, erklärte sie trocken.

Hawk warf ihr einen Blick von der Seite zu. Sein Gesicht war nur Millimeter von dem ihren entfernt. Im schrägen Licht der Morgensonne sahen ihre Augen so grün aus wie perfekte Türkise.

»Sorry«, sagte er. Und dann: »Fühlen Sie sich etwa bedrängt?«

»Nicht mehr als Sie sich von mir«, erwiderte Angel.

»Gut«, meinte Hawk sanft, »denn ich fühle mich kein bißchen bedrängt.«

Angel zog plötzlich das Ruder herum und trat aufs Gas. Der Ruck zwang Hawk, einen Schritt zurückzutreten, um die Balance nicht zu verlieren. Sie steuerte das Boot näher an die Klippen auf der östlichen Seite der Passage heran.

Sie näherten sich den Felsen mit alarmierender Geschwindigkeit. Hawk warf einen Blick auf das Sonargerät. Der Meeresboden lag in etwa dreiunddreißig Faden Tiefe und wurde von Sekunde zu Sekunde tiefer. Er musterte die Klippen mit zusammengekniffenen Augen.

Mindestens dreißig Meter, schätzte er. *Nein, eher sechzig.*

Die Risse in den Klippen waren grün überwuchert, aber die Bäume wirkten auf der riesigen, zerklüfteten Fläche nicht größer als Sträucher.

Angel warf Hawk einen Seitenblick zu, um seine Reaktion einzuschätzen. Für jemanden, der die Meerenge nicht kannte, mußte es wie Wahnsinn erscheinen, sich der Küste mit solcher Geschwindigkeit zu nähern, da man befürchten mußte, jederzeit auf Grund zu laufen.

Aber Angel kannte das Land, und sie kannte die See.

»Die Geologen bezeichnen das Land hier als die ertrunkene Küste«, sagte sie und hob automatisch die Stimme, um sich über den Lärm der Dieselmotoren hinweg verständlich zu machen.

»Sie meinen ertrunken, wie ertrunkene Menschen?« meinte Hawk sarkastisch.

»Nein. Während der letzten Eiszeit lag der Meeresspiegel mehrere hundert Meter niedriger. Dann schmolz all das Eis, und das Land wurde überflutet. Die Klippen da vor uns fallen direkt ins Meer ab, und zwar zirka hundertfünfzig Meter. Man kann also gar nicht auf Grund laufen, außer man rammt die Klippen selbst.«

»Wie in Norwegen«, sagte Hawk, dem nun alles klar war. Er betrachtete das Land auf einmal mit ganz anderen Augen.

»Das hat auch einer meiner Angelkunden gesagt«, stimmte ihm Angel bei. »Er stammte aus Norwegen. Meinte, daß ihn all diese Fjorde an zu Hause erinnern würden. Damals habe ich zum ersten Mal begriffen, daß Fjorde nichts weiter sind als von Salzwasser überschwemmte Täler.«

Hawk warf Angel einen amüsierten Seitenblick zu.

Sie bemerkte es nicht. Sie drosselte soeben wieder den Motor und wendete die Jacht, so daß sie nun in etwa sechs Meter Entfernung parallel zu den Klippen dahinglitten. Dann legte sie den Leerlauf ein, während sie Strömung und Windstärke abschätzte.

Die Jacht trieb langsam von den Klippen fort.

»Wieviel Vertrauen haben Sie in den Bootsmotor?« fragte Angel in sachlichem Ton.

»In welcher Beziehung?«

»Nun, ob er beim ersten Mal anspringt oder nicht.«

»Also, mein Leben würde ich nicht drauf verwetten. Aber das würde ich ohnehin auf nichts mehr.« Hawk zuckte mit den Schultern. »Neunundneunzig von hundert Malen dürfte er schon anspringen.«

»Das reicht. Ich hätte nichts gegen ein bißchen Stille.«

Angel stellte den Motor ab und startete dann erneut. Er sprang sofort an. Sie drehte ihn wieder ab und überließ so das Boot den sanften Einflüssen von Wind und Wasser.

Eine wohltuende Stille umfing Angel. Unbewußt schloß sie die Augen und lächelte.

Hawk sah dieses Lächeln und wäre am liebsten mit dem Finger darübergestrichen – und dann mit dem Mund. Er tat nichts von beidem. Am Anfang der Jagd überließ er es der Beute, Richtung und Geschwindigkeit zu bestimmen.

Was nicht hieß, daß er Angel nicht von Zeit zu Zeit ein wenig bedrängen würde, nur um zu sehen, wie Sinnlichkeit ihre Augen leuchten und ihre Lippen weich werden ließ. Aber er würde sie nur sanft bedrängen, so daß es ganz natürlich wirkte und ihr keinen Vorwand gab, sich zu weit vor ihm zurückzuziehen.

Hawk spürte, daß Angel lange nicht so aggressiv war wie die meisten der Frauen, die er bisher gehabt hatte. Bei den anderen hatte der Sport darin bestanden, ihnen auszuweichen, Haken zu schlagen und zuzusehen, wie ihre Frustration wuchs.

Bei Angel würde der Sport darin bestehen, sie zu sich zu locken.

So oder so, das Endergebnis war dasselbe. Zuerst Befriedigung, dann Tränen und Enttäuschung – und ein Falke, der sich wieder in die Lüfte schwang, der seine dunklen Flügel ausbreitete, um sich auf die Suche nach seiner nächsten Beute zu machen, auf daß die nächste Jagd beginnen konnte.

Bei diesem Gedanken verzog Hawk verächtlich den Mund. Seine Verachtung galt sowohl sich selbst als auch den Frauen, die er genommen und dann wieder zurückgelassen hatte. Langsam wurde er des Spiels müde, hatte die Jagd und deren unvermeidlichen Ausgang satt; am meisten jedoch haßte er das Gefühl der Ratlosigkeit, das ihn am Morgen danach unweigerlich überkam. Adrenalin allein war nicht länger genug.

Aber mehr als das gab es nicht.

Das hatte er lernen müssen, als er achtzehn geworden war. Akzeptiert hatte er die Erkenntnis jedoch nie. Nicht wirklich.

Die Hoffnung war es, die ihn immer wieder in die Lüfte steigen ließ, die ihn erneut auf die Suche schickte. Die Hoffnung war's, die ihm zuflüsterte, daß das Leben mehr zu bieten hatte als Verrat, Lügen und Leere, Dinge, die nach dem Adrenalinstoß kamen.

Hawk hatte gelernt, die Hoffnung zu hassen, aber er hatte nicht gelernt, sie zu töten.

Noch nicht.

8. Kapitel

»Hawk?«

Hawk blinzelte und wurde wieder in die Gegenwart und zu der wunderschönen Schauspielerin zurückgerissen, die zu jagen ein faszinierendes Abenteuer zu werden versprach.

Für eine gewisse Zeit zumindest.

»Ja?« sagte er.

»Wenn Sie zur Seite gehen, dann kann ich das Angelzeug raussuchen.«

Er trat gerade so weit zurück, daß Angel den Steuersitz verlassen konnte, aber nicht weit genug, um an ihm vorbeizukommen, ohne ihn zu streifen. Angel zögerte kurz, dann schlüpfte sie rasch an ihm vorbei. Nur ihr Duft und eine Andeutung von Wärme hingen noch in der Luft.

Hawk sog beides erregt und gierig in sich auf. Doch nichts davon war ihm anzumerken. Sein Gesicht war ebenso unbewegt wie die Klippen vor ihnen.

Angel machte rasch die Angelruten fertig, wobei sie genau erklärte, was sie tat. Sie suchte zwei gut zwei Meter lange, flexible Ruten aus. Das Boot schwojte träge auf dem Wasser und trieb fast unmerklich zum seichten Ende der Bucht hin.

»Die Lachse mit einem Schleppnetz zu fangen hat keinen Zweck«, sagte Angel.

»Warum nicht?«

»Weil sie noch nicht hier sind.«

»Woher wissen Sie das?«

Ihre Lippen verzogen sich zu einem kleinen Lächeln.

»Carlson ist noch nicht da«, erwiderte sie schlicht. »Der

Mann ist einfach unheimlich. Sobald sich ein Lachsschwanz zeigt – er weiß es. Muß an seinem indianischen Blut liegen.«

»Ein alter grauer Schamane, was?« fragte Hawk mit belustigt hochgezogenen Brauen.

Angel lachte, beugte sich über die Ausrüstungsbox und holte eine Spule heraus. Nachdem sie sie an der Angelrute befestigt hatte, zog sie die Schnur durch die Schnurführung.

»Carlson ist nicht alt«, sagte sie. »Seine Haare sind genauso schwarz und dicht wie Ihre. Schön wie die Sünde und hart wie die Klippen dort. Wie Sie.«

Angels Ton war so sachlich, daß Hawk einen Moment brauchte, bis er begriff, was sie gerade gesagt hatte.

»Danke«, meinte er ruhig. Er ließ sie nicht aus den Augen.

Angel nahm einen abscheulich aussehenden Heintzblinker aus seinem Fach in der Köderbox. Der Angelhaken blinkte kalt im Sonnenlicht.

»Bedanken Sie sich bei Ihren Eltern«, sagte sie. »Ich hatte nichts damit zu tun.«

Einen Augenblick lang geriet Hawk aus der Fassung. Frauen hatten ihm schon oft gesagt, daß er gut aussah. So oft, daß er's fast satt hatte, wie inzwischen so viele Dinge in seinem Leben.

Aber Angels sachliche Summierung seiner körperlichen Attribute war … schmeichelhaft. Sie erwartete nichts dafür. Weder eine Liebkosung noch sonst etwas, nicht einmal ein nettes Wort.

Es war, als ob sie gesagt hätte, er habe zehn Finger. Nichts Besonderes. Jeder Mensch hat zehn Finger.

Eine sanfte Erregung, ja, Freude breitete sich in Hawk aus. Zuerst zog sie sich zurück, dann kam sie wieder, aber sie kehrte auf so unauffällige, subtile Weise zurück, daß er ihre erneute Annäherung fast übersehen hätte.

Nie zuvor hatte eine Beute so elegante, so überraschende Haken geschlagen. Er hatte recht gehabt, als er entschied, ihr das Tempo zu überlassen.

Er würde es auch weiterhin so halten, so lange jedenfalls, bis seine Lust stärker wurde als seine Geduld. Dann würde der Greifvogel herabstoßen und der Jagd ein Ende bereiten.

»Was würden Sie sagen, wenn ich sagte, Sie wären schön?« fragte Hawk mit aufrichtiger Neugier.

»Ich würde sagen, Sie hätten gute Manieren, aber schlechte Augen«, antwortete Angel.

Während sie sprach, befestigte sie den rundköpfigen Heintzblinker an einer bronzenen Sicherheitsnadel, die bereits an der Angelschnur hing.

»Meine Augen sind ausgezeichnet«, sagte Hawk.

»Dann können Sie ja sehen, daß meine Stirn zu hoch ist, daß meine Backenknochen zu sehr hervortreten, daß meine Haare zu dick, ich selbst zu dünn und meine Haut viel zu blaß ist.«

Angel tippte den Haken vorsichtig mit der Fingerspitze an. Noch nicht ganz so, wie er sein sollte – rasiermesserscharf.

»Andererseits jedoch«, fuhr sie fort, »ist meine Augenfarbe okay, und alles andere funktioniert so gut, wie man's sich nur wünschen kann. Was meinen Verstand betrifft, kann ich auch nicht klagen – meistens jedenfalls nicht«, fügte sie trocken hinzu.

Während sie sprach, holte sie einen kleinen Wetzstein aus der Box und begann den Spinnerhaken damit zu schärfen.

Hawk sah ihr fasziniert zu, fasziniert nicht nur von ihren Worten, sondern auch von der uneitlen, natürlichen Art, mit der sie sich selbst beschrieb.

Was Angel von sich sagt, stimmt rein faktisch, mußte Hawk zugeben. *Sie ist nicht auf herkömmliche Art schön.*

Sie ist einfach faszinierend.

Wie ein Kaleidoskop verändert sie sich mit jedem Atemzug, immer anders, funkelnd, facettenreich wie ein Diamant.

Hawk war erstaunt. Er war sicher, daß sie wissen mußte, wie ungewöhnlich sie war, aber sie hatte geklungen, als wäre sie absolut überzeugt von ihrem Mangel an Anziehungskraft auf Männer.

»Sie sind eine ganz erstaunliche Schauspielerin«, murmelte er.

Er meinte dieses zweideutige Kompliment vollkommen aufrichtig. »Die beste, der ich je begegnet bin.«

Angel blickte überrascht auf.

Der Angelhaken verrutschte und stach sie in den Daumen. Sie zuckte zurück und blickte stirnrunzelnd auf den leuchtendroten Blutstropfen, der sich langsam auf ihrem Daumen bildete.

»Was meinen Sie damit?« fragte sie.

Hawk schüttelte bewundernd den Kopf.

»Genau das, was ich gesagt habe, Angel.«

Er ergriff ihre Hand und zog sie an seinen Mund. Dann saugte er sanft an ihrem Daumen.

»Aber dein Blut ist echt«, murmelte er, fuhr noch einmal sanft mit der Zunge darüber und gab ihre Hand dann frei.

Hawk tat das alles mit einer einzigen, raschen und flüssigen Bewegung, nahm ihre Hand und ließ sie wieder los, bevor Angel überhaupt begriff, was mit ihr geschah.

Ihr Körper reagierte schneller. Sie konnte immer noch das sanfte Kitzeln seiner Zunge, den raschen Druck und die Wärme seines Mundes spüren. Auf einmal fiel ihr das Atmen schwer.

Hawk nahm ihr die Angelrute aus der Hand, als ob nichts geschehen wäre.

»Ich glaube, der Haken ist jetzt scharf genug, meinen Sie nicht?« fragte er leise.

»Ja«, sagte sie und senkte den Blick.

Sie ging rasch zurück ins Ruderhaus und blickte prüfend auf das Sonar. Sie waren langsam von den Klippen weggetrieben, und der Meeresboden war nun längst nicht mehr so tief. An dieser Stelle lag er nurmehr gut zwanzig Meter unter ihnen. Mit einem raschen Blick auf die Küstenlinie versuchte sie abzuschätzen, wie weit sie von dem Felsenriff, das sich am unteren Ende der winzigen Bucht auftürmte, noch entfernt sein mochten.

Geistesabwesend saugte Angel an ihrem verletzten Daumen. Als sie merkte, daß ihre Haut noch nach Hawk schmeckte, beschleunigte sich ihr Puls. Sie holte mehrmals tief Atem und rief sich wieder ihre perfekte Rose ins Gedächtnis. Nur so hatte sie sich gegen ihre Schmerzen wappnen können, nur so hatte sie's geschafft, wieder gehen, wieder leben zu lernen.

Stirnrunzelnd starrte sie auf ihren Daumen. Erst jetzt wurde ihr klar, daß ihre Rose blutrot war, die Farbe des Lebens.

Angel ließ diese Erkenntnis langsam auf sich wirken, nahm sie in sich auf wie Licht, das jeden Ort erleuchtet, auf den es fällt. Als sie schließlich wieder zum Bootsheck zurückkehrte, atmete sie gleichmäßig und entspannt.

»Haben Sie je mit einem Blinker Kabeljau gefischt?« fragte sie Hawk und nahm ihm die Angel aus der Hand.

»Nein. Ist das denn schwer?«

»Für Sie? Wohl kaum. Sie sind sehr geschickt.«

»Noch ein Kompliment? Sie verdrehen mir ja den Kopf.«

Angel warf Hawk einen kühlen Seitenblick zu.

»Bloß eine Feststellung«, sagte sie sachlich. »Und es braucht schon einen Bulldozer, um Ihnen den Kopf zu verdrehen.«

Hawks linker Mundwinkel zuckte nach oben.

Fast ein Lächeln. Oder eher das, was einem Lächeln am nächsten kommt, dachte Angel.

Vielleicht ist das ja alles, wozu er fähig ist.

Ein trauriger Gedanke.

»Sind Sie schon mal mit einer Schnurrolle umgegangen?« fragte sie und wich den durchdringenden braunen Augen aus, die sie dauernd zu beobachten schienen.

»Ja. Hab' 'ne gehörige Tracht Prügel dafür eingesteckt, daß ich's ohne Erlaubnis getan habe.«

Angel blickte den großen, muskulösen Mann an, der so dicht neben ihr stand.

»Da müssen Sie aber ein ganzes Stück kleiner gewesen sein«, sagte sie trocken. »Oder es waren gleich mehrere.«

»Ich war damals sechs.«

Hawks Blick verfinsterte sich. Angel sah ihn an und fragte sich, was ihn wohl so traurig und ... ja, wütend machte.

Und es war Zorn, was sie in seinen Augen las, daran bestand kein Zweifel.

Angel hatte selbst jede Menge Erfahrungen damit, sowohl mit Kummer als auch mit Zorn. Sie wußte, wie er an einem Menschen nagen, wie er ihn auffressen konnte. Auf einmal war sie sicher, daß Hawk keine glückliche Kindheit gehabt hatte.

Sie fragte sich, ob er als kleiner Junge je gelacht hatte und ob er's jetzt, als Mann, je tat.

»Egal, wie viele Knoten Sie auch in meine Angelschnur machen«, sagte Angel leise, »ich werde Sie nicht schlagen. Versprochen.«

Hawks dunkle Augen richteten sich überrascht auf sie. Er strich mit dem Finger über die gerade Linie ihrer Nase.

»Kluges Mädchen«, murmelte er. »Falls Sie's noch nicht bemerkt haben, ich bin größer als Sie. Viel größer.«

»Und stärker«, meinte sie und sah den Mann an, der so dicht bei ihr stand. »Viel stärker.«

Hawks Blick veränderte sich, seine Pupillen erweiterten sich und ließen seine Augen auf einmal fast schwarz erscheinen. Angels Lippen waren so weich und so nah. Der Drang, sie zu küssen, war überwältigend. Doch gerade, als er sich entschloß, die köstliche Einladung anzunehmen, drehte sie sich von ihm weg.

Ein paar Sekunden lang stand Angel mit dem Rücken zu Hawk. Als sie sich wieder umdrehte, war sie so ruhig und gelassen wie eine Blüte, die sich der Morgensonne öffnet. Mit ruhiger, sicherer Stimme erklärte sie Hawk Theorie und Praxis des Kabeljaufischens mit einem Heintzblinker.

»Wir werden bald über ein Felsenriff treiben«, sagte sie. »Es befindet sich zirka sechs Faden – das sind ungefähr zehn Meter – unter dem Meeresspiegel. Was wir suchen, sind Kabeljau und Hechtdorsche. Ich hab' sogar Klippenbarsche schätzen gelernt, als ich noch klein war, denn mein Daddy hat mir nicht erlaubt, Fische zu behalten, die ich nicht essen wollte.«

Angel schritt wieder zum Ruderhaus, lehnte sich hinein und warf einen raschen Blick auf den Sonarbildschirm. Dann drückte sie Hawk die Angel in die Hand und bedeutete ihm, an die Reling zu treten.

Er hielt die Angelrute weit ins Wasser hinaus. Ein paar Zentimeter darunter tanzte und zitterte der bleibeschwerte Heintzblinker an der Schnur. Die flexible Angelrute übertrug jede kleinste Bewegung von Hawk auf den Köder.

Mit einer geschickten Handbewegung ließ Angel einen Metallhaken, der die Angelschnur auf der Rolle fixierte, aufschnappen. Der schwere Heintzblinker rauschte nur so in die Tiefe und versank sofort unter der blaugrünen Meeresoberfläche.

»Das ist der Schnurfangbügel«, sagte sie und deutete auf den Metallhaken, den sie zur Seite geschoben hatte. »Lassen Sie den Köder bis zum Grund sinken. Dann rollen Sie etwa zwei Meter Schnur wieder auf.«

Hawk sah zu, wie die Angelschnur in einem schimmernden, anmutigen Bogen von der Rolle lief, bis der Blinker am Boden aufkam. Der Schnurfangbügel klickte einmal in der Stille, als Hawk begann, die Angel wieder einzuholen. Als er schätzungsweise zwei Meter Schnur aufgerollt hatte, blickte er Angel fragend an.

»Die Idee dabei ist, den Dorsch denken zu lassen, daß da ein verletzter Hering auf den Grund sinkt«, erklärte sie.

»Wie?«

»Ziehen Sie die Rute rasch hoch, dann lassen Sie sie wieder sinken, warten ein paar Sekunden und wiederholen das Ganze. Falls ein hungriger Dorsch in der Nähe ist, kommt er ganz sicher angesaust. Und dann«, fügte Angel hinzu und leckte sich genüßlich die Lippen, »haben wir unser Abendessen schon halb in der Tasche, beziehungsweise in der Pfanne.«

Hawks dunkle Augen folgten ihrer Zungenspitze, die einen feuchten Schimmer auf ihren vollen Lippen hinterließ.

»Nicht schlecht«, sagte er. »Die Beute dreht den Spieß um und schnappt sich den Jäger.«

Angel legte nachdenklich den Kopf zur Seite.

»So hab' ich das noch nie gesehen«, gestand sie. Dann huschte ein Lächeln über ihre Züge. »Vielleicht ist das ja nur gerecht.

Der Dorsch bezahlt für ein Leben voller kostenloser Heringshappen.«

Hawks linker Mundwinkel verzog sich zynisch. »Und was ist mit Ihnen? Wann bezahlen Sie?«

Angel senkte rasch ihre dichten Wimpern, um sich die bösen Erinnerungen, die sie heimsuchten, nicht anmerken zu lassen.

»Das habe ich schon«, sagte sie.

Hawk zögerte, wollte fragen, was Angel damit meinte. Er wartete, aber sie hielt den Blick gesenkt. Mit einem Schulterzucken entschied er, daß ihre Worte nur ein weiterer eleganter Hakenschlag waren, nicht mehr. Er wandte seine Aufmerksamkeit wieder seiner Angelrute zu, zog sie mit einer raschen, mühelosen Bewegung hoch und ließ sie wieder sinken.

Angel sah ihm einige Minuten lang anerkennend zu. Offenbar verfügte er zusätzlich zu seiner erstaunlichen Kraft noch über ausgezeichnete Reflexe.

»Sie sind ein Naturtalent«, sagte sie schließlich.

Bloß eine Tatsache, kein Kompliment, wie ihr Ton unmißverständlich zu verstehen gab.

Hawk warf ihr einen Seitenblick zu, doch sie hatte sich bereits abgewandt und über die Kiste mit dem Angelzeug gebeugt. Sie suchte einen bleibeschwerten Heintzblinker für sich selbst heraus. Innerhalb von Sekunden war ihre Angelrute fertig, und sie konnte den Köder über die Reling ins Wasser gleiten lassen.

Eine Zeitlang herrschte Stille, unterbrochen nur vom gelegentlichen Summen der Angelschnur, wenn sie gespannt wurde.

Ohne Vorwarnung ruckte Hawks Angelrute heftig, zitterte und ruckte erneut.

»Sie haben einen erwischt«, sagte Angel. »Halten Sie die Rutenspitze oben!«

Schweigend musterte Hawk die stark gebogene Rute. Es war unmöglich, die Spitze oben zu halten.

Als ob sie seine Gedanken lesen könnte, trat Angel rasch zu ihm.

»Pressen Sie die Ellbogen an die Hüften«, befahl sie.

Hawk tat, wie ihm geheißen, und sofort fuhr die Rutenspitze nach oben, da der Griff der Angel in dieser Haltung parallel zum Körper steht.

»Gut«, sagte sie. »Jetzt bloß nicht nachlassen, während Sie einholen. Langsam und stetig, ja, genau. Dieser Dorsch landet in unserer Pfanne und sonst nirgends.«

»Sind Sie sicher, daß es ein Dorsch ist?« fragte Hawk mit herausfordernd hochgezogener Braue.

»Aber ja«, meinte sie zuversichtlich. »Der Fisch wehrt sich ja kaum.«

Hawk blickte die heftig zuckende Angelrute an und konnte die Kraft, mit der der Fisch sich wehrte, bis in seinen angespannten Bizeps spüren.

»Wehrt sich kaum?« wiederholte er trocken.

»Nö. Warten Sie nur, bis Sie einen Lachs an dieser Gummiangel haben«, sagte Angel schwärmerisch. »Dann wissen Sie, was es heißt, Sonne und Sturm in Händen zu halten.«

Sie bemerkte den raschen Seitenblick nicht, den Hawk ihr zuwarf, und auch nicht den überraschten Ausdruck auf seinem Gesicht. Ihre Freude und Aufregung spiegelten sich klar und deutlich auf ihren Zügen, wie die Sonne auf der glatten Wasseroberfläche. Was immer man auch sonst über Angel sagen mochte, eins wußte Hawk: Sie liebte das Fischen wie kaum etwas auf der Welt.

Und dann fragte er sich, ob sie im Bett wohl dieselbe aufrichtige Leidenschaft beweisen würde.

Die Angel zuckte und zitterte in Hawks festem Griff.

»Halten Sie die Spitze oben!«

Angel beugte sich über die Reling und spähte angestrengt nach dem ersten Anzeichen von Hawks Fisch.

»Dieser Fisch hat gerade zehn Pfund zugenommen«, sagte Hawk überrascht.

Die Angelrute bog sich nun fast U-förmig und bestätigte so seine Worte.

»Das ist ein Dorsch für Sie«, lachte Angel. »Er hat das Boot gesehen und spreizt nun die Flossen, um's Ihnen schwerer zu machen, ihn hochzuziehen. Ade, Stromlinienform. Kommt einem vor, als würde man einen Betonblock hochziehen, stimmt's?«

Hawk grunzte und fuhr fort, die Schnur aufzuwickeln, bis schließlich eine erstaunlich schlanke Form im Wasser sichtbar wurde. Die Seitenflossen des Fisches waren weit gespreizt.

Angel schlüpfte an Hawk vorbei und holte das Netz, das an einem Haken neben der Kajütentür hing. Sie beugte sich über die niedrige Reling und schöpfte den Dorsch mit einer energischen Armbewegung aus dem Wasser.

»Würden Sie mir mal den Knüppel da reichen?« fragte sie.

Hawk folgte Angels Finger, der auf ein Ding zeigte, das aussah wie ein kurzer Axtgriff. Er zog ihn aus seiner Halterung.

Mit einem einzigen raschen Hieb erledigte Angel den Fisch. Die Grimasse, die sie dabei zog, ließ Hawk vermuten, daß sie diesen Teil des Fischens nicht sonderlich mochte.

»Sie könnten ihn ja einfach in den Eimer werfen und warten, bis ihm von allein die Luft wegbleibt«, meinte er.

»Ich kann das Flippflapp nicht hören, bis sie endlich tot sind«, gestand sie.

»Ein weiches Herz, Angel?« fragte Hawk höhnisch.

»Ich bin nur so grausam, wie die Umstände es erfordern.«

Sie zog eine Spitzzange aus ihrer Jeanstasche, packte den Fisch damit am Unterkiefer und zog ihn aus dem Netz.

»Vorsicht, Zähne«, erklärte sie.

Mit einem Blick überzeugte sich Hawk, daß das Maul des Dorsches voll nadelspitzer Zähne war. Ein Raubfisch, kein Zweifel.

Angel öffnete den Fischbehälter, ließ den Dorsch hineinplumpsen und schloß den Deckel dann wieder. Mit einer Fingerspitze überprüfte sie vorsichtig die Schärfe von Hawks Heintzblinker, nickte dann und bedeutete ihm, sich wieder ans Angeln zu machen.

Wieder breitete sich Stille aus, die nur vom sanften Plätschern der Wellen am Bootsrand unterbrochen wurde. Den nächsten Fisch fing Angel, einen häßlichen, wilden, zwei Pfund schweren roten Klippenbarsch. Als Hawk nach dem Netz greifen wollte, schüttelte Angel den Kopf.

»Nein«, sagte sie und begann mit geschickten Bewegungen ihre Angel einzuholen. »Der hier hat Stacheln, die jedes Netz kaputtmachen. Und giftig sind sie obendrein. Nicht tödlich, aber schmerzhaft.«

Wieder zog sie die Anglerzange aus ihrer Jeanstasche und beugte sich weit über die Reling. Die Angel mit einer Hand hochgereckt, faßte sie den Haken mit der Zange, rüttelte kurz daran, und der Fisch glitt herunter. Eher verärgert als erschrocken verschwand er gemächlich in der blaugrünen Tiefe.

»Ist der nicht gut?« fragte Hawk.

»Er ist schon okay, aber ein bißchen zu klein. Käme auf etwa zwei Bissen pro Person, wenn er filetiert ist.«

»Nicht der Mühe wert.«

»Nein. – Außer, wenn man richtig hungrig ist.«

Als Hawk sich gerade wieder seiner Angel zuwenden wollte, erwachte das Funkgerät im Ruderhaus zu knisterndem Leben.

»– ruft Angie Lange. Hörst du mich? Black Moon ruft Angie Lange. Hörst du mich? Over.«

Rasch fuhr Angel herum und war mit zwei langen Schritten beim Ruderhaus. Ohne Zögern nahm sie das Mikro vom Haken, drückte auf den Sprechknopf und sprach aufgeregt in den Lautsprecher.

»Carlson? Hier ist Angie. Wo bist du?«

»Fahr' für zehn Tage die Meerenge hoch.«

»Oh.« Angels Enttäuschung war unüberhörbar. Und unübersehbar. »Du bist schwer zu fassen, Carlson.«

»Du aber auch, Kleine. Muß an den großen weißen Flügeln auf deinem Rücken liegen.«

Angel lachte.

»Derry versucht schon seit 'ner Stunde, dich über Funk zu erreichen«, sagte Carlson. »Ich nahm an, du würdest irgendwo hinter einer der kleinen Inseln fischen, also hab' ich ihm angeboten, seine Nachricht weiterzuleiten.«

»Es geht ihm doch gut, oder?« fragte Angel besorgt.

»Aber ja, alles in Ordnung. Er ist zwar mies gelaunt wie 'n Bär im Frühling, aber sonst okay. Da ist 'ne Nachricht für einen Mr. Hawkins. Dein Kunde?«

»Ja.«

Auf einmal merkte Angel, daß Hawk an der Tür lehnte und zuhörte.

»Derry sagt, Lord Sowieso hätte angerufen und ein Gegen-Gegen-Angebot gemacht.«

Angel zog eine Grimasse.

Carlson amüsierte sich köstlich, das war nicht zu überhören.

»Arme Angie«, sagte er. »Immer landest du bei den Steifhälsen und Greenhorns.«

»Diesmal nicht.« Angel schenkte ihm ein Lächeln. »Diesmal hab' ich einen echten, lebendigen Falken erwischt.«

Carlsons tiefes Gelächter schien den kleinen Lautsprecher fast zu sprengen.

»Na dann viel Spaß, Angie, aber achte auf deine Finger. Falken sind die fiesesten Vögel auf Gottes Erdboden.«

»Paß auf dich auf, Carlson. Hab' gehört, daß ein Sturm von den Aleuten runterkommen soll.«

»Weiß schon. Deshalb fahre ich ja los, ohne vorher bei dir vorbeigeschaut zu haben.«

»Melde dich, wenn du wieder da bist.«

»Tu' ich das nicht immer?« Kurze Pause. »Kann sein, daß ich am Zwölften noch draußen bin.«

»Das ist schon okay«, sagte Angel.

Ihr Ton klang vollkommen ruhig, wurde aber durch die plötzliche Blässe in ihrem Gesicht Lügen gestraft.

»Bist du sicher?« fragte Carlson.

»Derry ist ja da. Ich komme schon zurecht.« Mit leiser, fast unmerklich zitternder Stimme fügte sie hinzu: »Danke, Carlson. Das ... das bedeutet mir viel.«

»Heb deine beste Umarmung für mich auf, Angel Eyes.«

Stille. Nur noch das leise Knacken des Funkgeräts war zu hören.

Auf einmal fühlte sich Angel sehr einsam. Der alte Spitzname hatte die Vergangenheit wieder aufleben lassen. Sie liebte Carlson genauso wie Derry, aber Carlsons Stimme erinnerte sie unweigerlich an Liebe, Tod und Verlust. An Grant.

Und doch brauchte Angel Carlson. Sein Lachen und die Erinnerungen, die sie miteinander teilten, bildeten eine Brücke zwischen dem, was unwiderruflich vergangen war, und der oft so einsamen Gegenwart.

»Das war wohl der Lachsschamane, wie ich vermute«, sagte Hawk.

Sein Ton war kalt. Er ärgerte sich über das plumpe Spiel, das Angel hier offensichtlich mit ihm trieb: ihm ihren Verehrer mit der Reibeisenstimme unter die Nase zu halten.

»Der Lachsschamane? Oh.« Angel lächelte schwach. »Ja, das war Carlson. Haben Sie die Nachricht gehört?«

Hawks Mund verzog sich zynisch.

Yep, war nicht zu überhören.

Und falls doch, dieser einsame, traurige Hundeblick räumt jeden Zweifel aus.

Nun, aus der Art von Jagd werd' ich mich raushalten. Wenn sie unbedingt einen Mann gegen den andern ausspielen will, dann steht sie am Ende alleine da.

Wenn ich jage, dann jage ich allein.

Hawk löste sich mit einem Ruck vom Türrahmen und kehrte Angel den Rücken zu.

»Bringen Sie mich nach Eagle Head zurück«, befahl er barsch. »Ich muß ein paar Anrufe erledigen.«

9. Kapitel

Das war nur das erste Mal, daß Hawks Geschäfte Angels Rundtour über Vancouver Island und die Gewässer um den Campbell River unterbrachen. Hawk war inzwischen bereits dreimal nach Vancouver geflogen, um sich mit seinen Anwälten zu treffen und Papiere zu unterzeichnen.

Wenn er sich im Ramsey-Haus aufhielt, hing er die meiste Zeit über am Telefon. In den zehn Tagen, die vergangen waren, hatte es Angel nur zweimal geschafft, Hawk zum Fischen zu überreden. Beide Male hatten sie wegen Telefonanrufen die Flut verpaßt.

Im Grunde machte das nicht viel aus, denn die Lachssaison hatte noch nicht wirklich begonnen. Selbst die Berufsfischer fingen zur Zeit nicht mehr als eine Handvoll Fische pro Tag.

Am Ende begnügte sich Angel damit, Hawk all die kleinen Felseninseln und winzigen Buchten zu zeigen, die sie beim Schleppangeln passierten. Für sie war das die uninteressanteste Methode, um Lachse zu fangen. Die steifen Angelruten, die man dazu benötigte, maskierten die Kraft und Energie der herrlichen Fische.

Doch wenn man die Flut einmal versäumt hatte, dann blieb eben nur noch das Schleppangeln, da die Lachse nur während des Gezeitenwechsels näher an die Wasseroberfläche kamen.

Angel war jedoch fest entschlossen, nicht noch eine Flut zu versäumen. In Fischereikreisen machte nämlich die Nachricht die Runde, daß in diesen Tagen der erste größere Lachsschwarm des Sommers zu erwarten war. Gestern hatte sich der Hauptfang bereits am nördlichen Ende der Meerenge abgespielt.

Wenn sich die Schwärme an frühere Gewohnheiten hielten, dann würde einer von Angels bevorzugten Küstenstreifen den Lachs demnächst ein Weilchen auf seinem Weg zu den zahllosen Flüssen und Flüßchen im Süden des Landes beherbergen. Mit dem Boot brauchte man fast sechs Stunden, um zur Needle

Bay zu gelangen, aber Hawk hatte sich endlich bereit erklärt, fünf Tage lang aufs Telefon zu verzichten. Zu diesem Zweck hatte er in den letzten Tagen gehörig vorgearbeitet.

Außer bei den Mahlzeiten hatte Angel Hawk nun schon seit drei Tagen kaum noch zu Gesicht bekommen.

Doch sie war ebenfalls ziemlich beschäftigt gewesen. Der gebrauchte Glasofen, den sie in Seattle gekauft hatte und hier während ihrer Sommerferien benutzen wollte, war endlich eingetroffen. Mit dem Ofen kam zusätzlich noch eine Überraschung für sie, eine riesige Kiste voll sorgfältig verpacktem Bruchglas, das ihr der Besitzer ihrer Galerie in Seattle schickte. Auf dem beiliegenden Zettel stand lediglich: *Unglaublich günstiger Preis. Glasfabrik hat Bankrott gemacht. Habe die größeren Stücke an dein Studio in Seattle geschickt.*

Die Lieferanten hatten die Kisten soeben im Nordflügel des Ramsey-Hauses abgeladen. Unter Derrys amüsierten Blicken begann Angel, die Kiste mit einem Brecheisen zu attackieren. Er lümmelte zufrieden in einem bequemen Sessel und sah zu, wie sie die schimmernden, unglaublich scharfen Glasstücke auspackte.

»Bist du sicher, daß ich das nicht übernehmen soll?« fragte Derry gähnend.

Angel lächelte ihm vom anderen Ende des Raums zu und machte weiter.

»Du würdest ja doch bloß alles zerdeppern«, sagte sie.

»Und du machst später sowieso kleine Stücke daraus.« Derry konnte sich diese durchaus zutreffende Bemerkung nicht verkneifen.

»Aber in meinem Wahnsinn steckt Methode. In deinem bloß rohe Kraft.«

Laut quietschend löste sich der festgenagelte Kistendeckel. Angel legte das Brecheisen beiseite und streifte ein Paar feiner, glatter Lederhandschuhe über. Bruchglas besaß schärfere Kanten als jedes Rasiermesser.

»Sei vorsichtig«, sagte Derry.

Sie warf ihm einen Dulderblick zu. Er grinste nur und zuckte mit den Schultern.

Keiner von beiden hatte bemerkt, daß Hawk, angelockt vom Geräusch der quietschenden Nägel, im Türrahmen ihres Studios aufgetaucht war.

»Das Zeug ist höllisch gefährlich«, meinte Derry und beäugte mißtrauisch die Kiste.

»Nur wenn man nicht aufpaßt.«

»Und wer hat dich verbunden, als du dich das letzte Mal geschnitten hast?« fragte er trocken.

»Ich«, meinte Angel, ohne aufzublicken. »Du warst nämlich gerade in Vancouver und hast mit deinen Kumpels einen draufgemacht.«

»Das ist eine Verleumdung!«

»Die nackte Wahrheit.«

Angel warf ein Häufchen Verpackungsmaterial beiseite und stieß einen entzückten Laut aus.

»Jess hat mir einen ganzen Haufen Preßglas geschickt!« rief sie begeistert.

Aufgeregt, aber dennoch vorsichtig, wickelte sie die Stücke eins nach dem anderen aus und sortierte die jeweils größten Scheiben nach Farben in ein offenes Regal, das sich über eine ganze Studiowand erstreckte.

Der größte Teil des Bruchglases bestand aus Preßglas, einem Billigglas, das sie gerade wegen seiner Fehler schätzte. Eine einzige Preßglasscheibe wies unzählige Variationen in Material, Dicke und Farbe auf. Preßglas verlieh ihren Buntglaskreationen eine Tiefe, die Angel immer wieder begeisterte.

»Das Ding sieht ja teuflisch aus«, sagte Hawk.

Überrascht warf Angel ihm einen Blick über ihre Schulter zu. Dann wandte sie sich wieder der etwa serviertablettgroßen Glasscheibe zu, die sie gerade in den Händen hielt. Die Grundfarbe war Purpurrot, und ihre Schattierungen reichten von Blaßrosa bis fast Schwarzrot. Wirbel, Wellen und Blasen durchbrachen willkürlich die glatte Oberfläche des Glases.

Angel machte eine anmutige Drehung und hielt die Scheibe ins Licht des großen Nordfensters. Sofort erwachte das Glas zum Leben, purpurrotes Licht in allen Schattierungen durchflutete den großen Raum und verbreitete eine eigenartige, wundervolle Atmosphäre.

»Ein herrliches Stück«, sagte sie und ließ die Scheibe langsam sinken.

»Aber fehlerhaft«, sagte Hawk.

»Wie das Leben. Oft machen gerade die kleinen Fehler seine Schönheit aus.«

Hawk wurde auf einmal ganz still. Nicht nur Angels Worte hielten ihn gefangen, sondern auch die Flut farbigen Lichts, die den Raum noch einmal in ein Kaleidoskop von Rottönen tauchte, bevor Angel das einzigartige Stück in ein Fach mit anderen violetten Glasscherben legte. Hawk sagte nichts, doch er beobachtete sie mit einer Intensität, die seine zu Schlitzen verengten Augen wie leuchtende, hellbraune Glassplitter erscheinen ließ.

Angel merkte nichts davon. Sie hatte soeben eine besonders ungewöhnliche Scherbe in der Kiste entdeckt.

»Was ist denn das?« fragte sie und wühlte eilends das Verpackungsmaterial beiseite.

Zwischen all den Preßglasscheiben befanden sich auch ein paar Glasscheiben, die nicht eingefärbt, sondern aus farbigen Schichten zusammengefügt worden waren. Die dominierende Farbe des Zweischichtenglases bestand aus einem erstaunlich klaren, satten, kastanienbraunen Ton. Unter der dünnen, leuchtend braunen Glasschicht befand sich eine Schicht aus bronzefarbenem Glas. Wenn man die obere Schicht mit Säure verätzte, dann schimmerte die Bronzeschicht durch und verlieh dem Braunglas mehr Tiefe und Brillanz.

»Wie Falkenfedern, die in der Sonne glänzen«, murmelte Angel.

Oder die Goldflecken in Hawks Augen.

Sie sagte es jedoch nicht laut, denn sie fühlte, daß Hawk sich ihr näherte, daß er in der nächsten Sekunde bei ihr sein würde. Ein warmes Prickeln überlief Angel, ein Schaudern, das sie nicht kontrollieren konnte.

Je häufiger sie mit ihm zusammen war, desto mehr fühlte sie sich zu ihm hingezogen. Sie wußte nicht, ob es ihm ebenso ging. Sie konnte sein Schweigen nicht deuten.

Hawk schritt, angezogen von der Schönheit des Glases und von der des Mädchens, zu Angel. Er trat so dicht an sie heran, daß er ihr Haar über seine Brust streichen fühlte, als sie den Kopf zu ihm umwandte.

»Entspricht das hier mehr Ihrem Geschmack?« fragte sie.

Sie wich leicht vor ihm zurück und hielt das durchsichtige, tiefbraune Glas ins Licht des Nordfensters.

Es funkelte wie ein zimtfarbener Diamant.

Angel begutachtete kritisch die Lichtmuster und verkündete: »Absolut fehlerlos.«

Hawk sah nur Angels Haar, das in demselben Licht leuchtete wie die Glasscheibe. Immer noch hallten ihre Worte über das Leben und seine kleinen Schönheitsfehler in ihm nach.

Plötzlich wurde ihm bewußt, daß er sich eine von Angels samtigen Locken um den Finger gewickelt hatte und im Begriff war, sie an die Lippen zu drücken. Abrupt ließ er sie los. Er war wütend auf sich selbst, daß er beinahe verraten hätte, wie besessen er inzwischen von ihr war. Er hatte fest vor, sich auf ihrem fünftägigen Ausflug von ihr und von seiner Besessenheit zu befreien.

Abrupt kehrte Hawk Angel und dem Licht, das ihr Haar wie Gold schimmern ließ, den Rücken zu.

»Ich muß noch ein paar Anrufe erledigen, bevor wir losfahren können«, sagte er schroff.

Ihr Blick folgte Hawk, als er den Raum verließ. Sie hatte etwas in ihren Haaren gespürt, eine sanfte Bewegung und die Wärme von Hawks Atem und von seinem Körper, bevor er sich hastig wieder von ihr zurückzog. Sie sah Derry mit einem schiefen Lächeln an.

»Ich scheine deinem Mr. Hawkins auf die Nerven zu gehen«,

sagte sie in leichtem Ton. »Es genügt offenbar schon, daß ich lebe und atme.«

Derry, der nichts als Hawks breitschultrige Silhouette gesehen hatte, als dieser so dicht bei Angel stand, zuckte mit den Schultern und hievte sich aus dem Sessel.

»Das ist bloß seine Art, Angie. Nichts Persönliches. Und an was für Geschäften er auch arbeiten mag, die Sache scheint ganz schön hart zu sein. Er ist so beschäftigt wie 'n einbeiniger Fußballspieler.«

»Hmmm«, war alles, was Angel dazu sagte.

Derry humpelte zur Tür. »Ich stürz' mich lieber wieder auf die Bücher. Schrei, falls du dich schneidest.«

»Fall bloß nicht über die Sachen für Mrs. Carey. Ich hab' sie im Gang stehengelassen.«

»Hawk hat die Tüten schon in sein Auto geladen. Er dachte, sie wären für euren Trip.«

Angel blickte Derry nach, als dieser den Raum verließ, aber ihre Gedanken waren bei Hawk. Selbst nach zehn Tagen war ihr der Mann noch ein ebenso großes Rätsel wie zu Anfang.

Die meiste Zeit über verhielt sich Hawk ihr gegenüber kühl und abweisend, und unter dem durchdringenden Blick aus seinen dunkelbraunen Augen, die jeder ihrer Bewegungen, ja jedem Atemzug zu folgen schienen, fühlte sie sich immer ein wenig unbehaglich. Während ihrer Ausflüge mit dem Auto oder auf dem Boot berührte er sie von Zeit zu Zeit wie beiläufig und eher unpersönlich. Seine Berührungen waren immer sanft, ein simples Streicheln von Fingerspitzen über ihr Handgelenk oder ihre Handfläche oder einmal auch über ihre Wange.

Zuerst war Angel dabei immer erschrocken, hatte sich zurückgezogen und ihn genau beobachtet. Er hatte jedoch nichts weiter getan, hatte sie weder bedrängt noch versucht, seine Berührungen intimer werden zu lassen.

Irgendwann hatte Angel dann entschieden, daß Hawks Berührungen einfach Teil seines komplexen Charakters waren, wie sein wilder Blick und sein harter, nie lächelnder Mund. Sie akzeptierte ihn so, wie er war – kein gefühlvoller, aber ein äußerst beherrschter Mann.

In der Zeit, die sie bisher miteinander verbracht hatten, hatte Hawk Angel kein einziges Mal bedrängt oder in die Enge getrieben, hatte nie etwas Unpassendes gesagt oder getan. Und sie war gern mit ihm zusammen, auch wenn er sie mit seinen gelegentlichen Temperamentsausbrüchen manchmal erschreckte. Sie konnte mit ihm schweigen und Wind und Wellen lauschen, ohne das Gefühl zu haben, jede Stille gleich mit nervösem Geplauder füllen zu müssen.

Einmal, als sie mehrere Stunden auf See gewesen waren, bewirkte die Ruhe, die sie umgab, daß sich sogar Hawks harte Züge merklich entspannten. Angel konnte die Augen kaum abwenden, so fasziniert war sie von der Veränderung, die mit ihm vorging. Es war, als ob der Friede Hawks harte Oberschicht weggeschmolzen und die Wärme darunter zum Vorschein gebracht hätte.

Und dennoch fühlte sich Angel manchmal bedrängt.

Wenn sie aufblickte und feststellte, daß Hawk sie beobachtete, setzte ihr Herz einen Schlag lang aus, bevor es wie wild zu klopfen begann. Sein Blick schien bis in ihr Innerstes, bis in ihre Adern, durch die das Blut raste, zu dringen.

Einmal, als er seine rauhen Fingerspitzen an ihre Wange legte, dachte sie, daß er etwas sagen würde. Ganz sicher war ihm ihre heftig klopfende Halsschlagader aufgefallen.

Aber er sagte nichts, sah sie nur an, und Angel verspürte auf einmal eine tiefe Sehnsucht, wie Sonnenlicht, das Buntglas durchtränkt und verwandelt. Danach ertappte sie sich immer wieder dabei, wie sie den Atem anhielt und darauf wartete, daß seine Finger noch einmal über ihre Haut strichen. Dann verfolgte sie ihn mit heimlichen Blicken und fragte sich, was wohl nötig sein würde, um ihm ein Lächeln zu entlocken. Dieser Gedanke ließ sie einfach nicht mehr los.

Denn Hawk hatte nicht einmal gelächelt, seit sie ihn kannte. Nicht ein einziges Mal.

Vielleicht, wenn er seinen ersten Lachs fängt, dachte Angel jetzt. *Vielleicht wird er dann ja lächeln.*

Keiner kann sich der wilden Schönheit des Fisches entziehen, der Erregung, die dich erfüllt, wenn du ihn erwischt hast und sich dein Netz in ein einziges, silbern sprühendes Energiebündel verwandelt.

Das schrille Klingeln des Telefons riß Angel aus ihren Gedanken.

Es klingelte nur einmal. Hawk hatte schon den Hörer abgenommen, bevor sie mehr tun konnte, als einen Blick auf den Apparat in ihrem Studio zu werfen.

Angel blickte auf die Wanduhr. Halb zehn. Ein bißchen spät für London. Der Anruf kam wahrscheinlich von einem von Hawks amerikanischen Geschäftspartnern. Später am Tag telefonierte Hawk dann gewöhnlich mit Tokio, lange Gespräche, die ihn meist rastlos und mißlaunig machten, wie ein gefangenes Tier, das bereit ist, jeden anzugreifen, der ihm zu nahe kommt.

Aber nicht heute. Heute würden sie fischen gehen, und wenn sie Hawk am Kragen packen und ihn zur Jacht zerren mußte!

Zuerst mußte Angel sich jedoch um ihre eigenen Verpflichtungen kümmern. Sie warf einen Blick auf die halb ausgepackte Holzkiste.

Das Glas kann warten. Mrs. Carey nicht.

Angel zog die Handschuhe aus, nahm ihre Tasche und rannte fast aus dem Zimmer, so eilig hatte sie's, ihre Pflichten zu erledigen und aufs Meer rauszukommen. Bei Hawks Zimmer hielt sie kurz an und steckte den Kopf zur offenen Tür hinein.

Wie nicht anders zu erwarten, hing Hawk an der Strippe. Er hockte, den Kopf zurückgelegt, in einem Ledersessel. Die langen Beine hatte er über dem wunderschönen chinesischen Teppich ausgestreckt. Müdigkeit und Anspannung standen ihm deutlich ins Gesicht geschrieben. Er schwieg und hörte mit geschlossenen Augen zu.

Angel klopfte leise an den Türrahmen. Hawk öffnete die Augen. Sie waren überraschend klar und von durchdringender Leuchtkraft.

»Sie können ruhig sprechen«, sagte er schroff. »Seine verdammte Sekretärin hat das letzte Angebot verschusselt. Und nun suchen sie's wie verrückt.«

»Kann ich kurz Ihre Autoschlüssel haben?«

Hawk war überrascht, griff dann aber wortlos in seine Hosentasche. Er bewegte sich leicht, und seine Hose spannte sich eng um die Leistengegend, so daß sich seine männlichen Attribute überdeutlich unter dem Stoff abzeichneten.

Angel schloß rasch die Augen, aber es war bereits zu spät. Hawks Formen hatten sich so deutlich in ihr Gedächtnis eingegraben, als ob sie sie selbst in Glas geätzt hätte.

Ein Schlüsselbund rasselte vor ihrem Gesicht.

»Danke«, sagte Angel mit erstickter Stimme. »Ihr Auto blockiert die Ausfahrt. Ich geb' Ihnen die Schlüssel zurück, sobald ich es weggefahren habe.«

»Bemühen Sie sich nicht. Sie können meins nehmen.«

»Was?« fragte Angel, die seine Worte kaum gehört hatte.

Hawk hatte sich das Hemd aufgeknöpft, als er sich zu seinen morgendlichen Telefonaten niedersetzte. Seine sonnengebräunte, muskulöse, schwarzbehaarte Brust, umrahmt von dem frischen weißen Hemd, zog sowohl die Frau als auch die Künstlerin in ihr unwiderstehlich an. Am liebsten wäre sie nach ihrem Zeichenblock gerannt und hätte sofort angefangen, ihn mit dem Stift einzufangen.

Oder sich vorgebeugt, die Finger in der schwarzen Matte vergraben und ihn so auf ganz andere Weise eingefangen.

»Nehmen Sie ruhig meinen Wagen«, sagte Hawk. »Ich brauche ihn im Moment nicht.«

Seine Augen glitten hungrig über Angels Gesicht und blieben an ihren feuchten, leicht geöffneten Lippen hängen. Erregung und Vorfreude wallten heiß in ihm auf.

Er brauchte nur die Hand nach ihr auszustrecken.

Er könnte sie mühelos an sich ziehen und sie an sein fast qualvoll verhärtetes Glied pressen, eine Qual, die ihm von Tag zu Tag mehr zu schaffen machte, immer dann, wenn er länger als einen Augenblick in ihrer Nähe war.

Verdammt, fluchte er innerlich, *ich werde ja schon hart, wenn ich nur an ihren weichen Mund und an ihre sehnsüchtigen Augen denke und wie es wohl im Bett mit ihr sein wird.*

Als Hawk jedoch sprach, war sein Gesicht vollkommen ausdruckslos – und seine Stimme ein zärtliches Streicheln.

»Nehmen Sie ihn, Angel. Er ist ganz leicht zu handhaben.«

Dann veränderte sich sein Ton wieder.

»Nein, Jennings«, sagte er in den Hörer, »ich hab' nicht Sie gemeint.« Um seine Mundwinkel spielte ein zynisches Lächeln. »Ihnen würde ich nicht mal 'nen Becher voll warmer Spucke anvertrauen, das wissen Sie doch.«

Angel hörte das Gelächter, das aus der Muschel drang. Sie nahm die Schlüssel von Hawk und verließ eilends den Raum. Sie fragte sich, ob er gemerkt hatte, wie sie ihn angestarrt hatte.

Und wenn ja, was er wohl denken mußte.

Angel fühlte sich so unwiderstehlich zu Hawk hingezogen wie die Wellen zum Strand. Sie wollte bei ihm sein, wollte ihn berühren, mit ihm reden, sich an seinem scharfen Verstand erfreuen und, ja, sogar an seinem rauhen Humor.

Doch sie wußte nicht, ob er sich ebenso zu ihr hingezogen fühlte. Es gab eigentlich keinen Grund dafür. Hawk fehlte es nie an Frauen.

Die Frauen begehrten ihn. So einfach war das.

Immer wenn Hawk eine Straße entlangging oder ein Restaurant betrat, richteten sich die Blicke der Frauen auf ihn, einmal, dann ein zweites Mal, angezogen von der Männlichkeit, die er ausstrahlte wie ihre Buntglaskreationen das Licht.

Doch Hawk erwiderte die Blicke der Frauen nie. Entweder bemerkte er sie nicht, oder sie waren ihm gleichgültig.

Angel glitt hinter das Steuer von Hawks BMW. Ein rascher Blick aufs Armaturenbrett, und sie war bereit. Sie startete den Motor und fuhr selbstsicher los. Der Wagen reagierte ausgezeichnet. Er war ganz leicht zu handhaben, wie Hawk gesagt hatte.

Sie wünschte nur, der Besitzer des Wagens wäre ebenso leicht zu handhaben. Aber das war er leider nicht.

Das einzige, was Angel sicher wußte, war, daß Hawk keine eindeutigen Annäherungsversuche unternommen hatte. Und bis das nicht geschah, konnte sie nur vermuten, daß er nicht interessiert war.

Trotz ihrer Gefühle für Hawk würde sie nie den ersten Schritt tun. Das war nicht nur nicht ihre Art, sondern sie hatte auch das unbestimmte Gefühl, daß Hawk schon viel zu oft von Frauen gejagt, aber nie eingefangen worden war.

Jedenfalls nie wirklich. Nicht länger als für ein, zwei Nächte.

Und das war nicht genug für sie. Was immer Angel auch für diesen rätselhaften Mann empfand, war viel zu vielschichtig und verworren, um sich nach ein paar Nächten in Wohlgefallen aufzulösen.

10. Kapitel

Angel parkte den Wagen vor einem kleinen Haus, das schon vor vierzig Jahren erbaut worden war. Alle anderen Häuser in der Straße waren jüngeren Datums, waren nach Mr. Careys Tod errichtet worden, nachdem seine Witwe gezwungen gewesen war, die kleine Farm zu verkaufen, um die Erbschaftssteuer bezahlen zu können.

Angel holte die zwei Tüten mit Lebensmitteln aus dem Kofferraum und ging damit vorsichtig den ausgetretenen Steinweg entlang, der zum Haus führte. Auf beiden Seiten des Wegs verwilderten einst gepflegte Rosensträucher.

Wenn ich nächstes Mal vorbeikomme, werde ich mir diese Sträucher mal vorknöpfen.

Aus dem Briefkasten neben der Türklingel quoll die Post. Angel klingelte mit dem Ellbogen und stützte sich, die Tüten auf den Knien balancierend, kurz an der Hauswand ab, um die Post aus dem Kasten zu nehmen.

»Mrs. Carey?« rief sie. »Ich bin's, Angie.«

»Ich komme«, ertönte es schwach von drinnen.

Angel wartete geduldig mit Post und Lebensmitteltüten auf dem Arm.

Nach ein paar Minuten öffnete sich die Tür des kleinen Häuschens. Eine winzige, grauhaarige alte Dame lächelte zu Angel auf und trat ein wenig zurück, um sie hereinzulassen. Ihre Gehstütze quietschte leise auf dem Kachelfußboden.

»Komm rein, Angie. Du siehst aber wirklich hübsch aus heute morgen. So eine schöne Farbe, dieser Pullover.«

»Danke«, sagte Angel lächelnd.

Das meergrüne Sweatshirt, das sie trug, paßte genau zur Farbe ihrer Augen. Der Rest ihres Outfits war streng funktionell – ausgewaschene schwarze Jeans, bequeme Lederschuhe und eine zerbeulte schwarze Filzmütze, wie Fischer sie gewöhnlich tragen, um sich vor Wind und Sonne zu schützen. Natürlich hatte sie vergessen, die Mütze aufzusetzen; sie hing keck aus ihrer Jeanstasche.

»Sie sehen aber auch sehr gut aus«, sagte Angel. »Wie kommen Sie mit der Gehstütze zurecht?«

Mrs. Carey zog ein Gesicht und lehnte sich auf das U-förmige Stahlgestell, das ihr das Gehen ermöglichte, seit ihr der Gips abgenommen worden war. Das Ding wirkte zwar wie ein halber Käfig, schenkte ihr aber mehr Sicherheit als Krücken.

Dennoch war nicht zu übersehen, daß Mrs. Carey alles andere als begeistert darüber war, so ein Monstrum überhaupt benutzen zu müssen.

»Das verdammte Ding wird mich nicht kleinkriegen«, sagte sie trotzig und auch ein wenig stolz.

Angel unterdrückte ein Lächeln. Sie mochte Mrs. Carey sehr gern. Die nüchterne, klaglose Art, mit der die alte Dame das Leben und seine Härten anpackte, war einfach erfrischend.

»Geh nur schon vor in die Küche«, meinte Mrs. Carey. »Ich komme schon nach.«

»Danke. Ich bin auch ein bißchen spät dran heute morgen.«

Angel ging rasch in die Küche und begann die mitgebrachten Lebensmittel auszupacken und wegzuräumen. Sie bemerkte, daß Mrs. Carey Tee und Kuchen aufgedeckt hatte, und wußte, daß sie auf einen kleinen Plausch gehofft hatte.

Angel warf einen Blick auf die Wanduhr in der Küche. Dann zuckte sie mit den Schultern. Ein paar Minuten mehr oder weniger würden auch nichts ausmachen. Wenn sie und Hawk bis halb elf draußen waren, dann würden sie die Needle Bay immer noch lange vor Einbruch der Dunkelheit erreichen.

»Den Rest kann ich selbst wegräumen, Liebes«, sagte Mrs. Carey. »Du hast schon mehr als genug getan.«

Angel warf einen Blick auf die halb ausgeräumten Tüten. Es ging viel schneller, wenn sie die Arbeit erledigte, aber sie wußte, wie schwer es für die stolze Mrs. Carey war, von der Hilfe anderer abhängig zu sein. Rasch nahm Angel ein paar Sachen heraus, die, wie sie wußte, in leicht erreichbare Fächer gehörten.

»Wenn Sie die hier wegräumen«, sagte sie und deutete auf die kleine Ansammlung von Dosen auf der Anrichte, »dann sind wir im Nu fertig, Sie werden sehen.«

Angel war gerade mit der zweiten Tüte fertig, als Mrs. Carey die letzte Keksdose im Regal verstaute.

»Teamwork«, murmelte Angel und faltete triumphierend die leere Tüte zusammen. »Mehr braucht's nicht.«

»Hast du Zeit für eine Tasse Tee?« fragte Mrs. Carey zögernd. »Ich will dich nicht aufhalten.«

»Sie sind ein Goldstück«, unterbrach sie Angel lächelnd. »Ich war heute früh so in Eile, daß ich noch gar nicht zum Teetrinken gekommen bin.«

Mrs. Carey schüttelte energisch den Kopf und schlurfte langsam zum Frühstückstisch.

»Nichts ist wichtiger als eine Tasse Tee am Morgen, junge Dame.«

Angel setzte sich mit einem diskreten Blick auf die Küchenuhr ebenfalls an den Tisch. Aber ihre Ungeduld schwand dahin, während sie dasaß, an ihrem Tee nippte und Mrs. Carey zuhörte, die von ihren Kindern und Enkeln erzählte, von den Holzäpfeln, die in den nächsten Tagen zur Ernte reif wären und aus denen sie ihre gute Marmelade machen würde, und von den Beeren, die sie im Lauf des Sommers einzukochen gedachte.

Freundlich lehnte Angel eine zweite Tasse Tee ab. Sie erhob sich und stellte ihr Geschirr ins Spülbecken.

»Ich rufe Sie in ein paar Tagen an, um zu sehen, ob Sie was brauchen«, sagte Angel, spülte ihren Teller und ihre Tasse ab und räumte sie weg.

»Oh, mach dir bloß keine Gedanken. In meinem Alter ißt man nicht mehr so viel.«

»Wenn Sie etwas brauchen sollten, bevor ich wieder da bin, dann rufen Sie Mrs. Schmidt an.« Angel beugte sich vor und gab Mrs. Carey eine rasche Umarmung. »In einer Woche bin ich wieder da.«

»Ich will dir aber nicht zur Last fallen –«, begann Mrs. Carey.

»Das tun Sie ganz sicher nicht«, erwiderte Angel aufrichtig. »Ich muß ohnehin für mich und für Derry einkaufen.«

»Ich komme mir vor wie eine Idiotin.«

Angel mußte lächeln.

»Sie hatten bloß Pech«, sagte sie und umarmte die alte Dame noch einmal. »In ein paar Wochen sind Sie wieder auf den Beinen und können selbst einkaufen gehen, Sie werden sehen.«

»Verfluchter Kater.«

Das betreffende Tier wählte ausgerechnet diesen Moment, um miauend an der Hintertür aufzutauchen. Mrs. Carey erhob sich schwerfällig und schlurfte langsam zur Tür, um den alten Kater hereinzulassen. Dabei murmelte sie unablässig etwas über die Dummheit des Tiers, das ihr zwischen die Beine gelaufen und so an ihrem Sturz schuld gewesen war.

Angel versuchte, eine ernste Miene zu bewahren. Sie wußte, daß Mrs. Carey den alten Kater vergötterte.

Sie warf einen letzten Blick auf die Küchenuhr und verabschiedete sich eilends.

Rasch fuhr sie noch beim Supermarkt vorbei und besorgte all die Dinge, die sie heute früh in ihrer Hast, rechtzeitig wieder dazusein, um ihre Glassendung in Empfang zu nehmen, vergessen hatte. Die unerwartete Lieferung hatte ihren sorgfältig geplanten Vormittag vollkommen durcheinandergebracht.

Aber das war's wert, ganz zweifellos. Die Glasstücke waren exquisit. Schon jetzt begannen sich Bilder in Angels Vorstellung zu formen, von Bergen und vom Meer und vom verborgenen Lächeln eines Mannes.

Vom Supermarkt war's nur eine kurze Strecke bis zum Ramsey-Haus. Angel beeilte sich trotzdem, denn sie wollte endlich raus aufs Wasser. Obwohl sie und Hawk schon mehrmals mit seiner großen Motorjacht hinausgefahren waren, war dies ihre erste wirkliche Angeltour. Bis jetzt waren ihre Ausflüge nämlich nicht viel mehr als Sightseeingtrips gewesen.

Aber heute, heute würde Angel Hawk endlich zeigen können, was es hieß, sich an die Fährte des großen Lachses zu heften. Insgeheim war sie sicher, daß Hawk der Lockung des kraftvollen, wunderschönen Fisches erliegen würde.

Und vielleicht, nur vielleicht auch ihr.

Angel holte rasch die drei Tüten mit Lebensmitteln aus dem Kofferraum und eilte den Weg zum Haus entlang. Mit den Tüten auf dem Arm lehnte sie sich an die Eingangstür und tastete nach dem Türknauf.

Plötzlich ging die Tür auf, und Angel verlor das Gleichgewicht, wurde jedoch prompt von zwei starken Händen gepackt und festgehalten.

Angel wußte, daß es Hawk war, noch bevor sie aufblickte. Wenn schon nicht die Stärke seiner Arme, so war zumindest sein sauberer, männlicher Duft unverkennbar.

Ob er auch nur halb so gut schmeckt, wie er riecht?

Die Intensität ihres Verlangens erschreckte sie. Seit Grants Tod hatte sie nie mehr den Wunsch verspürt, einen Mann zu berühren oder von ihm berührt zu werden. Nicht so wie jetzt, nicht mit solchem Hunger, mit solcher Sehnsucht.

Hawk hatte Angels Ängste und ihre Abwehr so mühelos überwunden wie die Sonne den Horizont.

Doch entweder bemerkte er nichts, oder es schien ihn nicht zu bekümmern.

»Ich – danke«, stotterte Angel, deren Gedanken heftig durcheinanderwirbelten.

»In einem Gips nutzen Sie mir nicht viel«, erwiderte er und ließ sie los.

Hawks Worte waren zwar gleichgültig, ja, fast schroff, aber seine Hände glitten langsam an ihren Armen entlang bis hinab zu ihren kurzgeschnittenen Fingernägeln, bevor er sie freigab.

Angel schnappte erregt nach Luft. Sie wußte nicht, was sie von ihm halten sollte – nach außen hin so gleichgültig, doch im Innern, das spürte sie irgendwie, brannte derselbe Hunger wie in ihr, dieselbe Sehnsucht nach Geborgenheit und Schönheit, wie sie nur Mann und Frau einander geben konnten. Mit Grant zusammen hatte sie ein paar köstliche Einblicke in diese Welt erhalten, süße Momente der Leidenschaft, bevor er sich zurückgezogen und sie nicht mehr angefaßt hatte. Er hatte warten wollen, bis sie verheiratet waren.

Aber Grant war gestorben, bevor sie heiraten konnten.

Angel riß ihre Gedanken mühsam in die Gegenwart zurück, als Hawk ihr die Tüten abnahm. Sie folgte ihm in die Küche und konnte dabei nicht anders, als die ruhige, kraftvoll-anmutige Art zu bewundern, mit der er sich bewegte.

»Wo ist Derry?« fragte sie, während Hawk begann, die Lebensmittel auszupacken.

»Der lernt.«

»Organische Chemie?«

Er zuckte mit den Schultern. »Alles, was ich sehen konnte, war 'ne Formel, so lang wie mein Arm.«

»Organische Chemie«, bestätigte Angel.

Sie räumte die Sachen ebenso rasch weg, wie er sie auspackte.

»Das ist das Fach, in dem die Spreu vom Weizen getrennt wird«, sagte sie.

»Derry ist intelligent und diszipliniert. Wenn er wirklich Arzt werden will, wird er's auch werden.«

Nur wenn du Eagle Head kaufst.

Aber diese Bemerkung behielt sie für sich.

Sie fragte sich, wie spät es wohl sein mochte und ob sie die Abendflut am Indian Head möglicherweise auch noch verpassen würden. Sie versuchte, einen Blick auf die Küchenuhr zu werfen, doch selbst, wenn sie auf Zehenspitzen stand, blockierten ihr Hawks breite Schultern die Sicht.

Spontan packte Angel Hawks Handgelenk. Sie beugte sich um seinen Arm herum und versuchte, auf das Zifferblatt zu spähen.

»Wenn wir uns nicht beeilen, werden wir die Abendflut auch noch verpassen«, sagte sie.

Hawk sagte nichts.

Als Angel aufblickte, um zu sehen, ob Hawk sie verstanden hatte, fand sie seine klaren, dunklen Augen mit seltsamer Intensität auf sich gerichtet.

Auf einmal spürte sie die Hitze, die von seinem Körper wie in Wellen ausströmte, ihre Kleidung durchdrang und bis unter die Haut ging. Ihr Herz pochte wie wild; ihr wurde fast schwindlig, und sie konnte kaum atmen.

Ihre Brustwarzen, die über Hawks Arm streiften, verhärteten sich qualvoll. Ihre Pupillen weiteten sich, verschlangen das klare Grün ihrer Augen und ließen sie fast schwarz erscheinen.

Angel war zu unerfahren, um die Symptome plötzlicher, leidenschaftlicher Erregung zu erkennen. Hawk war es nicht. Alle seine Sinne waren in Alarmbereitschaft, vibrierten unter den Signalen, die Angel aussandte.

Er wollte sie liebkosen, überall, wollte ihre Haut fühlen, sie schmecken, in sie eindringen, wollte beenden, was sie mit ihrer Berührung ausgelöst hatte. Aber Derry konnte jeden Moment in die Küche kommen. Oder Angel konnte es sich anders überlegen und sich wieder vor ihm zurückziehen.

Hawk hatte so lange auf den richtigen Moment gewartet, auf den letzten Flügelschlag, den Angriffsschrei, mit dem sich der Raubvogel auf seine Beute stürzte; er hatte Geduld, er konnte warten, bis Angel jede Deckung aufgab, bis sie ihre Unschuldsmaske fallen ließ und rettungslos sein war.

Mit einer ruhigen Bewegung kehrte er Angel den Rücken zu, und dabei streifte sein Arm scheinbar unabsichtlich über ihre Brüste.

Angel stieß ein unfreiwilliges, verzweifeltes Keuchen aus. Einen Moment lang konnte sie Hawk nur anstarren. Sie fragte sich, ob er auch nur einen Bruchteil von dem gefühlt hatte, was in ihr vorgegangen war.

Äußerlich war ihm keinerlei Emotion anzumerken. Soweit sie es beurteilen konnte, hatte er ihre Reaktion auf seine Berührung überhaupt nicht bemerkt. Und auch selbst keinerlei Reaktion auf ihre Nähe gezeigt.

Diese Erkenntnis hätte sie eigentlich beruhigen müssen, aber sie tat es nicht. Angel fühlte sich auf einmal sehr einsam und verloren, beinahe ängstlich. Sie war immer noch fast schmerzlich erregt. Traurig senkte sie den Blick.

Ist Hawk so sehr ans Alleinsein gewöhnt, daß er mich überhaupt nicht mehr wahrnehmen kann?

Was für eine Ironie, daß ich mich nun, nachdem ich Grant verloren habe, ausgerechnet in einen Mann verlieben muß, der mich anscheinend weder braucht noch haben will.

Angel stand regungslos in der Küche. Ihr Blick war ins Leere gerichtet; sie sah nichts, nicht einmal Hawk. Ihre Gedanken wirbelten wild durcheinander.

Sie erkannte, daß es nicht nur der Gedanke ans Fischen war, der ihr Blut heute früh beim Aufwachen in Wallung gebracht hatte. Es war die Aussicht, Hawk endlich für sich allein zu haben.

Kein Derry. Keine Anrufe aus New York, Texas oder Tokio.

Keine verspäteten Ausflüge. Nur Hawk und Angel und die rastlose, unendliche See. Fünf Tage ganz allein. Vielleicht sogar länger.

Alles konnte in dieser Zeit passieren.

Sogar Liebe.

Der Gedanke erschreckte sie einen Moment lang zutiefst. Doch dann akzeptierte sie ihn ebenso, wie sie den Autounfall, der ihr Leben auf so grausame Weise verändert hatte, schließlich akzeptiert hatte.

Vor der Wahrheit weglaufen ändert nichts, ganz bestimmt nicht die Realität, sagte sie sich. *Weglaufen schwächt nur.*

Und ich brauche all meine Kraft, wenn es um Hawk geht.

Sie stand noch immer regungslos in der Küche, kaum eine Armeslänge von Hawk entfernt, als ihr dämmerte, daß sie Gefahr lief, sich rettungslos in den Mann zu verlieben, wenn sie noch länger mit ihm zusammen war. Seine Einsamkeit, seine Kraft und Intelligenz, die Anflüge von Rücksicht und Zärtlichkeit, die auf so bewegende Weise auf Gefühle hinwiesen, die hinter seinem harten Äußeren verborgen lagen, zogen sie unwiderstehlich an.

Hawk war wie eine Buntglasscheibe in der schwarzen Nacht, voller Rätsel und Geheimnisse und finsterer Schatten. Doch sobald die Sonne darauffiel, erwachte das Glas mit einemmal zu sprühendem Leben, erstrahlte und schillerte in allen Farben der Liebe, wo zuvor nur Dunkelheit gewesen war.

Angel wußte nicht, ob sie stark genug war, um die Sonne in Hawks Leben zu sein.

Sie wußte nur eins: daß sie's versuchen mußte.

11. Kapitel

Angel blickte auf die Cockpituhr und fluchte innerlich. Alles schien sich dagegen verschworen zu haben, daß sie und Hawk endlich einmal rechtzeitig zum Fischen auslaufen konnten.

Es war fünf Uhr nachmittags, und sie hatten den Campbell River noch kaum hinter sich gelassen.

Einen Moment lang überlegte Angel, ob sie nicht einfach die Schleppangeln zwischen all den schwimmenden Baumstämmen auslegen sollte, die darauf warteten, von den Holzhändlern nach Vancouver Bay gebracht zu werden. Sie wußte, daß sich dort immer mal wieder ein paar fette Lachse aufhielten.

»Stimmt was nicht?« rief Hawk über das laute Röhren der Dieselmotoren hinweg.

Er überflog rasch die Anzeigen auf dem Armaturenbrett. Nichts Ungewöhnliches, nichts, das Angels plötzliches Stirnrunzeln erklärt hätte.

»Ich hab' gute Lust, einfach hier zu angeln«, sagte sie verärgert.

»Hab' nichts dagegen.«

»Verdammt, ich hatte mich schon so auf einen guten Fang am Indian Head gefreut.«

Hawks linker Mundwinkel zuckte leicht nach oben.

»Tut mir leid«, sagte er. »Ich konnte ja nicht wissen, daß der ehrenwerte Mr. Yokagamo unter Schlaflosigkeit leiden und mich anrufen würde. Hab' ihn ohnehin so schnell abgewimmelt, wie ich konnte, ohne ihn zu kränken.«

»Und dann kam der Anruf aus London.«

»Eigentlich war's Paris. London kam erst danach.«

»Und dann wieder Tokio.«

Angel schüttelte den Kopf. Dauernd mit einem Auge auf einen Globus und mit dem andern auf eine Weltuhr zu gucken, bevor man ans Telefon ging, kam ihr wie eine reichlich enervierende Art vor, seine Geschäfte zu erledigen.

Hawk dagegen schien das alles jedoch nicht im geringsten zu stören. Sie konnte richtig sehen, wie er mit seinem scharfen Verstand sämtliche Möglichkeiten durchdachte und sich überzeugende Argumente überlegte, noch bevor er den Hörer abnahm. Seine Konzentration, sein Gedächtnis und nicht zuletzt seine Geduld waren phänomenal.

Er würde einen ausgezeichneten Angler abgeben, wenn sie ihn bloß einmal lange genug draußen halten könnte, um ihm etwas beizubringen. Im Moment sah es jedoch ganz so aus, als würden sie nur eine kleine Strecke die Küste entlang zurückgelegt haben, bevor die Dunkelheit sie einholte.

»Nun, da wir ohnehin schon spät dran sind, können wir ebensogut auch gleich in der Brown's Bay vorbeischauen«, sagte Angel. »Wir können die Tanks auffüllen, uns mal anhören, was die Fischer so sagen, und dann in der Deepwater Bay für die Nacht ankern. Wenn wir Glück haben, fangen wir vielleicht sogar noch ein paar Lachse.«

»Klingt nicht so, als ob Sie viel Hoffnung hätten.«

»Es ist noch ein bißchen zu früh dafür, aber«, meinte Angel mit einem ergebenen Schulterzucken, »irgendwo müssen wir unsere Angeln ja schließlich naßkriegen.«

»Oder Sie werden noch verrückt.«

»Das liegt durchaus im Bereich des Möglichen.« Sie warf Hawk einen raschen Seitenblick aus ihren meergrünen Augen zu. »Haben Sie schon mal daran gedacht, ein vorübergehendes Schweigegelübde abzulegen?«

Wieder zuckte es leicht um seine Mundwinkel.

»Haben Sie meine Telefonate denn schon so satt?« fragte er.

»Das kann man sagen. Ja, das kann man wahrhaftig sagen.«

»Ich wollte Ihnen das eigentlich schonend beibringen.«

»Was?«

»Ich muß morgen abend mit Tokio sprechen.«

Hawk sah die Enttäuschung und den Ärger in Angels Zügen.

»Aber wir müssen deswegen nicht zurückfahren«, fügte er hinzu. »Ich kann das auch über Funk erledigen.«

»Haben Sie was dagegen, wenn ich fische, während Sie telefonieren?« fragte sie schnippisch. Hawks dauernde Geschäfte gingen ihr langsam auf die Nerven.

»Es ist nicht immer so schlimm.« Hawks Mund verzog sich zu seinem typischen Halblächeln. »Manchmal geht es allerdings noch hektischer zu.«

Angel schüttelte verzweifelt den Kopf.

»Aber meistens ist's nicht so schlimm wie jetzt«, fügte er hinzu.

Er sah ihre Enttäuschung und wünschte, sie würde seine Gesellschaft vermissen und nicht nur das Fischen.

»Das Geschäft, mit dem ich mich zur Zeit befasse, ist ziemlich kompliziert«, sagte Hawk. »Aber der morgige Anruf sollte uns für ein paar Wochen Ruhe verschaffen.«

Angel stieß einen unbestimmten Laut aus. Das hatte sie schon mal gehört. Gestern, um genau zu sein.

Sie drosselte automatisch die Geschwindigkeit, als sie sich der Brown's Bay näherten. Das erste, was sie dort erblickte, war ein großer schwarzer Trawler, der im Hafen lag. Ihre Hände umkrampften das Ruder.

»Carlson!« rief sie entzückt aus.

Während Angel die Jacht zu einer Tankstation im Hafen manövrierte, musterte Hawk sie unentwegt mit finsterem Blick. Wut wallte in ihm auf, als er sah, wie Angels Gesicht, das sonst immer ein wenig traurig wirkte, auf einmal vor Freude erstrahlte.

Er riß den Blick von ihr los und betrachtete mürrisch die Docks, bis er den rostigen Trawler, der gegenüber den Sportbooten festgemacht hatte, erspähte. *Black Moon* stand auf dem Bootsrumpf, und soeben wurden Kisten voller Fische auf Schubkarren den Anleger hinauf zu einer großen Waage geschoben. Dort wurde der Fisch gewogen, in einen Kühlwagen verladen und auf den Markt gebracht.

Rasch stellte Angel den Motor ab und verließ das Ruderhaus. Der Hafenmeister vertäute die Bugleine, während Angel mit einem beherzten Sprung auf den Landungssteg hüpfte und das Hecktau festmachte. Hawk, der noch an Bord stand, konnte nur zusehen.

»Volltanken bitte, Don«, rief ihm Angel zu.

Dann spurtete sie den Anleger hinauf und rannte auf die *Black Moon* zu, wobei sie bei jedem Schritt lauthals Carlsons Namen rief.

Hawk sprang ebenfalls leichtfüßig an Land und folgte Angel mit langen Schritten. Er hatte den Anleger gerade halb überquert, als er einen riesigen Mann aus der *Black Moon* auftauchen und Angel mit ausgebreiteten Armen entgegentreten sah.

Angel warf sich an Carlsons mächtigen Brustkorb und wurde herumgewirbelt wie ein kleines Kind. Lachend klammerte sie sich an ihm fest, während die Welt sich um sie drehte.

»Wie geht's dir? Hattet ihr einen guten Fang? Wie lange bleibst du? Ach, Carlson, du siehst fantastisch aus!« sprudelte sie hervor. »War's ein schlimmer Sturm? Hast du einen Smiley erwischt?«

Carlsons Lachen war ebenso mächtig wie der Rest von ihm.

»Immer langsam, Angie.«

Sie schlang die Arme um Carlsons kräftigen Nacken und drückte ihn mit aller Kraft an sich. Dann verbarg sie ihr Gesicht im rauhen, maskulinen Stoff seines Arbeitshemdes. Er roch nach Meer und nach Lachs und nach Schweiß. Diese Mischung ließ einen Sturm von Erinnerungen über Angel hereinbrechen.

Zitternd hielt sie sich an ihm fest, bis sie sich wieder gefangen hatte.

Carlson stellte sie sanft auf die Füße und drückte ihren Kopf an seine Brust. Er wußte, daß das Wiedersehen mit ihm unweigerlich die Erinnerungen an Grant Ramsey wiederaufleben ließ. Als Toter stand Grant ebenso zwischen ihnen wie zu seinen Lebzeiten. Carlson akzeptierte das, so wie er einen schlechten Fang oder die Unbilden der Natur akzeptierte. Es gab eben Dinge, die einfach nicht sein sollten.

Für ihn war Angel eines davon.

»Wie ist's dir denn so ergangen, Angie?« fragte Carlson.

Er zog sanft an ihrem dicken hellblonden Zopf und mußte daran denken, wie ihre wundervollen Augen früher immer vor Lebensfreude gesprüht hatten, während sie nun voller dunkler Schatten waren.

»Was macht das Glas?« erkundigte er sich.

»Die Ausstellung in Vancouver lief sehr gut.«

»Nein, du bist diejenige, die gut ist.«

Angel lächelte zu Carlsons strahlenden schwarzen Augen auf.

»Ich habe so viele Bilder im Kopf, die ich gerne machen würde«, sagte sie. »Eins davon ist die *Black Moon* und das Meer und die Sonne und darunter ein Schwarm silbern funkelnder Lachse. Würde dir das gefallen?«

»Das würde mir sogar sehr gefallen, aber ich kann's mir nicht leisten. Der Fang ist in diesem Jahr ziemlich lausig.«

Angel sah ihn entrüstet an. »Aber das ist natürlich ein Geschenk!«

»Dein Lächeln ist Geschenk genug«, sagte er leise.

Dann blickte er über Angels Kopf hinweg in die kalten braunen Augen eines hochgewachsenen Mannes.

»Sie müssen Hawk sein«, meinte er.

Hawk nickte kurz.

»Ich bin Carlson.«

Hawk ergriff die dargebotene Hand. Die Männer tauschten einen kräftigen Händedruck.

»Wie läuft's mit dem Fischen?« fragte Carlson.

»Es –«, begann Hawk.

»Frag bloß nicht«, unterbrach ihn Angel. »Mir wird wohl nichts anderes übrigbleiben, als Hawk operativ vom Telefonhörer zu entfernen, wenn ich diesen Sommer noch den einen oder anderen Lachs fangen will.«

Carlson lächelte. Sein kräftiges weißes Gebiß leuchtete wie ein Halbmond in seinem tiefgebräunten Gesicht.

»Du hast noch nicht viel verpaßt«, sagte Carlson. »Die eigentliche Saison geht jetzt erst los.«

Doch sein Lächeln erstarb, als er in Angels Gesicht blickte. Die Linien und Schatten der Vergangenheit waren deutlich für ihn zu lesen, dort, dicht unter ihrer glatten Oberfläche.

»Ich bin froh, daß du mich gefunden hast«, erklärte er. »Ich muß morgen früh wieder auslaufen. Derry sagte, du wärst für fünf Tage unterwegs. Wird er heute abend allein sein?«

Angel nickte zögernd. »Aber nur kurz. Er hat gesagt, es würde ihm nichts ausmachen. Er würde später ein paar Freunde einladen und Karten spielen, bis ihm die Augen zufallen.«

Hawk hörte deutlich das Zittern in Angels Stimme. Es ärgerte ihn, so wie es ihn ärgerte, daß Carlsons mächtige Arme sie immer noch umfangen hielten.

»Heute ist der Zwölfte, nicht wahr?« fragte Hawk.

Carlson nickte stumm.

»Ist irgend etwas Besonderes an diesem Tag?« fragte Hawk verächtlich. Sein Blick war schneidend. »Das ist schon das zweite Mal, daß jemand dieses Datum fast ehrfürchtig erwähnt.«

Carlsons Blick veränderte sich, wurde ebenso finster wie die schwarzen Felsen, die die Bucht umsäumten. Alles an dem riesigen Indianer warnte Hawk davor, sich weiter vorzuwagen.

Hawk zuckte jedoch nicht mit der Wimper, während er auf eine Antwort wartete. Es wäre nicht das erste Mal, daß er sich mit einem Riesen einließe. Und er war's leid, Angel in seine Arme geschmiegt zu sehen.

Angel ignorierte Hawk, richtete ihre Aufmerksamkeit ausschließlich auf Carlson.

»Wenn du jetzt schon wieder ausläufst«, meinte sie, »dann muß der Fang ja ganz gut sein.«

»Nun, nicht schlecht jedenfalls. Ich werde dir und Derry einen Smiley zur Seite legen. Den könnt ihr dann räuchern.«

»Was ist ein Smiley?« fragte Hawk. »Oder ist das auch ein Tabuthema?«

Carlson warf Hawk einen finsteren Blick zu.

Der rührte sich nicht.

Widerwillig mußte Carlson zugeben, daß Hawk nicht so leicht einzuschüchtern war. Mit Blicken jedenfalls nicht. Wohl nur mit den Fäusten, und selbst da war Carlson nicht ganz sicher. Unter anderen Umständen hätte er Hawk liebend gern herausgefordert, aber nicht heute. Nicht, wo Angel mit ihren Erinnerungen kämpfte.

Er vermutete, daß Hawk mehr als nur ein wenig an dem Mädchen, das sich so vertrauensvoll an seine Brust schmiegte, interessiert war. Bei diesem Gedanken huschte ein Lächeln über Carlsons Züge, ein Lächeln, das weder freundlich noch kalt war.

»Ein Smiley«, erklärte er mit seiner volltönenden Baßstimme, »ist ein Lachs, der mehr als dreißig Pfund wiegt. Wenn man so einen Brummer vom Haken nimmt, dann muß man einfach lächeln.«

Hawks Mundwinkel verzog sich fast widerwillig aufwärts. »Aha, ich verstehe.«

»Das werden Sie ganz sicher, wenn Sie einen fangen«, sagte Carlson. »Oder lächeln Sie nie?«

»Ich lächle jetzt.«

Carlson lachte.

»Sie müssen mal mit mir Fischen kommen, Hawk«, erbot er sich. »Am Ende sind wir entweder Freunde – oder einer von uns ist tot.«

Einen Moment lang konnte Hawk den riesigen Mann, der so selbstsicher auf dem Dock stand, nur anstarren. Dann streckte er ihm die Hand hin. Irgendwie mochte er den großen Indianer, ob er nun wollte oder nicht.

»Ich nehme Sie beim Wort, Carlson«, sagte er.

Carlson ergriff die dargebotene Hand und schüttelte sie kräftig. Kurz bevor er sie wieder losließ, sagte er in leichtem Ton: »Und noch etwas, Hawk. Wenn Sie Angie anfassen, zieh' ich Ihnen das Fell in feinen Streifen ab und nehm' Sie als Köder.«

»Carlson –!« Angel war entsetzt und empört.

Hawk blieb gelassen. »Und wenn sie will, daß ich sie anfasse?«

Carlson blickte von Angels hochrotem Gesicht in Hawks finstere, undurchdringliche Züge.

»Dann würde ich sagen, daß Sie der glücklichste Mann auf Gottes Erdboden sind.« Carlson küßte Angel sanft auf die Stirn. »Don winkt dir, du sollst deinen schicken kleinen Dampfer wegfahren. Ich seh' dich in ein paar Tagen, Angie. Bis dahin«, fügte er grinsend hinzu, »hast du dich ja vielleicht wieder abgeregt.«

Angel schüttelte hilflos den Kopf, stellte sich auf die Zehenspitzen und küßte Carlson auf seine schwarzstoppelige Wange.

»Dir kann man einfach nicht böse sein«, sagte sie. Dann fügte sie streng hinzu: »Obwohl ich allen Grund dazu hätte. Du könntest dich wahrhaftig bei Hawk entschuldigen.«

Carlsons schwarze Augen, mit denen er Hawk über Angels Kopf hinweg ansah, funkelten vergnügt.

»Das könnte ich, aber ich tu's nicht. Sie verstehen mich doch, nicht wahr, Hawk?«

»Ganz sicher.«

Hawks linker Mundwinkel verzog sich höhnisch. O doch, er verstand sehr wohl.

Angel eilte, von einem freundlichen Klaps Carlsons auf den Weg geschickt, am Dock entlang zur Jacht zurück. Sie warf Hawk einen verstohlenen Seitenblick zu. Carlsons Warnung war ihr immer noch peinlich. Hawks leicht spöttisch gekräuselte Lippen sagten ihr, daß er die ganze Sache eher amüsant als ärgerlich fand.

Nun, er hatte bisher ja auch durch nichts erkennen lassen, daß er tatsächlich den Wunsch hatte, sie anzufassen. Nicht wirklich, jedenfalls.

Nicht so, wie sie gerne angefaßt werden würde.

12. Kapitel

Angel steuerte das Motorboot aus der Brown's Bay hinaus und durch die Fahrrinne in Richtung Deepwater Bay. Konzentriert beobachtete sie das Meer. Es war Samstag, und da wimmelte es nur so von kleinen Booten.

»Halten Sie sich fest«, sagte sie zu Hawk. Sie hatte einen Strudel entdeckt.

Unter der täuschend glatten Wasseroberfläche verbarg sich ein enormer Sog. Einige der Wirbel wurden durch Wassermassen gebildet, die zwischen Felsblöcken eingezwängt machtvoll nach oben strebten. Wieder andere bildeten sich erst während des Gezeitenwechsels. Kleinere Boote konnten da schon mal kentern und von der starken Strömung abgetrieben werden, wenn der Steuermann unvorsichtig oder unerfahren war.

Das Ruder bockte auf einmal wie wild unter Angels Händen, doch sie war darauf gefaßt und packte fest zu. Das Bootsheck schlingerte wie das Heck eines Autos auf einer eisglatten Fahrbahn.

Angel manövrierte den Bug in die Mitte des wilden Strudels und brachte das Schiff rasch wieder unter Kontrolle. Innerhalb von Sekunden hatten sie die Gefahrenzone hinter sich gelassen und schwammen wieder in etwas ruhigeren Wassern. Bewegt war es hier jedoch auch, da gerade Gezeitenwechsel herrschte.

Angel, die Hawks Augen auf sich gerichtet fühlte, wandte den Kopf um und lächelte.

»Lustig, was?« meinte sie.

Er zog nur eine seiner schwarzen Brauen hoch.

»Sah mir nach einer ziemlich tückischen Stelle aus«, bemerkte er.

»Ach, das war noch gar nichts. Aber manchmal, da wird's schon richtig ungemütlich.«

»Stürme?«

Angel zuckte die Schultern.

»Stürme sind zu keiner Jahreszeit ein Vergnügen«, erwiderte sie. »Das gilt auch für Ebbe und Flut, wenn man sich nicht auskennt. Die Meerenge ist nichts für Amateure. Der dort kann ein Liedchen davon singen.«

Angel deutete auf einen Schlepper und ein Kümo. Der Schlepper versuchte mit aller Kraft, das kleine Kümo den engen Wasserweg nach Norden hinaufzuziehen. Das dicke, geflochtene Stahlseil, das den Schlepper mit dem vollbeladenen Kümo verband, war zum Zerreißen gespannt; es summte förmlich unter der starken Spannung.

Doch trotz der offensichtlichen Bemühungen des Schleppers machten die beiden Schiffe kaum mehr als einen Knoten Fahrt.

»Arme Schweine, haben die Flut verpaßt«, meinte Angel trocken.

»Was passiert jetzt mit ihnen?«

»Nun, der Schlepper wird sich die nächsten paar Stunden wie wild ins Zeug legen und keinen Strich vorwärts kommen. Dann, irgendwann, ist der Kampf vorbei, und er schießt vorwärts wie ein Korken aus 'ner Flasche. Bis dahin aber stecken sie fest, müssen sogar aufpassen, daß sie nicht vom Sog der Strömung zurückgetrieben werden, und das Schleppseil immer gespannt halten, damit sie nicht in einen Strudel geraten.«

»Spricht da etwa die Stimme der Erfahrung?« fragte Hawk.

Es hätte ihn keineswegs gewundert zu hören, daß Angel auch schon mal einen Schlepper durch die Gewässer der Meerenge navigiert hatte. Sie war einfach superb, wenn es um nautische Dinge ging.

Doch offensichtlich war dies ein Thema, über das Angel nicht sprechen wollte, denn sie beantwortete seine Frage nicht.

»Haben Sie schon mal mit Schleppern zu tun gehabt?« insistierte Hawk.

Stille. Angel kämpfte mit Erinnerungen, die wie Blut aus einer frisch aufgerissenen Wunde quollen. In dem Sommer, in dem sie und Grant sich verliebt hatten, hatte er Schlepper die Meerenge hinaufgesteuert. Selbst heute noch schmolzen die

Jahre dahin, wenn Angel das kraftvolle Stampfen und Röhren von Dieselmotoren hörte, die Lasten hinter sich herzogen. Sie fühlte sich dann jedes Mal wie nackt, ihren Erinnerungen hilflos ausgeliefert.

»Ich bin ab und zu mitgefahren«, sagte sie in einem Ton, der zu gleichgültig war, als daß er echt geklungen hätte. Ihre herrlichen Augen waren voller Schatten.

»Mit einem Mann.«

Sie erwiderte nichts. Es war keine Frage gewesen.

»Stimmt das, Angel? Mit einem Mann?«

Hawks Beharrlichkeit überraschte sie. Sie wandte den Kopf um. Er stand auf einmal ganz dicht bei ihr.

»Ja«, sagte sie.

»Der Lachsschamane?«

»Nein.«

Angels Knöchel, mit denen sie das Steuerrad umkrampfte, traten weiß hervor. Sie merkte nichts davon. Alles, was sie sah, war Hawks finsterer, durchbohrender Blick.

»Wer war's dann?« fragte er lässig, aber seine Augen straften seinen Ton Lügen. Sie waren wachsam wie die eines Falken. »Vielleicht könnten Sie ja eine Fahrt für mich arrangieren.«

»Derrys Bruder.«

Sie sah die Überraschung, die für den Bruchteil einer Sekunde über seine Züge glitt. Sie wußte, was nun kommen würde. Sie kehrte Hawk den Rücken zu, versuchte sich zu wappnen, beschwor in Gedanken die Rose herauf, ihre Morgenrose, leuchtend rot, rein, unendlich friedvoll und gelassen, unendlich schön, der schlimmsten Winterkälte trotzend.

Hawks Blick ließ Angels Gesicht keine Sekunde lang los. Es verriet nichts. Welche schlimmen Erinnerungen auch immer ihre Züge sekundenlang überschattet hatten, sie waren wieder verschwunden, verschlossen vor neugierigen Blicken. Vor ihm.

»Derry hat nie einen Bruder erwähnt«, sagte er. »Dann sollte eine Fahrt ja kein Problem sein.«

»Grant Ramsey ist tot.«

Hawk schwieg sekundenlang, forschte in Angels Zügen, forschte nach den Emotionen, die, wie er fühlte, hinter ihrer ruhigen Fassade verborgen lagen.

»Wann ist das passiert?« fragte er.

»Vor langer Zeit«, erwiderte sie müde.

»Er muß um einiges älter als Derry gewesen sein.«

»Ja.«

Angel wandte ihre Aufmerksamkeit wieder der See zu. Direkt an der Mündung zur Deepwater Bay kreiste ein riesiger Vogelschwarm kreischend über dem Wasser. Es mußten Hunderte sein, und es klang wie ein ganzer Chor verlorener Seelen. Möwen schossen weißen Pfeilen gleich auf die glänzende Wasseroberfläche nieder, Kormorane tauchten die langen Hälse hinein und kamen mit den Schnäbeln voller Heringe wieder zum Vorschein. Schwerfällig hoben sich die erfolgreichen Jäger aus dem Wasser, während sie wild mit den Flügeln schlugen und ihren Artgenossen auswichen, die ihnen ihre Beute streitig machen wollten.

Minutenlang kochte das Wasser förmlich. Tausende und aber Tausende von Heringen, winzige Fische, die, silberne Wassertropfen versprühend, hochsprangen und in der untergehenden Sonne nur so glänzten und funkelten.

Angel drosselte automatisch den Motor.

»Lachse«, sagte sie.

»Ziemlich winzig«, meinte Hawk trocken.

»Nicht die da«, erwiderte sie mit einer wegwerfenden Geste in Richtung der wild hüpfenden Heringsmasse. »Unter ihnen; sie treiben sie an die Oberfläche. Die Lachse jagen die Heringe tief unten, wo es fast vollkommen finster ist. Die Heringe schwimmen daraufhin wie panisch zur Wasseroberfläche, um dem Lachsschwarm zu entkommen. Doch da sind dann schon die Vögel und jagen sie von oben, während sich die Lachse weiter von unten bedienen.«

»Da bin ich doch froh, daß ich nicht als Hering auf die Welt gekommen bin.«

»Fressen und gefressen werden«, sagte Angel und ließ den Blick traurig über die aufgewühlte, schäumende See gleiten. »Früher oder später erwischt es uns alle. Manche von uns früher als die anderen.«

»Keine sehr tröstliche Lebensphilosophie«, sagte er und musterte Angel mit Augen, die so hart und klar waren wie Topase.

»Mitleid bringt einen eben manchmal nicht weiter.«

Angel mußte an all die Menschen denken, die versucht hatten, sie nach dem Unfall zu trösten. Sie hatten sie nur noch wütender gemacht. Selbst Derry.

Erst Carlsons absichtliche Grausamkeit hatte sie aus ihrem Selbstmitleid gerissen. Ausgerechnet Carlson, der sie ebenso liebte, wie Grant es getan hatte. Aber das hatte sie erst erfahren, als es schon zu spät gewesen war. Und jetzt würde es immer zu spät sein. Sie würden niemals ein Paar werden. Aber Freunde, das waren sie, Freunde, die einander tief und treu verbunden waren.

»Wohin sind die Heringe auf einmal verschwunden?« fragte Hawk.

»Dorthin, wo sie hergekommen sind.«

Angel starrte aufs Wasser, wo die Heringe ebenso plötzlich verschwanden, wie sie aufgetaucht waren. Alles, was von dem riesigen Schwarm übrigblieb, war ein unbestimmter metallischer Schimmer tief unten im grünen Wasser, ein Schimmer, der von Sekunde zu Sekunde schwächer wurde.

Da entschied Angel, daß es höchste Zeit war, endlich mit dem Fischen anzufangen. Allerhöchste Zeit. Sie hatten immer noch ein paar Stunden Tageslicht, die Flut kam bald, und zumindest ein paar Lachsschwärme waren in Reichweite. Kein Angler konnte sich mehr wünschen.

Hawk konnte Angels Entschluß von ihrem Gesicht ablesen.

»Kann ich helfen?« fragte er.

»Ich sage Ihnen schon Bescheid, wenn ich Ihre Hilfe brauche.«

Sie hatte die Schleppangeln im Nu vorbereitet. Es war nicht gerade ihre liebste Fangmethode, aber immer noch besser als gar nichts. Außerdem würden die Lachse nicht vor Mitte September an die Wasseroberfläche kommen.

Bis dahin war Hawk schon wieder weg.

Dieser schmerzliche Gedanke schnitt durch Angel hindurch wie ein Glasschneider durch eine Glasscheibe. Zuerst war es nur der Gedanke selbst, der wie ein Druck auf ihrem Herzen lastete, und dann breitete sich allmählich eine tiefe Traurigkeit in ihr aus. Zu denken, daß Hawk Vancouver Island verließ, ohne einen Lachs gefangen zu haben, ohne die rauhe Schönheit der Insel kennengelernt zu haben, ohne gelächelt zu haben ...

»Angel?« fragte er, der sich über die neuerlichen Schatten wunderte, die ihre blaugrünen Augen ausfüllten. »Kann ich irgendwas tun?«

Sie blinzelte und richtete den Blick dann auf Hawk. Er sah, daß ihre Wimpern sehr lang und erstaunlich dunkel waren, dicht und schwarz, auch ohne Mascara. Plötzlich senkten sich ihre Lider und verbargen ihre Augen vor seinem forschenden, alles durchdringenden Blick.

»Übernehmen Sie das Ruder«, sagte sie gepreßt. »Drehen Sie nach Backbord bei und fahren Sie ganz langsam.«

Als sie fühlte, wie sich die Bewegungen des Bootes veränderten, ließ sie die Angelschnur langsam abrollen.

»Wie tief gehen Sie?« rief Hawk aus der Kajüte.

»Ist irgendwas auf dem Echolotanzeiger zu sehen?«

Stille, dann: »Da ist was in vier Faden Tiefe. Bewegt sich ziemlich schnell.«

»Dann lasse ich die eine Schnur zirka acht Meter runter und die andere zehn.«

Das Bleigewicht zog die Angelschnur rasch nach unten. Als genug Leine von der Rolle gelaufen war, ließ Angel die Schnur einrasten und steckte den Griff in eine Halterung an der Reling. Einen Moment lang beobachtete sie die Angelspitze. Sie bewegte sich sanft und rhythmisch, in Übereinstimmung mit den Bewegungen des Bootes, das langsam über die rastlose Wasseroberfläche glitt.

Innerhalb weniger Augenblicke hatte Angel auch die zweite Angelrute an der Reling festgemacht. Dann hielt sie kurz inne und zuckte mit den Schultern.

Wer nicht wagt, der nicht gewinnt, und ich bin's verdammt noch mal leid, dauernd zu warten.

Sie griff sich eine der langen, flexiblen Angelruten, wühlte kurz in der Kiste mit dem Angelzeug und tauchte mit einer Fliege wieder auf, die größer war als ihre Handfläche. Sie ließ die Angel im Bootsheck ins Wasser und gab Leine, bis die dicke, blasse Fliege zirka zehn Meter hinter dem Boot auf den Wellen tanzte.

Obwohl es noch Wochen dauern würde, bis die Lachse näher an die Wasseroberfläche kamen, gab es ja immer noch so etwas wie Glück.

»Ich übernehme«, sagte Angel, als sie das Ruderhaus betrat.

Hawk glitt aus dem Fahrersitz. Wieder konnte sie die Mischung aus Seife und frischem Aftershave, aus Körperwärme und aus Mann riechen, einen Duft, den sie mittlerweile untrennbar mit Hawk verband.

Als sie sich umdrehte, um auf den Sitz zu schlüpfen, streifte sie Hawk. Der Kontakt dauerte nur eine Sekunde, dennoch spürte sie eine heiße Woge der Erregung. Unwillkürlich hielt sie den Atem an und verharrte, wie um die Empfindungen, die sie durchtosten, noch ein wenig länger auszukosten.

»Beobachten Sie die Rutenspitzen«, sagte Angel mit leiser, beinahe heiserer Stimme. »Gewöhnen Sie sich an ihre Bewegungen. Dann sehen Sie sofort, wenn sich etwas verändert, wenn wir auf ein Seetangfeld stoßen oder ein Lachs anbeißt oder...«

Ihre Stimme verklang, als sie Hawk anblickte. Ihre Augen waren so grün und rastlos wie das Meer.

»Haben Sie verstanden?« fragte sie rauh.

Hawks Mund veränderte sich, die harten Linien wurden auf einmal weich, versprachen eine Sinnlichkeit, die sich in den heißen braunen Tiefen seiner Augen widerspiegelte.

»Ja«, murmelte er. »Ich habe verstanden.«

Und das hatte er.

Was er meinte, waren jedoch nicht die Bewegungen von Fischen und Wasser. Es war der Hunger, der Angels Augen in ein rauchiges Grün tauchte, es war ihr Puls, der heftig unter der zarten Haut ihres Halses schlug.

Die Jagd war fast vorbei. Die letzten Haken waren geschlagen, die letzten panischen Fluchtversuche getan. Schon bald würde sie erschöpft und nach Atem ringend in seinen Armen liegen.

Hawk wandte sich ab und ging hinaus zum offenen Bootsheck, wo er den langsamen Tanz der Rutenspitzen auf dem Wasser und das Schimmern der Wellen im Licht der untergehenden Sonne beobachtete.

Doch es war ein ganz anderer Tanz, den er in Gedanken vor sich sah, es war der langsame Rhythmus zweier Körper beim Liebesspiel, der sinnliche Schimmer von Schweiß auf glatter Haut und die flüssigen, rhythmischen Wogen der Ekstase.

Bald.

Hawk stand, die Beine leicht gespreizt, um das sanfte Rollen der Jacht auszugleichen, an Deck und beobachtete die Rutenspitzen, die sich scharf gegen den tiefblauen Himmel abzeichneten.

Angel blickte über ihre Schulter zurück, doch sie sah nicht die Ruten, sondern nur den Mann, den attraktivsten, kraftvollsten Mann, den sie je gesehen hatte. Die Art, wie sein Körper vollkommen mühelos und sicher die Schwankungen des Bootes ausglich, war einfach faszinierend. Wie der Falke, von dem er seinen Spitznamen hatte, war Hawk blitzschnell und unglaublich geschmeidig in seinen Bewegungen. Er war einfach vollkommen.

Nach einer Weile zwang sich Angel, den Blick wieder von ihm abzuwenden. Sie ermahnte sich, daß Hawk durch nichts hatte erkennen lassen, daß er sich ebenso heftig zu ihr hingezogen fühlte, wie sie sich zu ihm. Mit Leib und Seele.

Die paar Male, die es zu flüchtigen Berührungen gekommen

war, ließen sich durch den beengten Raum auf dem Boot erklären. Vielleicht war es auch nur die Art, mit der sich Menschen, die sich mögen, manchmal berühren. Nie hatte Angel auch nur einen Anflug der Leidenschaft in Hawks Augen entdeckt, mit der Grant sie oft angesehen hatte, voller Liebe und Begehren, bis für nichts anderes mehr Platz war.

Wieder rief sich Angel ganz bewußt ihre Rose ins Gedächtnis. Sie brauchte dringend ihre Ruhe, ihre Leuchtkraft.

Fünf Tage auf einem Boot mit Hawk würden schwer genug für sie werden. Da mußte sie die Dinge nicht noch verschlimmern, indem sie hinter Hawk herlief wie ein liebeskranker Teenager.

Die Rose stieg diesmal nur sehr langsam und widerwillig vor ihrem geistigen Auge auf; einzelne purpurrote Rosenblätter, die verschwammen und wieder auftauchten, Blutstropfen gleich, und ein Gefühl der Leere und Einsamkeit hinterließen. Nach einer Weile gelang es ihr jedoch, die ganze Rose, Blütenblatt für Blütenblatt, vor ihrem geistigen Auge zu bilden, rotschimmernd, gelassen und unberührt im bleichen Licht des Morgens.

Es war Jahre her, daß es Angel so schwergefallen war, sich ihre Rose vorzustellen, oder daß sie sich dieser Entspannungsmethode überhaupt hatte bedienen müssen.

Angel ließ das Boot langsam über die Stelle gleiten, an der die See vor kurzem noch von Heringen und Lachsen, von Jägern und Gejagten, gewimmelt hatte. Von Zeit zu Zeit warf sie einen prüfenden Blick auf die Köder. Nichts rührte sich.

Nachdem sie ein paar Runden gedreht hatte, bat sie Hawk nachzusehen, ob sich Seetang in den Schnüren verfangen hatte. Sie beobachtete, wie er eine der Angeln aus der Halterung herausnahm, scharf an der Schnur ruckte, um sie freizubekommen, und dann langsam begann, sie einzuholen. Sie beneidete ihn um seine Kraft, mit der er den Köder freibekam. Sie selbst hatte tagelang üben müssen, bis sie die Technik korrekt beherrschte, da ihre Arme einfach nicht so stark waren wie die eines Mannes, von einem Mann wie Hawk ganz zu schweigen.

Als die Leinen wieder im Wasser hingen, steuerte Angel das Boot langsam die rauhe Küstenlinie hinauf, eine Route, die sie am Ende schließlich zur Deepwater Bay führen würde. Das leise Brummen des gedrosselten Motors wirkte beruhigend auf Angels aufgewühlte Gedanken. Nach und nach schüttelte sie ihre Sorgen ab und ließ ihre Gedanken wie die untergehende Sonne mit dem Meer verschmelzen.

Vor ihrem geistigen Auge formten sich die ruhige See, die Wälder und Felsen an der Küste zu leuchtenden Bildern, die die Künstlerin in ihr erwachen ließen, die danach schrien, in Glas festgehalten zu werden, in Glas, das so rein war wie der Himmel selbst.

»Alles wach hier drinnen?« erkundigte sich Hawk.

Er schlüpfte in den Sitz gegenüber von Angel, von wo aus er das Bootsheck und die Angelschnüre im Auge behalten konnte.

»Kaum.«

Angel unterdrückte ein Gähnen.

»Langeweile?« fragte er.

Sie schüttelte lächelnd den Kopf.

»Bloß entspannt«, sagte sie langsam. »Ich liebe das.«

Ohne hinauszusehen, korrigierte sie mit ihren schlanken Händen automatisch den Kurs. Sie blickte Hawk an.

»Und Sie?« fragte sie.

»Gelangweilt?« Sein undurchdringlicher Blick glitt über Angels Gesicht. »Nein. Das hier ist … irgendwie beruhigend.«

Er streckte sich, und auf einmal wirkte das kleine Ruderhaus sehr eng. Er sah, wie Angels Augen der Bewegung seiner Arme folgten, sah, wie ihr Blick auf dem Ausschnitt seines Hemdes ruhte, auf seinem Hals, um dann zu seinen Lippen zu schweifen.

Auf einmal war *beruhigend* das letzte Wort, das ihm in den Sinn kam. Die sinnliche Erregung, die immer dicht unter seiner undurchdringlichen Fassade brodelte, überfiel ihn auf einmal mit einer Heftigkeit, die ihm den Atem nahm. Wie Krallen bohrte sich das Verlangen in sein Fleisch. Innerhalb von wenigen Herzschlägen war er bereit für sie, war groß, hart und hungrig.

Zu früh. Zu schnell.

Mit einer einzigen kraftvollen Bewegung fuhr Hawk aus dem Sitz und verließ die Kabine. Er stellte sich mit dem Rücken zu Angel und beobachtete die Rutenspitzen, die im zunehmenden Wellengang tanzten und zuckten. Er beobachtete sie mit einer Intensität, daß ihm die Kiefermuskeln weh taten. Reglos stand Hawk da und kämpfte gegen die Wogen der Begierde an, die so unversehens und heftig über ihn hereingebrochen waren.

Nach einer Weile gelang es ihm schließlich, die anmutige Biegung der Angelruten vor sich zu sehen und nicht nur die einladende Kurve rosiger Lippen und Brüste, die sich unter einem seegrünen Sweatshirt hoben und senkten.

Je näher sie an die Deepwater Bay herankamen, desto mehr Boote befanden sich auf dem Wasser. Die *Black Moon* überholte sie in einiger Entfernung. Auch sie suchte einen sicheren Ankerplatz in der Bucht.

Hawk hörte das Funkgerät, hörte Angels sanfte Stimme, drehte sich jedoch nicht um. Es war mehr als eine Stunde her, seit er die Kabine verlassen hatte.

Nicht lange genug.

Zu lange.

Angel war wie ein Feuer, das in Hawks Adern brannte. Er begehrte sie mit einer Heftigkeit, die ihn zornig machte. Die Jagd würde heute nacht enden, ob sie bereit war oder nicht.

Er war bereit. Mehr als bereit. Er würde sie nehmen, und wenn er sie genommen hatte, würden ihre Lügen wie ein kalter Regenschauer auf ihn herniederprasseln und das Feuer in ihm löschen.

Und dann war Hawk wieder frei, frei von Angel, frei, sich in die Lüfte zu schwingen, eine schwarze Silhouette am weiten, unendlichen Himmel.

13. Kapitel

Als Angel die Jacht in die Bucht steuerte, sah sie sofort, daß dort viel zu viele kleine Boote im Wasser verstreut lagen, als daß sie den üblichen Kurs hätte nehmen können. Gerade als sie das Ruder herumdrehen wollte, sah sie aus dem Augenwinkel eine Bewegung, ein Motorboot, das mit rasender Geschwindigkeit auf die Bucht zuschoß.

Wieder einer dieser rücksichtslosen Sonntagsangler, die es nicht abwarten konnten, ihre Angeln auszulegen. Angel würde ausweichen müssen, was bedeutete, daß sie den anderen Sportanglern viel zu nahe kam. Außerdem würde das Kielwasser des Motorboots die kleinen Boote gefährlich ins Schaukeln bringen, genug wahrscheinlich, um die Schwimmer zu versenken, so daß alle ihre Schleppangeln einziehen und wieder von vorne anfangen mußten.

»Festhalten!« rief Angel.

Sie drosselte sofort den Motor und hoffte, so den Zug auf die Schwimmer zu verringern, damit sie nicht versanken.

Eine fast mannshohe Gischtwelle hinter sich herziehend, raste das Motorboot an ihnen vorbei. Hawk war vorbereitet, hatte die Beine gespreizt und hielt sich am Türrahmen der Kajüte fest. Die Jacht schlingerte wie wild, bockte und hob sich wie ein aufsässiger Gaul.

Den anderen Booten erging es nicht viel besser. Da war es kaum verwunderlich, daß mehr als nur ein paar wüste Flüche und obszöne Gesten hinter dem verschwindenden Motorboot herflogen.

Angel drosselte die Fahrt und versuchte, die Jacht durch das Labyrinth kleiner und kleinster Boote hindurchzulavieren. Automatisch warf sie einen Blick auf die Schleppangeln am Heck. Eine der Ruten steckte unbeweglich in ihrer Halterung. Die andere dagegen war scharf nach unten gebogen.

Bevor Angel etwas sagen konnte, war Hawk auch schon bei

der Angelrute, zog sie aus der Halterung und riß scharf daran. Nichts passierte. Die Rutenspitze federte unter Höchstspannung, während mit einem hohen, kreischenden Geräusch Schnur von der Rolle lief.

Normalerweise bedeutete das, daß man einen fetten Brummer an der Angel hatte. Heute jedoch signalisierte es etwas weit weniger Aufregendes.

Zwanzig Meter von ihnen entfernt sah Angel einen Mann in einem kleinen blauen Boot stehen, der ihnen wie wild zuwinkte. Sein Partner versuchte verzweifelt, seine Leine einzuholen. Die Rute war so stark gespannt, daß er alle Mühe hatte, sie überhaupt festzuhalten.

Mit einem unterdrückten Fluch drosselte Angel den Motor und legte den Leerlauf ein.

»Wir haben uns in seiner Angelschnur verfangen«, sagte sie. »Ich halte an, damit er seine Angel losmachen kann.«

Hawk versuchte nicht länger, seine Leine einzuholen. Auch ohne seine »Mithilfe« waren die beiden Leinen schon bis zum Zerreißen gespannt.

Die starke Strömung trieb die beiden Boote auseinander, aber die dünnen, erstaunlich reißfesten Angelschnüre, deren Haken sich verfangen hatten, hielten die beiden Fahrzeuge zusammen.

Der Mann in dem blauen Boot fummelte eine Zeitlang an der summenden Leine herum, doch sie war viel zu stark gespannt, als daß er etwas hätte ausrichten können.

Schließlich zuckte er mit den Schultern, zog ein Messer aus seiner Tasche und durchschnitt die Leine direkt über seinem Haken.

Gelähmt vor Entsetzen sah Angel, wie sich das Messer der Schnur näherte. Sie wußte, daß die Leine wie ein Gummiband zurückschnappen würde und der tödliche Stahlhaken mit ihr, ein Geschoß, das auf Hawk, der die Rute in der Hand hielt, abzielte.

Für Warnungen oder Erklärungen war es zu spät. Angel sprang aus dem Ruderhaus, machte zwei lange Sätze und warf sich über Hawks Kopf, um seine Augen vor dem nadelspitzen Stahlhaken zu schützen, der über die weite Wasserfläche auf sie zugeschossen kam.

»Was zum Teufel –!« rief Hawk, der Angel automatisch packte und festhielt.

»Der Haken –«, keuchte sie, während sie sein Gesicht an ihre Brüste drückte.

Dann raubte ihr der Schmerz den Atem.

Hawk war sofort klar, was passiert war. Ihr Griff lockerte sich, und sie ließ ihn los, doch er hielt sie weiterhin fest, während er einen Blick über ihre Schulter warf.

Ein Teil des Stahlhakens war in ihrem Sweatshirt vergraben. Der Rest steckte in ihrem Fleisch, direkt neben ihrem Schulterblatt. Er sah, wie sich ein dicker, hellroter Blutstropfen auf ihrem weichen grünen Sweatshirt ausbreitete.

Mit einem wüsten Fluch zog er ein Taschenmesser aus seiner Jeans. Er wickelte sich die Angelschnur einmal um den Finger und durchschnitt sie, ohne auch nur den kleinsten Zug auf den Haken auszuüben, der in Angels Rücken steckte.

Sobald sie frei war, wollte sie zurück ans Ruder eilen.

»Sie rühren sich nicht«, sagte Hawk barsch und hielt sie am Arm fest.

»Aber wir treiben ab.«

»Ich kümmere mich schon darum.«

Er drückte Angel sanft auf einen der Sitze im Heck des Bootes. Dann handelte er blitzschnell.

Anstatt die Leinen langwierig einzuholen, durchschnitt er sie mit einer raschen Bewegung. Einen Moment später war er auch schon im Ruderhaus verschwunden und erweckte den Motor zu röhrendem Leben.

Innerhalb von Minuten hatte er die Jacht an einen geschützten Ankerplatz an der nordöstlichen Seite der Deepwater Bay gesteuert. Bei jedem anderen wäre diese Geschwindigkeit höchst leichtsinnig gewesen. Bei Hawk jedoch wirkte das Manöver so sicher wie der elegante Sturzflug eines Raubvogels.

Mit ein paar langen Schritten war er im Heck und ließ den Anker fallen.

»Alles in Ordnung?« fragte er, als er Angels leicht zusammengepreßte Lippen sah.

Sie zuckte mit den Schultern und stieß ein unfreiwilliges Keuchen aus, da sich durch ihre gedankenlose Bewegung der scharfe Haken noch tiefer in ihr Fleisch gebohrt hatte.

»Ich werd's überleben«, sagte sie und holte zitternd Atem.

Hawk murmelte einen wüsten Fluch.

»Es sind doch bloß Schmerzen«, sagte Angel leise.

Sie schloß sekundenlang die Augen und versuchte bewußt, sich zu entspannen. Sie hatte gelernt, daß Schmerzen nur schlimmer wurden, wenn man gegen sie ankämpfte. Wenn man den Schmerz dagegen akzeptierte, konnte man auch die eigene Reaktion darauf besser kontrollieren. Sobald Angel diese Lektion einmal gelernt hatte, hatte sie auch den Mut gefunden, ohne Schmerzmittel zu leben und ohne Stock zu gehen.

Als sie ihre Augen wieder öffnete, waren sie vollkommen klar und furchtlos.

»Lassen Sie uns nachsehen, wie schlimm es ist«, sagte sie ruhig.

Hawks Augen verengten sich.

»Oder macht es Ihnen was aus?« fragte sie, als sie seinen Blick sah. »Wenn es Ihnen was ausmacht, kann ich ja Carlson von der *Black Moon* holen lassen.«

Angel blickte zu dem Trawler hinüber, der ein paar hundert Meter von ihnen entfernt vor Anker lag.

Hawk starrte in ihr gelassenes Gesicht und konnte kaum glauben, daß sie so ruhig war. Wenn er das Blut auf ihrem Sweatshirt nicht gesehen hätte, er hätte nicht geglaubt, daß ein Stahlhaken in ihrem Fleisch steckte.

Grimmig mußte Hawk zugeben, daß Angel eine Schauspielerin war, die ihresgleichen suchte.

»Hab' schon schlimmere Verletzungen gesehen«, erwiderte Hawk barsch.

Er folgte ihr in die Kajüte und schaltete sämtliche Lichter an. Als er sich zu ihr umdrehte, saß sie bereits mit dem Rücken zur stärksten Lichtquelle. Hawk kniete bei ihr nieder. Er preßte grimmig den Mund zusammen, als er das Blut sah, das durch den weichen grünen Stoff ihres Sweatshirts sickerte. Mit äußerster Behutsamkeit zog er den Pulli über die Stahlbiegung und dann über den geraden Ansatz des Hakens, ohne ihn dabei zu erschüttern.

Als Hawk unter ihr Sweatshirt blickte, entschlüpfte ihm noch ein Fluch. Der Haken war fast so lang wie sein Daumen. Er konnte weder die Spitze noch die Widerhaken sehen, die dazu dienten, sich ins Fleisch des Opfers zu senken und es festzuhalten.

»Die Widerhaken sind auch drin, stimmt's?« fragte Angel.

Nur ein fast unmerkliches Zittern in ihrer Stimme verriet, wie groß ihre Schmerzen sein mußten.

»Ja.«

Sie machte eine Bewegung, als ob sie ihr Sweatshirt ausziehen wollte.

»Nicht, Angel. Ich kann genug sehen.«

»Wenn der Eintrittswinkel nicht zu spitz ist, können Sie die Widerhaken durchdrücken und abschneiden und den Haken dann rausziehen«, sagte sie. »Wenn nicht, dann müssen Sie die Haut rundherum aufschneiden, um ihn freizubekommen.«

Angels sachliche Worte spiegelten exakt Hawks Gedanken wider.

»Höllisch weh tun wird's in jedem Fall«, sagte er.

»Dann werden Sie Ihre Angellehrerin eben mal richtig schreien und fluchen hören.«

Als Hawk nichts darauf sagte, drehte Angel den Kopf so weit zu ihm herum, daß sie ihn ansehen konnte.

»Es sind bloß Schmerzen, Hawk. Das geht vorbei.«

»Ich kann Sie auch zu einem Arzt bringen.«

»Wozu? Sie haben geschicktere Hände als jeder Arzt, der mich je behandelt hat.«

»Angel ...«

»Da sind Zangen und ein Drahtschneider in der Kiste mit dem Angelzeug. Wenn Sie's nicht machen wollen, dann holen Sie Carlson. Der hat mich schon schreien gehört.«

Hawk zögerte, hätte fast gefragt, wann und warum Carlson Angel vor Schmerzen hatte schreien hören. Aber jetzt war nicht die Zeit für solche Fragen.

Mit einem unterdrückten Fluch stand er auf und ging zur Angelkiste. Er holte zwei schmale Zangen und den Drahtschneider heraus. Dann desinfizierte er das Werkzeug mit Alkohol und kam zu Angel zurück.

»Bereit?« fragte er gepreßt.

»Einen Augenblick noch.«

Angel schloß die Augen und stellte sich Farben vor, eine Kaskade der wunderschönsten, leuchtendsten Farben, zu schön für Worte, zu rein, als daß sie wirklich hätten sein können.

»Jetzt«, murmelte sie und begann, sich Namen für ihre fantastischen Farben auszudenken.

Hawk nahm die Zangen, packte den Haken am Ansatz und schob ihn rasch durch Angels Fleisch, so daß die Spitze samt Widerhaken hervortrat. Dann knipste er schnell und sauber die Widerhaken ab und zog mit einer sicheren, flüssigen Bewegung den Rest des Hakens heraus.

Angel rang nach Atem und stieß einen leisen Schmerzenslaut aus.

Hawk ließ den blutigen Haken in die Köderbox plumpsen, packte Angel bei den Armen und hielt sie fest, während er die Zwillingswunde auf ihrer goldenen Haut begutachtete.

»Schon vorbei«, stieß er heiser hervor.

»Danke«, erwiderte sie zitternd.

Sie stieß einen langen, zerrissenen Seufzer aus.

»Wann war Ihre letzte Tetanusimpfung?« fragte Hawk.

»Ich angle nicht mit rostigen Haken«, sagte Angel indigniert. Das Atmen fiel ihr jetzt, da ihr der Haken nicht mehr bei jedem Luftholen ins Fleisch schnitt, bedeutend leichter. »Auf jeden

Fall sind meine Impfungen auf dem neuesten Stand. In der Angelkiste liegt eine Wundsalbe. Das sollte als Vorbeugung gegen eine Entzündung genügen.«

Hawk zögerte. »Können Sie Ihre Schulterblätter ein wenig bewegen, ein bißchen kreisen?«

»Warum?«

»Es sind nicht mehr als ein paar Blutstropfen ausgetreten. Das ist nicht genug, um auch den tiefsten Teil der Wunde auszuwaschen.«

Angel ließ ihre Schultern vorsichtig kreisen. Ihr Sweatshirt rutschte ihr dabei wieder den Rücken herunter. Mit einer ungeduldigen Geste zog sie es über den Kopf.

Hawk stockte der Atem, als er Angels samtige Haut sah. Ihr Rücken war bis auf einen hauchzarten, apricotfarbenen BH und zwei leuchtend rote Blutstropfen auf jeder der beiden Wunden vollkommen nackt. Trotz der Bewegungen, die sie machte, kam kein Blut mehr.

»Das hier wird weh tun«, sagte Hawk.

Es war seine einzige Warnung. Ein Arm schlang sich um Angels Taille, der andere direkt oberhalb ihrer Brüste um ihren Oberkörper. Dann preßte er seinen Mund auf ihre Wunde. Er saugte hart, zuerst an der einen, dann an der anderen Stelle. Das Blut, das er so aus den Wunden heraussaugte, reinigte sie auf natürliche Weise.

Angel zog scharf den Atem ein, machte aber keine Anstalten, sich zu wehren oder zu protestieren. Hawks Nähe, seine harten muskulösen Arme und seine Lippen auf ihrer Haut machten sie vollkommen wehrlos. Eigentlich hätte es weh tun müssen, aber alles, was sie fühlte, war die Hitze und die Kraft, die von ihm ausging.

Kurz bevor Hawk seinen Kopf wieder hob, glaubte Angel zu fühlen, wie sein Mund weich wurde und zärtlich über sie hinwegstrich. Als sie sich umdrehte, um ihn anzusehen, sah sie einen Blutstropfen auf seinen Lippen.

»Alles in Ordnung?« fragte Hawk.

Seine Stimme klang heiser in der plötzlichen atemlosen Stille.

Angel nickte. Langsam hob sie den Finger, um Hawk das Blut vom Mund zu wischen, doch bevor sie den roten Tropfen, der auf seiner Lippe zitterte, noch berühren konnte, hatte er ihn mit einer raschen Zungenbewegung abgeleckt. Seine Pupillen weiteten sich, als er ihren salzig-süßen Geschmack auf der Zunge schmeckte. Langsam erhob er sich und zog Angel auf die Füße.

»Sie sind ziemlich blaß«, sagte er leise. »Legen Sie sich auf die Koje. Ich hole inzwischen Salbe und Pflaster.«

Angel schwankte leicht. Sie fühlte sich schwach, fast schwindlig – und ziemlich töricht. Hawks Nähe war es, die sie so aus der Fassung brachte, nicht die Schmerzen.

Er öffnete rasch die kleine Tür am anderen Ende der Kajüte. Sanft half er Angel auf das dreieckige Kastenbett, das den Raum unter dem Bug einnahm. Sie legte sich mit dem Gesicht nach unten darauf und lauschte den Geräuschen, die er in der Kajüte machte. Es gab genug Platz, um sich aufzusetzen, aber sie tat es nicht. Sie wollte einfach nur daliegen und darauf warten, daß Hawk zu ihr kam.

Angel hörte Hawks katzenhaft leise Schritte, fühlte, wie die Matratze nachgab, als er sich zu ihr setzte und dann ohne weiteres ihren BH öffnete. Sie holte tief Atem. Ein warmer Waschlappen strich sanft über ihren Rücken.

»Tut's weh?« fragte Hawk. Seine Stimme klang leicht gepreßt.

»Nein.«

Ihre Antwort war fast unhörbar.

Ein paar Augenblicke lang war nur das sanfte Geräusch des feuchten Lappens zu hören, der über ihre Haut strich. Dann eine Pause, dann wieder der Lappen.

»So wundervolle Haut«, murmelte Hawk. »So samtig, wie Gold.«

Er beugte sich nieder. Sein Schnurrbart strich über Angels Schulter.

»Du riechst wie der Sommer«, sagte er mit dunkler, vibrierender Stimme.

Angel hielt den Atem an. Schauder liefen ihr sichtbar über den Rücken, sie konnte nichts dagegen tun, war seinen sanften Berührungen hilflos ausgeliefert.

»Kann sein, daß es jetzt ein wenig brennt«, sagte er und setzte sich auf, als ob nichts geschehen wäre.

Die Salbe fühlte sich kühl und glatt an, so wie Hawks Stimme und wie seine Finger, die sie sanft einmassierten. Angel seufzte leise, holte dann tief Luft und stützte das Kinn auf ihre Hände.

Hawk drückte sanft ein großes Pflaster über die beiden winzigen Wunden. Er ergriff die Enden von Angels BH, wie um ihn wieder zuzumachen, doch dann ließ er den Spitzenstoff durch seine Finger gleiten, strich ihren Zopf beiseite und beugte sich vor, um ihren Nacken zu küssen.

Sie konnte seinen heißen Atem spüren, seine Brust, die leicht über ihren Rücken strich, während seine Lippen zärtlich über ihren Nacken wanderten. Sie erschauerte und wollte sich umdrehen, um ihn anzusehen, doch er legte die Hände auf ihre Schultern und hielt sie fest.

Sein Mund strich über ihren Nacken, den Ansatz ihres Haares, über die Rundung ihres Kopfes, und dann liebkoste seine harte Zunge ihr Ohr. Sie stöhnte leise und wand sich erregt, bog sich wie eine Katze Hawks suchendem Mund entgegen.

Er murmelte etwas Unbestimmtes, während er Angel mit einer einzigen, raschen Bewegung den BH von den Schultern streifte. Seine Zunge und seine Zähne folgten der anmutigen Krümmung ihrer Wirbelsäule bis hinunter zu ihrem festen kleinen Hinterteil in den schwarzen Jeans. Er liebkoste sanft ihre Waden, ihre weiblich gerundeten Hüften und tauchte mit erfahrenen Händen in die Hitze zwischen ihren Oberschenkeln, ohne seinen Mund von ihrem samtweichen Fleisch zu lösen. Es war ein Sturmangriff auf alle ihre Sinne, wie Angel ihn noch nie erlebt hatte.

Doch erst als sie sich hilflos unter seinen wissenden Händen hin- und her wand, erlaubte er ihr, sich auf den Rücken zu drehen. Er streifte ihr dabei den BH ganz von den Schultern und warf ihn beiseite. Seine Augen brannten, sein Blick war finster und durchdringend.

Angel war noch schöner, als er es sich in seinen wildesten Träumen ausgemalt hatte. Sie war tatsächlich schöner als alles, was er bisher gesehen hatte. Makellose goldene Haut, feste schwellende Brüste mit den schönsten rosa Warzen, die man sich nur vorstellen konnte. In ihren Augen, die ihn so sehnsüchtig anblickten, loderte ein grünes Feuer. Sie wartete auf ihn, wollte ihn.

Als er den Mund zu ihren Brüsten senkte, versuchte sie etwas zu sagen.

»Hawk –«

»Schsch«, stieß er gepreßt hervor.

Er wollte nur knisternde Stille und Angels Schönheit, wollte sich in der Hitze ihres Körpers verlieren. Es war zu früh für Ernüchterung und für Lügen.

Hawks Lippen schlossen sich über Angels Brust. Er saugte ihre Warze tief in seinen Mund.

Die Worte, die sie hatte sagen wollen, zerstoben angesichts der Gefühlsexplosion, die ihren Körper erschauern ließ. Sie stöhnte und wand sich langsam und sehnsüchtig unter seinem hungrigen Mund, eine Bewegung, so instinktiv wie die Lust selbst.

Und doch war alles das neu für Angel. Grant hatte sie nie so in den Mund genommen, hatte nie seine Zähne sanft und doch wild über ihre Haut gleiten lassen, bis sie hätte schreien können vor Lust, hatte sie nie mit seiner Zunge liebkost, bis sie zitterte und bebte. Grant hatte die Leidenschaft, die ihn erfüllte, sobald er Angel berührte, immer sorgfältig unter Kontrolle gehalten.

Hawk nicht.

Hawk ließ die Wogen der Lust anschwellen und sie beide überspülen, bis sie fast zu ertrinken drohten. Dann handelte er. Ehe Angel sich versah, hatte er ihr Jeans und Slip ausgezogen, so daß sie nun nackt und wehrlos unter ihm lag. Seine Finger suchten und fanden den goldenen Hügel zwischen ihren Beinen, erforschten sanft die Hitze, die darin loderte, rieben sie zärtlich, streichelten sie, bis sie sich heftig wand und zuckte.

»Hawk –«

Seine Hände bewegten sich geschickt, Hitze verzehrte sie und erstickte die Worte in ihrer Kehle.

Aber nicht lange.

»Hawk – ich bin – noch unerfahren.«

Sie stieß die Worte zwischen den sinnlichen Schauern hervor, die ihren Körper erschütterten und ihr mehr über Lust und Sex beibrachten, als sie sich je zu erträumen gewagt hätte. Sie sah nicht, wie sich Hawks Mundwinkel kalt und höhnisch verzogen, sah nicht die heiße Wut, die auf einmal in seinen zu Schlitzen verengten Augen loderte, Wut darüber, daß die Lügen so bald begonnen hatten.

Als Angel die Augen wieder öffnete, war Hawk nackt, war über ihr wie ein Raubvogel, der sich auf seine Beute stürzt. Sein großer, muskulöser Körper überschattete sie wie die Flügel des Falken, wenn er seinen Fang mit sich forträgt. Sie hatte keine Zeit, etwas zu sagen oder auch nur zu denken. Ein Schmerzensschrei entfuhr ihr, als er mit einem heftigen Stoß in sie eindrang.

Hawk hielt inne, wie vom Donner gerührt. Erstaunen und Hunger standen unübersehbar in sein Gesicht geschrieben, während er mühsam um Beherrschung rang. Dann explodierte er.

»Du kannst unmöglich eine Jungfrau sein!«

Doch er wußte, daß Angel nicht gelogen hatte.

Der Schock darüber, daß sie die Wahrheit gesagt hatte, durchfuhr ihn wie ein Blitzschlag, erschütterte ihn, wie ihn nichts erschüttert hatte, seit er achtzehn geworden war und die Lügen einer Frau seine Welt zerstört hatten.

Wie ein in die Enge getriebenes Tier versuchte Hawk sich zu wehren, indem er Angel attackierte.

»Hawk –«, flüsterte sie heiser.

Sie bewegte sich leicht, um den Druck seines großen, harten Geschlechts ein wenig auszugleichen. Doch ihre Bewegung raubte ihm die letzte Beherrschung und katapultierte ihn auf einen ungewollten Höhepunkt.

»Zur Hölle mit dir!« fauchte Hawk, während er heftig erschauerte und wie wild gegen den Orgasmus ankämpfte, der ihn packte und festhielt, ob er wollte oder nicht. »Zur Hölle mit dir!«

Er erschauerte ein letztes Mal, dann zog er sich aus ihrem wunden Fleisch zurück, rollte sich zur Seite und gab Angel frei. Mühsam rang er um Beherrschung, versuchte verzweifelt, die schreckliche Gewißheit zu verdauen, daß Angel nicht gelogen hatte, daß sie die Wahrheit gesagt hatte, als sie erklärte, sie wäre noch unerfahren. Er verstand einfach nicht, was geschehen war. Er verstand *sie* nicht.

Und Hawk mußte verstehen, sonst würde seine Welt in Trümmer gehen.

Ein zweites Mal.

14. Kapitel

Angel lag regungslos auf dem Bett. Hawks Verwünschungen bohrten sich wie mit Stahlkrallen in ihr Herz. Ein Chaos von Gefühlen tobte in ihrem Inneren – Frustration, Fassungslosigkeit, Schmerz und schließlich Wut, eine Wut, die so heftig war, daß sie zutiefst erschrak.

Solche Wut hatte sie schon einmal empfunden. Und sie hätte beinahe alles Menschliche in ihr getötet.

Stumm rang Angel um Fassung, rang mit aller Kraft darum, nicht laut zu schreien, nicht ein Leben zu verfluchen, das ihr einen Hoffnungsschimmer bot, um ihn ihr dann wieder zu nehmen.

»*Warum?*« fragte sie. Sie hörte es nicht, dieses eine Wort, das ihren Panzer durchbrach, hörte nicht die tiefe Verzweiflung, die darin mitschwang.

»Das sollte wohl besser *ich* fragen!« erwiderte Hawk.

Seine Stimme war ebenso wild wie seine Augen. Er packte Angel bei den Schultern und zwang sie, ihn anzusehen.

»Warum hast du mir nichts gesagt?« fragte er barsch.

»Ich hab's versucht«, erwiderte sie wie betäubt. Sie sprach ohne zu überlegen, rein mechanisch. Ihre Gefühle drohten sie zu ersticken.

»Außerdem dachte ich ..., daß du Bescheid wüßtest.«

»Wie in Dreiteufelsnamen hätte ich das wissen sollen?«

Hawks Finger gruben sich in ihre Schultern. »Ich dachte, du würdest mit Derry und Carlson schlafen. Und deine Reaktion auf mich war alles andere als unschuldig. Du warst heißer als jede andere, mit der ich bisher ins Bett gegangen bin.«

»Mit Derry schlafen? Und mit Carlson?« Angel wiederholte fassungslos seine Worte. Sie begriff einfach nicht. »Aber ich hab' dir doch gesagt, daß Derry wie ein Bruder für mich ist und Carlson nur ein guter Freund.«

»Frauen lügen doch immer.«

Stille senkte sich über den Raum, Stille und Begreifen. Endlich verstand Angel, und dieses Verstehen grub sich wie mit Krallen in ihre Seele und riß sie auseinander.

»Du hältst mich für eine Lügnerin und ein Flittchen«, flüsterte sie.

Sie schauderte, als ihr klar wurde, was das bedeutete. Es vernichtete sie, so wie der Autounfall sie damals vernichtet hatte.

Ihre hart erkämpfte Disziplin und Selbstbeherrschung taten in diesem Moment ihren Dienst, schotteten Angel von ihrem Schmerz ab, verstauten ihn irgendwo tief in ihrem Innern. Sie würde sich später damit auseinandersetzen. Im Augenblick war sie schon froh, nicht hysterisch zu werden.

Gegen den Autounfall hatte sie nichts tun können.

Hiergegen konnte sie etwas tun.

Ich lebe ja, physisch bin ich unversehrt, sagte sich Angel wie betäubt. *Ich habe einen Fehler gemacht, einen schrecklichen, nicht wiedergutzumachenden Fehler.*

Ich bin nicht stark genug, um Hawks Grausamkeit zu durchbrechen und zu seinem verletzlichen Ich, zu seinen Sehnsüchten und Bedürfnissen vorzudringen.

Falls er sie wirklich hat.

»Nun, du hast bewiesen, daß du zumindest zur Hälfte recht hast, nicht wahr?« fragte sie mit ruhiger, leerer Stimme, ebenso ausdruckslos wie die Augen, mit denen sie Hawk ansah.

Die Veränderung, die in Angel vorgegangen war, verursachte Hawk zunehmendes Unbehagen. Er hatte Hysterie erwartet, hatte erwartet, daß sie ihn verfluchen, ihn anschreien würde, hatte zuckersüße Lügen und Beteuerungen erwartet, all die üblichen weiblichen Tricks eben.

Er hatte alles erwartet, nur nicht diese unheimliche, gläserne Ruhe auf Angels Gesicht und die absolute Leere in ihren Augen.

»Was soll das heißen?« fragte er mißtrauisch und lockerte seinen Griff um Angels Schultern ein wenig.

Sie stand vom Bett auf und raffte ihre Kleidung zusammen.

»Das heißt, daß ich mir wie ein Flittchen vorkomme«, sagte sie ruhig.

Hawk verlor einen Moment lang die Beherrschung. Die Wut, die ihn packte, als er begriff, daß sie ihre Jungfräulichkeit an einen Mann verkauft hatte, der sie gar nicht wollte, machte sich unversehens Luft.

»Was erwartest du denn, wenn du für Geld mit einem Mann schläfst?« fauchte er.

Angel wandte sich ohne ein weiteres Wort der Kabinentür zu. Hawk packte sie beim Handgelenk.

»Komm, laß die Spielchen, Angel Baby«, sagte er. »Du willst deinen Anteil am Verkauf des Grundstücks und hast eben gedacht, ihn dir auf die älteste Methode der Welt zu sichern. Das ist dein gutes Recht. Aber wenn du mich gefragt hättest, dann hätte ich dir gleich sagen können, daß es zwecklos ist. Nichts wird mich dazu bringen, Eagle Head zu kaufen, außer das Land selbst.«

»Ich will Eagle Head nicht verkaufen«, erwiderte Angel langsam und deutlich. Ihre Stimme war vollkommen emotionslos. »Derry will es.«

Sie blickte Hawk offen an.

»Ich schulde Derry mehr, als ein Mann wie du je verstehen könnte«, sagte sie ruhig. »Wenn Eagle Head verkauft wird, geht das ganze Geld an Derry. Alles. Aber das kannst du nicht glauben, nicht? Dein gutes Recht, Hawk.«

Angel blickte auf die Hand, die ihr Handgelenk umklammert hielt. Ihre Stimme klang ruhig, ihr Ton endgültig.

»Laß mich los.«

Er starrte sie einen Moment lang wortlos an, dann gab er sie frei. Als sie die Kajütentür hinter sich zugezogen hatte, wurde ihm bewußt, daß er ihr am liebsten gefolgt wäre, sie in den Arm genommen und die Leere aus ihren Augen und aus ihrer Stimme vertrieben hätte.

Erst dann wurde ihm klar, daß er ihr glauben wollte, daß er glauben wollte, daß sie ihn ohne Hintergedanken angelächelt, mit ihm gesprochen hatte, mit ihm zusammengewesen war, daß sie *ihn* meinte und nichts anderes, wenn ihre Augen ihn voller Leidenschaft und Sehnsucht anblickten.

Plötzlich verfluchte er sich, verfluchte seine eigene Dummheit so heftig wie schon seit langem nicht mehr.

Ich habe an meinem achtzehnten Geburtstag alles gelernt, was es über Frauen zu wissen gibt. Die Lektion ist mir seitdem noch einige Male eingebleut worden. Bin ich wirklich so dumm, daß ich mit fünfunddreißig noch eine Auffrischung brauche?

Die Tatsache, daß Angel, was ihre Jungfräulichkeit betrifft, nicht gelogen hat, bedeutet noch lange nicht, daß sie auch ansonsten ehrlich ist.

Hawk rollte zur Seite und griff nach seinen Kleidern. Da sah er Angels frisches Blut auf seinem Unterleib. Eine Woge von Gefühlen übermannte ihn in der einen Sekunde, bevor er sich wieder unter Kontrolle hatte. Selbst für dieses winzige Anzeichen von Schwäche haßte er sich.

Jungfräulichkeit bedeutete gar nichts. Alle Frauen fingen einmal so an. Angel hatte einfach nur länger als andere gebraucht, um ihren Preis festzulegen.

Aber was war ihr Preis?

Die Frage senkte sich wie mit Klauen in sein Herz, packte und zerdrückte ihn, sobald er sich abwenden wollte.

Wenn nicht Geld, was dann? Was hatte Angel über Derry gesagt? Daß sie ihm etwas schuldig war ...

Plötzlich fielen ihm ihre Worte wieder ein: *Ich schulde Derry mehr, als ein Mann wie du je verstehen könnte.*

Ihre Jungfräulichkeit zum Beispiel? fragte sich Hawk mit zorniger Verachtung. Ein kleiner Gefallen für einen fetten Deal?

Sein Mund verzog sich zu einer kalten, zynischen Grimasse. Angel unterschätzte ihn, wenn sie dachte, er würde nichts verstehen. Er verstand sehr wohl. Sie war genauso wie die anderen. Keinen Deut besser.

Und wenn ihm bei diesem Gedanken schlecht wurde und die Wut erneut in ihm hochschoß, dann war das sein Problem. Er war alt genug, um es besser zu wissen. Alt genug, um nicht auf eine süße Fassade mit traurigen grünen Augen hereinzufallen.

Hawks Weltbild, das vorübergehend ins Wanken geraten war, stand wieder stark und fest. Er fühlte sich besser.

Dann riß ihn das Geräusch des Anlassers aus seinen Gedanken. Er zog sich rasch fertig an, öffnete die Tür zum Ruderhaus und trat Angel gegenüber.

»Ein bißchen spät zum Angeln, oder?« fragte er zynisch und wies mit einer unbestimmten Handbewegung auf die Sterne, die durch die Bullaugen funkelten.

»Ja.«

Sie achtete darauf, daß die Positionslichter eingeschaltet waren, bevor sie sich ihren Weg zwischen den großen und kleinen Booten, die in der Bucht vor Anker lagen, hindurch bahnte. Sobald sie die Bucht hinter sich gelassen hatte, erhöhte sie die Geschwindigkeit, blieb jedoch weit unter dem Tempo, das sie bei Tageslicht gefahren wäre und das sie fahren wollte.

Fliegen. Fliehen. Sich in Luft auflösen.

Aber das waren nur Wunschträume. Die Realität sah anders aus. Angel mußte den Weg bis zum Campbell River zurück schaffen und dann die Fahrt mit dem Wagen zum Haus, bevor sie sich auf ihr Zimmer flüchten konnte.

Der Gedanke allein überstieg beinahe ihre Kräfte. Stumm kämpfte sie gegen die Emotionen, die sie zu zerreißen drohten.

Immer nur eine Minute nach der anderen. Diese Minute. Bloß diese.

»Du willst unseren kleinen Ausflug also frühzeitig beenden?« fragte Hawk.

»Ja.«

»Und was ist mit Derrys Grundstücksverkauf?«

Hawk sah einen Anflug von Emotion über Angels bleiches Gesicht huschen. Die Tatsache, daß er richtig geraten hatte, was ihren Preis betraf, machte ihn noch wütender.

»Was ist mit all dem, was du Derry schuldest?« fragte er.

»Entweder du kaufst Eagle Head, oder du kaufst es nicht«, erwiderte sie ruhig.

»Keine Führung, kein Geschäft, schon vergessen?«

»Es gibt noch andere Führer«, sagte Angel.

Ihre Lippen verzogen sich zu einem zynischen Halblächeln, einem Lächeln, das dem von Hawk täuschend ähnlich war.

»Wie Carlson zum Beispiel«, meinte sie.

Hawks Augen verengten sich. Er wußte, wenn Angel Carlson erzählte, was geschehen war, dann würde der riesige Indianer sein Bestes geben, um ihm eine ganz persönliche Führung durch die Hölle zu verschaffen.

Im Moment jedoch hatte der Gedanke an eine wilde Prügelei etwas durchaus Verlockendes für Hawk, versprach sie doch ein Ventil für die unerklärliche Wut, die ihn immer noch gepackt hielt. Seine Lebensphilosophie wäre beinahe von einer Frau zerstört worden.

Wieder.

»Was wirst du Derry sagen?« fragte er barsch.

»Daß wir einfach nicht miteinander auskommen.«

»Im Bett schon. Oder bilde ich mir etwa nur ein, daß dir meine Berührungen gefallen haben?« fragte Hawk grausam.

Angel sah ihn einen Moment lang nur wortlos an. Wütend und gedemütigt, wie sie war, hätte sie am liebsten abgeleugnet, daß ihr die Berührung seiner Hände gefallen hatte. Aber sie erlag der Versuchung nicht. Sie wollte sich schließlich noch einen Rest ihrer Würde bewahren.

Und sie wollte sich nicht als Flittchen *und* als Lügnerin fühlen.

»Jeder macht mindestens einen schweren Fehler, bevor er erwachsen wird«, sagte Angel leise. »Und du warst meiner.«

Hawks Blick verfinsterte sich. Er stellte keine Fragen mehr. Langsam wurde ihm klar, daß Angels Wahrheiten weit schmerzhafter waren als die Lügen anderer Frauen.

In diesem Augenblick merkte er, daß sie's schon wieder getan hatte, die Wahrheit gesagt, keine Lügen, sondern die ganze erschütternde Wahrheit.

Den Rest der Fahrt zurück zum Campbell River verbrachten sie schweigend, ebenso wie die Autofahrt zum Haus der Ramseys. Derry schlief schon, als sie ankamen.

Angel, die für diesen kleinen Aufschub aufrichtig dankbar war, ging rasch zum Nordflügel des Hauses, wo ihre Zimmer lagen. Sie hatte für Hawk weder einen Blick übrig, noch wechselte sie ein Wort mit ihm. Für sie hatte er aufgehört zu existieren. Nichts existierte mehr außer einer gläsernen Rose, so rot wie Blut. Sie hielt an diesem Bild fest wie ein Berggipfel am Licht, lange nachdem der Rest der Welt längst in Dunkel getaucht ist.

Angel riß sich ihre Sachen vom Leib und warf sie achtlos zu Boden, während sie zur Dusche ging. Minutenlang stand sie unter dem heißen Wasserstrahl, seifte sich ab, wusch sich und seifte sich erneut ab, bis ihre Haut wund und rot war.

Sie fühlte nichts, ließ nichts ihren Panzer durchdringen. Sie wußte, daß diese gnädige innere Taubheit nur vorübergehend war. Sie wußte, daß die Zeit kommen würde, in der sie sich über ihre Gefühle klarwerden mußte, in der sie Hoffnung von Wahrheit, Irrtum von Schmerz trennen mußte. Eine Zeit des Lernens.

Aber nicht jetzt. Noch nicht. Jetzt genügte es, wenn sie diese Minute, diesen Augenblick überstand, und den nächsten und den folgenden.

Angel verließ die Dusche erst, als das ganze warme Wasser aufgebraucht war. Und selbst dann blieb sie noch so lange, bis es unangenehm kalt wurde. Sie trocknete sich rasch ab und rubbelte ihr Haar so lange und heftig, bis ihr die Finger schmerzten.

Erst dann wurde ihr bewußt, daß ihr Tränen übers Gesicht liefen, daß sie weinte, seit sie die Schlafzimmertür hinter sich zugemacht hatte. Zornig rubbelte sie ihr Gesicht ab.

Doch die Tränen ließen sich nicht aufhalten, stumme Tränen, die sie nicht unter Kontrolle hatte.

Abrupt warf Angel das Handtuch beiseite. Rasch streifte sie ihre Arbeitsklamotten über, Jeans und ein Jeanshemd, die beide so ausgebleicht waren, daß sie fast weiß aussahen. Sie zog weiche Mokassins an, kämmte ihr feuchtes Haar zurück und ging durch die Verbindungstür in ihr Studio.

Die Nordwand, die ganz aus Glas bestand, war so schwarz wie Hawks Pupillen. Einen Moment lang stand Angel bewegungslos da und fragte sich, ob sie die Kraft hatte weiterzumachen.

Du durchlebst immer nur einen Augenblick auf einmal, nicht mehr, ermahnte sie sich im stillen. *Immer nur den jetzigen. Den kannst du schaffen.*

Das ist nicht schwer, dafür braucht man keine Kraft. Nur einen Augenblick. Immer nur einen nach dem anderen.

Die vertraute Litanei half Angel, den Schmerz, der sie wie mit Eisenkrallen umklammert hielt, zu ertragen. Langsam bewegte sie ihre Hand zum Lichtschalter. Es klickte, und der Raum erstrahlte von einem Augenblick zum nächsten in harter, weißer Helligkeit.

Angezogen vom stummen Funkeln der farbigen Glassplitter, das ihr aus allen Ecken entgegenleuchtete, trat sie ein. Egal, was auch geschah, das hier würde ihr keiner nehmen können, eine Welt voller Farben, die sie umhüllte, ein konstruktives Ventil für Gefühle, die sie ansonsten zerstört hätten.

Diesen Augenblick.

Nur diesen.

Angel holte tief Atem und ging zu einem der Arbeitstische, die unter den Neonröhren standen. Zwei davon waren bis auf den dicken, dichtfaserigen Teppich auf ihrer Oberfläche ganz normale Tische. Der dritte besaß eine durchsichtige, erleuchtete Glasplatte, auf der mehrere farbige Glasscherben zu einem bestimmten Muster angeordnet lagen.

Zu diesem Tisch ging Angel. Das Bild, an dem sie zur Zeit arbeitete, war bestechend einfach – drei Gläser mit Marmelade, die in einem Bauernhausfenster zu stehen schienen. Vom oberen Rand des Bildes rankten dichte Brombeer- und Himbeerbüsche voller saftiger, reifer Früchte herunter. Das »Fenster« selbst bestand aus einem hellen, goldfarbenen Glas, ein Farbton, der exakt der Färbung der Nachmittagssonne entsprach.

Sie hätte auch normales Fensterglas benutzen können, tat es aber nicht. Sie verwendete niemals farbloses Glas. Farblose Glassplitter und -scherben, die im harten, weißen Lampenlicht funkelten, erinnerten sie unweigerlich an den Unfall, an die schrecklichen Schmerzen, an den Tod.

Die meisten der Glasstücke waren bereits fertig zugeschnitten. Angel mußte nur noch die Beerenbüschel zuschneiden, die üppig vom oberen Bildrand wucherten. Als Zweige würde sie die Bleiverbindungen benutzen. Die Blätter hatte sie aus einem Stück grünem Preßglas zugeschnitten. Die natürlichen Farbvariationen in dem Glas ließen den Busch fast lebendig wirken.

Die Blattadern wiederum hatte sie aufgemalt. Angel würde die Farbe später in einem Glasofen erhitzen, ein Prozeß, der die Farbe untrennbar mit dem Glas verband. Obwohl sie einen ähnlichen Effekt erreicht hätte, wenn sie die Adern in farbiges Schichtglas geätzt hätte, hatte sich Angel für das Preßglas mit seinen zahlreichen inhärenten Farbschattierungen entschieden.

Sie schaltete den Glasofen an, streifte weiche Lederhandschuhe über und nahm einen einfachen Glasschneider. Das harte Stahlrad des Schneiders und sein wie ein Stift geformter Griff fügten sich genau an die kleinen Schwielen an ihrer rechten Hand.

Sie schob die aus allen Schattierungen von Himbeerrot bestehende Glasscheibe auf der Papierzeichnung, die sie auf der erleuchteten Glasplatte befestigt hatte, zurecht. Durch das künstliche Licht von unten zeichneten sich die schwarzen Linien, denen sie mit ihrem Schneider zu folgen hatte, klar durch das rote Glas ab. Das Rad summte, als Angel den Glasschneider über die Scheibe zog, wobei sie eine hauchdünne Linie Glasstaub hinterließ.

Sobald sie die ersten Umrisse gezogen hatte, legte sie den Glasschneider beiseite. Sanft, aber dennoch fest bog sie die Glasscheibe, bis sie an der dünnen Schnittlinie auseinanderbrach.

Die runden Beeren dagegen konnte sie nicht in einem Stück schneiden, da die Kurven zu eng waren. Nachdem sie die weiteren Außenränder geschnitten hatte, nahm sie eine Glaserzange und kniff die benötigten Rundungen ins Glas. Diese Arbeit verlangte sowohl Sorgfalt als auch Konzentration. Für Angel war dies wie Balsam, und sie vertiefte sich nur zu bereitwillig in ihre Arbeit, ließ sie doch die Minuten und Stunden fast unbemerkt verrinnen.

Unter ihrer Konzentration rang ihr Verstand jedoch verzweifelt um eine Art Lösung, um einen Zustand, der ihr erlaubte, mehr als nur von Augenblick zu Augenblick zu leben.

Die Arbeit mit dem Glas verschaffte Angel immer Frieden, gab ihr Raum zum Atmen. Sie hatte ihr geholfen, mit all den kleinen und größeren Enttäuschungen ihrer Kindheit fertig zu werden – und auch mit dem schrecklichen Tod ihrer Eltern und Grants und seiner Mutter. Und sie würde ihr auch helfen, über Hawk hinwegzukommen. Ihre Arbeit half ihr, jeden Augenblick zu leben, wie er kam, immer nur diesen einen, nur den Moment, in dem funkelndes Glas unter ihren Händen Form annahm.

In der Stille, die nur von dem hohen Summen des Glasschneiders unterbrochen wurde, formte Angel auch die restlichen Stücke für Mrs. Careys Geschenk. Als der Glasofen heiß war, legte sie die Blätter hinein. Während sie dort buken, fuhr sie mit dem Schneiden fort, diesmal jedoch an einer blaßgoldenen Preßglasscheibe. Es war eine große Scheibe, unregelmäßig geformt, aber dennoch von einer eigenartigen Grazie. Sie führte den Schneider sicher und geschickt; die langen Jahre der Erfahrung zeigten sich in jedem eleganten Schwung, in jeder Kurvung.

Nach einer Weile legte Angel eine Sperrholzplatte über die beleuchtete Tischplatte. Dann ging sie zum Bleizieher, einer einfachen Vorrichtung, bei der das eine Ende eines weichen, h-förmigen Bleistrangs in eine Halterung geklemmt wurde, so daß man ihn langziehen konnte. Angel achtete dabei sorgfältig darauf, daß keine Unebenheiten oder Knicks entstanden. Sie zog den Strang so dünn wie möglich aus, aber doch noch stark genug, um dem fertigen Glasbild später genügend Stabilität zu verleihen.

Anschließend begann sie, die Glasstücke zusammenzufügen. Sie fing an der rechten unteren Seite des Rahmens an. Bis der nächste Bleistrang gelegt war, wurden die Glasstücke mit Hufnägeln befestigt.

Angel polierte jedes einzelne Glasstück, bis es nur so blitzte und funkelte. Scherbe für Scherbe, Farbe für Farbe formte sich zu einem zerbrechlichen Puzzle, das von dünnen Bleisträngen zusammengehalten wurde.

Angel arbeitete ohne Unterlaß die ganze Nacht hindurch. Sie hielt nur dann kurz inne, wenn ihr die Tränen überraschend in die Augen schossen – der farblose Ausfluß einer Wunde, die viel zu frisch und zu tief war, als daß sie schnell verheilt wäre.

Sie war sich ihrer Tränen jedoch kaum bewußt, außer daß sie die funkelnden Glassplitter vor ihrem Blick verschwimmen ließen, die sich unter ihren Händen wieder zu einem Ganzen zusammenfügten. Die Scherben der Vergangenheit formten sich zu einem neuen Muster, Schönheit, wo zuvor nur Zerstörung und Verlust gewesen war, Krankes, das wieder geheilt wurde.

Ebenholzschwarze Nacht ging in zinngraue Dämmerung über. Leuchtendes Rot durchflutete das Studio. Angel bemerkte das Licht jedoch ebensowenig wie die Tatsache, daß ihre Rükken- und Nackenmuskeln brannten, oder die dunklen, nassen Flecken an den Schultern ihres Jeanshemds, wo sie die Tränen achtlos abgewischt hatte. Alles, was sie sah, war das Puzzle, das sie soeben fertiggestellt hatte.

Sie mischte den Zement zusammen, der dem Bild den letzten Schliff geben würde, ihre letzte Garantie dafür, daß ihr Werk nicht in einer Stunde oder in einem Jahr wieder zerfiel.

Mit einem harten Pinsel strich Angel den dickflüssigen Zement über beide Seiten des fertigen Buntglasbildes, so daß auch die letzten Lücken zwischen Glas, Bleibett und Rahmen ausgefüllt wurden. Anschließend streute sie Sägemehl, das den überschüssigen Zement aufsaugen sollte, über die fertigen Oberflächen. Dann nahm sie, bevor der Zement trocknen konnte, einen Holzstift und fuhr damit über jede einzelne Glas-Blei-Verbindung, damit die Linien ihrer Kreation ebenso glatt und sauber wurden wie das Glas selbst.

Leuchtendes Rot ging in funkelndes Gold über, während die Sonne langsam den Horizont erklomm. Angel nahm nichts davon wahr. Kein Geräusch durchbrach die Stille, nur das leise Quietschen von Holz auf Glas, bis Derry schließlich in der Tür auftauchte und sich den Schlaf aus den Augen rieb.

»Angie? Was ist denn los? Warum bist du nicht draußen beim Angeln?«

15. Kapitel

Angel blickte überrascht auf. Sie hatte gar nicht gemerkt, daß schon so viele Augenblicke vergangen waren.

Es war Morgen.

Ihre Anspannung ließ ein wenig nach. Die erste Nacht war immer am schlimmsten.

Sie blinzelte langsam, als sie den Blick zum ersten Mal seit Stunden auf etwas richtete, das weiter entfernt war als ihr Arbeitstisch.

Derry kam lässig hereingehumpelt.

»Angie? Wie lange arbeitest du schon?«

»Eine Weile«, erwiderte sie ausweichend und richtete ihre Aufmerksamkeit wieder auf ihr Glasbild. »Ich bin fast fertig.«

Eigentlich war sie schon seit einer Stunde fertig. Sie benutzte den Holzkratzer nur noch, um an den Linien ihrer Kreation entlangzufahren. Sie genoß die Farben und Formen, die Vollkommenheit des Ganzen.

Derry runzelte die Stirn. »Du mußt die ganze Nacht dran gearbeitet haben.«

Sie stieß einen unbestimmten Laut aus.

»Angie?«

Angel seufzte und legte den Holzkratzer beiseite. Sie wußte, daß sie seiner Frage nicht länger ausweichen konnte.

»Ja, ich habe die ganze Nacht durchgearbeitet.«

»Das hast du schon lange nicht mehr getan.«

»Ja.«

»Angie«, sagte Derry sanft, »was ist los? Liegt's daran, daß letzte Nacht die Nacht war, in der der Unfall passiert ist? Vor vier Jahren ...«

Angel zögerte. Es war einfacher, Derry glauben zu lassen, daß sie um die Vergangenheit trauerte.

Einfacher, aber kaum die Wahrheit. Zumindest nicht die ganze.

»Zum Teil«, erwiderte sie. »Zum Großteil aber liegt's daran, daß dein Mr. Hawkins und ich beim besten Willen nicht miteinander auskommen.«

Er riß überrascht die blauen Augen auf.

»Was ist passiert?« Dann verengten sich seine Augen. »Er hat sich doch nicht etwa an dich rangemacht, oder?«

Derrys Stimme klang auf einmal hart und viel erwachsener als sonst.

Angels Mundwinkel verzog sich verächtlich, so wie Hawk es immer machte.

»Rangemacht?« wiederholte sie. »Nein, nichts, das so vertraulich wäre. Wenn du mich fragst, hat Hawk wirklich nichts an sich, was zu Vertraulichkeit einlädt.«

Angel klang vollkommen überzeugt, denn sie hatte nicht das Gefühl zu lügen. Sich an jemanden heranmachen bedeutete, daß dem anderen unerwünschte Aufmerksamkeiten zuteil wurden. Hawks Umarmungen waren für sie jedoch nicht unerwünscht gewesen, zumindest anfangs nicht. Auch hatte sich nichts Vertrauliches zwischen ihnen abgespielt, jedenfalls nicht im tieferen Sinne des Wortes.

Sie kannten einander nicht gut genug, um ihr Verhältnis als vertraulich bezeichnen zu können. Das hatten sie ja bewiesen, als sie sich gegenseitig auf so fatale Weise falsch eingeschätzt hatten.

Derry entspannte sich ein wenig. »Und was ist wirklich passiert?«

»Nun, wir sprechen einfach nicht dieselbe Sprache«, sagte Angel entschieden.

Er wartete verblüfft.

Angel sagte nichts weiter.

»Was meinst du damit?« bohrte er.

»Sagt dir das Wort Misogynie etwas?« fragte Angel und spielte abwesend mit dem Holzkratzer.

»Es ist noch zu früh für Rätselraten«, erwiderte Derry.

»Mr. Miles Hawkins ist misogyn. Er haßt Frauen und

mißtraut ihnen. Ich bin eine Frau. Also haßt er mich, also mißtraut er mir. Das«, sagte Angel ruhig und sah Derry aus traurigen grünen Augen an, »macht das Zusammensein mit ihm äußerst schwer für mich. Und er ist ebenso ungern mit mir zusammen.«

Entsetztes Schweigen folgte. Derry konnte sich beim besten Willen nicht vorstellen, daß jemand das blasse, erschöpfte Mädchen mit den traurigen Augen, das vor ihm stand, hassen konnte.

»Das kann ich nicht glauben«, sagte er.

»Ich schon.«

Angel legte den Holzkratzer erschöpft beiseite.

»Ruf Carlson über Funk«, sagte sie. »Wir haben ihn zufällig in der Brown's Bay getroffen, und er hat sich erboten, Hawk zum Fischen mitzunehmen.«

»Tatsächlich? Dann müssen sich die beiden ja auf Anhieb verstanden haben.«

»Warum auch nicht? Carlson ist schließlich ein Mann.«

Angel hörte die Bitterkeit in ihrer Stimme und versuchte mit aller Kraft, ihre Beherrschung nicht zu verlieren. Sie fühlte, wie ihr die Tränen kamen, wie ihre Kehle sich zuschnürte.

»Und wenn nicht Carlson, dann irgendein anderer Mann«, sagte sie mit erstickter Stimme und wandte sich zum Gehen.

Abrupt hielt sie inne, so abrupt, daß ihr Haar sich in einer weichen Welle hob und wie ein samtiger Schleier in ihr Gesicht fiel. Hawk stand in der Verbindungstür zwischen ihrem Studio und ihrem Schlafzimmer. Sie hatte ihn nicht hereinkommen gehört. Er war so leise gekommen wie ein Falke, der sich von den Aufwinden tragen läßt.

Hawks dichte schwarze Augenbrauen verbargen fast den durchdringenden Blick, mit dem er Angel musterte. Sein Gesicht sah hart und finster aus. Er wirkte angespannt und müde.

Er wandte selbst dann den sengenden Blick nicht von ihr ab, als Derry leise darüber fluchte, daß Hawk ihr Gespräch mitbekommen hatte.

»Es stimmt nicht, daß ich ungern mit dir zusammen bin, Angel«, sagte Hawk mit tiefer, müder Stimme.

»Dann muß dir das Hassen lieber sein als mir das Gehaßtwerden.«

Derry hielt entsetzt den Atem an.

»Entschuldigt mich«, murmelte Angel und schlüpfte an Hawk vorbei, ohne ihn noch einmal anzusehen. »Ich brauche ein bißchen Schlaf.«

Ruhig drückte sie die Verbindungstür hinter sich zu und schob Hawk so aus ihrem Schlafzimmer in ihr Studio. Das Klicken der sich schließenden Tür klang unnatürlich laut in der einsetzenden Stille.

Angel lehnte sich sekundenlang erschöpft an die Wand und rang zitternd nach Atem. Die Tränen liefen ihr übers Gesicht, aber das war ihr egal. Sie hatte keine Kraft mehr, um dagegen anzukämpfen. Sie kickte ihre Mokassins von den Füßen und fiel mit dem Gesicht nach unten aufs Bett.

Im nächsten Moment war sie eingeschlafen.

Als Angel wieder erwachte, war es bereits Nachmittag. Klares gelbes Licht erfüllte den Raum und verwandelte kleine Staubpartikelchen in funkelnde Diamanten. Sie streckte sich und zuckte zusammen, als sie die Wunde neben ihrem rechten Schulterblatt fühlte.

Der stechende Schmerz rief ihr mit einemmal wieder die Ereignisse des vergangenen Abends in Erinnerung. Es war, als ob ihr jemand mit einem Glasschneider durchs Herz fahren würde. Einen Augenblick lang lag sie vollkommen reglos da und ließ die Erinnerungen über sich hereinbrechen. Es nützte nichts, dagegen anzukämpfen. Sie wußte aus Erfahrung, daß sie gleich nach dem Aufwachen am verwundbarsten war, egal, ob mitten in der Nacht oder am Nachmittag.

In den Minuten zwischen Schlafen und Wachen wurde sie voll und ganz von ihren Gefühlen beherrscht. Dagegen anzukämpfen hieß, alles nur noch schlimmer zu machen.

Glücklicherweise ging auch dieser Moment vorüber und ließ Angel zwar angeschlagen, aber immerhin wach zurück, so daß sie ihre Gedanken und Gefühle wieder unter Kontrolle bringen konnte. Sie schob die dünne Wolldecke beiseite. Dann hielt sie mitten in der Bewegung inne – die Decke war nicht dagewesen, als sie eingeschlafen war. Es war nicht mal ihre Decke. Sie stammte aus einem der Gästezimmer.

Der Gedanke, daß Derry die Decke mühsam auf Krücken hierhergeschleppt hatte, um sie zuzudecken, tröstete sie sehr. Derry war seit dem Unfall so rücksichtsvoll und aufmerksam. Ganz gleich, was sie auch sagte oder tat, er hielt zu ihr.

Derrys liebevolle Geste ließ ein wenig Frieden in Angels gequälte Seele einkehren, eine Art Stille, die sich langsam in ihr ausbreitete und ihr neue Kraft gab. Sie duschte lange, und das Gefühl der Ruhe und des Friedens verstärkte sich noch.

Sie zog einen zartrosa Kaftan an, der ihr in weichen Falten bis zu den Fußgelenken fiel. Das Mieder war mit winzigen Silberglöckchen bestickt. Dazu passend trug sie eine Doppelkette aus kleinen Silberglöckchen an ihrem rechten Fußgelenk sowie an ihrem linken Handgelenk. Die Glöckchen bimmelten leise bei jeder Bewegung. Schließlich befestigte sie noch ein paar Ohrringe mit Silberglöckchen unter der Masse ihres goldenen Haares.

Angel hatte das Kleid und den Schmuck vor zwei Jahren gekauft, als sie die Stille in ihrem Haus in Seattle nicht mehr ertragen konnte. Während sie ihr Haar kämmte, bimmelten die Glöckchen zart und leise, ein Geräusch, das sich mit dem Wispern ihres seidigen, sonnendurchfluteten Haares mischte.

Angel zögerte einen Augenblick lang und betrachtete ihr Bild im Badezimmerspiegel. Sie war versucht, ein wenig Make-up aufzutragen, um die Blässe ihrer Haut und die violetten Schatten unter ihren Augen zu verdecken. Doch dann zuckte sie mit den Schultern und wandte sich vom Spiegel ab. Was machte das schon – Derry kannte sie viel zu gut, um sich durch Schminke täuschen zu lassen.

Und was Hawk betraf … Hawk war, was er war – ein Mann, der Frauen haßte.

Und Angel war das, was sie war, eine Frau, die sich in den falschen Mann verliebt hatte.

Immer einen Augenblick nach dem anderen. Immer nur einen zur Zeit.

Leise ging Angel den Gang entlang. Ihre nackten Füße machten kein Geräusch, nur die Silberglöckchen bimmelten so zart, daß nur sie sie hören konnte. Aus dem Gästeflügel ertönte die tiefe Stimme von Hawk, der wie immer am Telefon war. Angel warf automatisch einen Blick auf die Uhr.

Schon drei. Wir werden die Flut verpassen, wenn er sich nicht beeilt.

Aber das ist ja nichts Neues. Wir haben schon oft die Flut verpaßt. Jede Flut. Alles.

Derry saß draußen auf dem Balkon und las in einem Buch, in dem mehr Formeln als Wörter standen, ein Buch, das so dick war wie sein Gips. Ein sanfter Wind hatte sein blondes Haar verstrubbelt und ließ ihn aussehen wie einen Siebzehnjährigen. Mit gerunzelter Stirn markierte er mit einem gelben Leuchtstift eine bestimmte Stelle auf der Seite.

Angel machte sich leise in der Küche zu schaffen. Sie wollte Derry nicht stören. Sie machte sich Toast und Rührei und schenkte sich dann eine Tasse von dem höllischen schwarzen Gebräu ein, das Derry Kaffee nannte und das sein ständiger Begleiter beim Lernen war. Sie aß stehend an der Küchentheke und mehr aus Gewohnheit als aus Appetit. Sie wußte, daß sie die Kraft brauchte, die das Essen ihr gab.

Diesmal überraschte sie Hawks lautloses Auftauchen nicht. Obwohl sie mit dem Rücken zur Tür stand, konnte sie seine Gegenwart so deutlich fühlen, als ob er sie angesprochen hätte. Sie aß den letzten Bissen Rührei, drehte sich um und spülte den Teller unter dem laufenden Wasserhahn ab.

Gerade weil sie Hawk brennend gern aus dem Weg gegangen wäre, beschloß Angel, ihm entgegenzutreten. Die Vergangenheit hatte sie gelehrt, daß die Furcht vor etwas nur um so größer wird, je länger man davor ausweicht. Nur wer sich einem Problem stellt, kann anfangen, es zu akzeptieren, kann anfangen, damit zu leben.

»Wann triffst du dich mit Carlson?« fragte sie ruhig. Der Blick, mit dem sie Hawk ansah, war vollkommen ausdruckslos.

»Überhaupt nicht.«

Hawks grimmig funkelnde Augen musterten forschend ihr Gesicht. Diese ruhige, kühle Fremde, die ihm aus Angels traurigen, blaugrünen Augen entgegenstarrte, hatte er nicht erwartet.

»Bis Derry endlich zur *Black Moon* durchkam, war Carlson schon auf dem halben Weg nach Alaska«, sagte er. »Anscheinend ist dort ein größerer Fang zu erwarten.«

Lange, dichte Wimpern senkten sich über violette Augenschatten.

»Das ist schade«, sagte Angel. »Carlson hätte dir sicher gefallen. Wen hat Derry für dich gefunden?«

»Niemanden.«

Angels Kopf fuhr hoch, und Silberglöckchen sangen unter einer Masse goldenen Haares.

Hawks Pupillen erweiterten sich, als er das unerwartete Geräusch hörte. Er beugte sich vor. Sie fuhr zurück, und wieder bimmelten Glöckchen, diesmal nicht nur an ihren Ohren. Seine dunklen Augen glitten über sie hinweg, fanden und zählten jedes einzelne Glöckchen, jeden ihrer silbern zitternden Atemzüge.

Das Geräusch von Derrys Krücken auf der Holzveranda wirkte fast wie ein Schock. Froh über die Gelegenheit, von Hawks finster durchdringendem Blick loszukommen, wandte sich Angel dem unmelodischen Geräusch zu.

»Du siehst viel besser aus«, sagte Derry. »Wie fühlst du dich?«

»Gut.«

Ihre Antwort kam zu hastig, als daß es eine angemessene Reaktion auf Derrys besorgte Frage hätte sein können.

»Danke für die Decke«, fügte Angel hinzu.

»Welche Decke?« fragte Derry.

Sie sah Hawk an, doch der sagte nichts, tat nichts, musterte sie nur mit diesen durchdringenden, hungrigen Augen.

»Ach, nichts«, murmelte Angel.

Die Ruhe, die sie bis dahin erfüllt hatte, zerbrach in tausend Scherben.

Anscheinend hat Hawk doch ein paar menschliche Gefühle. Schuldgefühle wahrscheinlich.

Weiß Gott, er hat's verdient.

»Wie läuft's mit dem Lernen?« fragte sie und wischte die bösen Erinnerungen, die wieder hochgekommen waren, beiseite.

Derry zog eine Grimasse. »Zäh, verflucht zäh.«

Er zögerte. Seine Augen suchten die ihren. Zuneigung und Sorge zeichneten sich klar auf seinem Gesicht ab.

»Angie?« sagte er zögernd.

Angel wappnete sich. Sie wußte, was nun kommen würde.

»Ja?« flüsterte sie.

»Carlson kann Hawk nicht rumführen.«

»Ich weiß.«

»Die anderen Führer sind zumindest für die nächste Woche alle ausgebucht und selbst danach ...«

Angel wartete.

Derry sagte nichts.

Da wußte sie, daß er sie nicht bitten würde, trotz des flehenden Ausdrucks in seinen Augen.

Sie mußte sich nicht vier Wochen lang Hawks Verachtung aussetzen. Alles, was sie tun mußte, war, ihr Leben in dem Bewußtsein zu leben, nicht stark genug gewesen zu sein, Derry bei der Verwirklichung seines Traums geholfen zu haben. Derry, der ihr das Leben gerettet und nichts, gar nichts dafür verlangt hatte.

Nicht das kleinste bißchen.

Vier Wochen von Hawks Verachtung gegen ein Leben voller Selbstverachtung, wenn sie ablehnte.

»Es ist schon in Ordnung, Derry«, sagte Angel ruhig. »Ich werde mich darum kümmern.«

Derry, der seine immense Erleichterung nicht ganz verbergen konnte, sank fast unmerklich in sich zusammen. Was er jedoch ebensowenig verbergen konnte, war seine Sorge über Angels kreidebleiches Gesicht. Er schwang sich auf seinen Krücken durchs Zimmer, bis er nahe genug bei ihr war, um sie berühren zu können. Er legte seine Hand auf ihre Stirn.

»Bist du sicher, Angie?« fragte er. »Du siehst so blaß aus, und ich hab' gehört, es soll eine Grippe umgehen ...«

Wieder beendete Derry seinen Satz nicht. Er konnte Angel beim besten Willen nicht um etwas bitten, das nur ihm zugute kam.

Einen Moment lang schloß Angel die Augen und schmiegte ihre Stirn in Derrys große Hand, schöpfte ein wenig Kraft aus seiner Stärke. Als sie sich wieder aufrichtete, waren ihre meergrünen Augen ruhig und klar.

»Ja, ich bin sicher«, erwiderte sie schlicht.

Hawk konnte die Sorge und Zuneigung, die die beiden füreinander empfanden, förmlich fühlen. Er war sowohl fasziniert als auch zornig darüber. Er fragte sich, welche Art von Macht der charmante Derry wohl über Angel haben mochte, um sie dazu zu bringen, sich für vier Wochen mit einem Mann auf einem Boot einzusperren, den sie haßte.

Abrupt entschied Hawk, daß ihm Angel ein paar Antworten schuldig war. Er hatte eine Frau nicht mehr so falsch eingeschätzt, seit er achtzehn geworden war. Er wollte – er *mußte* – wissen, was schiefgegangen war, wie er sich so hatte irren können. Er war nicht länger wütend, er war nur vollkommen sicher, daß er Angels Wahrheiten erfahren mußte.

Und wenn Derry der einzige Weg war, um aus Angel herauszubekommen, was er wissen mußte, dann würde er Derry ebenfalls benutzen.

»Sie haben mich nicht gefragt, ob es mir recht ist«, sagte Hawk kühl.

Überrascht blickte Derry von Angel zu Hawk. »Aber Sie sagten doch, es würde Ihnen nichts ausmachen.«

»Angel und ich werden uns ein wenig unterhalten. Kann sein, daß danach einer von uns – oder beide – ihre Meinung ändern.«

Dann zog Hawk eine seiner schwarzen Brauen hoch und musterte Angel mit einem durchdringenden Blick.

»Richtig, Angel Baby?«

Derry riß die Augen auf. Das war das erste Mal, daß er auch nur eine Andeutung von der Schärfe zu hören bekam, den Hawks Ton annehmen konnte. Besorgt blickte er Angel an.

Sie legte die Hand sanft auf seinen Arm und gab ihm so zu verstehen, daß sie diesen Ton keineswegs zum ersten Mal hörte. Aber im Gegensatz zu Hawk konnte sie sich nicht aus der Affäre ziehen. Sie liebte Derry viel zu sehr, als daß sie es übers Herz gebracht hätte, seinen Traum zu zerstören.

»Falsch, Hawk«, sagte Angel. »So wie all deine anderen Ansichten über mich.«

Sie drehte sich um und ging. Silberglöckchen bimmelten, als sie noch hinzufügte: »Wir unterhalten uns am Strand.«

Ihr Ton war mindestens ebenso scharf wie der von Hawk.

16. Kapitel

Angel schlüpfte in die Strandschuhe, die sie immer an der Hintertür stehen ließ, raffte die hauchzarten Falten ihres Kleides zusammen und eilte den engen Pfad zum Strand hinunter. Die Geschwindigkeit, mit der sie den schmalen, unebenen Pfad hinunterrannte, zeugte von Jahren der Vertrautheit. Sie achtete weder auf die Löcher im Geländer noch auf die im Boden.

Der eng an der steilen Klippe entlangführende Pfad war nicht unbedingt gefährlich, außer bei Nässe oder starkem Wind. Aber er war auch kein geeigneter Ort für Kinder oder ungeschickte Menschen jeden Alters.

Doch selbst wenn der Weg wirklich riskant gewesen wäre, hätte ihn Angel genommen. Sie wollte Hawk unbedingt an einen Ort führen, an dem Derry sie weder sehen noch ihre Unterhaltung belauschen konnte.

Derry empfand, ebenso wie Carlson, ein starkes Verantwortungsgefühl für Angel. Es war fast so, als ob sich Derry, nachdem er ihr Leben gerettet hatte, für jeden Schmerz, der Angel nachträglich zugefügt wurde, verantwortlich fühlte. Das Bedürfnis, sie zu beschützen, war bei beiden Männern stark ausgeprägt. Er wußte natürlich, daß es unmöglich für ihn war, Angel vor den bösen Überraschungen des Lebens zu bewahren, aber der Drang, der Wunsch, egal, wie irrational er auch sein mochte, war dennoch immer vorhanden.

Angel machte sich selbst für Derrys Schuldgefühle verantwortlich. Vor Jahren hatte sie Derry einmal vorgeworfen, daß er sie aus rein egoistischen Gründen zwang weiterzuleben, nur, damit er nicht allein war. Das war eine grausame Anschuldigung, aber es war auch eine grausame Zeit gewesen. Jetzt bereute sie ihre haßerfüllten Worte. Jetzt empfand sie, wie Derry, das Bedürfnis zu beschützen.

Sie rannte den Weg entlang, der sich durch Wald und Felsen zum Strand hinunterschlängelte. Es war ein ungewöhnlich heißer Tag. Als sie schließlich unten ankam, schwitzte sie leicht.

Es herrschte gerade Ebbe. Als sie den Saum ihres Kleids losließ, fuhr ein Windstoß über sie hinweg und drückte den zartrosa Stoff an ihre langen schlanken Beine. Hinter ihr blähte sich das feine Gewand und warf anmutige Schatten über den Sand.

Angel hatte kaum Zeit, Atem zu holen, als Hawk auch schon den Strand überquerte und auf sie zukam. Er sah sie wortlos an. Es überraschte sie nicht, daß Hawk den Weg fast ebenso schnell zurückgelegt hatte wie sie. Er besaß die Schnelligkeit und die Reflexe einer Raubkatze.

Angel wandte sich zu ihm um. Ihr Kleid flatterte im Wind, und der hauchzarte Stoff leckte über Hawks Beine. Seine scharfen Ohren nahmen das leise Bimmeln von Silberglöckchen auf.

Gier packte ihn; Hunger nach ihr überwältigte ihn und noch etwas, etwas, das drohte, auch seine letzten Überzeugungen ins Wanken zu bringen. Also tat er, was er immer tat, wenn er sich in die Enge getrieben fühlte.

Hawk griff an.

»Was hat Derry gegen dich in der Hand? Du würdest mich doch lieber umbringen, als noch ein Wort mit mir zu wechseln, und trotzdem bist du bereit, dich vier Wochen lang auf einem Boot mit mir einzusperren, bloß weil Derry dich darum bittet. Verdammt, er hat *noch nicht mal* bitten müssen, stimmt's?«

»Nein. Ich hoffe, daß Derry mich nie um etwas bitten muß, das ich ihm geben kann. Und er hat auch nichts gegen mich in der Hand«, sagte Angel mit ausdrucksloser Stimme.

»Was ist es dann? Geld?«

Angels Mundwinkel verzog sich verächtlich.

»Nein«, sagte sie leise.

»Also was?«

»Etwas, das du ohnehin nicht verstehst.«

Hawk packte ihren Arm. Der weiche Stoff und ihr zartes Fleisch machten ihn nur noch zorniger.

»Was ist es, verflucht noch mal!« fauchte er.

»Liebe.«

Schweigen.

»Liebe«, wiederholte Hawk.

Aus seinem Mund klang das Wort wie ein Fluch. Seine Stimme zitterte vor Abscheu.

»Für Frauen ist das das Wort für Sex«, sagte er entschieden, »und Sex hat Derry nun ganz bestimmt nicht mit dir. Worin besteht also die Lüge, Angel Baby – Liebe oder daß du keinen Sex mit Derry haben willst?«

Angel starrte ihn nur an.

»Was hat Derry gegen dich in der Hand?« herrschte er Angel an. »Rede, verdammt noch mal! Erzähl mir alle deine Lügen!«

Eine Sekunde lang blickte sie Hawk an, als ob sie ihn zum ersten Mal sähe.

»Hast du jemals jemanden geliebt?« fragte Angel leise. »Deine Mutter? Deinen Vater? Bruder oder Schwester? Ein Kind? Irgend jemanden?«

»Willst du damit sagen, daß Derry dein Bruder ist?«

»Fast«, sagte Angel und blickte furchtlos in Hawks eiskalte Augen.

»Was heißt fast?«

»Fast heißt vierundzwanzig Stunden.«

Er zögerte. Sie klang so überzeugt, daß er das Gefühl hatte, erfahren zu müssen, was sie mit ihrer Antwort meinte.

»Ich verstehe nicht«, sagte er schließlich und lockerte seinen Griff um ihren Oberarm ein wenig.

»Ich weiß. Es gibt eine Menge über Menschen – und über mich –, was du nicht verstehst.«

»Treib's nicht zu weit, Angel«, sagte Hawk warnend. Zorn verhärtete seine ohnehin finsteren Züge noch mehr, »oder ich werde Derry meine Fragen stellen und ihm gleich noch ein paar Dinge erzählen, die er ganz bestimmt nicht hören möchte.«

Angel schloß die Augen. Sie wußte, daß Hawk Derrys Traum mit einem Fingerschnippen zerstören konnte. So wie ihren. Das durfte sie nicht zulassen.

»Derry war nur vierundzwanzig Stunden davon entfernt, mein Schwager zu werden«, sagte sie. Ihre Stimme klang vollkommen ausdruckslos.

Hawks Augen verengten sich.

»Grant«, sagte er. »Das war doch sein Name, oder? Grant?«

»Ja.«

»Was ist passiert?«

»Er starb.«

»Wann?«

Keine Frage. Eine selbstverständliche Forderung. Eine unvermeidliche Forderung. Angel hatte gewußt, daß es dazu kommen würde. Sie hatte sich auf jedem einzelnen Schritt den steilen Pfad zum Strand hinunter dagegen gewappnet.

Wenn ich's Hawk sage, empfindet er ja vielleicht genug

menschliches Mitgefühl, um darauf zu verzichten, mir das Leben in den nächsten vier Wochen zur Hölle zu machen.

Ein Waffenstillstand vielleicht.

Dieser Gedanke gab Angel genug Kraft, um tief Atem zu schöpfen und sich ihre Farbenkaskade in Erinnerung zu rufen, leuchtende Farben, die langsam zu einer einzigen verschmolzen, einer blutroten Rose, die ihre Blütenblätter der Morgendämmerung öffnet.

»Grant –« Ihre Stimme erstarb.

Sie sprach Grants Namen nur sehr selten laut aus. Es erstaunte sie, wie weh es tat, ihn aus ihrem eigenen Mund zu hören. Als sie erneut sprach, war ihre Stimme vollkommen flach und ausdruckslos.

»Grant ist vor vier Jahren gestorben, gestern vor vier Jahren. Es war die Nacht vor unserer Hochzeit. Seine Mutter ist damals auch umgekommen. Ebenso wie mein Vater und meine Mutter.«

Hawk war wie erstarrt. Er hegte keinen Zweifel, daß sie die Wahrheit sagte.

Es wäre ihm lieber gewesen, wenn sie gelogen hätte. Lügen konnte man ignorieren, verwerfen, nicht beachten. Die Wahrheit aber nicht. Sie tat zu weh.

Wie sie Angel weh tat.

Er spürte ihren Kummer, ihre Wut, die Hilflosigkeit und den Schmerz über das Geschehene. Wie in Wellen strömte er von ihr aus und griff auf ihn über. Doch ihrer Stimme war nichts davon anzumerken und auch ihrem Gesicht nicht. Nur ihre Augen, so voller Schatten, besaßen die Farbe der sturmzerrissenen See.

Sie sprach weiter, ruhig, unnachgiebig, gnadenlos. Ihre Augen waren trocken. Die winzigen Glöckchen an ihrem Kleid zitterten, ein Geräusch wie ein qualvoll-süßer Schmerz.

»Ich wäre auch fast gestorben«, sagte Angel, »wenn Derry mich nicht aus dem brennenden Wrack gezogen hätte. Ich war sehr schwer verletzt. Er blieb bei mir, als ich im Krankenhaus lag, kämpfte härter um mein Leben als ich. Und dann hat er sich um mich gekümmert, bis ich wieder gehen konnte.«

»Warum zum Teufel hast du dann nicht mit ihm geschlafen?« fauchte Hawk, den die tiefe Zuneigung, die sie offensichtlich für Derry fühlte, in unerklärliche Rage brachte.

»Das ist nicht die Art Liebe, die wir füreinander empfinden.«

Er wartete.

Angel hob die Augen wieder zu Hawk auf. Sein Blick war schneidend. Kein Trost war dort zu erwarten.

»Ich weiß nicht, ob ich dir das begreiflich machen kann«, sagte sie einfach. »Derry ist der einzige Mensch auf Erden, der meine Erinnerungen an meine Kindheit teilt, an meine Eltern und an Grant, an Sommerpicknicks am Strand ... an Lachen und an Lagerfeuer und an das Wunder der ersten Liebe. Derry ist der einzige, der sich an den Abend erinnert, an dem Grant und ich unsere Verlobung bekanntgaben, an das, was wir sagten, und die –«

»Warum errichtet ihr beide nicht gleich einen gottverdammten Schrein?« fragte Hawk kalt.

Er hinterfragte die blinde Wut nicht, die ihn bei dem Gedanken erfüllte, daß Angel jemanden lieben könnte.

Sogar wenn dieser Jemand tot war.

Angel kämpfte verzweifelt gegen ihre aufsteigende Wut, die sich wie mit Eisenkrallen um ihr Herz krampfte. Mit einer Anstrengung, die sie erzittern ließ, gelang es ihr, ihre Stimme ruhig zu halten.

»Ich muß sagen, dein Name paßt wirklich gut zu dir«, sagte sie langsam. »Hawk, der Falke. Ich war eine ziemlich leichte Beute, nicht wahr?«

»Konntest du's deshalb letzte Nacht kaum abwarten, wieder nach Hause zu kommen? Hattest du Angst, du würdest noch mal mit mir im Bett landen?«

Der harte, gnadenlose Ausdruck auf seinem Gesicht ernüchterte sie, wie nichts sonst es vermocht hätte.

»Nein«, erwiderte sie ruhig. »Ich habe keine Angst, noch mal mit dir im Bett zu landen. Ich weiß jetzt, was es heißt, Perlen vor die Säue zu werfen.«

»Dafür hältst du also deine Jungfräulichkeit – für eine kostbare Perle?« fragte Hawk ätzend.

»Nein. Aber du machst das wieder wett. Du hast dich wie eine regelrechte Sau benommen.«

Einen Moment lang herrschte eine explosive Stille.

Dann sagte Hawk mit leiser, gefährlicher Stimme: »Warum hast du dich mir hingegeben, Angel? Denn das hast du getan. Ich habe dich nicht gegen deinen Willen genommen. Oder ist das vielleicht die Lüge, mit der du dich heute morgen tröstest? Armer kleiner Engel«, spöttelte er, »zu Fall gebracht von einem durchtriebenen Falken.«

In diesem Moment war Angel dankbar für all die Tränen, die sie in der vergangenen Nacht vergossen hatte. Sie ermöglichten es ihr, jetzt nicht zu weinen. Tief in ihrem Innern wandelte sich die verzweifelte Frage von *Warum?* in *Wie?*

Wie konnte ich mich nur so schrecklich irren?

Als ihr die Antwort darauf einfiel, sprach Angel ohne zu überlegen, ohne sich um die Konsequenzen Gedanken zu machen.

»Ich dachte, ich würde dich lieben«, sagte sie. »Das war natürlich ziemlich dumm von mir. Ich habe Lust mit Liebe verwechselt – und am Ende ist mir nichts von beidem geblieben.«

Hawks Pupillen weiteten sich und zogen sich dann zu kohlschwarzen Punkten in klaren, tiefbraunen Augen zusammen. Er schwieg überrascht.

Sie hatte das Wort *Liebe* auf dieselbe spöttische Art ausgesprochen wie er, wenn er es benutzte. Und indem sie so sprach, verriet Angel ihm, daß er ihr ebenso weh getan hatte, wie ihm damals weh getan worden war.

Der Gedanke senkte sich wie ein Stahlhaken tief in seine Eingeweide und bohrte sich mit jedem Atemzug tiefer.

Hawk hatte es nicht einmal für möglich gehalten, daß er Angel so verletzen könnte. Um so verletzt werden zu können, mußte man zuerst einmal lieben. Aber für Hawk existierte die Liebe seit seinem achtzehnten Lebensjahr nicht mehr.

Nicht für ihn.

Und auch nicht für andere.

»Keine Fragen mehr?« fragte Angel ruhig.

Hawk sagte nichts. Es gab nichts mehr zu sagen.

»Gut«, meinte sie in gespielt munterem Ton. »Dann laß uns angeln gehen.«

Ihr beherrscht kühler Ton riß ihn aus seiner Betäubung und entfachte erneut seine Wut. Sein Mund preßte sich zu einem Strich zusammen.

»Kalt wie das Meer, Madam, stimmt's?« meinte er.

Angel blickte über die weite, wolkenverhangene See.

»Das Meer ist nicht kalt«, sagte sie. »Es wimmelt von Leben. Ich bin so kalt wie ein Raubtier. Tod, nicht Leben. Willst du nun angeln gehen oder nicht?«

»Was ich will, ist, dir den hübschen kleinen Hals umdrehen.«

»Das wäre schade«, sagte Angel in gleichgültigem Ton. »Denn das ist so ziemlich der einzige Teil meines Körpers, der heil geblieben ist.«

Hawk beugte sich zu ihr. Seine Stimme klang auf einmal ganz anders.

»Und dein Herz?« fragte er leise.

»Mein Herz ist schon lange bevor wir uns trafen zerbrochen.«

»Angel ...«

Seine Stimme klang wie eine samtige Liebkosung. Ihr Magen krampfte sich zusammen, fest eingeschlossene Gefühle drohten hervorzubrechen.

»Nenn mich nicht so«, sagte Angel mit erstickter Stimme.

»Warum nicht? Weil *er* dich Angel genannt hat?«

»Er?«

Hawks Nasenflügel blähten sich. Er beugte sich näher, so nahe, daß er das zarte Parfum riechen konnte, das Angel benutzte.

»Der Junge, den du geliebt hast«, sagte er. »Derrys Bruder.«

Angel wandte sich ab. Sie haßte die verräterische Wärme, die von Hawks Körper ausströmte und ihr dünnes Kleid durchdrang.

»Wir verpassen die Flut, wenn wir uns nicht beeilen«, sagte sie.

»Antworte mir.«

Angel drehte sich so schnell zu ihm herum, daß die winzigen Silberglöckchen verzweifelt zitterten. Aber ihre Stimme war ganz leise, fast zu leise für Hawk, obwohl er nur Zentimeter von ihr entfernt war.

»Grant hat mich Angie genannt, Liebling, Süßes, Schatz, Liebes. Er nannte mich seinen Sonnenschein, sein Herzchen, sein –«

»Aber du hast nicht mit ihm geschlafen«, unterbrach Hawk sie roh. Er wollte nicht mehr hören.

»Nein. Und das ist das einzige, was ich an meiner Liebe zu ihm wirklich bereue.«

Sie wollte aufhören, aber ihre Stimme sprach weiter, leise, gnadenlos. Sie konnte die Worte einfach nicht zurückhalten, obwohl sie ihren mühsam erkämpften inneren Frieden zerstörten.

»Mein Gott, wie sehr ich das bereue!« stieß sie heiser hervor. »Ganz besonders jetzt!«

Hawk zog scharf den Atem ein. Er wußte, daß Angel an ihre unglückselige Entjungferung durch ihn dachte.

Aber sie sprach immer weiter, mit leiser Stimme, so leise, daß Hawk sich anstrengen mußte, um alles zu verstehen, um jedes einzelne Wort fühlen zu können, Widerhaken, die sich in seine Haut bohrten, die durch die dicke, lebenslange Narbenschicht bis in das darunterliegende empfindliche Fleisch drangen.

»Wenn ich gewußt hätte, daß er sterben würde, mein Gott, ich hätte natürlich mit ihm geschlafen.« Angels Stimme zitterte, brach fast. »Aber ich war jung. Ich dachte, wir hätten Zeit. Ein ganzes Leben lang. Und Grant –«

Ihre Stimme brach über seinem Namen. Sie holte zitternd Atem und sprach dann weiter. Ihr Ton war vollkommen ausdruckslos.

»Grant wollte, daß das erste Mal für mich perfekt wäre«, sagte sie. »In unserem eigenen Heim, in unserem eigenen Bett, mit jedem Recht der Welt, während wir uns langsam, zärtlich und wundervoll lieben würden.«

Hawk schloß einen Moment lang die Augen. Er mußte an den Augenblick denken, in dem er wütend und unbeherrscht in Angel eingedrungen war. Aber dieser Augenblick war vorbei, war so unwiederbringlich vorbei wie seine Kindheit.

Es hatte keinen Zweck, sich über etwas den Kopf zu zerbrechen, das sich nicht mehr ändern ließ. Alles, was sich ändern ließ, alles, was noch übrig war, war die Zukunft – ein Engel mit zerrissenen Flügeln und mit grünen Augen, die die Hölle gesehen hatten, und ein Falke, der das Paradies gesehen, es aber nicht begriffen hatte, als er seine wilden, schwarzen Krallen in dessen warmes Fleisch schlug.

Hawk ließ die Vergangenheit hinter sich. Er wußte, daß er nichts daran ändern, daß er nichts ungeschehen oder wiedergutmachen konnte.

Aber lernen, das konnte er.

Nur so war Überleben möglich. Indem man aus seinen Fehlern lernte.

»Du hast meine Frage noch nicht beantwortet«, sagte er tonlos. »Warum ärgert es dich, wenn ich dich Angel nenne?«

»Jeder nennt mich Angie. Es gibt nichts Besonderes zwischen uns. Warum solltest du mich also anders nennen?«

»Die Tatsache, daß du mir deine Unschuld geopfert hast, ist nichts Besonderes?«

»Das hätte es sein sollen«, sagte Angel in einem verächtlichen Ton, der täuschend an Hawk erinnerte. »Aber am Ende war es etwas so Besonderes wie ein aufgeschlagenes Knie.«

»Mach nur so weiter. Bald hast du mich soweit«, versprach Hawk in bedrohlichem Ton. Er meinte jedes Wort ernst.

Angels Augen verengten sich. Sie lächelte, ein kleines, kaltes Lächeln. Der Gedanke, Hawk bis an seine Grenzen zu treiben, gefiel ihr.

Ihm weh zu tun gefiel ihr.

»Dann stoße ich eben an deine Grenzen. Na und?« fragte sie achtlos. »Du solltest dich nie auf eine Auseinandersetzung mit jemandem wie mir einlassen, Hawk. Ich habe nichts mehr zu verlieren. Dadurch bin ich im Vorteil.«

»Und was ist mit Derry?« fragte er aalglatt, ohne sie aus den Augen zu lassen.

Abrupt schüttelte Angel die Kälte und Grausamkeit ab, die die Folge ihrer Demütigung waren. Sie hatte vergessen, wie leicht und wie erschreckend befriedigend es war, wenn unerträglicher Kummer sich in Härte wandelte und den Rest der Welt bluten ließ, während man dabei zusah.

Aber Grausamkeit gebar nur noch mehr Grausamkeit, verstümmelte die Menschen, die man liebte, zerfraß einem die Seele, war wie ein Strudel, der einen tiefer und tiefer hinabzog, bis man sich am Ende selbst zerstörte.

Die Erkenntnis, daß sie diese Lektion immer noch nicht gründlich genug gelernt hatte, war für Angel wie eine schallende Ohrfeige. Sie erbleichte. Ihre riesigen, traurigen grünen Augen waren das einzig Farbige in ihrem Gesicht.

Ich werde alles tun, um mich wegen Hawk nicht selbst zu zerstören. Und lieber sterbe ich, als Derry kaputtzumachen.

»Angel ist der Name, den ich mir nach dem Unfall gegeben habe, als ich mich schließlich zum Weiterleben entschloß«, sagte sie.

Hawk lauschte ihrer leisen, beherrschten, ausdruckslosen Stimme und fühlte, wie ihn ein Schauder überlief.

»Ein Engel ist ein Wesen, das gestorben und wiederauferstanden ist. Wie ich«, sagte sie. »Es lebt, dann stirbt es, und dann lebt es wieder. Engel.«

Hawk hätte Angel in diesem Moment am liebsten in die Arme genommen. Das einzige, was ihn zurückhielt, war die Gewißheit, daß sie sich wie ein in die Enge getriebenes Tier gegen ihn wehren würde.

Was er ihr wohl kaum verübeln könnte. Er hatte sie tief verletzt, und er hatte keinerlei Erfahrung, wenn es ums Wiedergutmachen ging. Er hatte ihr nichts zu geben, außer Leere und einen überwältigenden, abgrundtiefen Wissenshunger nach dem zerbrechlichen, flüchtigen und doch so mächtigen Gefühlskomplex, der sich Liebe nannte.

Ein ganzes Leben voller Fragen, die darauf warteten, beantwortet zu werden.

»Würdest du um Derrys willen noch mal mit mir schlafen?« fragte Hawk.

Angel hörte eher Neugier als Begehren in Hawks Stimme.

»Du willst mich doch gar nicht«, sagte sie, »also stellt sich die Frage überhaupt nicht.«

»Wie kommst du darauf, daß ich dich nicht will?«

Das harte Schnauben, das Angel ausstieß, ließ sich schwerlich als Lachen bezeichnen. Mit Augen, die so hart funkelten wie Jade, blickte sie zu Hawk auf.

»Dir hat das Desaster auf dem Boot doch ebensowenig gefallen wie mir«, sagte sie. »Also mach dir keine Sorgen. Ich werd' dir ganz sicher kein Bein stellen und über dich herfallen. Keine Schäferstündchen mehr. Das ist ein Versprechen.«

Angel streckte den Kopf vor und warf einen Blick auf Hawks goldene Armbanduhr.

»Die Flut kommt in zwanzig Minuten«, sagte sie in sachlichem Ton. »Wie sieht's aus, Hawk? Fisch oder Köderhappen?«

»Oh, ich halte mich ans Fischen. Immer.«

Dann beugte sich Hawk so weit vor, daß er Angels Körperwärme spüren konnte. Nahe, ganz nahe, ohne sie jedoch zu berühren.

»Hast du wirklich geglaubt, du würdest mich lieben, Angel?«

Die blutrote Glasrose, die Angel im Geiste festgehalten hatte, zersprang in tausend Stücke. Auf einmal konnte sie Hawks Nähe nicht länger ertragen.

Sie machte auf dem Absatz kehrt und rannte zum Felspfad zurück. Mit jedem Schritt bebten und zitterten die Glöckchen an ihren Hand- und Fußgelenken. Die süßen Laute durchfuhren Hawk wie winzige Pfeile, zu klein, um ihnen ausweichen zu können, winzige Wunden, winzige Haken, die ihn lehrten, wie man blutete.

Hawk rannte hinter ihr her. Er hatte Angst, daß sie auf dem schmalen Pfad ausrutschte, hatte Angst, daß sie hinfiel, weil ihre Flügel zerrissen waren und sie nicht länger fliegen konnte.

Doch selbst als er sie eingeholt und mit festem Griff zu einer vernünftigeren Gangart gezwungen hatte, weigerte sie sich, ihn anzusehen, weigerte sich stumm, seine Frage zu beantworten.

Hawk fragte nicht noch einmal. Er hatte gelernt, daß Angels Wahrheiten ebenso schmerzhaft für ihn waren wie für sie.

17. Kapitel

»Laß mich das tragen«, sagte Hawk.

Er nahm Angel die schwere, zirka sechzig Quadratzentimeter große Buntglasscheibe ab. Sie protestierte nicht. Es hätte ohnehin nichts genützt. Hawks Schnelligkeit und Stärke waren der ihren haushoch überlegen.

Angel sah, wie sein Blick gleichgültig über Mrs. Careys Geschenk glitt. Das Licht im Gang war schwach. Die Glasstücke schimmerten matt, beinahe stumpf, wie ganz gewöhnliche Buntstifte auf billigem Papier.

Dann betrat Hawk die Stufen zur Eingangstür, die von der Vormittagssonne überflutet wurden. Die Glasscheibe in seinen Händen erwachte schlagartig zum Leben, Farben explodierten in einem stummen Rausch von Schönheit.

Er blieb wie erstarrt stehen. Die Leuchtkraft der Farben überwältigte ihn. Die Stille dehnte sich aus, eine Minute, zwei, drei, aber er merkte nichts. Er hielt die Scheibe erst in die eine, dann in die andere Richtung, war vollkommen gefangen von der fast sinnlichen Farbenpracht in seinen Händen.

Schließlich blickte er auf und sah, daß Angel ihn beobachtete.

»Deshalb liebe ich Buntglas«, sagte sie und blickte die funkelnde Scheibe in Hawks Händen an. »Es ist wie das Leben. Alles hängt von dem Licht ab, in dem man es betrachtet.«

Die Worte waren ihr kaum entschlüpft, als ihr aufging, daß sie sich auf Hawk anwenden ließen. Schweigend schloß sie die Tür hinter sich und hoffte, daß er nichts bemerkt hatte.

»Willst du mir damit sagen, daß ich das Leben zu düster sehe?« fragte er.

Seine Frage bewies Angel, daß er sehr wohl verstanden hatte.

Ich hätte es eigentlich wissen müssen. Hawk ist der intelligenteste Mann, der mir je begegnet ist.

»Nein«, erwiderte sie. »Ich habe lediglich eine Bemerkung über die Beziehung zwischen Buntglas und Licht gemacht.«

Ohne Hawk anzublicken ging sie zu ihrem Auto. In den drei Tagen, seit sie und Hawk am Strand miteinander gesprochen hatten, hatte sie sorgfältig jedes Thema, das auch nur andeutungsweise persönlich war, vermieden.

»Nichts Persönliches, stimmt's?« fragte er mit hochgezogener Braue.

»Genau. Nichts Persönliches.«

Sie öffnete den Kofferraum ihres Wagens, schüttelte eine alte Patchworkdecke aus und bedeutete ihm, die Glasscheibe draufzulegen.

»Wieviel ist so ein Ding eigentlich wert?« fragte er.

Sie beobachtete, mit welcher Leichtigkeit er mit der sperrigen Scheibe umging. Beneidenswert. Sein kraftvoller, muskulöser Körper bewegte sich mit einer Geschmeidigkeit und Grazie, die sie jedesmal aufs neue bewundern mußte. Wie ihre Glasbilder veränderte sich Hawk mit jeder Bewegung, mit jedem Augenblick, mit jedem Lichteinfall.

Und wie scharfes Glas konnte er sie tief verletzen, wenn sie auch nur einen Moment lang unvorsichtig wurde.

»Ein kleines Bild wie dieses bringt um die tausend bis tausendzweihundert Dollar«, erklärte sie und wickelte die Scheibe mit energischen Bewegungen ein. »Abzüglich der Galeriekommission natürlich und der Materialkosten. Gutes Glas ist ziemlich teuer.«

Sie schlug den Kofferraumdeckel zu.

»Wie viele Stücke hattest du in der Ausstellung in Vancouver?« bohrte Hawk weiter.

»Zweiunddreißig.«

Angel öffnete ihre Handtasche und wühlte nach den Wagenschlüsseln.

»Hast du sie verkauft?« wollte er wissen.

Sie blickte auf und fand Hawks durchdringende braune Augen auf sich gerichtet.

»Alle bis auf drei«, antwortete sie.

»Und die, die du verkauft hast – waren das kleine Stücke?«

»Nein. Sie waren sogar ziemlich groß. Warum?«

Hawk ignorierte ihre Frage.

»Wie viele Ausstellungen machst du pro Jahr?« fragte er.

Angel nahm die Schlüssel aus ihrer Tasche und blickte Hawk an. Sie fragte sich, warum ihn das interessierte. Aber es war einfacher zu antworten, als zu streiten. Und außerdem spielte es ohnehin keine große Rolle.

Geld war ein ungefährliches Thema. Es war nicht persönlich, so wie Gefühle.

»Dieses Jahr hatte ich drei«, sagte Angel. »Eine in Seattle, eine in Portland und eine in Vancouver.«

»Gingen sie gut?«

»Ja.«

»Du brauchst also das Geld aus dem Verkauf von Eagle Head wirklich nicht, stimmt's?« fragte Hawk.

»Nein.«

»Aber Derry.«

»Ja.«

»Warum?«

Angel zögerte. Dann zuckte sie mit den Schultern. Hawk konnte ja ebensogut Derry fragen. Auf jeden Fall war's kein Geheimnis.

»Derry möchte Arzt werden«, sagte sie. »Das bedeutet sechs bis zehn Jahre Studium. Er wurde in Harvard angenommen, bekam jedoch kein Stipendium, denn theoretisch ist Derry wohlhabend.«

»Eagle Head.«

»Ja.«

»Ich verstehe.«

»Wirklich?« fragte Angel und blickte Hawk durchdringend an. »Laß mich doch mal sehen, ob du die Sache tatsächlich im *rechten Licht* siehst.«

Sie holte tief Luft und wappnete sich gegen die Dinge, die sie nun sagen mußte.

»Es ist nicht etwa eine kindische Laune von Derry«, sagte Angel. »Meine Eltern sind nach dem Unfall sofort tot gewesen, Derrys Mutter aber nicht. Sein Bruder auch nicht. Derry hat sie alle rausgezogen – und dann zusehen müssen, wie sie verbluteten, weil er nicht genug über Erste Hilfe wußte.«

Hawks Miene war vollkommen ausdruckslos, vollkommen unbewegt, seine Augen fast schwarz. Da war etwas, das er fragen wollte, aber er wußte nicht, wie er's formulieren sollte, ohne Angel noch mehr Kummer zu bereiten.

»Und du?« fragte er schließlich leise. »Warst du bei Bewußtsein, als Derry euch aus dem Wrack zog?«

»Ja. Ich konnte Derry auch nicht helfen.«

Angel hörte die Frage, die in Hawk brannte und von der er nicht wußte, wie er sie stellen sollte. Sie wußte jedoch, wie sie zu beantworten war.

Und sie wußte auch, wie weh ihr die Antwort tun würde.

Derry. Derry braucht Hawk, sagte sich Angel. *Es ist wichtig, daß Hawk versteht.*

»Mein Schlüsselbein war zertrümmert, meine Rippen gebrochen, und ich hatte mehrfache Frakturen an beiden Beinen«, sagte sie tonlos. »Derrys Mutter war bewußtlos. Sein Bruder hatte dieses Glück nicht. Und ich lag da, konnte mich nicht bewegen und hörte zu, wie Grant –«

Ihre Stimme erstarb. Als sie wieder sprechen konnte, klang sie wie tot.

»Als es schließlich vorbei war«, sagte Angel langsam, »hat Derry geweint und sich die Fäuste auf dem Asphalt blutig geschlagen. Auch dagegen war ich machtlos.«

»Angel«, murmelte Hawk sanft und fuhr mit den Fingerspitzen zart über ihre Wange. Er bereute seine Frage und den Schmerz, den er ihr damit zugefügt hatte.

Sie wich vor ihm zurück.

»Derry hat sich danach geschworen, Arzt zu werden und das Leben anderer zu retten als Ausgleich für das Leben der Menschen, die er nicht hat retten können«, sagte Angel. »Das ist seine Art, mit einem Leben fertigzuwerden, das grausam genug war, ihn unverletzt zu lassen, damit er zusehen konnte, wie seine Mutter verblutete und sein Bruder unter Höllenqualen starb.«

Sie blickte auf und hielt den Atem an. Sie hatte genug Kummer und Schmerzen gesehen, um sie jetzt in Hawks bewegtem Mienenspiel erkennen zu können.

»Du magst Derry wirklich, nicht wahr?« sagte sie überrascht. Sie hätte nie gedacht, daß Hawk zu soviel Gefühl fähig wäre. »Er mag dich auch. Gott allein weiß, warum«, fügte sie stirnrunzelnd hinzu.

Sie hatte die lässig-humorvolle Art, mit der Derry Hawks messerscharfe Zunge akzeptierte, nie verstanden.

Hawks Züge verschlossen sich wieder.

»Vielleicht erinnere ich Derry ja an Grant«, meinte er.

»Du bist kein bißchen wie Derrys Bruder.«

»Ach?«

Hawks hochgezogene schwarze Braue irritierte Angel.

»Grant war fähig zu lieben«, sagte sie kühl.

»Dann muß er geliebt worden sein«, gab er zurück.

»Was meinst du damit?«

»Grants Mutter hat ihn geliebt. Derry hat ihn geliebt. Du hast ihn geliebt.«

»Ja.«

»Das muß schön gewesen sein«, meinte Hawk schlicht.

Seine Stimme war ausdruckslos, seine Worte mehr als eine einfache Feststellung, mehr als Spott; es muß schön sein, geliebt zu werden.

»Und du wurdest ebenfalls geliebt, nicht wahr, Angel? Von deinen Eltern, von Grant, von Derry, sogar von Carlson. Auf ihre spezielle Weise liebten und lieben sie dich alle.«

»Ja«, flüsterte Angel. »Und ich liebe sie.«

»Liebe, die Liebe erzeugt. Ein leuchtender, magischer, in sich geschlossener Kreis.«

Hawks Gesichtsausdruck veränderte sich. Böse Erinnerungen, die sich wie Krallen in sein Hirn gruben.

»Aber deine Eltern –«, begann sie und brach ab.

Hawks hartes Lachen ging ihr durch und durch, schmerzte sie so, wie es ihn schmerzen mußte. Sie streckte die Hand aus, wie um ihn zu berühren.

»Hawk«, flüsterte sie, »nicht.«

Doch dann begann Hawk zu sprechen, und was er sagte, war noch schlimmer als sein Lachen.

»Meine Mutter war im sechsten Monat schwanger, als sie meinen Vater heiratete«, sagte er. »Bloß, daß er nicht mein Vater war. Er wußte es damals allerdings nicht. Sie hat's ihm gesagt, als ich sechs war. Hat einfach einen Zettel an mein Hemd gepinnt, bevor sie sich mit einem Vertreter aus dem Staub machte.«

Sein Lächeln war sardonisch.

»Nette Art«, fügte er hinzu. »Abhauen, dem Mann das Kind aufhalsen und ihm dann auch noch mitteilen, daß es nicht von ihm ist.«

Angel versuchte etwas zu sagen.

Hawk bemerkte es nicht. Seine klaren, trostlosen Augen waren auf die Vergangenheit gerichtet.

»Dad hat mich bei sich behalten«, fuhr er fort. »Hab' nie rausgefunden, warum eigentlich. Ganz bestimmt nicht aus Liebe. Seine Mutter kam danach zu uns. Liebe war auch von der Seite nicht zu erwarten. Oh, sie waren ganz anständig, das muß ich schon sagen. Haben mich nicht verhungern lassen. Und mich höchstens mal mit einem Gürtel verprügelt, egal, wie besoffen sie waren.«

Angel zuckte zusammen. Sie mußte daran denken, wie Hawk ihr einmal erzählt hatte, daß er das Angelzeug seines Daddy ohne Erlaubnis genommen und dafür eine gehörige Tracht Prügel eingesteckt hatte. Sie dachte damals, er habe einen Scherz gemacht.

Jetzt wußte sie's besser. Ein nicht gerade tröstlicher Gedanke.

»Ich hatte bereits gelernt, wie man arbeitet, als sich meine Mutter aus dem Staub machte«, fuhr Hawk fort. »Ich kümmerte mich um den Gemüsegarten und die Hühner, trug Zeitungen aus, was auch immer. Das Geld ging natürlich an Daddy, für Kost und Logis.«

»Aber du warst doch noch ein Kind«, sagte Angel, die das alles nicht begreifen konnte.

»Nun, sie gaben mir zu essen. Sachen zum Anziehen. Eine Decke zum Schlafen.«

Hawk zuckte mit den Schultern. Die Armut hatte ihm nicht viel ausgemacht. Nicht geliebt zu werden dafür um so mehr.

»Es war nicht so, daß sie sich auf meine Kosten die Bäuche vollgeschlagen hätten«, sagte er. »Unsere Farm war ein Witz. Zweitausend Hektar Land und nicht genug Wasser, um mehr als vierzig davon zu bewässern. Es ist ganz schön trocken in Westtexas. Verdammt trocken. Das einzige, wofür dieses Land taugt, ist Staub aufwirbeln. In jeder Beziehung. Und darin war ich wahrhaftig nicht schlecht.«

Hawk gab sich einen Ruck und ging zur Beifahrerseite von Angels Wagen. Er öffnete die Tür und setzte sich hinein.

Angel stand reglos da. Dies war eine Seite an Hawk, die sie nie vermutet hätte – seine Vergangenheit, so hart und rauh wie das Land, das er geschildert hatte.

Tausend Fragen gingen ihr durch den Kopf, Fragen, die sie brennend gerne gestellt hätte, denn sie fühlte, daß da noch mehr war, was er ihr nicht erzählt hatte.

Auch andere Jungen sind von ihren Müttern verlassen worden und haben dennoch gelernt, Frauen zu lieben und ihnen zu vertrauen. Carlson zum Beispiel. Seine Kindheit war auch nicht besser als die von Hawk. Was noch schlimmer war, er ist ein Halbblut; er mußte sich seinen Platz in der weißen Gesellschaft hart erkämpfen.

Und doch weiß Carlson, was Liebe ist, kann Liebe geben.

Warum nicht auch Hawk?

Hawk beugte sich über den Fahrersitz und öffnete die Tür, eine stumme Aufforderung an Angel, sich in ihren Wagen zu setzen. Sie schlüpfte hinters Lenkrad. Ihre Hand zitterte leicht, als sie den Schlüssel ins Zündschloß steckte und den Wagen startete. Sie warf Hawk einen raschen Seitenblick zu.

Er bemerkte es nicht, schien sich ihrer Gegenwart überhaupt nicht bewußt zu sein. Sie fragte sich, was er wohl dachte, welche Bruchstücke aus seiner Vergangenheit er wohl gerade betrachtete, welche Tönung sie hatten ... und wie viele scharfe Kanten, wie tief sie in sein Fleisch schnitten.

Aber Angel stellte keine Fragen mehr. Seine Worte von vorhin brannten ihr immer noch auf der Seele, Worte, die minutenlang Licht auf den rätselhaften Mann namens Hawk geworfen hatten. Die Farben, die er ihr dabei gezeigt hatte, waren düster und dennoch auf eigenartige Weise bezwingend – es lag ein geradezu faszinierendes Potential in ihnen.

Schweigend fuhr Angel zu Mrs. Careys Haus. Als sie den Wagen abgestellt hatte, blickte sie Hawk fragend an. Sie hätte ohnehin nicht erwartet, daß er sie begleiten würde, und wußte nun nicht, ob er mit hineinkommen oder lieber im Wagen warten wollte.

Er erwiderte ihren Blick.

»Ich nehme an, wir sind da, wo immer das auch sein mag«, sagte er.

»Mrs. Careys Haus.«

Hawk blickte Angel fragend an.

»Sie hat sich vor einiger Zeit die Hüfte gebrochen«, erklärte sie. »Deshalb mache ich Besorgungen für sie und bringe sie zum Arzt, bis sie wieder selbst fahren kann.«

Er überlegte stirnrunzelnd.

»Mrs. Carey«, murmelte er. »Den Namen hab' ich schon mal gehört.«

»Gelees und Marmeladen«, sagte sie und öffnete die Fahrertür.

Hawk stieg ebenfalls aus und traf sie beim Kofferraum.

»So wie in diesen Gläsern hier?« fragte er und hob die eingewickelte Glasscheibe heraus.

»So wie in unserer Frühstücksmarmelade.«

Hawk schnalzte anerkennend mit der Zunge.

»Jetzt erinnere ich mich wieder an den Namen«, sagte er. »Willst du Marmelade kaufen?«

»Oh, Mrs. Carey würde mir ihren Kater auf den Hals hetzen, wenn ich so was auch nur andeuten würde. Ich lasse mir ihre wundervollen Marmeladen schon mein Leben lang schmecken. Alle geschenkt. Bis zum letzten Löffel.«

»Und genau das macht sie noch köstlicher«, sagte Hawk.

Wieder überraschte er Angel. Sie hätte nicht gedacht, daß er verstehen würde.

»Ja«, erwiderte sie einfach.

»Schau nicht so geschockt, Angel. Ich weiß, was Geschenke bedeuten. Ich hab' an jedem Geburtstag, an jedem Weihnachtsfest verzweifelt auf eins gehofft. Nach einer Weile habe ich dann endlich kapiert, daß es keinen Zweck hat zu hoffen.«

Sie schloß einen Moment lang die Augen. Sie versuchte, seinen Schmerz nicht so stark zu fühlen.

»Und dann hat mir meine Lehrerin in der dritten Klasse eine kleine Zuckerstange mit einem grünen Bändchen drumrum geschenkt«, sagte Hawk. »Ich hab' das Ding bis zum Weihnachtsmorgen aufgehoben, wenn auch die anderen Kinder ihre Geschenke auspacken würden.«

Angel krampfte die Hände hilflos zusammen.

»Dann bin ich hinaus aufs Feld gegangen, bis ich alleine war«, fuhr er fort. »Ich weiß noch, wie die Verpackung geknistert hat, ich kann den frischen Geruch nach Minze noch riechen; ich sehe das leuchtend grüne Bändchen noch vor mir und die glänzende, weißrot gestreifte Zuckerstange. Es war das Köstlichste, was ich je probiert habe. Ich habe das Bändchen danach so lange in meiner Tasche aufgehoben, bis es vollkommen zerfetzt war.«

Hawk schüttelte verblüfft den Kopf. Er hätte nicht gedacht, daß ihn das nach all den Jahren noch so treffen würde.

»Daran habe ich schon seit langer Zeit nicht mehr gedacht«, sagte er.

Angel stiegen die Tränen in die Augen, als sie an die Weihnachts- und an die Geburtstagsfeste dachte, die sie erlebt hatte, voller Geschenke, Lachen und Liebe. Sie hatte soviel verloren, damals vor vier Jahren, aber sie hatte immerhin etwas zu verlieren gehabt.

Tausende schöner Erinnerungen, Jahre voller Liebe.

Hawk hatte nichts als einige wenige kostbare Momente, den schwachen Geschmack von Minze und ein Bändchen, das ein Junge so lange bei sich getragen hatte, bis es nur noch aus Fetzen bestand.

18. Kapitel

Angel schloß wortlos den Kofferraumdeckel und folgte Hawk zur Eingangstür von Mrs. Careys Haus. Sie klingelte und wartete, denn sie wußte, daß Mrs. Carey ein Weilchen brauchen würde, um zur Tür zu kommen.

Hawk merkte, wie still Angel auf einmal war und wie angespannt ihr zartes Gesicht wirkte. Er sah die winzigen Abdrücke auf ihrer Unterlippe, wo sie ihre Zähne hineingegraben hatte. Er konnte sich nicht vorstellen, was sie so aus der Ruhe gebracht haben mochte. Er wußte nur, daß er die kleinen Abdrücke am liebsten mit seiner Zungenspitze fortgewischt hätte.

Wie seine Erinnerung an die Minzstange überraschte ihn auch dies. Er merkte auf einmal, daß sein Bedürfnis, Angel zu trösten, weitaus stärker war als sein Drang, sie zu verführen. Er wollte sie lächeln sehen, weil er ihr Freude bereitet hatte. Er wollte –

Mrs. Carey öffnete die Tür. Ihr grauer Haarschopf reichte kaum bis zu Hawks Brustbein. Sie rückte ihre Brille zurecht, während sie zu dem großen, dunklen Mann aufblickte, der so unerwartet auf ihrer Türschwelle stand.

»Guten Morgen, Mrs. Carey«, sagte Angel mit leiser Stimme. Hawks traurige Erinnerungen wirkten immer noch in ihr nach. »Ich möchte Ihnen Miles Hawkins vorstellen. Hawk, das ist Mrs. Carey.«

»Mr. Hawkins«, sagte die alte Dame und nickte Hawk zu.

»Nennen Sie mich ruhig Hawk – wie jeder hier in Kanada.«

Er warf Angel einen bezeichnenden Seitenblick zu. Dann nahm er das in die Decke gewickelte Glasbild auf den anderen Arm und ergriff die kühle trockene Hand der alten Dame.

»Es ist mir ein Vergnügen, Mrs. Carey.«

Die klugen schwarzen Augen der alten Dame musterten den Mann, der vor ihr stand. Dann nickte sie einmal kurz.

»Nicht viele Männer könnten einen Namen wie diesen tragen. Sie können es. Kommen Sie herein, Hawk.« Dann fügte sie trocken hinzu: »Du auch, Angie. Der Tee ist schon fertig.«

Ein fetter orangefarbener Kater schlängelte sich gefährlich schnell um Mrs. Careys Gehhilfe herum, während sie ihren Gästen zur Küche voranging. Schließlich konnte es Angel nicht länger mit ansehen. Sie bückte sich und nahm den schweren Kater auf die Arme.

»Tiger, du hast einfach keinen Verstand«, schimpfte sie vorwurfsvoll.

Sie rieb das Kinn sanft über den Kopf des Katers. Der Kater betrachtete Angel aus seinen weisen, gelben Katzenaugen, stupste sie einmal mit der Nase an und sprang dann wieder von ihrem Arm. Angel versuchte nicht, ihn aufzuhalten. Mrs. Carey setzte sich nämlich soeben hin und war somit nicht länger in Gefahr, ein zweites Mal über das große Pelztier zu stolpern.

»Würdest du bitte das Einschenken übernehmen?« fragte Mrs. Carey. »Muß wohl letzte Nacht auf meinen Händen geschlafen haben. Irgendwie wollen sie heute morgen gar nicht recht aufwachen.«

Angel warf Mrs. Carey einen raschen, besorgten Blick zu. »Haben Sie Dr. McKay schon angerufen?«

Die alte Dame stieß ein trockenes Lachen aus.

»Ich bin neunundsiebzig, Angie. Da ist so ein bißchen Taubheit in den Händen doch ganz berechtigt, oder nicht?«

»Ich fahre heute vormittag ohnehin mit Derry zu Dr. McKay«, sagte Angel. »Da kann ich Sie ja gleich abholen und –«

»Unsinn«, unterbrach sie Mrs. Carey entschlossen. »Schenk den Tee ein, Angie. Ein Arzt kann nichts für mich tun, was eine anständige Tasse Tee nicht ebensogut könnte. Setzen Sie sich, Hawk. Sie können das, was Sie da halten, was immer es auch sein mag, dort auf der Anrichte abstellen.«

Angel goß den Tee in die Tassen und reichte den Teller mit Bisquits herum.

»Um noch mal auf den Doktor zurückzukommen«, begann sie mit fester Stimme. »Ich finde wirklich –«

»Ich kann mich noch an einen Vorfall von vor ein paar Jahren erinnern«, unterbrach sie Mrs. Carey in ebenso festem Ton. »Derry kam völlig aufgelöst an, weil du anscheinend in deinem Studio zusammengeklappt warst. Offenbar hattest du dich überarbeitet und warst einfach umgekippt und eingeschlafen. Dr. McKay kam also, hat dich abgehört und abgeklopft, und du hast dich überhaupt nicht gerührt. Er sagte hinterher zu Derry, daß dir nichts fehlt, was eine ordentliche Portion Schlaf nicht kurieren könnte.«

»Das stimmt, aber –«

Mrs. Carey stellte ihre Teetasse mit einer energischen Bewegung hin, die Angel das Wort abschnitt.

»Nun, das einzige, was mir fehlt, ist Jugend«, sagte Mrs. Carey. »An dem Tag, an dem der Doktor die Zeit zurückdrehen kann, an dem Tag werde ich ihn anrufen und ihm sagen, daß ich mich morgens erschöpft fühle.«

Angel seufzte und gab auf.

In diesem Moment klingelte das Telefon.

»Ich geh' schon«, sagte Angel und lief rasch ins Wohnzimmer.

Mrs. Carey folgte ihr langsam.

Angel nahm ab und wechselte ein paar Worte mit der Person am anderen Ende der Leitung, dann reichte sie den Hörer an Mrs. Carey weiter. Sobald Angel die Küche betrat, fühlte sie Hawks durchdringenden Blick auf sich gerichtet.

»Tust du das oft?« fragte er.

»Ans Telefon gehen?« fragte Angel und setzte sich wieder.

»Bis zur völligen Erschöpfung arbeiten.«

Sie zuckte nachlässig mit den Schultern.

»Nein«, erwiderte sie ruhig.

»Nur dann, wenn dir etwas zu schaffen macht?« fragte Hawk so leise, daß Mrs. Carey ihn nicht hören konnte.

Angel nippte an ihrem Tee.

»Wie lange ist das her?« wollte er wissen.

»Was?«

»Daß du gearbeitet hast, bis du nicht mehr denken und nichts mehr fühlen konntest, bis du zusammengeklappt bist.«

Einen Moment lang überlegte Angel, ob sie die Frage einfach ignorieren sollte. Doch dann kam sie zu dem Schluß, daß es im Grunde egal war. Hawk konnte ja auch einfach Derry fragen.

Außerdem *wollte* sie es Hawk sagen. Es bereitete ihr ein fast grausames Vergnügen, ihm zu zeigen, wie sehr er sich in ihr geirrt hatte.

»Das war vor etwas mehr als drei Jahren«, erklärte sie und nahm einen Schluck Tee. »In der Nacht, nachdem Carlson mich schließlich davon überzeugt hatte, daß der Mann, den ich liebte, tot war, daß ich jedoch noch lebte und daß ich nichts daran ändern konnte, außer mich zu ihm ins Grab zu legen und auch zu sterben.«

»Aber du hast es nicht getan.«

»Carlson hat es nicht zugelassen.«

Angels Augen verdunkelten sich, als sie an Carlsons Grausamkeit von damals dachte. Aber er war aus einem ganz bestimmten Grund so grausam gewesen, nämlich um sie dazu zu zwingen, die Tatsache zu akzeptieren, daß sie noch am Leben war und Grant tot.

Carlson hatte ebenfalls bitter dafür bezahlt, mehr als ihr das damals klar gewesen war. Angel hatte ihm ein ganzes Jahr lang nicht verziehen, hatte sich geweigert, mit ihm zu sprechen oder seine Briefe zu öffnen. Damals wußte sie nicht, daß Carlson sie liebte, wie ein Mann eine Frau liebt.

Als sie endlich begriffen hatte, war es bereits zu spät gewesen. Carlson war in ihrer Vorstellung untrennbar mit Grants Leben und mit seinem Tod verbunden. Sie konnte ebensowenig eine Liebesbeziehung mit Carlson beginnen wie mit Derry.

»Carlson liebt dich«, sagte Hawk mit ausdrucksloser Stimme.

»Ja. Er hat mich sogar noch vor Grant geliebt. Aber ich habe ihn nie so geliebt, nicht auf diese Weise.«

»Weil er Indianer ist?«

Angel lächelte traurig. »Weil er nicht Grant ist.«

»Aber nach Grants Tod, warum nicht dann?« beharrte Hawk.

Angel strich sich mit einer müden Handbewegung eine Haarsträhne aus der Stirn.

»Carlson war immer noch nicht Grant«, erwiderte sie schlicht. »Das konnte ich ihm einfach nicht verzeihen. Das konnte ich Derry nicht verzeihen. Keinem Mann konnte ich das verzeihen.«

Angel sah, daß ihm noch eine Frage auf der Zunge lag. Da wußte sie auf einmal, daß ihre Worte – was immer sie auch damit bei Hawk zu bewirken hoffte – ihr selbst mehr weh taten als ihm. Erinnerungen, die sie seit Jahren sorgfältig verschlossen gehalten hatte, brachen plötzlich über sie herein.

»Keine Fragen mehr, Hawk, bitte«, flehte Angel mit leiser, verzweifelter Stimme. »Oder macht es dir Spaß, mich mit der Vergangenheit zu quälen?«

Er schloß einen Moment lang die Augen, schloß sie vor der Wut und Verwirrung, die deutlich in ihren Zügen zu lesen waren.

»Nein«, sagte er sanft.

»Warum tust du's dann?«

»Weil ich alles über dich wissen muß.« Er öffnete die Augen. Sie waren so klar und ruhig und so dunkel wie die Nacht. »Ich muß einfach.«

»Aber warum?« fragte Angel verzweifelt.

»Ich habe noch nie eine Frau getroffen, die außer sich selbst noch jemanden geliebt hat.«

Hawks ruhige Antwort ließ Angels Proteste verstummen. Wenn Hawk durch ihr Leid etwas lernen konnte, dann würde sie nicht weiter gegen jede Frage, gegen jede Antwort ankämpfen. Sie hatte soviel aus Derrys Leid und aus Carlsons gelernt. Da konnte sie einem anderen Menschen dieselbe Chance beim besten Willen nicht verweigern.

In der plötzlich eingetretenen Stille klang das Quietschen von Mrs. Careys Gehstütze auf den Gangfliesen unnatürlich laut.

»Das war Karen«, sagte Mrs. Carey. »Sie meinte, die Himbeerbüsche auf dem alten Grundstück würden dieses Jahr besonders üppig blühen.«

»Mmmm«, sagte Angel und leckte sich die Lippen.

Die alte Frau lächelte.

»Ich kann zwar nicht mehr pflücken«, sagte Mrs. Carey, »aber Marmelade kochen, das kann ich immer noch.«

»Wir pflücken Ihnen gerne so viele Beeren, wie Sie wollen«, meinte Hawk, bevor Angel noch etwas sagen konnte.

»Ein Falke in den Himbeerbüschen.« Mrs. Carey stieß ein Lachen aus, das wie das trockene Rascheln von Herbstlaub klang. »Vielen Dank. Das war das Aufstehen wert.«

Hawks Mundwinkel zuckte ein wenig nach oben. Er sah Angel an, dann die Anrichte, auf der die Glasscheibe lag, und dann wieder Angel. Sie nickte. Er erhob sich mit einer fließenden Bewegung und ging zu dem Bild.

»Das«, sagte Hawk und hob das in die Decke gewickelte Kunstwerk hoch, »ist es wert, hundert Jahre dafür zu leben.«

Er trat ans Küchenfenster. Die Sonne schien herein und tauchte den Frühstückstisch in warmes Licht. Hawk kehrte Mrs. Carey den Rücken zu und wickelte heimlich das Bild aus. Dann trat er rasch beiseite und hielt es ans Licht.

Mit einemmal war die ganze Küche in ein Meer aus leuchtenden Farben getaucht.

Mrs. Carey lehnte sich auf ihre Gehstütze und starrte das Glasbild, das ihre Küche in eine fantastische farbige Wunderwelt verwandelte, fassungslos an.

»Also das ist das Hübscheste, was ich je gesehen habe«, sagte sie langsam. »Schau doch bloß diese Farben. Also, man könnte fast schwören, daß das echte Marmelade da in den Gläsern ist.«

Angel lächelte breit. Sie freute sich, daß Mrs. Carey das Bild so gefiel.

»Es freut mich, daß es Ihnen gefällt«, sagte Angel. »Es gehört Ihnen.«

Die alte Dame drehte sich um und blickte Angel erstaunt an.

»Nein, das ist viel zu viel, Angie. Das kann ich nicht annehmen. Das muß doch furchtbar viel Arbeit gemacht haben –«

»Ich esse Ihre Marmeladen schon mein ganzes Leben lang, Mrs. Carey«, unterbrach Angel sie sanft. »Seit Jahren stehen Sie in der Küche und kochen für andere. Bitte. Ich möchte, daß Sie dieses Bild haben. Ich hab's extra für Sie gemacht.«

Mrs. Carey traten Tränen in die Augen. Sie zog ein mit Veilchenduft parfümiertes Taschentuch aus der Tasche ihres Hauskleids und tupfte sich damit die Augen ab. Dann streckte sie die Arme aus.

Angel stand auf und umarmte Mrs. Carey sanft. Als sie zurücktrat, sah sie, daß Hawk sie beobachtete. Sein Blick leuchtete ebenso intensiv wie die Vormittagssonne, die die Küche in helles Licht tauchte. Es war, als ob er sich jeden Moment der Zuneigung, jede Nuance des Gebens und Nehmens zwischen den beiden Frauen einzuprägen versuchte.

»Wo soll ich es aufhängen?« fragte er.

»Gleich hier, wo ich es jeden Morgen sehen kann. Wenn man in meinem Alter ist, dann braucht man etwas, auf das man sich freuen kann, wenn man aufwacht.«

»Das braucht man in jedem Alter«, sagte Hawk und warf Angel einen raschen Blick zu.

Während er das Bild so aufhängte, daß es das Sonnenlicht bestmöglich nutzte, stellten Angel und Mrs. Carey eine Liste der Dinge zusammen, die sie zum Marmeladeeinkochen benötigte. Als sie damit fertig waren, hatte auch Hawk das Bild aufgehängt. Er nahm Angel die Liste aus der Hand und überflog sie mit einem raschen Blick.

»Brauchen Sie das jetzt gleich?« fragte er.

»O nein. Erst in ein bis zwei Wochen.«

»Gut. Angel nimmt mich nämlich für ein paar Tage mit raus zum Angeln. Unseren letzten Ausflug mußten wir leider ... verschieben.«

Angel hätte am liebsten protestiert, wußte jedoch, daß sie das nicht konnte. Als sie sich bereit erklärt hatte, Hawk wieder herumzuführen, hatte sie gewußt, daß damit wahrscheinlich auch der mehrtägige Angelausflug mit eingeschlossen sein würde.

Vor zwei Tagen hatte ihr das auch noch keine Angst gemacht.

Jetzt jedoch schon, denn wenn sie Hawk nun ansah, dann sah sie mehr als nur seine harten, raubvogelartigen Züge. Sie sah den Schatten eines Jungen, der ein grünes Band mit sich herumtrug, bis es vollkommen zerfetzt war.

Angel war ungewöhnlich still, als sie Hawk zum Wagen hinaus folgte. Sie hätte nie gedacht, daß sie je wieder etwas für ihn fühlen könnte, nicht so, nicht, als ob sein Schmerz ihr eigener wäre.

»Ich werde alles Nötige für die Fahrt besorgen und aufs Boot bringen, während du mit Derry zum Arzt gehst«, sagte er und musterte Angels Profil.

Sie nickte, ohne ihn anzusehen.

»Mußt du noch irgendwelche Anrufe erledigen, bevor wir losfahren?« fragte sie.

»Nein. Der zweite Teil des Geschäfts ist gelaufen. Jetzt wird's nur noch einmal spannend, bevor sich entweder alles zusammenfügt oder in eine Million Scherben geht.«

Hawks gleichgültiger Ton beeindruckte Angel.

»Du klingst, als ob dir das egal wäre«, sagte sie.

»Im einen Fall bin ich ein reicher Mann. Im anderen das Gegenteil.« Hawk zuckte mit den Schultern. »Ich hab' mehrere Vermögen gemacht und wieder verloren, seit ich mit den Autorennen aufgehört habe. Der Adrenalinspiegel steigt in jedem Fall. Geld ist auch bloß eine Methode, um in Bewegung zu bleiben.«

Angel dachte während der Heimfahrt über Hawks Worte nach. Sie dachte immer noch daran, als sie in der Arztpraxis saß und auf Derry wartete. Selbst als sie und Hawk den Pier entlang zu seiner Jacht gingen, verfolgten sie seine Worte. Sie waren wie Glasstücke, die sich irgendwie nicht in das Gesamtbild fügen wollten.

Vom Norden her wehte eine steife Brise. Hawks dichtes schwarzes Haar flatterte im Wind.

Angel warf einen Blick auf sein Profil und sah rasch wieder weg. Seine Armbanduhr war es, die sie sehen wollte, nicht das wilde Funkeln in seinen Augen.

Sie runzelte die Stirn, als sie bemerkte, wie spät es war. Nordwinde verhießen meist nichts Gutes. Sie hatte gehofft, zum Gezeitenwechsel am Indian Head fischen zu können, der ein Stück vor der Needle Bay, ihrem eigentlichen Ziel, lag.

Aber wenn tatsächlich ein Sturm im Anzug war, würden sie Glück haben, wenn sie die Needle Bay noch vor dem Dunkelwerden erreichten. Und wenn's zu heftig kam, würden sie sich unterwegs irgendwo einen geschützten Ankerplatz suchen müssen. Trotz der schützenden Berge und Inseln war die Meerenge bei Sturm für kleinere Boote nicht gerade ungefährlich.

Angel manövrierte die Jacht so rasch sie konnte aus dem kleinen Hafen. Ohne einen Blick zurückzuwerfen, ließ sie den Campbell River hinter sich. Sie beachtete weder die zahlreichen Boote, die sich auf dem Frenchman's Pool tummelten, noch die Holzflöße, die an der Küste trieben.

Der Wind blies konstant und kräftig. Kräftig genug, um die aufgewühlte See mit kleinen Schaumkronen zu versehen. Sie schaltete das Funkgerät ein und lauschte den Gesprächen der Fischer, die aus dem Norden herunterkamen. Was sie da hörte, ließ vermuten, daß es oben auch nicht schlimmer war als hier. Beruhigt lehnte sie sich für die lange Fahrt zurück.

Nach ein paar Stunden gab Hawk seinen exponierten Platz auf einem der Polstersitze im Heck der Jacht auf. Anfangs war er dem Ruderhaus absichtlich ferngeblieben, weil er Angel nicht mit seiner Anwesenheit hatte nervös machen wollen. Doch dann begann die Umgebung auf ihn zu wirken: das einschläfernde Dröhnen der Dieselmotoren, die weißschäumende Gischt, die sie hinter sich herzogen, und die Berge, die sich grün und grau in der Ferne erhoben. Das alles wirkte so beruhigend auf ihn, daß er sich merklich entspannt hatte.

Doch irgendwann drohten der steife Wind und die heftige Gischt Hawk zu unterkühlen und zu durchnässen, und er sah sich gezwungen, im Ruderhaus Zuflucht zu suchen.

Angel spürte Hawks Gegenwart und blickte auf.

»Wird ganz schön frisch da draußen, nicht wahr?« fragte sie.

»Ein wenig.«

Hawk blickte durch das Kabinenfenster auf das vor ihnen liegende Meer. In einer Fahrrinne zwischen zwei Inseln türmten sich blauschwarze, gischtgekrönte Wellen.

»Vielleicht nicht so frisch, wie's noch werden wird, wenn man das hier so ansieht«, sagte er.

»Viel schlimmer wird's wahrscheinlich nicht werden«, meinte Angel und musterte die bewegte See. »Wir werden uns dort zwischen den Inseln durchzwängen und eine andere Route nach Norden nehmen. Die ist zwar länger, aber geschützter.«

Hawk hielt sich an der gepolsterten Lehne der Sitzbank fest, die sich um drei Seiten des Tisches erstreckte, der hinter dem Cockpit stand. Schweigend sah er zu, wie Angel die mächtige Jacht steuerte. Die windgepeitschte See zwischen den Inseln brachte das Boot gehörig ins Schwanken, und der schlanke weiße Bug der Jacht tanzte auf den Wellen wie ein Spielzeugboot, bis das Fahrzeug schließlich leeseits in den Schutz einer Insel glitt, wo ein riesiger Schwarm Möwen kreischend herumflatterte.

»Schau«, sagte Hawk.

Er berührte Angel am Arm und deutete nach rechts, wo sich in etwa fünfzig Metern Entfernung, direkt an einer steilen Klippe, weiße Möwen in die von Heringen kochende See stürzten. Das Meer war hier an dieser windgeschützten Stelle grün und glatt, und man konnte jedes Blubbern und jede einzelne silbern blitzende Form, die aus den Wellen hervorschoß, erkennen.

Angel verglich im Geist den Sonnenstand mit der Strecke, die sie noch vor sich hatten, dann schüttelte sie den Kopf.

»Ich würde liebend gerne meine Angel da reintauchen«, sagte sie sehnsüchtig.

»Aber?« meinte Hawk, der ihre Entscheidung, doch nicht zu fischen, korrekt las.

»Hier kann's bei Flut ziemlich ungemütlich werden. Wir haben ja vier Tage Zeit, und ich lasse mich in diesen Gewässern nicht gerne von der Dunkelheit überraschen.«

Erst jetzt bemerkte Hawk die feinen Abstufungen von Grün, die das Wasser aufwies, und die kleinen Strudel, die durch das Treibgut leicht zu erkennen waren.

»Haben wir jetzt nicht Ebbe?« fragte er.

»Fast.«

Hawk beäugte die schäumende See mit aufrichtigem Respekt. Wenn's bei Ebbe schon so stürmisch war, dann konnte er nur erahnen, wie es bei Flut zugehen mußte – unglaubliche Wassermassen, die sich zwischen den Inseln hindurchwälzten, an Felsen schlugen, aufschäumten und tückische Strömungen erzeugten.

Dort, wo Angel und Hawk sich im Moment befanden, war die Meerenge von einem Labyrinth kleiner und kleinster Inseln durchzogen. Und in dieses Labyrinth drängte der mächtige Pazifik, aufgewühlt von zahllosen Felsen und Felsengen, von Strömungen und Gegenströmungen.

Einige der Inseln waren ziemlich groß, andere wiederum nichts als eine Handvoll Felsbrocken, die durch Riffe geschützt wurden. Hawk wußte, daß er sich in dem Gewimmel aus Felsen und schaumgekrönten Wellen selbst mit einer Seekarte und bei Ebbe nur schwer zurechtgefunden hätte.

Bei Dunkelheit jedoch und wenn auch noch Flut herrschte, wäre das, als ob man ein Rennauto mit einem gebrochenen Handgelenk steuern würde.

Hawk hatte das einmal gemacht, als er noch jünger war und keinen Pfifferling auf sein Leben gegeben hatte. Nun, das war nicht gerade eine Erfahrung, die er ein zweites Mal riskieren wollte.

Angel jedoch schien die Situation voll im Griff zu haben. Sie erinnerte Hawk an sich selbst, wenn er Rennen fuhr. Hellwach und konzentriert, die Hände fest, aber nicht verkrampft am Ruder, suchte sie mit raschem, sicherem Blick den besten Kurs heraus. Er lehnte sich zurück und sah ihr genüßlich zu. Er war höchst zufrieden mit seiner Führerin, die ihn sicher durch die Schönheiten und Gefahren der Meerenge lenkte.

Angel wurde es unter Hawks intensivem Blick schließlich zu unbehaglich. Sie warf ihm einen Seitenblick zu und fragte sich, was wohl hinter diesem harten, männlichen Gesicht vorging.

»Stimmt was nicht?« fragte sie.

»Nein. Du bist wirklich gut«, sagte Hawk überzeugt. »Einem solchen Geschick und einer derartigen Sicherheit, wie du sie an den Tag legst, zuzusehen, ist das reinste Vergnügen.«

Angel riß erstaunt die Augen auf. »Danke.«

»Hat Grant dir das beigebracht?«

Schwarze Wimpern schlossen sich einen Moment lang über blaugrünen Augen.

Dann antwortete sie deutlich: »Ja.«

Angel wartete, aber er drang nicht weiter in sie.

19. Kapitel

Hawk schlüpfte lautlos aus der dreieckigen Koje, die den Bug der Jacht fast ganz ausfüllte. Bis auf den schwarzgrauen Fleck des Lüftungsschlitzes war es stockfinster in der Kajüte. Leise öffnete er die Tür zum Ruderhaus. Auf seinen weichen Lederschuhen schlich er lautlos über den Läufer.

Die Kabine hinter dem Ruderhaus war leer.

Wie Hawk vermutet hatte, hatte Angel beschlossen, draußen im Heck der Jacht zu schlafen – so weit von ihm entfernt wie möglich, ohne gleich auf den Felsen, die die Needle Bay umsäumten, ihr Lager aufzuschlagen. Die eingebauten Sitze sowie die Motorabdeckung bildeten ein in etwa doppelbettgroßes Nachtlager. Die Sitz- und Abdeckpolster machten daraus ein einigermaßen weiches Bett.

Weich, aber ziemlich kalt. Jetzt um diese Zeit, kurz vor der Morgendämmerung, war die Luft eisig. Angel hatte sich so tief in ihren Schlafsack gekuschelt, daß nur noch ein hellblondes Haarbüschel hervorlugte.

Hawk trat zu ihr und berührte ganz sanft ihr Haar. Er achtete darauf, sie nicht zu wecken. Ihr Haar fühlte sich kühl, ja fast kalt an, aber dennoch seltsam lebendig. Es schimmerte im düsteren Licht des erwachenden Morgens wie eine Perle.

Er mußte daran denken, wie ihr Haar ausgesehen hatte, als er sie vor ein paar Tagen auf die schwarze Decke in der Bugkabine gebettet hatte. Ihre Haut hatte geschimmerte wie Elfenbein. Er hatte es damals kaum abwarten können, in sie einzutauchen wie in einen warmen Pool.

Sie war so schön gewesen und er so grausam.

Auf Hawks Zügen spiegelte sich tiefe Traurigkeit, als er eine von Angels Locken nahm und um seinen Finger wickelte. Er wußte so wenig über sie und doch so viel.

Sie hatte ihm gegeben, was sie noch keinem anderen Mann gegeben hatte. Und er hatte ihr Geschenk angenommen, ohne es zu schätzen zu wissen, ohne ihr auch nur das Geringste zurückzugeben, außer Schmerzen. Und dann hatte er gewütet, weil sie seine Welt zerstört hatte, weil sie all seine Ansichten über das Leben, die Liebe und die Frauen auf den Kopf gestellt hatte.

Er hatte damals geglaubt, daß Angel wüßte, was sie ihm angetan, ja, daß sie es absichtlich getan hatte.

Heute war Hawk jedoch klar, daß Angel das Ausmaß seines Zynismus ebensowenig hatte erahnen können wie er das Ausmaß ihrer Unschuld.

Aber jetzt war das alles anders.

Angel hatte ihm gezeigt, daß es tatsächlich Frauen gab, die nicht falsch und berechnend waren.

Und er hatte ihr gezeigt, daß es Männer gab, die nicht lieben konnten. Ihre Augen verdunkelten sich, wenn sie ihn ansah. Sie wich ihm aus, wann immer sie konnte, machte Umwege, um nicht in seine Nähe zu kommen. Die einzige Möglichkeit, sie zu berühren, war mit Fragen – Fragen, die sich in ihr Herz krallten und ihr Höllenqualen bereiteten.

Und dennoch mußte Hawk fragen, mußte alles wissen. Noch nie in seinem Leben hatte ihn etwas so sehr beeindruckt wie die Wahrheiten aus ihrem zarten Mund.

So sanft, wie er Angels samtige, hellblonde Locke ergriffen hatte, ließ er sie wieder los. Sein Finger fühlte sich auf einmal kalt an; ihm fehlte die Wärme ihres seidigen Haares. Er berührte die hellblonde Fülle noch einmal, strich mit den Fingerspitzen darüber bis zu der Stelle, an der sie unter dem kalten Stoff ihres Schlafsacks verschwand.

Dann drehte er sich um und ging ebenso geräuschlos zu seiner Kabine zurück wie die Sonne, die langsam am östlichen Horizont aufstieg.

Angel wurde vom Duft nach frischem Kaffee und gebratenem Speck geweckt. Rasch setzte sie sich auf. Ihr Herz klopfte heftig, und sie wußte einen Moment lang nicht, wo sie war. Die kühle Luft und der farbige Himmel sagten ihr, daß sie sich im Freien befand und daß der Morgen heraufdämmerte. Dann fühlte sie das leise Schaukeln der Jacht, und auf einmal fiel ihr wieder alles ein.

Hawk.

Der erste Tag ihres Angelausflugs.

»Wie viele Eier?« fragte Hawk. Er hatte den Kopf aus der Kajütentür gestreckt und ließ den Blick über Angels verschlafene Erscheinung gleiten.

»Rühr- oder Spiegeleier?« fragte sie.

»Das weiß ich erst, wenn ich sie in die Pfanne haue«, sagte er.

Ein Lächeln spielte um Angels Mund. »Halt mich auf dem laufenden.«

Mit einem kurzen Nicken verschwand sein Kopf wieder in der Kajüte. Beim Anblick von Angels schlaftrunkener Gestalt krampfte sich sein Körper hungrig zusammen. Früher hatte ihn das wütend gemacht. Jetzt war sein Bedauern ebensogroß wie seine Lust.

Angel machte den Schlafsack auf und lief fröstelnd zur Kajütentür. Sie schloß sie rasch hinter sich, um nicht zuviel von der Ofenwärme herauszulassen.

»Soll ich Omeletts machen?« fragte sie zögernd.

Die Kajüte kam ihr auf einmal unnatürlich eng vor. Hawks große, kräftige Gestalt dominierte den ganzen Raum.

Er warf Angel einen Blick über die Schulter zu. Er spürte ihr plötzliches Unbehagen.

»Nein, das ist schon in Ordnung«, sagte er. »Ich mache gern von Zeit zu Zeit Frühstück.«

Angel drückte sich scheu an der Eingangstür herum. Ihr Haar war strubbelig, und unter ihrem taubengrauen Pulli guckten

Hemdzipfel hervor. Sie trug eine schwarze, enganliegende Gymnastikhose, was sie seltsam verletzlich aussehen ließ. Offensichtlich hatte sie sich vor dem Schlafengehen noch mal umgezogen.

»Ich muß heute nacht mal deine Methode ausprobieren«, sagte Hawk. Es fiel ihm schwer, den Blick von ihr abzuwenden.

Die Selbstverständlichkeit und das Geschick, mit dem er die Eier in die Pfanne schlug, sagten ihr, daß er mehr als nur gelegentlich Frühstück zubereitete.

»Meine Methode?« fragte Angel.

»Saubere Sachen anziehen, bevor man schlafen geht«, erklärte Hawk. »Ich hab' ganz vergessen, wie kalt Kleidung werden kann, wenn sie die ganze Nacht über draußen hängt.«

»Besonders wenn man noch ganz warm vom Bett ist.«

»Spiegeleier«, sagte Hawk.

»Was?« Angel begriff nicht gleich. »Oh, du hast das Eigelb nicht kaputtgemacht. Gratuliere. Ich nehme zwei.«

Sie beobachtete fasziniert, wie sich Hawks Mundwinkel nach oben kräuselten. Sie stand nahe genug, um zu sehen, wie auch in seinen Augenwinkeln kleine Fältchen erschienen. Sie hielt den Atem an und hoffte auf ein richtiges Lächeln. Als es nicht kam, seufzte sie insgeheim. Vielleicht, wenn er seinen ersten Lachs fing …

Bei diesem Gedanken zuckte sie schuldbewußt zusammen.

»Wir sollten eigentlich schon draußen beim Fischen sein«, sagte Angel. »Ich hab' verschlafen.«

»Ich glaube nicht, daß das was ausmacht.«

»Warum nicht?«

»Wind«, sagte Hawk. »Schaumkronen, wo man auch hinsieht.«

Er wedelte mit dem Pfannenmesser in Richtung der Bugfenster.

Angel wollte an Hawk vorbeischlüpfen, um einen besseren Blick zu bekommen. Der Gang war so eng, daß sie nicht an ihm vorbeikam, ohne ihn zu streifen, ohne übersehen zu können, wie breit seine Schultern und wie schmal seine Hüften waren, wie muskulös sein ganzer Körper, der sich unter seinen enganliegenden Jeans und dem Wollpulli abzeichnete.

Sie holte tief Atem, um sich zu wappnen. Doch das machte alles nur noch schlimmer. Sein Duft nach Seife, herbem Aftershave, Wolle und männlicher Körperwärme attackierte ihre Sinne.

Abrupt drängte sich Angel an ihm vorbei. Sie wußte, daß es morgens am schlimmsten war. So war es immer. Ihr Verstand erwachte immer erst ein paar Atemzüge nach ihren Sinnen. Und wenn man mit einem Mann wie Hawk zusammen war, konnte das durchaus gefährlich werden.

Oder vielleicht doch nicht? dachte Angel. *Hawk hat mich seit diesem Fiasko durch nichts in die Enge getrieben, außer mit seinen Fragen.*

Aber es war ja nur Sex, was wir gemacht haben, nicht Liebe. Wenn es Liebe gewesen wäre, dann würde die Sache ganz anders aussehen.

Der Anblick der aufgewühlten See lenkte Angels Gedanken von der erotisch-bedrohlichen Gegenwart des Mannes in der Kabine und dem Unterschied zwischen Liebe und Sex ab.

Jenseits der schützenden Klippen der Needle Bay war das Meer eine einzige brodelnde, schaumgekrönte Masse. Der Wind pfiff heftig. Bei diesem Wetter war Angeln jeglicher Art ausgeschlossen.

»Du hast recht«, sagte Angel. »Nichts als Schaumkronen. Ich würde mich da nur rauswagen, wenn ein Leben auf dem Spiel stünde.«

Hawk ließ den Blick über sie hinweg auf die aufgewühlte See gleiten. Nichts hatte sich geändert.

»Dauern solche Stürme lang?« fragte er.

»Manchmal nur Stunden, manchmal aber auch eine ganze Woche lang. In der Wettervorhersage haben sie aber nichts von einem Sturm gesagt, also müßte es sich bis heute abend eigentlich beruhigt haben.«

»Und wenn nicht?«

Angel seufzte. »Kannst du Cribbage spielen?«

Wieder kräuselten sich Hawks Mundwinkel.

»Nun, ich bin bereit, es zu lernen«, erwiderte er.

Sie lauschte Hawks tiefer, rauher Stimme und ertappte sich bei dem Gedanken, ob Cribbage wohl alles war, was er von ihr lernen wollte. Ganz gleich, wie sehr sie dagegen ankämpfte, sie konnte sich des Gefühls nicht erwehren, daß hinter Hawks harter Schale die Fähigkeit zu lieben steckte, eine Fähigkeit, die ebenso tief reichte wie sein Haß und Zynismus.

Auf sie zumindest traf das zu. Ihre Wut und ihr Haß auf das Leben waren so heftig gewesen wie ihre Liebe für Grant. Am Ende hatte sie sowohl diese Liebe wie auch ihre abgrundtiefe Wut überlebt.

Wie wäre es wohl, wenn ich nichts als Gewalt, Zorn und Grausamkeit erlebt hätte? Wie wäre es, wenn ich nie Liebe erfahren hätte?

Dann mußte sie an das denken, was Hawk einmal gesagt hatte. *Liebe, die Liebe erweckt. Ein leuchtender, magischer, in sich geschlossener Kreis.*

Und Hawk, der ewig Ausgeschlossene.

Wie lange muß ein Mensch draußen stehen, bevor er seine Fähigkeit zu lieben verliert? fragte sich Angel im stillen. *Wie lange dauert es, bis er jede Hoffnung aufgibt?*

»Deine Spiegeleier werden kalt.«

Hawks sachlicher Ton riß sie aus ihren Gedanken. Sie setzte sich an den Tisch und aß die Mahlzeit, die er für sie zubereitet hatte, trank den Kaffee, den er ihr eingeschenkt und hingestellt hatte. Als er ihr gegenüber Platz nahm, streiften sich ihre Knie flüchtig unter dem Tisch.

Die erzwungene Intimität auf der Jacht wühlte Angel ebenso auf wie der Nordwind das Meer. Als sie mit dem Frühstück fertig war, wußte sie eins ganz sicher: Sie würde den Tag auf keinen Fall mit nur einem Cribbage-Brett zwischen sich und Hawk verbringen.

Rasch stand sie auf und spülte ihr Geschirr in dem kleinen Spülbecken ab.

»Magst du Bouillabaisse?« fragte sie ein wenig grimmig.

»Ja.«

Hawk beobachtete Angel mit leicht zusammengekniffenen Augen. Er spürte, wie sie selbst vor der kleinsten Berührung mit ihm zurückzuckte. Die Tatsache, daß er ihre Furcht verdiente, machte es ihm auch nicht leichter.

»Was mir vorschwebt, ist mehr eine Art Strandläufer-Stew«, gestand sie. »Ich wünschte, ich hätte daran gedacht, eine Krebsfalle mitzunehmen.«

Hawk deutete mit einer unbestimmten Handbewegung auf die untere Reihe der Küchenschränke.

»Wirf mal einen Blick da rein«, sagte er. »Die erste Tür links.«

Angel bückte sich und öffnete das besagte Türchen. Darin lagen ein aufgerolltes gelbes Plastikseil und ein blitzblanker, zusammenlegbarer Metallkorb. Sie nahm die Sachen eifrig heraus und hielt den Korb lächelnd hoch.

»Woher hast du das gewußt?« fragte sie.

»Derry meinte, du würdest leidenschaftlich gerne Krebse essen. Und der Mann im Anglerladen sagte, diese Falle da wäre vollkommen ausreichend.«

Einen Moment lang starrte sie Hawk nur wortlos an. Sie konnte nicht fassen, daß er sich extra die Mühe gemacht hatte, etwas zu besorgen, das ihr Freude machen würde.

»Vielen Dank«, sagte sie langsam, fast unsicher. »Das wäre aber nicht nötig gewesen.«

»Ich weiß«, sagte Hawk mit sanfter, tiefer Stimme. »Deshalb habe ich es ja so gern getan.«

Angel blickte in seine klaren tiefbraunen Augen, und ihre Finger krampften sich um den Metallkorb in ihrer Hand. Sie hätte nie gedacht, daß die Farbe Braun eine solche Wärme ausstrahlen könnte.

Und doch war es so.

Das Braun von Hawks Augen war tief und warm, mit Goldflecken darin, wie Lachen und Sonnenschein, die nur auf den richtigen Moment warteten, um hervorkommen zu können.

Auf einmal hatte Angel das Gefühl, nicht mehr richtig atmen zu können. Es war nicht Angst vor Hawks Nähe. Nicht ganz jedenfalls. Und genau das war es, was sie am meisten aus der Fassung brachte. Rasch wandte sie ihm den Rücken zu.

»Zuerst«, flüsterte sie heiser, »kommen die Muscheln.«

»Muscheln?«

»Muscheln«, wiederholte sie fest. »Und dazu brauchen wir einen Eimer.«

»Dritte Tür rechts.« Dann fügte er belustigt hinzu: »Der Eimer, nicht die Muscheln.«

Angel riß verwirrt die Augen auf. Hawk streckte das Bein aus und stieß die Tür mit dem Zeh auf.

»Eimer, Schaufel und Strandschuhe«, sagte er.

»Du hast wirklich an alles gedacht.«

»Nein«, sagte er leise, »aber ich fange langsam an zu lernen.«

Angels Hände krampften sich um den Drahtkorb. Sie wußte, daß sich seine Bemerkung nicht aufs Muschelsuchen bezog.

»Schau mich nicht so ängstlich an, Angel«, sagte er. Seine Stimme war leise, fast barsch. »Du brauchst nur du selbst zu sein. Mehr will ich nicht.«

Sie holte tief Luft.

»Oder ist das zuviel verlangt?« fragte er sowohl neugierig als auch bedauernd.

Angel stieß zitternd den Atem aus.

»Nein«, flüsterte sie. »Das ist nicht zuviel verlangt. Aber –«

Ihre Stimme brach. Sie schloß die Augen und bildete ihre Rose, Blütenblatt für Blütenblatt, bis ihr Puls wieder einigermaßen normal schlug und ihre Kehle nicht länger wie zugeschnürt war.

Hawk beobachtete sie und fragte sich, ob sie wohl an einen Haken und an einen Falken dachte, die sich beide in ihr Fleisch gebohrt und sie zum Bluten gebracht hatten. Er verspürte ein fast überwältigendes Bedürfnis, sie in die Arme zu nehmen und festzuhalten, sie zu beschützen, ihren Kummer und ihre Schmerzen zu vertreiben und ihr Freude zu bereiten.

Die Intensität seiner Gefühle erschreckte ihn. Etwas Derartiges hatte er noch nie in seinem Leben verspürt. Das einzige, was ihn davon abhielt, Angel in seine Arme zu schließen, war die Gewißheit, daß sie ihn von sich weisen würde, und dann hätten sie beide verloren.

Rasch suchte Angel alles zusammen, was sie und Hawk für den Strand brauchten. Es war gerade Ebbe, und an der Stelle, wo ein kleines Flüßchen in die Needle Bay mündete, hatte sich eine schmale Sandbank gebildet.

Die Bucht selbst war lang und schmal, mehr ein Einschnitt in die bergige Landschaft als eine wirkliche Bucht. Die Needle Bay war mehrere hundert Meter tief und an der Stelle, an der sie sich zur Meerenge öffnete, weniger als fünfundzwanzig Meter breit. Umsäumt wurde sie von Klippen und hoch aufragenden, zedernbestandenen Felsen. Dort, wo der Needle Creek in die Bucht mündete, öffneten sich die Klippen zu einer schmalen Schlucht.

Der Kieselstrand war winzig. Wo er an die Klippen heranreichte, wurde er zunehmend steinig. Und dort, an den grauen Felsen, war es auch, wo sie die Muscheln und Austern zu suchen hatten.

Angel ließ den Bug der Jacht langsam und vorsichtig auf die kleine Sandbank auflaufen. Hawk sprang über die Reling und landete mit der für ihn typischen Leichtigkeit und Anmut. Sie reichte ihm die Ausrüstungsgegenstände. Dann manövrierte sie das Boot wieder ein Stückchen zurück, damit es nicht auf Grund lief, wenn die Ebbe ihren Höhepunkt erreichte. Sie ließ den Anker herunter, schälte sich aus ihren Jeans und machte sich bereit, an Land zu waten.

Hawk war ihr zuvorgekommen. Er stand am Bootsbug und erwartete sie bereits. Wie Angel hatte auch er seine Jeans ausgezogen und trug eine Badehose. Sein roter Wollpulli bildete einen eigenartigen Kontrast zu seinen kräftigen, schwarzbehaarten

Beinen. Ein paar Zentimeter braungebrannter, mächtiger Oberschenkel ragten noch aus dem kalten Wasser. Das Ganze wirkte erstaunlich erotisch – der grobgestrickte Pulli und die nackten, muskulösen, behaarten Männerbeine, an denen das Wasser herunterlief.

Mit undurchdringlichem Gesichtsausdruck beobachtete Hawk, wie Angel zögerte. Er streckte ihr die Arme entgegen, als ob sie nur ein Ausrüstungsgegenstand mehr wäre, den es an Land zu bringen galt.

Wenn es Carlson oder Derry gewesen wären, Angel hätte keine Sekunde gezögert. Aber der Mann dort unten war Hawk. Unentschlossen stand sie an der Reling, doch dann fiel ihr plötzlich ein, was er gesagt hatte, daß er nicht mehr von ihr verlangte, als sie selbst zu sein.

»Woher wußtest du, daß ich kaltes Wasser nicht ausstehen kann?« fragte sie in leichtem Ton.

Hawks Züge entspannten sich. Sein Blick wurde wärmer.

»Gut geraten, denke ich«, sagte er und hob sie herunter.

Angel hielt mit der einen Hand ihre Jeans fest, und mit der anderen klammerte sie sich an Hawk. Als sie seine warme Hand auf ihrem nackten Bein fühlte, durchzuckte sie so etwas wie Angst, und sie versteifte sich unwillkürlich.

Ebensowenig wie Angel ihre Reaktion unterdrücken konnte, konnte Hawk sie übersehen. Wortlos watete er das kurze Stück bis zum Strand. Dann setzte er sie sofort wieder ab.

»Danke«, sagte sie.

Er fragte sich, ob sie sich dafür bedankte, daß er sie trockenen Fußes an Land gebracht hatte, oder dafür, so rasch wieder auf die Füße gestellt zu werden.

»Kein Problem«, sagte er mit einem Schulterzucken. »Engel wiegen nicht viel.«

Er wandte sich ab und schlüpfte in seine Jeans. Er konzentrierte sich ganz auf den widerspenstigen Stoff, der an seinen nassen Beinen klebte, auf die Wassertropfen, die kalt an seiner

Haut herunterliefen, auf den groben Sand zwischen seinen Zehen und auf die Strandsandalen, die er trug.

Er konzentrierte sich auf alles, nur nicht darauf, wie sich Angels samtige, nackte Haut unter seinen Händen angefühlt hatte ... und ebensowenig auf ihr plötzliches Zurückzucken, ein Reflex, der ebenso unfreiwillig war wie das Atmen.

Man mußte jemandem schon sehr weh tun, um nach nur einer einzigen Lektion einen solchen Reflex auszulösen.

Mit jedem Augenblick, den Hawk in Angels Nähe verbrachte, lernte er, wie tief er sie verletzt hatte. Er hätte nie gedacht, daß eine Frau überhaupt zu soviel Gefühl fähig war, daß sie überhaupt soviel Kummer und Schmerz empfinden konnte. Und ebensowenig hätte er sich träumen lassen, daß er ihren Schmerz derart mitfühlen könnte.

Die Gefühle, die er für Angel empfand, verwirrten, überraschten und faszinierten ihn nicht minder als ihre Wahrheiten, die sich, ohne daß sie sich dessen bewußt war, wie Eisenkrallen in sein Herz bohrten und all seine bisherigen Überzeugungen umwarfen.

Hawk holte tief Luft. Er fragte sich, wie viele solcher Wahrheiten er wohl noch würde ertragen können.

20. Kapitel

Angel streifte sich ebenfalls ihre Jeans über und krempelte sie bis zu den Knien auf. Dann half sie Hawk, alles bis über die Flutmarke hinauszutragen. Neben dem Flüßchen wuchs ein kleiner Grasstreifen. Dort legten sie alles ab bis auf die Muscheleimer und das Grabwerkzeug. Angel ging zum Strand voran.

Der Himmel war absolut wolkenlos und so tief und rein wie die Ewigkeit. Das Meer spiegelte sich in sämtlichen Blautönen. Nur an den Klippen schimmerte es so grün wie die Zedernäste, die tief und schwer übers Wasser hingen. Sanfte Windböen suchten und fanden ihren Weg in die Bucht, aber es reichte kaum, um die sonnenbeschienene Wasseroberfläche zu kräuseln. Bis auf das gedämpfte Geräusch der Brandung war es vollkommen still.

Angel musterte den von der Ebbe freigelegten Strandstreifen. Nicht sehr breit, aber es reichte.

»Schon mal nach Muscheln gegraben?« fragte sie.

»Gibt nicht viele davon in West-Texas.«

Angel lächelte. »Nein, wohl nicht.«

Sie kauerte sich an einer Stelle dicht am Wasser nieder, wo der Sandstrand in Felsgelände überging.

»Bei Ebbe ist es nicht schwer, Muscheln zu finden«, sagte sie. »Man muß nicht sehr tief graben. Und wenn man eine gefunden hat, dann sind die andern bestimmt nicht weit.«

Hawk ging neben Angel in die Hocke und sah zu, wie sie mit einem kleinen Rechen Sand und Steine durchwühlte. Es war keine richtige Muschelkralle, dafür war es hier viel zu steinig. Was sie benutzte, war ein dreizinkiger kleiner Unkrautrechen, der stabil genug war, um Steinen, Salzwasser und Kieseln standzuhalten.

Mit einem triumphierenden Lachen hielt Angel Hawk ihre sandige Hand hin. Mehrere Muscheln lagen auf ihrer Handfläche. Zumindest nahm Hawk an, daß die sandigen Klumpen Muscheln waren. Für seine ungeübten Augen unterschieden sie sich kaum von den Steinbrocken.

»Muscheln?« fragte er zweifelnd.

»Na und ob. Schau.«

Angel wusch die Muscheln und brachte so ihre gerundete, leicht gerippte Schale zum Vorschein.

»Muscheln«, bestätigte Hawk.

Lächelnd füllte sie den Eimer halb mit Salzwasser und warf die Muscheln hinein. Dann fuhr sie fort, fröhlich im groben Sand und in den kleinen Prielen, die die Ebbe hinterlassen hatte, zu buddeln.

»Die meisten Leute warten ein bis zwei Tage, bevor sie die

Muscheln essen«, erklärte sie. »Denn dann haben sie den Sand größtenteils ausgeschieden. Aber ich hatte seit dem letzten Sommer keine Bouillabaisse mehr und kann's nicht abwarten. Macht dir das was aus?«

Hawks Züge glätteten sich. Beinahe lächelte er.

»Nein«, sagte er, »das macht mir nichts aus.«

Überrascht von dem weichen Ton in seiner Stimme blickte Angel auf. Hawk war dicht neben ihr, sein Bein berührte fast das ihre, während er den Sand durchkämmte.

Rasch senkte sie den Blick aufs Wasser. Seine Nähe machte sie nervös. Nicht daß er etwas dafür konnte. Der Strand war wirklich schmal, und er folgte ja bloß ihrer Führung, während er den kalten Sand nach Leckerbissen durchbuddelte.

Aber sie wünschte, seine überwältigende Männlichkeit würde nicht derart unwiderstehlich auf sie wirken.

»Ich hab' gar nicht gefragt«, sagte Angel einen Moment später, als ihr plötzlich etwas in den Sinn kam. »Magst du Muscheln überhaupt?«

»Das werde ich heute abend herausfinden.«

Eine Zeitlang herrschte Stille, unterbrochen nur vom leisen Kratzen der Harken über Sand und Felsen. Hawk legte seine beiseite und fuhr prüfend durch den Sand, den er umgegraben hatte. Seine geschickten Finger lernten rasch zwischen der rauhen, harten Oberfläche von Steinen und den sanft gerundeten, leicht gerippten Muschelschalen zu unterscheiden.

»Teufel noch eins«, murmelte Hawk, als er eine Handvoll Muscheln ausgrub. »Du bist wirklich eine verdammt gute Lehrerin, Angel.«

Sie hob den Kopf und schenkte ihm ein scheues Lächeln.

»Muschelsuchen lernt sich rasch«, sagte sie.

Danach gruben Hawk und Angel in stummer Eintracht vor sich hin. Es war ein Moment, der sie an die Zeit erinnerte, bevor sich der Angelhaken in ihren Rücken gebohrt hatte. Sie war sich seiner Gegenwart bewußt, natürlich war sie das, aber sie fürchtete sich nicht vor ihm.

Angel war sich ihrer Rückenwunde ebenfalls bewußt. Heute schmerzte sie mehr als gestern und vorgestern. Sie hatte eigentlich vorgehabt, Derry die Wunde zu zeigen, aber jedesmal, wenn sie daran dachte, war er gerade in eine seiner ellenlangen Formeln vertieft gewesen. Sie hatte versucht, die Wunde selbst zu versorgen, mußte aber schließlich aufgeben. Nur ein Gummimensch kam an diese Stelle selbst ran.

Nach einer Weile kamen sie an eine Stelle, die nur aus Felsengestein bestand und an der keine Muscheln zu finden waren. Angel stand auf und streckte sich. Sie zuckte zusammen, als ihr bei dieser unbedachten Bewegung ein stechender Schmerz ins Schulterblatt fuhr. Automatisch verdrängte sie die Schmerzen, so wie damals, als sie sich zwingen mußte, wieder gehen zu lernen.

Carlson hatte es ihr unmißverständlich klargemacht: Was du nicht ändern kannst, mußt du ertragen.

»Das sollte reichen«, sagte Angel und ergriff den Eimer. »Zwanzig für dich und zwanzig für mich.«

»Und was ist, wenn ich keine Muscheln mag?« fragte er eher amüsiert als besorgt.

Sie leckte sich genüßlich die Lippen.

»Dann lasse ich mir schon was einfallen«, versprach sie.

Eine von Hawks Augenbrauen hob sich in stummem Zweifel.

»Sie sind nicht sehr groß«, meinte Angel vernünftig.

Seine starke, schlanke Männerhand schloß sich um den Henkel des Eimers und nahm ihn ihr ab. Unter ihren aufmerksamen blaugrünen Augen spülte er die Muscheln ab, schrubbte sie mit einer groben Bürste und spülte sie erneut ab. Er füllte den Muscheleimer wieder mit Salzwasser auf und wandte sich Angel zu.

»Und was jetzt?« fragte er.

»Stell den Eimer in den Schatten und laß der Natur ihren Lauf. Wir«, sagte sie triumphierend, »gehen jetzt Krebse fangen.«

Angel ging zu dem Grasstreifen und holte die Falle sowie ein Stück Speck. Damit kehrte sie zu Hawk zurück.

»Das hier ist ein bißchen schwieriger als Muschelsuchen«, sagte sie.

»Die Krebse sind wohl schneller, wie?« bemerkte Hawk trocken.

Sie lächelte. »Viel schneller.«

Dann ging sie zu einem weit in die Bucht hinausragenden Felsen voran. Dort, wo sie stehenblieben, fiel die Felsklippe in tiefgrünes Wasser ab. Energisch verdrahtete Angel das Speckstück auf dem Boden der Falle und senkte den Metallkorb ins Wasser. Die Falle selbst bestand aus einer Reihe unterschiedlich großer, konzentrischer Metallringe, die sich zu einem einfachen Trichter formten.

»Und jetzt«, sagte Angel, »kriegen die Krebse Wind von dem Speck und kommen angekrabbelt.«

»Das Ding da hat gar keinen Deckel«, bedeutete Hawk. »Was hält die kleinen Biester davon ab, sich auf demselben Weg wieder aus dem Staub zu machen, auf dem sie reingekrochen sind?«

»Das ist das Problem an der Sache«, gestand Angel. »Du mußt schneller sein als sie.«

Die Falle stieß auf dem unsichtbaren Meeresboden auf.

Angel zählte leise. Als sie die Hundert erreicht hatte, begann sie die Falle, Hand über Hand, so schnell sie konnte wieder raufzuziehen.

Gerade als sie das Drahtgestell aus dem Wasser zog, hüpfte eine Krabbe über den offenen Rand ins kühle Naß zurück.

»Verdammt!« sagte Angel. »Die wäre groß genug gewesen.«

Hawk sah zu, wie der Taschenkrebs im Wasser verschwand. »Ich mag Krebse.«

»Na, ich auch. Nur gut, daß sie dumm sind. Der kommt früher oder später wieder.«

Hawk sah zu, wie Angel die Falle mehrmals runterließ, leise bis hundert zählte, sie dann rasch wieder hochzog und mit unterschiedlichen Graden von Enttäuschung den Inhalt begutachtete. Die Krebse waren entweder zu klein oder von der falschen Sorte.

Nach ungefähr zwanzig Minuten sah Angel ebenso mitgenommen aus wie der Köder.

»Darf ich?« fragte Hawk und streckte die Hand nach der Falle aus.

Wortlos reichte ihm Angel das gelbe Plastikseil. Sie zog ihren Pulli aus und legte ihn über ihre Schultern. Die Sonne schien warm auf Felsen und Wasser und erwärmte allmählich die Luft. Trotz des heftigen Winds, der jenseits der Bucht toste, war es innerhalb der schützenden Klippen erstaunlich warm.

Hawk ließ die Falle herunter, zählte bis hundert und zog sie dann wieder hoch. Der Drahtkorb war leer, nicht der kleinste Krebsschwanz darin.

Er blickte Angel fragend an.

»Ich hab' vergessen, es dir zu sagen«, sagte sie und blies sich ein paar lose Haarsträhnen aus dem heißen Gesicht. »Du mußt den Korb ganz gerade hochziehen, denn wenn er kippt –«

»Sind die Krabben futsch«, beendete Hawk ihren Satz.

Nach ein paar weiteren Versuchen bekam er ein Gefühl für die Sache. Angel saß auf dem abfallenden Felsen und beobachtete ihn bei der Arbeit. Mit seinen muskulösen Armen brachte er die Falle so schnell wieder hoch, daß was immer auch drin war förmlich plattgedrückt wurde.

Hawk war unermüdlich. Er hob und senkte die Falle beim zwanzigsten Mal noch mit derselben Leichtigkeit wie beim ersten. Angel legte den Kopf auf die Knie und bewunderte seine männliche Kraft und Anmut. In ihrem Geiste formte sich ein Glasbild von einem Mann, von Felsen und von der unendlichen See.

Da merkte Angel plötzlich, daß Hawk einen riesigen Krebs erwischt hatte und in die Falle greifen wollte, um ihn herauszuholen.

»Nein!« rief sie.

Sie stürzte auf ihn zu, packte sein Handgelenk und riß seine Finger aus dem Drahtkorb, bevor er den Krebs erwischen konnte. Und umgekehrt.

Hawk blickte überrascht von der schlanken Hand, die sein Handgelenk umklammerte, in die blaugrünen Augen dicht vor seinem Gesicht.

»Die können ganz schön kneifen«, erklärte Angel.

Vorsichtig näherte sie sich der fetten Krabbe von hinten, glitt mit dem Daumen unter ihren plumpen Körper und packte rasch zu. Dann hob sie das Tier aus der Falle heraus. Die Krabbe war ein Männchen. Ihr Schalenkörper besaß einen Durchmesser von gut zwanzig Zentimetern. Sie fuchtelte wütend mit ihren scharfen Scheren.

Hawk sah die gefährlichen Scheren und erkannte, daß Angel ihn schon wieder vor einem möglichen Schaden bewahrt hatte.

»Zuerst der Haken und jetzt der Krebs«, sagte er leise. »Danke. Für beides.«

Er legte die Finger einen Moment lang an Angels Wange. Seine Hände waren kühl vom Meerwasser und Angels Wangen heiß von der Sonne. Das machte seine Berührung unglaublich sinnlich.

Angel starrte Hawk einen Augenblick lang überrascht an. Dann drehte sie den Kopf zur Seite.

»Ich hätte dich warnen sollen«, sagte sie mit ausdrucksloser Stimme.

Hawks Hand kehrte wieder zu dem kalten gelben Seil zurück.

»Wie viele Krebse brauchen wir?« fragte er.

»Das sollte reichen.«

Er warf ihr einen Seitenblick zu.

»Ich denke, ich kann meine Muscheln ja immer noch gegen deine Hälfte der Krebse eintauschen«, sagte er.

»Keine Chance«, erwiderte sie rasch.

Hawks Mundwinkel kräuselten sich zu einem Halblächeln. Er beugte sich wortlos vor und ließ die Falle ein weiteres Mal ins Wasser. Während er leise zählte, beobachtete er Angel, die über den schmalen Strand schlenderte und die Krabbe in den Muscheleimer warf.

Angels ausgewaschene Jeans schmiegten sich eng an ihre sanft gerundeten Hüften und an ihre langen, schlanken Beine. Das Haar trug sie im Nacken zusammengefaßt, doch ein paar Strähnen hatten sich mit der Zeit gelöst und leckten nun wie hellblonde Flammen über ihr Gesicht und ihren grauen Pulli. Trotz der leicht hinderlichen Strandsandalen und des unebenen Bodens waren ihre Schritte von erstaunlicher Anmut.

Hawk, der ihren grazilen Gang bewunderte, fiel es schwer zu glauben, daß Angel sich einmal sämtliche Knochen gebrochen und Qualen gelitten hatte, daß sie den schrecklichen Unfall und die Zerstörung ihres Lebens und all ihrer Träume nur dank Derrys Kraft und Stärke überlebt hatte.

Wie durch einen Nebel merkte Hawk, daß seine Hände weh taten, weil er das Seil so stark umkrampfte. Die Vorstellung, daß Angel Qualen litt, war unerträglich für ihn. Er kannte zu viele Frauen, die voller Lügen waren.

Und fast hätte er nie die eine getroffen, die keine Lügen kannte. Auch dieser Gedanke erschreckte ihn.

»Schenkst du den Krebsen eine kostenlose Mahlzeit?« fragte Angel in leichtem Ton, als sie zurückkam.

Dann bemerkte sie seinen trostlosen Gesichtsausdruck und die starre Haltung seines Körpers.

»Hawk?«

Sie sah, wie ihn ein Zittern durchlief. Als er sich umwandte und sie anblickte, drückten seine Augen Hoffnung und Einsamkeit und einen unendlichen Hunger aus. Sie stand wie erstarrt da, während seine Gefühle über sie hinwegspülten und in sie eindrangen wie Farben, die sowohl den Mann als auch die Frau in einem ganz neuen Licht erscheinen ließen.

Die Intensität dieses Augenblicks überwältigte Angel. Nichts in ihrem Leben hatte sie auf einen Mann wie Hawk vorbereitet.

Hawk sah, wie sie zitterte und unwillkürlich einen Schritt zurückwich, obwohl sie gleichzeitig die Hand nach ihm ausstreckte.

»Hawk?« flüsterte sie.

Er wandte sich ab und holte die Falle mit kraftvollen, energischen Bewegungen ein.

»Ist schon in Ordnung, Angel«, sagte er leise. »Ich hab' bloß nachgedacht.«

»Worüber?« Dann fügte sie rasch hinzu: »Entschuldige, das geht mich wirklich nichts an.«

»Ich habe über Frauen und Lügen nachgedacht«, erklärte er. »Und über Engel und Wahrheiten.«

Angel wollte nicht weiterfragen, konnte aber einfach nicht anders. Sie mußte wissen, was Hawk dazu gebracht hatte, sich so von allen Gefühlen, von der Liebe abzuwenden.

»Es geht nicht nur darum, daß deine Mutter dich verlassen hat, nicht wahr? Es steckt noch mehr dahinter, richtig?« fragte Angel.

»Wie meinst du das?«

»Wie kommt es, daß du Frauen so sehr haßt?«

Hawk zog die Falle aus dem Wasser. Sie war leer. Er ließ sie wieder herunter.

»Ich hasse nicht alle Frauen«, sagte er schließlich. »Nicht mehr.«

»Es ist nicht leicht, stimmt's?«

»Was?«

»Mich nicht zu hassen.«

Hawk erstarrte. Wieder eine von Angels Wahrheiten.

Sie hat recht.

Angel nicht zu hassen widersprach allem, was er gelernt hatte, widersprach allen Reflexen, allen Instinkten, die ihm das Überleben in einer gnadenlosen Welt ermöglicht hatten.

Und dennoch war es unmöglich, Angel zu hassen. Sie besaß dieselbe fast qualvolle Reinheit wie ihre Glaskunstwerke; all die Farben des Lebens spiegelten sich in ihren großen traurigen Augen und in einem Mund, der dennoch bereit war zu lächeln.

»Es ist erschreckend leicht, dich nicht zu hassen«, sagte Hawk. Seine Augen verschlangen sie hungrig, sehnsüchtig.

Angel stockte der Atem, als sie zu verstehen begann.

Erschreckend.

Ja, das ist es und noch viel mehr, wenn deine Welt in einem einzigen schrecklichen Moment zertrümmert wird.

Angel war das zweimal passiert. Einmal mit Hawk, als sie lernen mußte, ihrem eigenen Urteil nicht länger zu trauen. Und damals nach dem Autounfall, als sie lernen mußte, dem Leben selbst zu mißtrauen.

Es war sehr schwer für Angel gewesen, unter den Trümmern ihrer bisherigen Welt, ihrer Träume und Ansichten hervorzukriechen und in einer neuen Welt gehen zu lernen, einer Welt, die nie wieder so sicher sein würde wie die alte.

Die Liebe hatte ihr die Kraft dazu gegeben; Derrys Liebe. Carlsons Liebe. Und schließlich konnte sie es zulassen, daß ihre Erinnerungen an Grant zurückkehrten und auch noch den letzten Rest von Bitterkeit und Kummer fortwuschen.

Wieviel schlimmer muß es für Hawk sein, der ganz alleine dasteht, inmitten der Trümmer seiner alten Welt, dachte Angel gequält. *Hawk, der nie Liebe erfahren hat.*

Das Geräusch der Falle, die aus den grünen Tiefen der See hervorschoß, riß Angel aus ihren Gedanken. Sie sah die dunkle, viereckige Form, die im Drahtnetz hing, und sprang rasch auf die Füße, angezogen von der Welt, für die sie sich entschieden hatte, der Welt, die sie liebte. Sie stellte sich auf die Zehenspitzen und spähte über Hawks Arm.

»Die ist groß genug«, rief sie freudig. »Schau bloß mal, wie herrlich!«

Hawk zog angesichts von Angels Begeisterung die Brauen hoch. Die schwarzäugige Krabbe hockte im Korb und winkte bedrohlich mit ihren mächtigen Zangen.

»Sieht eher teuflisch aus, finde ich«, meinte er.

»Je härter die Schale, desto süßer das Fleisch.«

»Den Spruch hab' ich aber ein wenig anders in Erinnerung.«

»Neue Welt, neue Weisheiten«, erwiderte Angel unbekümmert.

Sie schüttelte die Falle kräftig. Dann packte sie die verwirrte Krabbe und lief den Strand hinauf.

Hawk rollte das gelbe Seil zusammen, klemmte sich die Falle unter den Arm und folgte ihr. Er fragte sich, wie ein so zartes und sanftes Wesen wie Angel in einer Welt voller Klauen und Zähne überleben konnte.

Doch dann mußte er an die energische Art denken, mit der sie den häßlichen Krebs gepackt hatte. Hawks Mundwinkel kräuselten sich.

Vielleicht sollte die Frage eher lauten, wie Krallen und Zähne in der Welt eines Engels überlebten.

21. Kapitel

Hawk watete von der Jacht an den Strand zurück. Angel erwartete ihn dort auf einer alten Decke. Sie hatte sich auf dem Bauch ausgestreckt, das Kinn in die Hände gestützt, und beobachtete eine riesige Hummel, die von Blume zu Blume flog.

»Tun dir die Blumen leid?« fragte Hawk.

»Hmmmm?« murmelte Angel. »Warum sollten sie mir leid tun?«

»Die Hummel fliegt von Blüte zu Blüte, trinkt den Nektar und fliegt ohne einen Gedanken zu verschwenden weiter.«

»Das ist der Standpunkt der Hummel.« Angels Lippen verzogen sich zu einem kleinen, versteckten Lächeln.

Hawk sah ihr Lächeln, als sie anmutig herumrollte und sich aufsetzte, um die Cola, die er für sie mitgebracht hatte, entgegenzunehmen. Er öffnete die Dose und reichte sie ihr.

»Was für einen Standpunkt sollte es sonst noch geben?« fragte er und machte sein Bier auf.

»Den der Blume.«

»Und der wäre?« fragte er, entzückt von ihrem unwiderstehlichen Lächeln.

»Die Blume bekommt Hummel über Hummel.«

Hawks Mundwinkel zuckten unter seinem nachtschwarzen Schnurrbart. Weiße Zähne blitzten auf, und dann hörte Angel das leise, rauhe Lachen eines Mannes.

Sie starrte ihn reglos und vollkommen fasziniert an. Eine geradezu erstaunliche Veränderung war mit ihm vorgegangen. Die harten Linien seines Gesichts hatten sich geglättet und ließen ihn auf einmal viel jünger erscheinen, viel offener, ein Gesicht, das sowohl Erfahrung als auch Wärme ausdrückte. Sie hatte ihn immer schon für attraktiv gehalten; doch wenn er lachte, war er schöner als ein griechischer Gott.

Dann wandte er sich ihr voll zu und lächelte ihr ins Gesicht. Sie fühlte sich, als ob sie nach Jahren der Dunkelheit auf einmal das Licht der Sonne erblickt hätte. Ihre blaugrünen Augen saugten gierig jede Nuance von Hawks veränderter Erscheinung in sich auf.

»Hummel über Hummel über Hummel«, wiederholte er. Er schüttelte lächelnd den Kopf. »Angel, du bist wirklich ... etwas ganz Besonderes.«

»Du auch. Und wenn du lachst«, fügte sie leise hinzu, »dann bist du einfach unglaublich.«

Die Überraschung veränderte Hawks Züge ein weiteres Mal. Seine Augen, die zuvor vor Freude gestrahlt hatten, funkelten mit einemmal wie ein braunes Feuer, als er erkannte, daß Angel wie immer die Wahrheit gesagt hatte. Egal, wie intensiv er in ihren Augen forschte, er sah nur Freude darin. Keine dunklen Schatten oder gar Angst oder Unbehagen.

»Dann muß ich wohl öfter lachen«, sagte er leise.

»Ja«, meinte Angel und sah ihn offen an. »Das wäre ... wunderbar.«

Er streckte seine schlanke, gebräunte Hand nach ihr aus. Mit den Fingerspitzen folgte er langsam der Kurve ihrer Augenbrauen, zuerst der einen, dann der anderen. Dann strich er zart über die gerade Linie ihrer Nase und über die Einbuchtung unter einem ihrer hohen Wangenknochen. Er sehnte sich danach, seinen Mund auf den ihren senken und ganz langsam und vorsichtig von ihren Lippen und von der Wärme ihrer Haut kosten zu können.

Statt dessen lächelte er Angel an und spürte plötzlich, wie ihr Lächeln in ihn eindrang, wie es alles, was es berührte, veränderte, erstrahlen ließ wie die Sonne eines ihrer Glasbilder. Langsam, ganz langsam zog er seine Hand wieder zurück, bevor Angst ihre Augen überschattete.

»Was müssen wir sonst noch für unser Abendessen tun?« fragte Hawk.

Obwohl er sich abgewandt hatte und die Überreste ihres improvisierten Picknicks aufsammelte, hörte Angel die Emotion in seiner Stimme, die seine nüchternen Worte Lügen strafte. Erst dann wurde ihr bewußt, daß sie reglos dagesessen hatte, während seine Finger ihr Gesicht nachzeichneten.

Ein Zittern durchlief Angel, als sie daran dachte, wie es war, mit Hawk intim zu werden. Zärtlich zuerst und dann brutal und schmerzhaft.

»F-Fischen«, stotterte sie. Sie räusperte sich und wiederholte: »Fischen.«

Hawk blickte über den schmalen Eingang der Bucht hinweg auf das Meer hinaus. Immer noch wogten gischtgekrönte Wellen unter dem stürmischen Wind.

»Vielleicht sollten wir uns besser mit den Krebsen und den Muscheln zufriedengeben«, meinte er zweifelnd.

»In der Bucht«, fügte Angel rasch hinzu. »Nach Dorschen. Vielleicht erwischen wir sogar einen Heilbutt«

»Und Lachse?«

Sie seufzte. »Das glaube ich zwar kaum, aber möglich ist alles.«

Sogar ein Falke, der lächelt.

Gemeinsam suchten sie alle Sachen zusammen. Angel watete diesmal ebenfalls ins Wasser. Durch die Sonnenwärme kam ihr das Wasser jetzt nur noch kalt anstatt eisig vor. Als sie die Jacht erreichte, stand es ihr gerade bis zu den Hüften.

Die Bootsreling befand sich genau in Angels Augenhöhe, und es gab keine Leiter am Heck.

»Jetzt kommt der schwierige Teil«, sagte sie und nahm den Muscheleimer in die andere Hand.

Hawk erwiderte nichts darauf, sondern warf alles, was er in den Händen hatte, aufs Deck. Dann packte er die Reling und zog sich mit einer einzigen geschmeidigen Bewegung aus dem Wasser und aufs Boot.

Angel starrte ihn fassungslos an, während er sich vorbeugte und ihr den Eimer aus der Hand nahm, als ob nichts geschehen wäre.

»Welcher schwierige Teil?« fragte Hawk. »Die Krebse säubern?«

Nach einem Wimpernschlag begriff Angel, daß Hawk sich nicht über sie lustig machte. Er wußte wirklich nicht, was sie meinte. Sie verdrehte die Augen und fragte sich im stillen, warum der liebe Herrgott die körperlichen Gaben gar so ungleich verteilt hatte.

»Auf das verdammte Boot raufkommen«, sagte sie angewidert. »Zumindest für uns einfache Sterbliche ist das der schwierige Teil.«

Hawk sah sie einen Augenblick lang überrascht an, dann begriff er. Sein Schnurrbart zuckte und blitzte im Sonnenlicht, während er versuchte, sein Lächeln zu unterdrücken. Er senkte den Kopf und stellte den Eimer so hin, daß er nicht durch eine unvorsichtige Bewegung umgestoßen werden konnte. Er ließ sich viel Zeit dazu.

Trotz ihres Ärgers über ihre physischen Grenzen mußte Angel ebenfalls lächeln.

»Na los«, sagte sie. »Lach ruhig. Ich werd's dir schon irgendwie heimzahlen.«

Weiches, männliches Gelächter überspülte Angel wie eine warme Welle. Hawk hob den Kopf und beugte sich über die Reling zu ihr hinunter. Weiße Zähne blitzten ihr entgegen.

Sie stellte fest, daß seine beiden Schneidezähne ein wenig

schief standen und er eine Narbe an der Oberlippe hatte. Diese kleinen Schönheitsfehler ließen Hawks Lächeln in ihren Augen jedoch nur noch attraktiver erscheinen, wie die Fehler, die jedes Stück Bruchglas zu etwas Einzigartigem machten.

Dann verschwand das Lächeln, und wilde braune Augen blitzten zu ihr hinunter.

»Warte, ich helfe dir«, sagte er.

»Du willst mir doch nicht etwa deine Flügel borgen?« fragte Angel trocken.

»So ungefähr.«

Hawk packte Angel unter den Armen und hob sie hoch. Er drehte sich dabei und brachte sie mühelos an Bord, ohne daß ihre Schienbeine an der Reling anstießen. Er sah, wie sie zusammenzuckte, obwohl sie es zu verbergen versuchte. Ganz sanft stellte er sie auf Deck ab.

Mit einem leisen Seufzen versuchte Angel ihren Körper trotz der brennenden Schmerzen in ihrem Rücken zu entspannen. Sie wußte, daß Verkrampfung alles nur noch schlimmer machte. Sie holte tief Luft und bewegte langsam ihre Schulter.

»Tut mir leid«, sagte Hawk. »Ich wollte dir bestimmt nicht weh tun.«

»Das hast du auch nicht.«

»Aber du bist zusammengezuckt.«

»Meine Rückenwunde ist noch ein bißchen empfindlich«, sagte Angel.

»Laß sehen.«

Sie zögerte einen Moment lang. Sie mußte an das letzte Mal denken, als Hawk ihre Angelhakenwunde behandelt hatte. Aber diesmal trug sie einen Badeanzug unter ihrer Bluse, und sie standen draußen im Sonnenschein und nicht in der dämmerigen Kajüte.

Und diesmal weiß ich, daß ein Engel und ein Falke schlechte Bettgenossen sind.

»Okay«, sagte Angel.

Sie kehrte Hawk den Rücken zu und knöpfte rasch ihre Bluse

auf. Als sie die Schulterblätter bewegte, um aus der Bluse zu schlüpfen, zuckte sie erneut zusammen.

»Ich wollte Derry die Wunde zeigen, aber –«

Das Zischen, mit dem Hawk den Atem einsog, schnitt ihr das Wort ab. Finster musterte er den Schaden, den der Haken in ihrer zarten Haut verursacht hatte. Die beiden winzigen Wunden waren rot entzündet und geschwollen. Hawks Mund preßte sich zu einem dünnen Strich zusammen. Er mußte daran denken, wie Angel sich über ihn geworfen hatte, um seine Augen mit dem Einsatz ihres eigenen Körpers zu schützen.

Und er hatte es ihr mit noch mehr Schmerzen vergolten, hatte sie buchstäblich bluten lassen.

»Wann hast du die hier das letzte Mal versorgt?« fragte er scharf. Seine Stimme klang wie ein Peitschenhieb.

Angel zuckte zusammen, als sie die alte Härte in seinem Ton hörte.

»Gar nicht«, erwiderte sie vorsichtig. »Die Stelle ist ziemlich schwer zu erreichen.«

Hawk stieß nur ein einziges, obszönes Wort aus.

»Ich geh' Wasser heiß machen«, sagte er barsch.

Angel wollte schon protestieren, merkte aber, daß es ohnehin nichts genützt hätte. Sie blickte prüfend zur Sonne hinauf.

Bleibt noch genug Zeit zum Dorschfang, versicherte sie sich. *Ein ganzer Nachmittag.*

Vielleicht reicht es ja sogar noch für ein kleines Mittagsschläfchen.

Sie hatte letzte Nacht nicht sehr gut geschlafen, da sie wegen der Sache mit Hawk noch zu aufgewühlt gewesen war. Nicht, daß ein größeres Boot etwas genützt hätte. Manchmal reichte schon das Bewußtsein, daß sie und Hawk dieselbe Hemisphäre teilten, um sie aus der Ruhe zu bringen.

Während Hawk Wasser erhitzte, breitete Angel die Picknickdecke über die Sitzpolster im Heck der Jacht, wo sie letzte Nacht geschlafen hatte. Vorsichtig legte sie sich mit dem Gesicht nach unten darauf.

Obwohl sie nur einen Badeanzug anhatte, war ihr nicht kalt. Die Sonne stand direkt über ihr und tauchte die kleine, geschützte Bucht in Licht und Wärme. Das Boot schaukelte leise, fast unmerklich.

Dann und wann fuhr eine Windbö durch die Bäume, ließ die Blätter rascheln und wispern; Geräusche, die mit dem leisen Murmeln des Wassers verschmolzen.

»Bist du wach?« fragte Hawk leise.

»Mmmmm«, murmelte Angel.

Zu träge, um eine richtige Antwort zu geben, wandte sie ihm das Gesicht zu.

Er sah sie mit einem Hunger an, den er kaum noch verbergen konnte. Ihre Wimpern warfen lange, gebogene, zitternde Schatten über ihre zarte Haut. Die Sonne hatte ihre Wangen rosig überhaucht. Ihre sanft geschwungenen Lippen wirkten weich, entspannt und sinnlich. Ihr Badeanzug besaß die Farbe ihrer Augen, wenn sie in der Sonne strahlten: ein sattes Blaugrün.

Sie hatte ihre Haarspange geöffnet und die goldene Fülle zur Seite gestrichen. Ihr Haar schimmerte weißgolden in der Sonne, eine blaßgelbe Flamme auf der dunklen Decke. Sein Blick glitt über die sanfte Rundung ihrer Schultern, über den eleganten Schwung ihres Rückens, die schmale Taille, die in erstaunlich feminin gerundeten Hüften auslief, und schließlich über ihre schlanken, wohlgeformten Beine, deren Länge durch den hohen Beinausschnitt ihres Badeanzugs noch hervorgehoben wurde ...

Jede Linie, jede Rundung ihres Körpers war so unglaublich weiblich, daß Hawk einen Moment lang den Blick abwenden mußte, um den Hunger, der ihn zu überwältigen drohte, wieder unter Kontrolle zu bringen.

Schließlich setzte er sich zu ihr auf die Decke. Konzentriert drückte er den Waschlappen in der Schüssel mit dem dampfenden Wasser aus. Die sanften Tröpfelgeräusche, die dabei entstanden, waren ebenso sinnlich, ebenso weich und warm wie das zärtliche Streicheln von Wind und Sonne.

Der Hunger brannte qualvoll zwischen Hawks Schenkeln. Grimmig legte er den Waschlappen zusammen und drückte ihn behutsam auf die zwei kleinen, entzündeten Wunden.

»Sag Bescheid, falls es zu heiß ist«, sagte er.

Angels Augen schlossen sich träge, bis nur noch ein schmaler, blaugrüner Schlitz zu sehen war.

»Tut's weh?« fragte er mit leiser, gepreßter Stimme. Dann: »Ich will dir nicht noch mal weh tun, Angel.«

Sie stieß langsam den angehaltenen Atem aus.

»Ist schon okay, Hawk.«

Er atmete erleichtert aus. »Gut. Ich bin gleich wieder da.«

Als Hawk zurückkam, trug er Jeans über seiner Badehose. Er tauchte den Lappen erneut ins heiße Wasser, wrang ihn vorsichtig aus und legte ihn mit einer Behutsamkeit auf die Wunde, die ihm allmählich zur zweiten Natur wurde, wann immer er Angel anfaßte.

»Gut so?« fragte er leise.

Angel nickte, und Sonnenflecken tanzten auf ihrem Haar.

Er setzte sich wieder auf die Bettkante und musterte sie mit traurigen, nachdenklichen Augen. Jedes Mal, wenn er den Waschlappen auswusch, schienen ihn die zwei entzündeten Wunden zu verhöhnen.

Noch keiner hatte sich bisher die Mühe gemacht, Hawk vor irgendwelchem Schaden zu bewahren. Angels Selbstlosigkeit hatte ihn ebensosehr erschüttert wie die Erkenntnis, daß sie noch unschuldig gewesen war.

Und jetzt begehrte er sie, wie er noch nie zuvor eine Frau begehrt hatte. Aber noch stärker als sein Begehren war sein brennendes Bedürfnis, sie nicht noch einmal zu verletzen. Man hatte ihr schon zu oft weh getan. Sie hatte schon viel zuviel verloren.

Viel zu viele schlimme Erinnerungen versteckten sich hinter ihren wunderschönen Augen.

»*Du hättest den Haken in mein Fleisch dringen lassen sollen.*«

Hawk wurde sich erst bewußt, daß er laut gedacht hatte, als Angels meergrüne Augen sich öffneten.

»Das konnte ich nicht«, erwiderte sie schlicht.

»Warum nicht? Die meisten hätten's getan.«

Angel suchte nach einer Antwort. Am Ende konnte sie nur mit der Schulter zucken.

»Ich konnte einfach nicht. Ich wußte, was passieren würde. Du nicht. Wie hättest du dich vor etwas schützen sollen, das du nicht voraussehen konntest?«

»So ist nun mal das Leben«, sagte Hawk bitter. Dann, in viel weicherem Ton: »Ich wünschte, ich hätte dich schon vor langer Zeit kennengelernt. Bevor –«

Er brach abrupt ab. Dann wusch er den Lappen erneut aus und legte ihn sanft auf die Wunde.

»Bevor was?« fragte Angel.

Sie blickte Hawk unter dichten schwarzen Wimpern an und fragte sich, welch böse Erinnerungen seine Züge in eine so kalte, harte Maske verwandelt haben mochten.

»Wer war sie, Hawk?«

»Es war mehr als nur eine.«

Seine Stimme klang so höhnisch wie früher, und sein Mund wirkte ebenso kalt, aber seine Hände blieben sanft. Dann veränderte sich seine Miene, nahm einen verächtlichen Ausdruck an.

»Nun, das stimmt nicht ganz«, sagte er. »Im Grunde war's wirklich nur eine. Die erste. Sie hat mir alles beigebracht, was eine Frau einen Mann lehren kann.«

»Außer Liebe.«

»So was hatte sie nicht in sich.«

Angel schloß die Augen, als ihr ganz plötzlich die Tränen kamen. Sie konnte es nicht länger ertragen, sein hartes Gesicht mit den schmalen, zu Schlitzen verengten Augen zu betrachten, deren Blick auf schmerzvolle Erinnerungen aus der Vergangenheit gerichtet war. Wieder meinte sie, den Hunger und die Sehnsucht in ihm zu spüren, spürte sie mit einer fast unerträglichen Intensität.

Wer war die Frau?

Was hat sie ihm angetan, das ihn hassen statt lieben gelehrt hat?

Als Angel ihre Augen wieder öffnete, war Hawk verschwunden.

Bevor sie nach ihm rufen konnte, tauchte er schon wieder aus der Kajüte auf, eine frische Schüssel mit heißem Wasser in den Händen. Er setzte sich wieder zu ihr. Dann beugte er sich über sie und tastete mit unendlicher Vorsicht ihre Wundränder ab.

Sie schnappte scharf nach Luft.

»Tut's weh?« fragte er und nahm seine Hand weg.

Angel schüttelte den Kopf. Keinesfalls konnte sie zugeben, daß sie nicht vor Schmerzen gekeucht hatte ...

Hawks zärtliche Berührungen drangen bis in ihr Innerstes, bis in ihre Seele, wuschen die Schmerzen ebenso fort wie das heiße Wasser die Entzündung. Wieder fühlte sie den Lappen auf ihrem Rücken, fühlte seine heilende, wohltuende Wärme. Mit einem zitternden Seufzer entspannte sich Angel und überließ sich Hawks überraschend sanften Händen.

Er sah und fühlte, wie Angel sich unter seiner Berührung entspannte. Das Bewußtsein, ihr auch etwas Gutes tun zu können, machte seine Gewissensqualen und seine Sehnsucht ein wenig erträglicher.

Und das wiederum ließ ihn erkennen, daß seine Besessenheit von ihr weit über bloßen sexuellen Hunger hinausging.

Er mußte wissen, ob er zu mehr als nur Zerstörung fähig war. Er mußte einfach glauben können, daß sein Zusammensein mit Angel nicht bloß eine andere Art von Verletzung für sie bedeutete, eine tiefergehende Verwundung, die sie am Ende genauso vergiften würde, wie er vor langer Zeit vergiftet worden war.

Hawk konnte die Vergangenheit nicht ungeschehen machen, konnte seine Bitterkeit mit all ihren Konsequenzen nicht ausradieren. Er konnte jedoch versuchen, ihr zu erklären, was passiert war, und vielleicht würde sie dann ja verstehen, daß er sie nie wirklich hatte verletzen wollen.

Nicht den Menschen, der Angel Lange war.

Hawk hatte einfach getan, was er immer getan hatte, seit er achtzehn geworden war: Frauen zu benutzen, ebenso kalt und gefühllos, wie er benutzt worden war.

Aber wie kann ich ihr das begreiflich machen?

Als er schließlich sprach, war seine Stimme ruhig und unbewegt.

»Ich war zwölf Jahre alt, als mein Vater starb«, begann er. »Er wurde von einem Traktor überfahren. Ich hab' versucht, ihm zu helfen … konnte aber nichts tun.«

Angels Finger krallten sich in die Decke. Hawk sprach so gleichgültig, so ungerührt über den Tod, als ob er nur eine von vielen Tatsachen des Lebens wäre, so unabänderlich wie der Sonnenuntergang.

»Grandma und ich konnten die Farm nicht allein bewirtschaften, konnten uns aber auch keine Hilfskraft leisten«, fuhr Hawk fort. »Sie hatte noch ein anderes Enkelkind. Ein richtiges Enkelkind, wie sie mir immer wieder versichert hat. Die Tochter ihrer Tochter.«

Stille. Dann: »Jenna war achtzehn, als sie zu uns kam. Sie war stark und wild und so kalt wie der Winterwind.«

Instinktiv wußte Angel, daß Jenna das Mädchen war, das Hawk hassen gelehrt hatte. Sie konnte es aus seiner Stimme, aus der eiskalten Verachtung in seinem Ton hören.

»Wir drei hielten die Farm am Leben«, sagte er. »Es war die reinste Schinderei. Grandma starb, als ich vierzehn war. Jenna wurde danach mein Vormund.«

Hawk zögerte. Er verglich das, was er ihr nun sagen mußte, mit ihrem behüteten Leben als Teenager, mit den Picknicks am Strand, dem unbeschwerten Lachen. Mit der Unschuld.

»Jenna verführte mich in derselben Nacht, in der Grandma beerdigt wurde.«

Angel konnte ihr Entsetzen nicht ganz verbergen.

»Aber du warst doch erst vierzehn!« rief sie.

»Ich war fast ausgewachsen und schon seit zwei Jahren scharf auf Frauen, bloß daß mir das bis dahin noch nicht bewußt gewesen war. Aber Jenna wußte es. Sie wußte alles über Männer. Sie war die geborene Hure. Sex war ihre Spezialität.«

Angel stieß einen kleinen, erstickten Laut aus.

»Damals wußte ich nicht, wie Jenna wirklich war«, erklärte er mit unüberhörbarer Selbstverachtung. »Ich besaß den Körper eines Mannes, aber mein Urteilsvermögen und meine Gefühle waren die eines Jungen. Ich hielt Jenna für vollkommen.«

Hawks leises, bitteres Lachen schnitt Angel tief ins Herz. Sie unterdrückte einen Protest. So viele schlimme Erinnerungen.

Und sie brannten immer noch.

»Die Wahrheit sah ein wenig anders aus«, sagte Hawk. »Die Wahrheit war, daß ich der größte Trottel auf Gottes Erdboden war.«

Sie stützte sich auf die Ellbogen und drehte den Kopf zu ihm um.

»Aber du warst doch bloß ein Junge«, sagte sie. »Wie hättest du Bescheid wissen sollen über eine – eine –«

»Nutte?« schlug Hawk höhnisch vor. »Eine Schlampe? Eine Hure? All die Namen habe ich Jenna gegeben, und schlimmere. Und alle sind zutreffend, ganz besonders die schlimmsten.«

Seine Augen verengten sich zu flammenden braunen Schlitzen, aber seine Stimme klang sachlich und unbewegt.

»Jenna sagte, daß wir Geld bräuchten, also fing ich mit Bootsrennen an und mit Autorennen, was immer sich gerade anbot. Ich hatte ziemlich gute Reflexe und war darüber hinaus, wie jeder in meinem Alter, der Überzeugung, daß das Leben ewig dauert. Ich gewann öfter, als ich verlor.«

Angel wartete mit angehaltenem Atem darauf, daß er fortfuhr.

»Ich gab Jenna das Geld«, sagte Hawk, »und sie hat verhindert, daß die Bank uns während der Dürrejahre die Farm wegnahm. Dann kamen plötzlich zwei gute Jahre, genau so viel Regen und Sonne, wie wir brauchten.«

Er blickte Angel an und sah, daß der Waschlappen von ihrem Rücken gerutscht war.

»Leg dich hin«, sagte er.

Angel zögerte. Sie wollte Hawks Gesicht sehen, wenn er erzählte.

Starke Hände drückten ihre Schultern wieder auf die Decke zurück.

Sie gab nach und legte den Kopf auf die Decke. Aber ihr Blick ruhte unverwandt auf seinem Gesicht. Er tauchte den Lappen erneut ins heiße Wasser. Sie spürte kaum, wie ihn seine ruhigen starken Finger auf ihre Wunde legten und sanft dort festhielten.

»Ich bin weiter Autorennen gefahren«, fuhr Hawk fort. »Das brachte mehr Geld, als ich's je auf der Farm hätte verdienen können. Dann kam Jenna mit einem Plan zu mir – die Farm zu verkaufen und einen richtigen Rennwagen für mich anzuschaffen.«

Hawks Ton war gleichgültig, aber die kalte Verachtung, die er für sich und für Jenna empfand, ließ jedes Wort scharf und deutlich klingen.

»Ich konnte mein Glück kaum fassen«, sagte er. »Nicht nur, daß ich den heißesten Rock von ganz Texas fickte, sie war auch noch bereit, mir ihre Hälfte der Farm zu überlassen, damit ich ganz groß ins Renngeschäft einsteigen konnte. Was konnte ein Junge mehr verlangen?«

Liebe, sagte Angel in Gedanken.

Aber sie behielt den Gedanken für sich. Sie verstand allmählich, warum Hawk Liebe für solch einen Schwindel hielt.

»Also gingen wir zu einem Anwalt und unterschrieben die Papiere«, fuhr er fort. »Ich würde das Geld an meinem achtzehnten Geburtstag erhalten, an dem Tag, an dem ich volljährig wurde und Jenna nicht länger mein Vormund war. Wir hatten vor, danach zu heiraten, einen Rennwagen zu kaufen und glücklich bis an unser Lebensende zu leben.«

Hawk sagte nichts mehr.

Angel erstarrte. Sie wollte nicht fragen, wußte, daß sie kein Recht hatte, in ihn zu dringen … aber sie konnte nicht anders.

»Was ist passiert?« fragte sie mit zitternder Stimme.

22. Kapitel

Zuerst rechnete Angel nicht mit einer Antwort. Dann zuckte Hawk mit den Schultern und fuhr fort. Seine Stimme klang kalt und nüchtern.

»Ich kam von einem Rennen zurück, an meinem achtzehnten Geburtstag, grinsend wie ein Idiot, eine glänzende Plastiktrophäe in den Händen«, erklärte er. »Niemand war da, außer einer jungen Frau. Einer Fremden. Sie war schwanger und ebenso überrascht, mich zu sehen, wie ich bei ihrem Anblick war.«

Als die Stille unerträglich wurde, sagte Angel: »Ich verstehe nicht.«

»Nun, ich hab's damals auch nicht verstanden. Dann erklärte sie mir, daß ihr Mann die Farm von Jenna gekauft hätte, bar auf die Hand. Er besaß jedes verdammte Ding auf der Farm, außer den Klamotten, die ich anhatte.«

Das Schweigen dehnte sich so lange aus, daß Angel schon befürchtete, Hawk würde nicht weitersprechen. Als er es schließlich tat, klang seine Stimme ausdruckslos, vollkommen leer, als ob ihn die Vergangenheit nicht länger berührte.

Angel berührte seine Schilderung zutiefst. Immer wieder mußte sie an den kleinen Jungen denken, der eine Zuckerstange bis Weihnachten aufgehoben hatte und die Erinnerung daran immer noch wie einen Schatz hütete, ein Symbol dafür, daß jemand an ihn gedacht hatte, wenigstens ein einziges Mal.

»Anscheinend hatte ich damals in dem Anwaltsbüro meine Hälfte der Farm an Jenna überschrieben«, fügte er hinzu.

Verachtung und Spott durchzogen seine Worte und ließen seine Augen so trostlos aussehen wie einen Winterhimmel.

»Offenbar schlief Jenna schon seit 'ner ganzen Weile mit dem Anwalt«, sagte Hawk. »Und ich war nun vollkommen auf mich allein gestellt. Und Jenna? Nun, Jenna war verschwunden. Ab in die Großstadt und zu Männern, die nicht nur Texasdreck unter den Fingernägeln hatten.«

»Was hast du gemacht?« fragte Angel nach einer Weile.

Ihre Stimme war leise, fast ängstlich. Der Hawk, den sie kannte, hätte Jenna aufgestöbert. Doch dann begriff sie, daß der Hawk von heute gar nicht erst auf Jenna hereingefallen wäre.

Dem jetzigen Hawk lag nicht genug an einem anderen Menschen, um sich die Mühe zu machen, ihn ausfindig zu machen.

»Ich bin weiter Rennen gefahren«, erwiderte er.

Der kurze Satz sagte Angel mehr, als sie wissen wollte. In Gedanken sah sie einen jüngeren Hawk vor sich, der wie ein Besessener durch die Gegend raste, dem es egal war, ob er lebte oder starb.

»Und ich hatte Frauen«, sagte er. »Solange ich gewann, jedenfalls. Ein paarmal zu oft verloren, ein Unfall, und futsch waren sie. Sobald ich aber wieder gewann, kamen sie angesummt wie die Fliegen.«

Angel schloß die Augen, als sie die Verachtung in seiner Stimme hörte, die Verachtung für sich selbst und für Frauen. »Du hattest Glück, daß du dich nicht umgebracht hast«, sagte sie, als sie ihrer Stimme wieder trauen konnte.

»Hat 'ne Weile gebraucht, bis ich das begriffen hatte«, gab Hawk zu. »Zuerst war ich irgendwie enttäuscht darüber, daß es mir nie so recht gelang.«

Angel erschauderte.

»Dann passierte was Komisches«, fügte er langsam hinzu. »Jedesmal, wenn ich fast krepiert wäre, wurde das Leben irgendwie wertvoller für mich. Als ich dreiundzwanzig war, wußte ich schließlich, daß Rennen nicht gerade eine clevere Methode für einen erwachsenen Mann war, seine Kohle zu verdienen. Der letzte Crash hat mich sechs Monate gekostet und dann noch mal drei Jahre, um genug Geld zusammenzubekommen, damit ich dem Rennzirkus für immer Lebewohl sagen konnte.«

»Was hast du danach gemacht?«

»An der Börse spekuliert. Hab' Land gekauft und wieder verkauft. Ich hab' ein Talent dafür. Wie beim Rennen. Und wie beim Rennen war's mir auch hier im Grunde egal, ob ich gewann oder verlor. Der Adrenalinstoß war genug.«

»Und jetzt?« flüsterte Angel.

Hawks Hand hielt inne. Ohne sie zu berühren, zeichnete er den anmutigen Schwung ihrer Wirbelsäule nach. Er dachte an all die Frauen, die er genommen und wieder fallengelassen hatte, dachte an die kalte, unendliche Leere des Himmels und seines Herzens, an die Jagd, an den Sieg und seinen schalen, aschigen Nachgeschmack.

»Adrenalin allein ist nicht mehr genug«, sagte er. »Aber es ist besser als gar nichts.«

Der trostlose Ton, mit dem Hawk diese scheinbare Tatsache akzeptierte, zerriß Angel das Herz. Sie schloß einen Moment lang die Augen, weil sie es nicht mehr ertragen konnte, ihn anzusehen, ohne ihn zu berühren, ohne ihm ein wenig menschliche Wärme und Mitgefühl zu geben.

Aber sie hatte immer noch Angst vor ihm, Angst vor sich selbst. Am meisten jedoch fürchtete sie sich vor dem sexuellen Hunger, der sie überkam, sobald sie daran dachte, wie schön es anfangs gewesen war, wie zärtlich und liebevoll er sie gestreichelt hatte.

Was sie jedoch genausowenig vergessen konnte, war das Ende, waren die Schmerzen, die Wut und die Verachtung.

Hawk entfernte den Waschlappen und berührte behutsam Angels Haut. Dann griff er nach der antibiotischen Salbe. Er hatte sie geholt, als er fortging, um seine Jeans anzuziehen – um Angel den Anblick seines erregten Geschlechts, das sich unübersehbar unter seiner Badehose wölbte, zu ersparen.

Er massierte die Salbe so sanft in ihre Haut, daß sie kaum etwas davon spürte.

»Wie fühlt sich dein Rücken an?« fragte er nach einer Weile.

»Besser«, sagte sie und setzte sich auf. »Gar nicht mehr so wund.«

Angels Worte beruhigten Hawk, aber ihre Stimme zitterte, und sie weigerte sich, ihn anzusehen.

»Angel?«

Wortlos schüttelte sie den Kopf. Das Haar fiel ihr übers Gesicht und verbarg ihre Tränen, bevor Hawk sie sehen konnte. Aber er hatte sie in ihrer Stimme gehört.

Sanft strich er die seidige Fülle aus ihrem Gesicht. Tränen glitzerten in ihren Wimpern.

»Es tut mir leid«, murmelte er, wagte es nicht, sie zu berühren, aus Angst, ihr noch mal weh zu tun. »Ich wollte dir nie weh tun, Angel. Nicht dir. Ich hab' einfach nicht begriffen, daß du anders bist als die anderen.«

Angel öffnete die Augen. Kristallklare Tränen kullerten ungehindert über ihre Wangen. Durch den nassen Schleier sah sie den Schmerz auf seinen Zügen, sah das tiefe Bedauern, das seinen Blick überschattete und seine Stimme heiser klingen ließ.

»Ich weiß das jetzt«, flüsterte sie.

Langsam zog er sie in seine Arme, drückte sie fest an sich und murmelte tröstende Worte. Die Tränen liefen ihr ungehemmt über die Wangen; sie besaß einfach nicht die Kraft, sie aufzuhalten.

Hawks Leben war so vollkommen anders verlaufen als das ihre. Sie wußte nun, warum er so hart und rücksichtslos, warum er zu einem Jäger geworden war – zu einem Mann, der weder Zärtlichkeit noch Liebe kannte.

Und doch wollte er lieben, mußte er lieben, sehnte sich mit einer Verzweiflung danach, die Angel erschreckt hätte, wäre sie ihrem eigenen Hunger nicht so ähnlich gewesen. Mit zitternder Hand berührte sie seine Wange.

»Ist schon in Ordnung, Hawk. Ich verstehe jetzt, was passiert ist. Du hast nie Liebe erfahren und ich nie Haß.«

»Angel ...«, flüsterte er.

Ihre Lippen verzogen sich zu einem traurigen Lächeln.

»Kein Wunder, daß wir einander so falsch eingeschätzt haben«, sagte sie. »Du dachtest, ich würde dir die Liebe nur vorspielen. So hast du mich doch genannt, nicht wahr? Eine Schauspielerin.«

Hawk schloß die Augen. Er konnte Angels traurigen Ausdruck und ihr zitterndes Lächeln nicht mehr ertragen.

»Ja«, sagte er.

»Ich bin eine schreckliche Schauspielerin.«

»Ja«, flüsterte er und strich über ihre Arme bis hinauf zu ihren Schultern. »Das weiß ich jetzt.«

Angel starrte Hawk überrascht an. Seine Stimme hatte so unendlich traurig geklungen.

»Es war nicht deine Schuld«, sagte sie heftig. »Hawk, hör mir zu! Ich gebe dir nicht die Schuld an dem, was passiert ist.«

»Aber ich.«

»Aber –«

»Du hast mir etwas gegeben, was eine Frau einem Mann nur einmal im Leben geben kann«, erwiderte er. »Und ich … von mir hast du nur das bekommen, was ich allen anderen Frauen gegeben habe. Deine Unschuld war wie ein Schock für mich. Deine Aufrichtigkeit hat mir den Boden unter den Füßen weggezogen. Und deshalb habe ich dir weh getan. Schlimm weh getan. Du leidest jetzt noch darunter.«

Hawks Mund strich über Angels Hand, über ihr Handgelenk und über ihre leicht geöffneten, zitternden Lippen, die den seinen so nah waren. Zu nah.

»Ich würde dir so gerne etwas Schönes schenken, etwas, das dir Freude und keine Schmerzen bereitet«, sagte er leise. »Laß mich meine Erfahrung dazu benutzen, dir etwas zu geben, das nicht destruktiv ist. Ich werde dich nicht nehmen. Ich werde dich mit nichts berühren, außer mit meinen Händen, mit meinem Mund und mit meinem Atem.«

Angel blickte in Hawks unglaublich klare braune Augen und sah darin ihr eigenes Spiegelbild, sah ihre eigenen Sehnsüchte, ihr eigenes Bedürfnis, Schönheit aus den scharfen Splittern der Vergangenheit zu erschaffen.

Hawks Züge waren nicht länger hart. Qualvolle Hoffnung zeichnete sich auf ihnen ab, ein kleiner Junge, der auf Geschenke wartete, die nie kamen, der auf Liebe wartete, eine Liebe, deren

Ausmaß er nur durch ihr Fehlen ermessen konnte, eine schmerzliche Leere, so kalt wie das Meer.

Und dann spürte er Angels Wärme, spürte ihren süßen Atem an seiner Brust, fühlte das Zittern, das sie durchlief, als sie sich ihm anvertraute.

»Ja«, flüsterte sie.

Dieses kleine Wort erfüllte Hawk mit solcher Freude, daß ihm fast das Herz zerspringen wollte. Es war ein Geschenk, wie er nie zuvor eins erhalten hatte. Er versuchte, etwas zu sagen, versuchte, Angel für ihr Vertrauen, das er gar nicht verdiente, zu danken, aber die Stimme versagte ihm.

Mit zitternden Fingern strich er über ihr Haar. Er hielt sie sanft umschlungen und wiegte sie leicht hin und her. Mit geschlossenen Augen schwelgte er in dem Gefühl, sie in den Armen zu halten.

Warme, sanfte Lippen streiften über Angels Schläfen, über ihre Lider, über ihre Wangen. Lange, kräftige Finger vergruben sich in ihrem Haar und zogen ihre Sonnenwärme an seinen Mund.

Er vergrub sein Gesicht in ihren seidigen Locken, atmete ihren Duft tief in sich hinein, bis ihm von ihrer Süße fast schwindlig wurde. Dann fühlte er, wie Angel ihre Wange sanft an seiner schwarzbehaarten Brust rieb, und er dachte, sterben zu müssen vor Entzücken.

Langsam hob er ihr Kinn, so daß sie ihn ansehen mußte. Eine ganze Zeitlang blickte er nur in die blaugrünen, rätselhaften Tiefen ihrer Augen. Sie waren von einem warmen Leuchten erfüllt, und die Schatten waren fast vollkommen gewichen. Langsam, ganz langsam, senkte er die Lippen auf ihren Mund.

Die erste Berührung war so süß, so zart, daß Angel Tränen in die Augen traten. Sie senkte die Wimpern, um sie vor ihm zu verbergen. Als sie den Atem durch ihre leicht geöffneten Lippen einsog, kam mit ihm ein Hauch von Hawk, von Wärme und Zärtlichkeit, von vorsichtiger Zurückhaltung.

Behutsam küßte Hawk ihre Mundwinkel, zeichnete ihr kleines Lächeln mit seiner Zungenspitze nach und strich dann immer wieder sanft mit seinem Mund über ihren. Seine Lippen berührten sie kaum, ein federleichtes Streicheln nur, das endete, bevor es richtig begonnen hatte.

Dann fing er wieder von vorne an, küßte ihre Schläfen, ihre Augen und ihr Lächeln, seine Zungenspitze ein sanftes Streicheln, sein Mund zurückhaltend und süß, während er sie mit kleinen, köstlichen Küssen verwöhnte.

Tief in ihrem Innern fühlte Angel ein seltsames Fließen, ein Ziehen, ein Auseinanderbrechen, eine Woge, die anschwoll und ihr den Atem raubte. Sie stöhnte leise. Tränen rannen ihr über die Wangen und befeuchteten Hawks Lippen.

Er schmeckte ihre Tränen und hob den Kopf.

»Angel?« fragte er mit leiser, tiefer, vibrierender Stimme. »Was ist los? Stimmt etwas nicht?«

»Ich fühle mich auf einmal schön«, flüsterte sie und blickte ihm tief in die Augen. »Ich hab' mich noch nie schön gefühlt. Nicht so wie jetzt. Du bewirkst das, deine Zärtlichkeit.«

Ihre Worte riefen sowohl Demut als auch Freude in ihm hervor. Plötzlich erfüllte ihn ein wildes Entzücken, so wild, wie er es nie zuvor empfunden hatte.

»Danke«, sagte er rauh. Dann wisperte er an ihrer Wange: »Dich zu berühren lehrt mich, was Schönheit bedeutet.«

Angel erschauerte, als Hawks Lippen ihre zarte Ohrmuschel fanden. Seine Zungenspitze drang in sanften, warmen, sinnlichen kleinen Kreisen tiefer und tiefer, bis er sämtliche versteckten Rundungen und Nischen erforscht hatte. Einen Moment lang verhärtete sich seine Zunge, bohrte sich tief in sie hinein, bevor er sie wieder zurückzog und ihre Wärme mit sich nahm.

Angel erbebte und stieß einen hilflosen kleinen Laut aus. Hawk hob den Kopf und blickte sie durch halb geschlossene Lider an, sah das Entzücken und die wachsende Lust, die ihr sehnsüchtig gestreckter Körper ausdrückte. Seine Hand schmiegte sich um ihre Kehle, genoß ihre Weiche, genoß den heftig klopfenden Puls, den er unter seinem Daumen fühlte.

Angels Hände tasteten blind nach Hawk. Ihre Finger glitten über seine Taille, dann über seinen Po, während sie sich vorsichtig an ihn kuschelte. Er schloß die Augen, wollte nicht, daß sie die Gier sah, die ihre vorsichtige Berührung in ihm entfesselte.

»Du bist so warm«, murmelte sie und drückte ihre Lippen sanft auf Hawks muskulöse Brust. »Und so pelzig.«

Sie hob den Kopf. Ein sinnliches Lächeln ließ ihre Augen erstrahlen.

»Ich hol' gleich mein T-Shirt«, sagte Hawk.

Seine Augen waren immer noch geschlossen, seine Stimme klang gepreßt von der Anstrengung, die es ihn kostete, sich zurückzuhalten. Er schalt sich zornig, weil er nicht daran gedacht hatte, daß Angel nicht an eine nackte Männerbrust gewöhnt war. Wenn Grant ebenso glatthäutig wie Derry gewesen war, hatte sie wahrscheinlich noch nie die rauhe Körperbehaarung eines Mannes gefühlt.

»Bitte nicht«, sagte Angel rasch.

»Bist du sicher?«

Sanft erforschten ihre Finger seine rauhe, schwarzglänzende Haarmatte.

»Ich mag es, wie du dich anfühlst. Oder macht es dir was aus?« fügte sie hinzu und hob rasch den Kopf.

Hawk öffnete die Augen. Warm und leuchtend richteten sie sich auf ihr süßes Gesicht. Er fing ihre Hand ein und fuhr langsam damit über seine Brust.

»Ich mag's, wenn du mich anfaßt.«

Viel zu sehr, fügte er im stillen hinzu.

Sein qualvoll verhärtetes Geschlecht drückte von Minute zu Minute schmerzhafter gegen seine engen Jeans. Dennoch hätte er keinen Augenblick von Angels unschuldig forschenden Liebkosungen gegen all die schalen Orgasmen eingetauscht, die er unter den wissenden Händen zahlloser Frauen erfahren hatte.

»Bist du sicher?« fragte sie.

Die Unsicherheit stand deutlich in ihren Augen.

»So sicher, wie man nur sein kann, Angel«, erwiderte er zärtlich.

Er senkte den Kopf, bis sein Mund perfekt über Angels paßte. Mit langsamen, behutsamen Zungenbewegungen verführte er ihre Lippen, bis sie unter ihm aufbrachen wie zarte Blütenblätter.

Die kleine, ebenmäßige Reihe ihrer Zähne faszinierte ihn. Wieder und wieder fuhr er an ihren Kanten entlang, bevor er sich schließlich erlaubte, die feuchte Süße ihres Mundes zu kosten. Nur ein kurzes Vortasten, ein sanftes Anstupsen seiner Zunge an ihre.

Das Zittern, das Angel in diesem Moment durchlief, fand seinen Widerhall in Hawks Körper, ließ das Blut durch seine Adern rasen und sein hartes Fleisch qualvoll gegen die beengenden Jeans rebellieren, auf Erlösung drängend.

Seine Zunge drang erneut vor und erforschte Angels samtweichen Mund. Ihre Hände auf seinem Rücken zuckten und drückten Hawk in stummer, instinktiver Einladung an sich. Ihre Zunge erwiderte seinen zurückhaltenden Vorstoß, indem sie sich ihm kühn stellte. Seine Antwort darauf bestand in einem seidigen, kurzen Streicheln, das Angels Kehle kleine, erstickte Laute entlockte.

Der Kuß dauerte an, bis ihr fast das Herz zersprang und sich ihr Mund Hawks Lockungen wie von selbst tief öffnete. Doch auch dann hörte er nicht auf, suchte, erforschte und plünderte die feuchte Wärme ihres Mundes, bis sich Angel nur noch zitternd an ihn klammern konnte.

Hawks Hände strichen brandheiß über Angels Wangen, ihre Schultern und ihre Arme, bis hinab zu ihren Fingern. Er verflocht seine Finger mit den ihren und löste sanft ihre Umklammerung.

Langsam schob er seine Finger zwischen ihre und streichelte sanft und rhythmisch die empfindliche Haut dazwischen. Dann fuhr er mit überwältigender Sinnlichkeit an der weichen Innenseite ihrer Arme entlang. Seine Hände hielten ebensowenig inne wie seine Zunge, die Angels Mund noch immer erforschte. Er erfüllte alle ihre Sinne, bis sie zitterte und sich hilflos seinen erfahrenen Händen hingab. Ihr bebender Körper teilte ihm wortlos mit, wieviel Freude, wieviel Lust und Entzücken er ihr bereitete.

Er vertiefte seinen Kuß, während seine Hände über die zarte Haut an dem hohen Beinausschnitt ihres Badeanzugs strichen. Er sehnte sich schmerzlich danach, seine Finger unter den dünnen Stoff gleiten zu lassen und den Teil ihres Körpers zu erforschen, den keine Sonne je erreicht hatte.

Aber seine Hände wanderten weiter, glitten über ihre Rippen zu ihren wohlgerundeten Brüsten. Dort verharrte er, erforschte ihre samtigen Kurven, liebkoste ihre Brustwarzen, bis deren Härte ihn ebenso entflammte wie Angels leidenschaftliches Stöhnen.

Erst dann gab Hawk Angels Mund frei. Seine Lippen strichen langsam und heiß über ihren zurückgebogenen Hals.

Sie schloß die Augen und gab sich den wundervollen Gefühlen hin, die Hawks hungrig forschender Mund und die Berührung seiner Hände in ihr hervorriefen. Seine Lippen strichen mit unendlicher Zärtlichkeit über ihre Halsgrube, verharrten dort, bis er das heftige Klopfen ihres bebenden Herzens in sich aufgenommen hatte.

Als sein Mund über die Schwellung ihrer Brust glitt und sich dann mit schmelzender Zärtlichkeit über ihrer Brustwarze schloß, erbebte Angel und bog sich ihm instinktiv entgegen. Sie konnte nicht mehr denken, fühlte nur noch die Lust, die Hawk in ihr weckte. Mit den Zähnen strich er sanft über die harte Warze, die sich unter dem dünnen Stoff ihres Badeanzugs abzeichnete, und Angel stöhnte leise.

Ihr sanftes Stöhnen erweckte ein qualvolles Entzücken in Hawk. Sein Hunger, seine Gier nach ihr wurden so stark, daß er am liebsten wild aufgeschrien hätte.

Fiebernd vor Verlangen zogen seine Finger an Angels Badeanzugträgern, bis sie an ihren Schultern hinabglitten.

Sie hielt den Atem an, wünschte sich nichts sehnlicher, als Hawks heiße Zunge auf ihren nackten Brüsten zu spüren. Sie erstarrte, als ihr mit einemmal bewußt wurde, was in ihr vorging. Die Hemmungslosigkeit, die Hawks Berührungen in ihr entfesselte, schockierte sie.

Sie hatte Grant geliebt, hatte ihn begehrt. Aber nicht auf diese Weise. Das hier überstieg ihre Erfahrungen ebenso wie der Mann, wie Hawk selbst.

Hawk spürte sofort die Veränderung, die mit Angel vorgegangen war. Er schob sie sanft von sich weg. Seine Hände und sein Mund streichelten sie nicht länger.

»Hawk?« fragte sie mit leiser, bebender Stimme.

»Ich denke, es ist Zeit, ein Pflaster auf deine Wunde zu tun«, erklärte er, erhob sich geschmeidig und wandte sich ab. »Dreh dich auf den Bauch und mach die Augen zu.«

Seine Worte hallten spöttisch in seinen Ohren wider.

Angel brauchte nicht die Augen zuzumachen, damit er ein Pflaster auf ihre Wunde kleben konnte, aber es verhinderte, daß er ihr mit seinem unübersehbaren Hunger Angst einjagte. Hawk konnte ihn beim besten Willen nicht mehr vor ihr verbergen, genausowenig, wie er ihr begreiflich machen konnte, daß er sie nie nehmen würde, egal, wie scharf sich die Krallen der Begierde in seinen Leib gruben.

Grimmig verschwand Hawk in der Bootskajüte. Er ließ sich Zeit mit dem Erste-Hilfe-Kasten. Langsam untersuchte er jedes einzelne Pflaster, als ob Angels Leben von der richtigen Größe und Form abhinge.

Er hatte Angel noch nicht mal einen Vorgeschmack der Lust vermittelt, die er ihr bereiten wollte.

Und sie fürchtete sich immer noch vor ihm.

23. Kapitel

Angel lag mit abgewandtem Gesicht auf der Decke. Sie wollte nicht, daß Hawk sah, wie durcheinander sie war. Sie versuchte, sich ihre Rose ins Gedächtnis zu rufen. Doch sie wirbelte fort, an einen Ort, der voller sinnlicher Verheißungen und hungriger Leidenschaft war.

Mit jedem Atemzug zitterte Angel vor Sehnsucht und Frustration. Ihr Körper brannte, Nervenenden, von denen sie gar nicht gewußt hatte, daß sie sie besaß, lagen blank. Sie fühlte sich, als ob man ihr den Boden unter den Füßen weggezogen hätte, und ihr Hunger nach Hawk drohte sie zu überwältigen.

Mit jedem Pochen ihres aufgeregten Herzens wünschte sich Angel, daß er noch bei ihr wäre, daß er nicht weggegangen wäre, wünschte, seine Hände und sein Mund würden sie immer noch zärtlich verschlingen.

Es machte ihr nichts mehr aus, daß Hawk ihr beim ersten Mal weh getan hatte. Sie glaubte nicht, daß das noch einmal passieren würde. Der Hawk, der so zärtlich zu ihr gewesen war, war nicht derselbe Mann, der sie rasch und brutal genommen hatte. Dieser Hawk war kein wildes Tier, er war ein behutsamer Liebhaber.

Seine Hände hatten gezittert, als er sie berührte.

Das und seine Zärtlichkeit hatten Angels Welt auf den Kopf gestellt. Sie war noch nie derart heftig von jemandem begehrt worden, nicht mit solcher Leidenschaft, mit solchem Hunger.

Hawk will mich. Egal, wie sehr er versucht, es zu verbergen, er will mich.

Und ich will ihn.

Sie fühlte, wie das Polster nachgab, als Hawk sich zu ihr setzte. Seine warmen Finger glitten zart über ihre Wirbelsäule. Ein hilfloser Schauer überlief sie. Sie wollte mehr.

Er zog seine Hand weg.

»Ist dir kalt?« fragte Hawk besorgt.

Er wußte, daß es trotz der warmen Sonne auf dem Wasser manchmal ziemlich kalt werden konnte.

»Nur wenn du aufhörst, mich zu streicheln«, flüsterte sie.

Er zog scharf den Atem ein. Sein Herz klopfte auf einmal wie wild, seine Hände fingen an zu zittern und machten es ihm fast unmöglich, das Pflaster auszupacken und über Angels Wunde zu kleben.

Schließlich schaffte er es. Dann, als er sich wieder einigermaßen in der Gewalt hatte, küßte er die warme Haut zwischen den gekreuzten Trägern ihres tiefen Rückenausschnitts.

»Magst du das?« fragte er.

Angel nickte erschauernd.

»Als du plötzlich in meinen Armen erstarrt bist«, sagte Hawk leise, »dachte ich, du wolltest nicht mehr, daß ich dich weiter berühre.«

»Ich war bloß ... überrascht«, gestand sie.

Das letzte Wort klang ein wenig atemlos. Hawks Zunge glitt warm und leicht rauh an ihrer Wirbelsäule entlang bis zu der zarten Mulde über ihrem Po. Während er sie dort mit seiner Zunge liebkoste, knetete seine warme Hand sanft über ihr Fußgelenk bis hinauf zu den festen Kurven ihrer Oberschenkel.

Er spürte das Zittern, das sie durchlief, als er den Ansatz ihres Hinterteils sanft mit den Zähnen bearbeitete.

»Warum warst du überrascht?« murmelte er.

Angels einzige Antwort war ein tiefes Stöhnen, das beinahe wie sein Name klang.

»Angel?«

»Ich dachte, ich kenne mich selbst«, erwiderte sie heiser. »Ich dachte, ich wüßte, was es heißt, einen Mann zu begehren.«

»Und?«

Angel stieß zitternd den Atem aus, als sie Hawks warme, kräftige Finger an ihren Oberschenkeln fühlte. Sie wand sich lustvoll, zerschmolz förmlich unter seinen erfahrenen Händen.

»Nun, ich wußte es nicht, Hawk, denn jedesmal, wenn du mich berührst, lerne ich etwas Neues, etwas Wunderschönes.«

Wieder hatte sie ihn, ohne es zu wissen, mit ein paar Worten zerstört und neu erschaffen.

Hawk entschlüpfte ein tiefes Stöhnen. Er schloß die Augen und schmiegte seine Wange in die warme Mulde oberhalb von Angels Po. Sein Atem war wie ein zarter Hauch auf ihrer weichen Haut.

Er hatte noch nie einen Menschen wie Angel kennengelernt. Sie gab ihm den Glauben an Dinge wieder, die er längst verloren geglaubt hatte – Sanftmut und Großzügigkeit, menschliche Wärme.

Aufrichtigkeit.

Angel war eine Frau ohne Lügen, und Hawk wollte ihr seine Verehrung, seine Achtung zeigen.

Wieder strich er unendlich behutsam an ihrem rechten Bein entlang bis zu ihren schlanken Fesseln. Ihre Muskeln reagierten zuckend auf seine Liebkosung. Ihre Waden waren wohlgeformt, glatt und fest. Feine Narben durchzogen die gebräunte Haut an ihrem Fußgelenk.

Hawks Finger erstarrten, dann zeichneten sie sanft jede dieser Erinnerungen an ihren schrecklichen Unfall nach. Angels Haut fühlte sich fest, warm und unglaublich lebendig an. Es war fast unmöglich, sich vorzustellen, daß sie je schwer verwundet gewesen war, ein verlorener, verletzter Engel, der nur dank Derrys Mut überlebt hatte.

Abrupt merkte Hawk, daß er Angels Fußgelenk viel zu hart umklammert hielt. Er lockerte seinen Griff sofort und fuhr mit Lippen und Zunge zärtlich über die alten, verblaßten Narben.

»Tut mir leid«, flüsterte er. »Hab' ich dir weh getan?«

Angels Antwort bestand aus einem stummen Kopfschütteln, das Lichtflecken in ihr Goldhaar zauberte.

»Bist du sicher?«

Er küßte ihre Haut sanft und schmiegte seine Wange an sie. Angel spürte, wie still er auf einmal geworden war. Sie stützte sich auf einen Ellbogen und blickte ihn über die Schulter hinweg an. Zum ersten Mal sah sie die blanke Sehnsucht in seinen

Augen, sah den Gefühlssturm, der in ihm tobte, während er sie liebkoste.

»Hawk?« fragte sie unsicher. Sie hatte ihn noch nie so gesehen, beinahe ängstlich. »Stimmt etwas nicht?«

Er strich in stummer Verneinung mit dem Schnurrbart über ihr Fußgelenk.

»Es ist okay«, sagte Hawk leise. »Ich hab' bloß daran gedacht, wieviel ich Derry verdanke.«

»Derry? Was denn?«

Angels meergrüne Augen musterten forschend sein Gesicht.

»Dich, mein süßer Engel«, sagte er schlicht. »Dich habe ich ihm zu verdanken. Ich verdanke Derry die wundervollsten Momente, die ich je in meinem Leben mit jemandem erlebt habe.«

Tränen schossen Angel in die Augen. Zitternd flüsterte sie seinen Namen.

Hawk kam rasch zu ihr, fing ihre Tränen mit seiner Zunge auf, bevor sie ihr über die Wangen gleiten konnten.

Angel streckte die Arme nach ihm aus, wollte sich umdrehen, um ihn festhalten zu können, aber Hawk hielt sie sanft davon ab, schob statt dessen die Träger ihres Badeanzugs über ihre Schultern.

Der Badeanzug glitt hinunter und gab Angels feste, wohlgeformte Brüste frei. Dort, wo die Sonne sie nie erreicht hatte, besaß ihre Haut den sanften Glanz einer Perle. Ihre Brustwarzen waren hart und so rosa wie Hawks Zungenspitze.

Sein Mund berührte zart die qualvoll verhärteten Warzen, so zart, daß nur ein sanfter Schimmer von Feuchtigkeit und Wärme zurückblieb.

Angel war hin- und hergerissen zwischen Leidenschaft und Scheu. Noch nie hatte sie sich derart nackt gefühlt, nicht einmal, als Hawk sie ganz entkleidet hatte. Damals befanden sie sich im intimen Halbdunkel der Bugkajüte.

Doch nun herrschte hellichter Tag, nun gab es nur die Sonne und das klare, leuchtende Braun von Hawks Augen, die sie ansahen.

»Du bist noch schöner, als ich dich in Erinnerung hatte«, sagte er langsam.

Wieder leckte er mit der Zungenspitze über ihre Brustwarzen und fügte flüsternd hinzu: »Und ich hielt dich schon damals für das schönste Mädchen, das ich je gesehen habe.«

»Hawk ...« Heiße Lustwellen spülten über Angel hinweg. Zitternd lehnte sie sich an ihn. »Du machst mich ganz schwach.«

Ihr goldenes Haar strich an Hawks nacktem Bauch hinab, und ihr Kopf, den sie vertrauensvoll auf seinen Schoß bettete, war die süßeste Last, die er je in seinem Leben gefühlt hatte. Er hielt den Atem an. Sicher spürte sie sein hartes, hungriges Glied unter ihrer Wange.

Dennoch zuckte sie nicht zurück.

Hawk schloß die Augen und wußte, daß er diesen Augenblick nie vergessen, noch lange, nachdem jede andere Frau in seiner Erinnerung verblaßt war, daran denken würde.

Behutsam zog er Angel hoch. Seine Lippen strichen über ihr Gesicht, zeichneten erneut all die Kurven und Einbuchtungen nach, die er bereits erforscht hatte. Als er mit den Lippen über ihren Mund streifte, stöhnte Angel laut auf und vergrub ihre Finger in seinem dichten schwarzen Haar. Ihre Lippen öffneten sich, wollten ihn, brauchten ihn, sehnten sich nach seinen sinnlichen, aufregenden Küssen.

Hawks Zunge glitt zwischen Angels Zähne, zog sich wieder zurück, stieß erneut zu, glitt samtig über ihre Zunge und entflammte sie mit dem Rhythmus der Liebe. Ihre Arme umschlangen ihn fester, und sie preßte verlangend ihre Brüste an ihn. Sie erregte ihn mit ihren harten Brustwarzen, als sie sich in sinnlicher Hingabe in seinen Armen wand.

Während seine Zunge ihren sanften rhythmischen Tanz in ihrem Mund fortsetzte, glitten Hawks Finger an Angels Wirbelsäule entlang zu ihrem festen kleinen Hinterteil. Dann zog er ihr den Badeanzug herunter, und seine Finger wanderten in die köstliche Spalte zwischen ihren Hinterbacken.

Angel erbebte und stöhnte an Hawks warmem, hungrigem Mund.

Er umschlang ihre Taille fester und rückte sie auf seinem Schoß zurecht, bevor er vorsichtig an den Innenseiten ihrer Schenkel entlangstrich bis zu dem heißen, pochenden Zentrum ihrer Weiblichkeit. Sanfte Finger drangen in die feuchte Spalte, die sich unter dem blonden Lockengewirr verbarg.

Angel hatte die Augen geschlossen und fühlte, wie sich alles um sie zu drehen begann. In langsamen, dickflüssigen Wellen breitete sich die Lust in ihrem Körper aus, ließ sie seufzen und erzittern und sich Hawks starken Armen ergeben. Sie hatte aufgehört zu denken, kannte nur noch Hawks zärtliche Hände und die unglaubliche Lust, die sie in ihr weckten, die sie willenlos machten.

Mit einer raschen Bewegung hob er Angel hoch und sank zusammen mit ihr auf die schwarze Decke. Sie küßte seine Schultern, seine starken Oberarmmuskeln und fühlte, wie er erzitterte. Dann glitt sie mit dem Mund über seinen Brustkorb, liebkoste ihn mit Lippen, Zähnen und Zunge. Hawk stieß ein ersticktes Stöhnen aus, das Angel entzückte.

Fiebernd vor Verlangen nahm er ihren süßen Mund erneut in Besitz, füllte ihn mit einem Kuß, der so tief und leidenschaftlich war, daß sie sich nur noch an ihn klammern und zitternd an seinen harten, kraftvollen Körper pressen konnte.

Angel stöhnte und stieß kleine erstickte Laute aus, während er nicht aufhörte, sie wild zu verschlingen. Als seine Lippen die ihren schließlich verließen, entfuhr ihr ein leiser Protestlaut, der zu einem lustvollen Aufkeuchen wurde, als sie fühlte, wie er mit der Zungenspitze über ihre Brustwarze leckte.

Sanft fuhr Hawk mit den Zähnen über Angels verhärtete Knospe, die sich hungrig in seinen Mund drängte. Er stöhnte tief auf und saugte gierig an ihrer festen, harten Brust. Er genoß den hilflosen Schauder, der Angel schüttelte. Als er ihren Bauch berührte, hielt sie den Atem an. Und als seine Finger zu ihrer heißen, nassen Spalte hinabglitten, schrie sie lustvoll auf.

Eine ganze Zeitlang liebkoste er Angel, trank gierig jeden ihrer leisen Lustschreie, jedes heiße Erschauern ihres Körpers. Als er sanft gegen die Innenseite ihrer Schenkel drückte, öffnete sie bereitwillig ihre Beine für ihn.

Hawk liebkoste jede süße Falte, jede Erhebung und Schwellung von Angels Weiblichkeit, bis sie sich qualvoll unter seinen erfahrenen Fingern wand. Sanft, ganz sanft, drang er weiter vor.

Sie erzitterte und schmolz dahin, klammerte sich an ihn, verlor sich in seinen süßen, erregenden Liebkosungen. Er beugte sich über sie und erstickte ihre leisen Schreie mit hungrigen Lippen, während er nicht aufhörte, sie mit langsamen Bewegungen zu streicheln.

Angel stöhnte tief auf, als sich Muskeln in ihrem Innern zusammenzogen, als wilde Lust in ihr aufstieg und in heißen Wogen über ihr zusammenschlug.

Hawk sah sowohl Überraschung als auch wildes Entzücken in Angels feuchten Augen. Da wußte er, daß sie nie zuvor so berührt worden war, daß er der erste Mann war, der sie zum Schmelzen brachte.

Seine Lippen suchten hungrig nach ihrer Kehle, erzählten ihr von ihrer Weichheit, von der erregenden Schönheit ihres Körpers, von ihrer Leidenschaft und ihrem samtigen, feuchten Schoß, der sich zuckend um seine Finger schloß.

Angel wollte seinen Namen sagen, doch ihre Stimme wollte ihr nicht gehorchen, und nur ein leises Stöhnen kam über ihre Lippen.

Langsam zog er sich aus ihrem engen Schoß zurück, obwohl er sich nichts im Leben mehr wünschte, als weiter in den heißen Tiefen des Engels, der ihm vertraute, zu verweilen.

»Habe ich dir weh getan?« fragte Hawk an ihren weichen, warmen Lippen.

Angel beantwortete seine Frage, indem sie sich seinen Fingern entgegenbäumte und sie, immer noch zitternd vor Sehnsucht nach seinen Liebkosungen, erneut in sich aufnahm. Als Hawks Daumen ihre harte kleine Knospe fand und streichelte, schrie Angel seinen Namen. Sie wollte ihm sagen, welche unglaublichen Gefühle er in ihr auslöste, wollte ihm sagen, welches Glück er ihr schenkte, und fand doch keine Worte für die überwältigenden Wonnen.

Da senkte er erneut den Kopf und liebkoste mit suchender Zunge ihre Brüste, die sanfte Einbuchtung ihres Nabels und schließlich die heißen, süßen Geheimnisse, die seine Finger zuvor schon entdeckt hatten.

Die Welt um sie herum verschwamm, es gab nur noch den Engel und den Falken, der sie mit sich hinaufriß in den unendlichen blauen Himmel und ihr Schreie des Entzückens und der Ekstase entlockte. Als sie schließlich keinen Atem mehr besaß, zog er sie fest in seine starken, schützenden Arme und brachte sie behutsam zur Erde zurück.

Angels Augen öffneten sich langsam. Sie war wie betäubt von der Verzückung, die Hawk ihr geschenkt hatte. Sie schlang die Arme um ihn und rieb ihre Wange an seinem harten Brustkorb.

Starke, lange Finger vergruben sich in ihrem Haar und zogen sie noch enger an sich. Sie bog den Kopf zurück und blickte in Hawks feurige braune Augen. Sie wollte ihm sagen, was sie gefühlt hatte, was sie immer noch fühlte, und konnte es nicht.

Es gab keine Worte dafür.

Mit Lippen, die noch von seinen Küssen geschwollen waren, sagte sie ihm die einzige Wahrheit, die sie kannte.

»Ich liebe dich, Hawk.«

Angel sah, wie seine Augen von Schatten verdunkelt wurden, fühlte seinen harten Körper erzittern.

»Angel«, murmelte er heiser, »ich wollte nicht – ich habe nicht erwartet –« Hawk wußte nicht, was er sagen sollte. Er küßte sanft ihre Lider, denn er konnte die Liebe, die ihm aus den blaugrünen Tiefen ihrer wundervollen Augen entgegenstrahlte, nicht länger ertragen.

»Ich würde mir eher die Kehle durchschneiden, als dir noch mal weh zu tun«, sagte er mit erstickter Stimme. »Ich habe so lange gehaßt, Angel, so tief gehaßt. Ich kann nicht mehr lieben.«

Die Sehnsucht und das Bedauern in seiner Stimme drangen ebenso tief in Angels Körper und Seele wie die Ekstase, die sie zuvor zum ersten Mal erlebt hatte.

Sie legte die Hände an seine Wangen und umschloß sanft sein Gesicht. Sie verstand und liebte ihn, wie er war, liebte sowohl seine Kälte als auch seine warme, zärtliche Seite, liebte seine harte Vergangenheit ebenso wie die wundervolle Gegenwart. Sie küßte Hawks Lippen mit derselben Behutsamkeit und Zärtlichkeit, mit der er die ihren geküßt hatte.

»Dich liebe ich, nicht die Vorstellung von der Liebe an sich«, sagte Angel. »Du mußt meine Liebe nicht erwidern. Laß mich nur die nächsten Wochen mit dir zusammensein. Ich verlange nichts, außer...«

Der Glanz in ihren Augen verblaßte, Schatten verdrängten die Sonne.

»Sag mir nicht, wann du gehst«, flüsterte sie. »Geh einfach. Ich weiß dann, daß es vorbei ist.«

»Angel«, murmelte Hawk erschüttert.

»Es ist schon in Ordnung, mein Liebling«, flüsterte sie und küßte ihn. Ihre Augen leuchteten wieder. »Ich bin stark genug, dich zu lieben und dich am Ende wieder freizugeben. Nur, bitte verweigere mir nicht, was du mir geben kannst ... ein paar Wochen lang auf den Schwingen eines herrlichen Falken dahinzufliegen.«

Hawks Körper versteifte sich, als er sich gegen den sanften Druck ihrer Hände wehrte, die ihn zu ihrem Mund hinabziehen wollten. Ihre Zunge traf auf seine widerstrebenden Lippen, und sie begann, ihn mit denselben samtigen Zungenstrichen zu liebkosen, wie er sie zuvor.

»Bitte«, flüsterte Angel, »weise meine Liebe nicht zurück.«

24. Kapitel

Mit einem leisen Ächzen öffnete Hawk die Lippen und saugte tief die wilde Süße, die in Angels Mund auf ihn wartete, in sich hinein. Eine ganze Zeitlang schmeckte er nichts als ihren köstlichen Mund, fühlte er nichts als ihren warmen, sinnlichen Körper, der sich lasziv an seinem rieb.

Dann drohte auf einmal der Hunger, den er so lange mühsam beherrscht hatte, ihn zu überwältigen. Er schlang die Arme um sie und drückte sie fest an sich, um sie daran zu hindern, sich weiter sehnsüchtig an ihm zu reiben.

»Du weißt nicht, was du tust«, stieß er gepreßt hervor. Es kostete ihn ungeheure Anstrengung, sich zurückzuhalten.

Angel sah ihn an. Ein durch und durch weibliches, wissendes Lächeln umspielte ihre Lippen.

»Ich bin vielleicht unerfahren, aber nicht dumm«, sagte sie. »Ich weiß, daß du mir alles gegeben hast, ohne etwas dafür zu nehmen. Jetzt will ich dir auch etwas geben.«

»Angel ... Angel«, flüsterte er heiser, während er gegen sich selbst und gegen die Versuchung von Angels nacktem, unglaublich sinnlichen Körper kämpfte.

»Ja«, antwortete sie schlicht.

»Nein. Ich begehre dich zu sehr. Ich habe Angst, daß ich dir noch mal weh tue. Du weißt ja gar nicht –«

»Dann zeig's mir, Hawk«, unterbrach sie ihn.

Sie fuhr mit ihren Lippen über seine Brust, fand und liebkoste seine dunklen, männlichen Brustwarzen mit ihrer Zunge, so wie er es zuvor mit ihr getan hatte.

»Ich will dir gehören, nur dir allein«, hauchte sie.

»Bist du sicher?« fragte Hawk.

Seine Stimme klang gepreßt, zitterte vor unterdrückten Gefühlen. Er erhob sich rasch, als ob er sich davor fürchtete, Angel erneut zu berühren, falls sie entschied, seine Leidenschaft doch nicht zu riskieren.

Angel blickte zu dem finsteren, kraftvollen Mann auf. Sie fühlte, daß er an das erste Mal dachte, als er sie brutal und gefühllos genommen hatte.

Sie sah, daß er wartete, alle Muskeln seines herrlichen Körpers angespannt, sah seinen Hunger, der sich prall und unübersehbar unter seiner engen ausgewaschenen Jeans abzeichnete. Sie legte die Hand über seine eisenharte Schwellung, bedeckte so viel von ihm, wie sie konnte.

Als ihre langen schlanken Finger sein qualvoll verhärtetes Geschlecht berührten, zuckte Hawk zusammen, als ob er einen Schlag erhalten hätte. Sie genoß das Feuer, das in seinen braunen Augen aufloderte, als sie ihn langsam liebkoste.

»Ich bin sicher«, sagte Angel. »Aber du mußt mir zeigen, was du willst. Macht dir das etwas aus?«

Hawk stieß ein hartes, zittriges Lachen aus. Er bewegte seine Hüften, krümmte sich hart in Angels Hand. Ihre Fingernägel kratzten vorsichtig über die enorme Schwellung, eine wilde und zugleich sanfte Liebkosung, die sie von ihm gelernt hatte.

Hawk ächzte laut und legte seine Hände über ihre. Einen Moment lang preßte er sie fest an seine eisenharte Lust. Dann zog er ihre Hand weg und biß behutsam in ihre Handfläche und in die zarten Fingerspitzen.

»Wann hast du das gelernt?« fragte er heiser.

»Du hast mir das beigebracht.«

»Wann?«

Angel ergriff eine von Hawks Händen. Dann biß sie ihn mit derselben gezügelten Leidenschaft, wie er sie vorhin gebissen hatte.

»Als du das gleiche mit mir getan hast«, sagte sie.

Hawk dachte daran, auf welche Arten er Angel liebkost hatte, dachte an den süßen Geschmack ihrer Weiblichkeit, an ihre unterdrückten Schreie, an ihre feurige Leidenschaft. Sie war unerfahren, das stimmte, aber sie reagierte derart hemmungslos auf seine Liebkosungen, daß er trotz seiner Willenskraft und Disziplin mehr als einmal fast die Beherrschung verloren hätte.

Sie war unschuldig, großzügig und unglaublich sinnlich, mehr Frau, als er sich je zu erträumen gewagt hätte.

»Angel«, sagte Hawk gepreßt, »du verdienst einen Besseren als mich.«

»Es gibt keinen Besseren«, sagte sie mit unerschütterlicher Überzeugung in der Stimme.

»Doch. Eine ganze Welt voll«, erwiderte er fast barsch.

»Nicht für mich.«

Ihre Antwort war klar und deutlich. Endgültig.

Hawk schloß die Augen. Er wußte, daß Angel weder töricht noch unaufrichtig war. Er wußte, daß sie ihn liebte, ob er es nun verdiente oder nicht, ob er ihre Liebe erwiderte oder nicht.

Er wußte auch, daß er gehen, daß er fliehen sollte, daß er Angel freigeben mußte, damit sie den Mann fand, den sie verdiente.

»Von mir kannst du nichts lernen außer Leid«, sagte er fast flehentlich.

»Hawk«, sagte Angel leise, »ich weiß schon alles, was es über Leid zu wissen gibt. Alles, was in mir zerbrechen konnte, ist bereits zerbrochen, mein Geist, mein Körper und mein Herz.«

»Angel«, flüsterte er, und dann versagte ihm die Stimme.

»Hab keine Angst davor, mir weh zu tun«, sagte sie. »Hasse dich nicht dafür, daß wir Liebe machen. Ich bin kein Kind mehr. Ich bin eine Frau. Deine Frau, Hawk. Solange du mich willst.«

Langsam fuhr Angels Hand an Hawks Hosenschlitz. Sie zitterte wie Espenlaub, und der sexuelle Hunger, den er in ihr erweckt hatte, war nur ein Grund dafür. Der Gefühlssturm, der in ihr tobte, war so heftig, daß ihre normalerweise so flinken Finger ihr nicht mehr gehorchen wollten.

Hawk beobachtete sie wachsam, ja, beinahe finster. Er wagte nicht zu glauben, daß sie ihn wirklich begehrte, daß es ihr nichts mehr ausmachte, daß er ihr Schmerzen zugefügt hatte. Er machte weder Anstalten, ihr zu helfen, noch sie aufzuhalten. Angel kämpfte verzweifelt mit seiner Gürtelschnalle, versuchte, den so vertrauten Gegenstand aus einem vollkommen unvertrauten Winkel zu öffnen.

Als sie ihn endlich aufbekommen hatte, kam sie sich plump und ungeschickt vor. Sie mußte daran denken, wie geschickt und mühelos Hawk sie entkleidet hatte. Die Metallknöpfe an seinen Jeans waren noch schlimmer als der Gürtel. Es kam ihr vor, als würde sie sich die Haare in einem Spiegel schneiden – jede Bewegung das genaue Gegenteil von dem, was man tun wollte.

Und dann erkannte Angel auf einmal, daß es viele Arten gab, nein zu sagen. Hawk hatte bereits die meisten davon erprobt. Er war ein erfahrener Liebhaber. Sie nicht.

Vielleicht war es das ja, was er ihr schonend beizubringen versuchte. Er war hungrig, das stimmte. Jeder Mann in seiner Lage wäre das. Aber sexuelle Erregung war nicht Liebe. Ja, es bedeutete nicht mal, daß man den anderen mochte. Es war ein einfacher biologischer Reflex, der sich von einem bestimmten Grad der Stimulation an fast automatisch einstellte.

Daran ist nichts Persönliches, sagte sich Angel. *Oder Überraschendes. Hawk fühlt sich schuldig, weil er mir weh getan hat. Also wollte er mir die schlimmen Erinnerungen nehmen und durch schöne Erinnerungen ersetzen.*

Aber ich habe ihn mißverstanden. Ich habe mehr in seinen Zärtlichkeiten gesehen, als damit gemeint war.

Schon wieder.

Angel gab ihre fruchtlosen Bemühungen auf und ließ die Hände in den Schoß sinken. Sie ergriff einen Zipfel der Decke und drehte sich wieder auf den Bauch, wobei sie die Decke mitzog, um ihre Nacktheit vor seinen Blicken zu verhüllen.

»Es tut mir leid, Hawk«, sagte sie leise. »Ich habe dich mißverstanden. Wieder mal.«

Obwohl Angel ihn nicht ansah, konnte er ihre Worte deutlich hören, sah den Kummer in ihren Augen, kurz bevor sie sich von ihm abwandte.

»Was hast du mißverstanden?« fragte er.

Sie lag vollkommen still und formte im Geist eine blutrote, gläserne Rose, deren Blütenblätter sich einer hell leuchtenden Sonne zuwandten.

»Angel?«

Hawk berührte zögernd ihre nackte Schulter.

Die Rose zitterte und zersprang in purpurrote Splitter.

Angel ballte die Hände zu Fäusten. Sie schöpfte tief Atem und stieß ihn langsam wieder aus. Sie sprach, ohne Hawk anzusehen, ohne überhaupt irgend etwas zu sehen.

»Mir war nicht klar, daß ich dir einfach nur leid getan habe«, erklärte sie mit beinahe ruhiger Stimme.

Beinahe, aber nicht ganz. Es war der kleine Unterschied, der an Hawk zehrte.

»Angel«, sagte er sanft und streichelte ihre weiche, warme Schulter. »Das ist es nicht –«

»Bitte nicht«, unterbrach sie ihn mit gequälter Ruhe. »Es ist schon in Ordnung, Hawk. Du mußt dich nicht länger schuldig fühlen. Mitleid ist ein schlechter Ersatz für Liebe, das hast du mir selbst gezeigt.«

»Ich hab' dir das gezeigt?« Seine Hand hielt inne. »Wovon redest du?«

»Von dir. Gerade eben hast du's mir gezeigt, indem du mich hast spüren lassen, was für eine ungeschickte Liebhaberin ich bin.« Angels Lachen klang erstickt. »Ich kann dir nicht vorwerfen, daß du eine Frau haben willst, die zumindest eine verdammte Hose aufkriegt!«

Hawk zog Angel den Deckenzipfel aus der Hand und entblößte sie wieder. Als sie sich umdrehte und wie blind danach tastete, ergriff er ihre Hand. Sanft führte er ihre Finger über die Knöpfe an seinen Jeans.

»Ich will keine Frau, die Hunderte von Männern ausgezogen hat«, flüsterte er. »Ich will eine Frau, die mich so sehr begehrt, daß ihre Hände zu stark zittern, um meine Hose aufknöpfen zu können. Eine solche Frau hatte ich noch nie, Angel. Ich wußte nicht mal, daß es so eine Frau überhaupt gibt. Bis jetzt.«

Der letzte Metallknopf sprang auf. Hawk führte Angels Hand in seine Hose. Ein tiefes Stöhnen entfuhr ihm, als er sie an sein hartes Fleisch preßte.

»Das ist nicht Mitleid, was du hier fühlst«, stieß er mühsam hervor. Seine Augen wirkten fast schwarz vor Leidenschaft. »Das hier ist mehr Lust, als ich je für eine Frau empfunden habe. Und das ist gut so, denn du bist mehr Frau, als ich je gehabt habe.«

Hawk schob seine Finger in die enge Vordertasche seiner Jeans und zog ein kleines Päckchen hervor. Dann streifte er sich Jeans und Badehose mit einer einzigen, raschen Bewegung herunter.

Sein Anblick traf sie wie ein Schock. Hawk war der schönste Mann, den sie je im Leben gesehen hatte. Sein Körper war so stark und groß, so fest und hart wie die Steinklippen, die die Bucht umsäumten.

Aber im Gegensatz zu den Klippen reagierte er auf ihre Berührungen, unfähig, das Zittern, das ihn dabei durchlief, zu unterdrücken.

Für lange Augenblicke erlaubte er ihr, sich mit dem ungewohnten Anblick und Gefühl seiner Männlichkeit vertraut zu machen. Als er es schließlich nicht mehr aushielt, riß er stöhnend das Päckchen auf und streifte den dünnen Schlauch rasch über sein großes, hungrig pochendes Glied. Erst dann legte er sich zu ihr und zog sie an sich.

»Genug, Angel«, murmelte er erstickt und vergrub seinen Mund an ihrem Hals, »für jetzt ist's genug. Ich kann nicht länger warten, ich brauche dich so sehr.«

Hawk rollte mit einer geschmeidigen Bewegung auf den Bauch und begrub Angel unter sich. Mit derselben raschen Bewegung spreizte er ihre Beine. Er rieb seinen Unterleib an ihrem Becken und zeigte ihr auf diese Weise, wie sehr er sie brauchte.

Angel erschauerte und schrie auf, während sie sich wild unter ihm wand und ihn verlangend in ihren Schoß zu ziehen versuchte. Er fuhr mit der Hand an ihrem Körper hinab, suchte und fand ihre heiße Spalte und berührte sie kurz mit den Fingerspitzen, eine kleine, sanfte Liebkosung, die sie krampfhaft erbeben ließ.

»Jetzt, Hawk, jetzt«, bettelte sie.

»Mein süßer Engel«, flüsterte er an ihren Lippen.

Dann nahm Hawk ihren Mund und ihren Körper mit einer einzigen kraftvollen, sicheren Bewegung in Besitz, verschmolz mit ihr, ließ sie unter sich dahinschmelzen. Er bewegte sich mit qualvoller Vorsicht, wollte sie trotz seiner überwältigenden Lust auf keinen Fall verletzen.

Aber auf Angels Seite gab es weder Schmerz noch Zögern. Hawk paßte perfekt in ihre enge Weiblichkeit. Hart und groß, füllte und liebkoste er sie sogar, wenn er sich nicht in ihr bewegte. Sie lächelte an seinem Hals und murmelte zusammenhanglose Worte, Worte, die ihm von ihrem Entzücken, von ihrer unendlichen Lust erzählten.

Hawk bewegte sich langsam, trotz seines alles überwältigenden Hungers. Er genoß jede, auch die kleinste Bewegung ihrer beider Körper, die wie füreinander geschaffen waren. Angel zog die Knie an und schlang ihre langen schlanken Beine um Hawks Hüften. Sie wollte ihn noch tiefer in sich spüren, wollte noch mehr von ihm, war unersättlich.

Ihre Hemmungslosigkeit raubte Hawk die letzte Beherrschung. Instinktiv gab er ihr, was sie beide wollten, hielt nichts mehr zurück. Immer schneller, immer heftiger stieß er in sie hinein. Er wußte, daß er sich eigentlich hätte zurückhalten müssen, um ihr nicht wieder weh zu tun, aber er konnte nicht anders.

Plötzlich fühlte er, wie sich ihr Schoß zuckend um sein Glied zusammenzog, und er vergaß alles um sich herum, konnte nicht mehr denken, fühlte nur noch die überwältigende Verzückung, die er so lange unterdrückt hatte. Mit einem kraftvollen Stoß drang er tief in sie ein, und sie schrie laut auf. Ein lustvolles Stöhnen entrang sich seiner Kehle, und er stieß zu, tief und heftig, wieder und wieder, verlor sich ebenso in ihr wie sie in ihm.

Lange, süße Minuten lang lagen Hawk und Angel einander erschöpft in den Armen, während sie langsam wieder in die Wirklichkeit von Sonne, Himmel und den sanften Schaukelbewegungen des Bootes zurückkehrten.

Hawks Lippen strichen über Angels goldene Haarfülle. Er küßte ihre Schläfen, ihre Wangen, die versteckten Rundungen ihres Ohrs, ihren lächelnden Mund. Ihre Finger glitten über seinen Rücken bis zu seinen kräftigen Hinterbacken und noch weiter, streichelten seine sensible Spalte wie er zuvor die ihre.

Er stöhnte und zuckte in ihr, und sein Fleisch verhärtete sich von einer Sekunde auf die andere und füllte erneut ihren Schoß, der noch immer erregt war, mit den köstlichsten Gefühlen. Sanft, ganz sanft, begann sie ihn wieder zu streicheln, begann seine männlichen Formen zu erforschen wie er zuvor ihre weicheren, weiblichen Kurven.

»Angel«, sagte Hawk mit leiser, amüsierter Stimme, »weißt du, was du da tust?«

Bevor sie antworten konnte, stieß er so tief in sie hinein, daß es ihr den Atem raubte. Er trank Angels erstickten Schrei von ihren Lippen und stieß erneut zu.

»Ist es das, was du willst?« flüsterte er rauh und fühlte, wie sein Hunger mit jeder heißen, samtweichen Liebkosung ihres Fleisches größer wurde.

Hawk sah Überraschung in Angels meergrünen, leuchtenden Augen und fühlte, wie sich ihr Körper instinktiv um ihn krampfte, wie sie instinktiv versuchte, den herrlichen Druck seines harten, geschwollenen Geschlechts zu erhöhen.

Hawk wurde eisenhart, doch die Leidenschaft, die ihn erfüllte, war nicht länger qualvoll, nur noch drängend, denn er wußte, daß sein Hunger in Angels heißen, feuchten Tiefen gestillt würde.

»Hawk?« fragte sie.

Ihr Atem kam in keuchenden Stößen, ihre Augen schimmerten feucht, ihr erhitztes Gesicht spiegelte die Leidenschaft wider, die er von einem Augenblick zum andern in ihr zu wecken vermochte.

»Ich dachte, Männer könnten nicht – nicht so schnell ...«

»Vor ein paar Minuten hätte ich noch geschworen, daß du recht hast«, sagte Hawk.

Dann stieß er erneut zu, wieder und wieder, bis sie stöhnte und sich verzweifelt an ihn klammerte, bis beide kaum noch Atem hatten.

»Ich denke, wir hatten beide unrecht«, stieß er erstickt hervor. »Wenn ein Falke und ein Engel sich lieben, dann ändern sich die Regeln.«

Das feine, aber durchdringende Piepen seines Armbanduhrweckers durchschnitt seinen Schlaf ebenso präzise und gnadenlos wie ein Glasschneider eine Glasscheibe. Als Hawk sich regte, um den Wecker abzustellen, wurde er sich auf einmal der weichen, warmen Gestalt bewußt, die in seinen Armen schlief.

Plötzlich fiel ihm wieder alles ein. Die Erinnerungen schlugen wie eine erregende, sinnliche Woge über ihm zusammen. Plötzlich war er sich jedes Zentimeters von Angels aufregendem Körper bewußt. Hitze pulste erregend in seinen Adern, in seinem ganzen Körper, sammelte sich schließlich hart und pochend in seinen Schenkeln.

Hawk sehnte sich qualvoll danach, sich wieder in Angels süßer, heißer Weiblichkeit zu vergraben.

Sein schier unstillbarer Hunger nach ihr schockierte ihn. Er hatte noch nie zuvor so für eine Frau empfunden, nicht einmal als er noch jünger gewesen war und Jenna ihn bis zum Wahnsinn gereizt hatte.

Hawk streckte den Arm aus und knipste die kleine batteriebetriebene Kabinenbeleuchtung an. Weiches gelbes Licht überflutete die dreieckige Bugkoje. Angels Haar ergoß sich wie eine blaßgelbe Flamme über Hawks gebräunten Arm. Ihre dichten Wimpern warfen lange Schatten, und ihre Lippen waren rot und geschwollen von den leidenschaftlichen Küssen, die sie letzte Nacht getauscht hatten.

Als Hawk sich zu ihr niederbeugte und mit dem Mund sanft über ihren strich, fühlte er Angels Lächeln, hörte ihr leises Murmeln, während sie sich noch enger an seinen warmen, harten Körper schmiegte. Er wußte, daß sie noch nicht wach war. Ihre

Reaktion war rein instinktiv und ebenso ehrlich wie ihre Liebe für ihn.

»Angel«, wisperte Hawk. Dann, noch leiser: »Mein süßes, liebes Mädchen. Was soll ich bloß mit dir machen?«

Es gab keine Antwort auf diese Frage. Nicht langfristig.

Es gab nur das Jetzt, nur diesen Augenblick und die Wärme und Zärtlichkeit eines Engels.

Ohne sie aufzuwecken suchte Hawk nach einem der kleinen Plastikpäckchen, die sie letzte Nacht in ihrer Hast über das ganze Bett verstreut hatten. Er mußte lächeln, als er daran dachte.

Einige Augenblicke später schlüpfte Hawks Hand unter die Decke, suchte und fand Angels feste Brüste und knetete sie sanft, während er mit den Lippen an ihrer Halsgrube knabberte. Hawk nahm sich Zeit. Langsam und mit unendlicher Zärtlichkeit liebkoste er Angels warmen, schlanken Körper, ein stummer Lockruf, bis sie anfing, sich unter seinen Händen zu regen, immer noch in einer Art Halbschlaf, in einem wundervollen sinnlichen Traum gefangen.

Sie schmolz dahin, wand sich, sehnte sich nach ihm.

»Angel«, flüsterte er heiser und spreizte ihre Beine, »Angel.«

Ihre Augenlider zitterten und öffneten sich, als sie seine tiefe, vibrierende Stimme hörte. Er wartete, bis er sicher war, daß Angel wach war, bis ihr Blick ihn vollkommen wahrnahm ... und in diesem Moment glitt er in ihren engen Schoß, glitt mit einer einzigen, geschmeidigen Bewegung tief in sie hinein und nahm sie in Besitz.

Hawks großes, hartes Geschlecht, das dennoch so behutsam, so weich in sie eindrang, raubte Angel die Sinne. Ihre erstickten Laute durchfuhren ihn wie samtige, heiße Krallen und raubten ihm die Beherrschung. Er nahm sie und flog mit ihr hinauf in den unendlichen Himmel, in einen Himmel, der weder kalt noch finster war, sondern hell und strahlend und warm.

Als Angel wieder atmen konnte, flüsterte sie Liebesworte an Hawks warmer, muskulöser Schulter. Seine Antwort darauf war eine unendlich behutsame Bewegung, die ihr einen erstickten Schrei entlockte. Sie erschauerte und klammerte sich an ihn.

»Hawk«, keuchte sie schließlich, »wir werden die Flut schon wieder verpassen.«

Er murmelte etwas Unverständliches, während sein Mund an ihrem zarten Hals knabberte.

»Was?« fragte sie.

Zögernd löste er die Lippen von ihrer duftenden Haut. »Ich hab' den Wecker ein wenig vorgestellt«, gestand er.

Angels Augen funkelten. Sie lachte.

»So ein cleverer Falke«, sagte sie. »Dafür hast du dir eine Belohnung verdient.«

»Die habe ich bereits bekommen«, sagte er lächelnd.

Angel stockte der Atem, als sie dieses wunderschöne Lächeln sah. Sie berührte es vorsichtig mit zitternden Fingern. Die Liebe, die sie für diesen harten und gleichzeitig so sanften Mann empfand, durchflutete sie heiß.

»Was denkst du?« fragte Hawk, der den Sturm von Gefühlen, der Angel erbeben ließ, spürte.

»Wie sehr ich dich liebe.«

Er schloß gequält die Augen.

»Ich sollte das nicht zulassen«, sagte er heftig.

Mit einem harten Stöhnen riß er Angel an sich und vergrub das Gesicht zwischen ihren Brüsten.

»O Gott, was soll ich bloß tun?« fragte er verzweifelt. »Ich kann dich nicht lieben, aber ich kann dich auch nicht gehen lassen.«

Angel streichelte sanft über Hawks dichtes Haar, wollte ihn trösten, wollte ihm sagen, daß sie ihn verstand.

Und das tat sie, so schmerzlich es auch war.

Sie verstand, daß sie ihm jedesmal weh tat, wenn sie über ihre Liebe zu ihm sprach. Hawk wollte sie nicht verletzen. Angel wußte das so sicher wie die Tatsache, daß sie ihn liebte. Doch er hielt sich für unfähig zu lieben.

Und damit tat er ihr ebenso weh wie sie ihm mit ihrer Liebe.

Auch das verstand sie und hatte gelernt, es zu akzeptieren, wie sie so viele schmerzliche Dinge in ihrem Leben zu akzeptieren gelernt hatte.

Wieder suchte und fand sie inneren Frieden in ihrer Rose, eine Fähigkeit, die sie unter enormen Anstrengungen erlernt hatte. Als sie sich wieder besser fühlte, regte sie sich in Hawks Armen.

»Ich weiß, was du tun sollst«, flüsterte sie und küßte ihn sanft. Sie lächelte an seinen Lippen. »Du gehst fischen. Wir werden an diesem wundervollen Morgen einen herrlichen Lachs fangen.«

Hawk hob den Kopf und sah sie an. Angel traten Tränen in die Augen, als sie den Schmerz, die Traurigkeit und das Bedauern in seinen klaren braunen Augen las.

»Ist schon in Ordnung«, sagte sie und streichelte seine Wange. »Bitte, glaub mir, Hawk. Ich weiß, daß du alles tust, was du kannst, um mir nicht weh zu tun. Mehr verlange ich gar nicht. Und du solltest auch nicht mehr von dir verlangen. Bitte.«

Hawk sah seinen brennenden Wunsch, nicht zu verletzen, in Angels traurigen Augen widergespiegelt.

Und dann sah er noch tiefer, sah die Überzeugung, mit der sie ihn liebte. Sie verstand, daß er nicht mehr geben konnte, verstand, daß er immer ein Außenseiter gewesen war, daß er nie geliebt worden war und nie lieben gelernt hatte. Und dennoch liebte sie ihn.

Hawk verstand, und er verneigte sich vor dem Wunder eines Engels.

Sanft, ganz sanft küßte er ihre Handfläche, akzeptierte ihre Liebe, so wie sie ihn akzeptierte.

25. Kapitel

Die Minuten und Stunden, die Tage und Wochen mit Hawk flogen nur so dahin, voll qualvoller Schönheit. Angel weigerte sich, die Tage zu zählen, weigerte sich, aufzuwachen und festzustellen, daß der Sommer zu Ende ging. Grant zu lieben und ihn dann zu verlieren hatte sie gelehrt, nicht in der Vergangenheit zu leben.

Hawk zu lieben und zu wissen, daß sie ihn verlieren würde, lehrte Angel, nicht in der Zukunft zu leben. Statt dessen lebte sie nur für den Augenblick, liebte Hawk mit jeder Berührung, mit jedem Lächeln, mit jeder gemeinsam verbrachten Stunde.

»Angie?«

Angel blickte überrascht auf, als Derrys Stimme sie so plötzlich aus ihren Gedanken riß. Die kleinen Silberglöckchen an ihren Ohrringen zitterten leise.

»Ich bin in meinem Studio«, rief sie.

Derry schwang sich lässig ins Zimmer. Mittlerweile bereitete ihm das Gehen auf Krücken keinerlei Probleme mehr. Ebensowenig wie Angels veränderte Beziehung zu Hawk. Angel wußte, daß Hawk mit Derry geredet hatte, aber sie wußte nicht, was gesprochen worden war.

All ihre Befürchtungen darüber, daß Derry es möglicherweise nicht gutheißen würde, wenn sie einen anderen als Grant liebte, hatten sich mit einem Schlag zerstreut, als Derry zu ihr kam, sie umarmte und ihr sagte, daß sie nie schöner ausgesehen habe.

»Wo ist Hawk?« fragte er.

»Am –«

»Telefon«, beendete er ihren Satz und schnitt eine Grimasse. »Wer ist's diesmal?«

Angel zuckte die Schultern und lächelte traurig.

»Tokio, nehme ich an«, sagte sie. »Mit London hat er bereits gesprochen, mit New York, Houston und L.A. ebenfalls und auch mit Maui – wer immer da auch gerade seinen Urlaub verbringt.«

In der vergangenen Woche hatte Hawk mehr und mehr Zeit am Telefon zugebracht. Trotz ihres eisernen Entschlusses, die Tage nicht zu zählen, wußte Angel, daß Hawk bereits länger hier war, als er ursprünglich vorgehabt hatte. Die komplizierten, eng ineinander verwobenen Geschäfte, die er bei seiner Ankunft erwähnt hatte, trugen allmählich Früchte.

»Nach dem, was ich so mitbekommen habe«, sagte Angel, »nähern sich die Dinge ihrem Höhepunkt.«

»Hawk und ich werden wahrscheinlich denselben Flug zum Festland nehmen«, sagte er.

Morgen würde Derry endlich seinen Gips loswerden und nach Harvard abreisen. Sein Traum vom Medizinstudium war ihm durch Hawk ermöglicht worden, der Eagle Head zu einem weit höheren Preis, als das Anwesen Derrys Ansicht nach wert war, gekauft hatte.

Aber sosehr sich Derry auch über seine Zukunftsaussichten freute, er konnte den raschen Anflug von Kummer, der bei der Erwähnung seiner Abreise über Angels Züge glitt, nicht übersehen.

»Hey«, sagte er hastig, »ich komme dich doch in Seattle besuchen.«

Er sagte nichts über Hawk, denn er kam gar nicht auf den Gedanken, daß dieser *nicht* nach Seattle kommen würde.

Angel lächelte und küßte Derry auf die Wange.

»Im Sommer und während der Ferien«, stimmte sie zu.

Aber in dem Moment, in dem Derry ihr Gesicht nicht länger sehen konnte, verzog sich ihr Mund traurig.

Ja, Derry wird zu mir zurückkommen.

Hawk nicht.

»Ich denke, ich werde meinen Zeichenblock nehmen und zum Eagle Head hinaufgehen«, sagte sie. »Wenn Hawk vor fünf vom Telefon wegkommt, dann erkläre ihm, wie er zum alten Smith-Anwesen kommt. Die Himbeeren sind reif, und er hat noch gar keine gepflückt.«

»Aber seinen Lachs, den hat er erwischt.«

Angel lächelte. Ja, Hawk hatte seinen Lachs gefangen, hatte die aufregende, urwüchsige Kraft des herrlichen Fisches kennengelernt, hatte gesehen und gefühlt, wie er hoch aus dem Wasser schoß und über der schimmernden See zappelte, ein silbrig funkelndes Geschöpf in der Sonne. Der Ausdruck von Ehrfurcht und Entzücken auf Hawks Gesicht war etwas, an das Angel noch lange denken würde; lange nachdem der Kummer über Hawks Fortgehen verblaßt war. Falls er je verblaßte.

Sie hatte noch nie jemanden wie Hawk kennengelernt. Sie konnte nur vermuten, wie das Leben ohne ihn sein würde.

»Ich verstehe immer noch nicht, warum er den Lachs wieder freigelassen hat«, sagte Derry.

»Er war zu schön, um ihn zu töten.«

»Das waren die anderen Fische auch, die er gefangen hat, aber wir haben sie trotzdem gegessen und uns obendrein um jeden Bissen gezankt.«

»Das war aber sein erster Lachs, der erste Lachs des Sonnenaufgangs«, erwiderte Angel schlicht. Und dafür liebte sie Hawk so innig, daß ihr fast das Herz zersprang.

Derry zögerte, als er den Gefühlssturm in Angels Augen sah. »Ich habe dich vielleicht aus dem Wrack gezogen«, sagte er leise, »aber Hawk hat dich wieder mit Leben erfüllt. Ich bin so froh, Angie. Es gab Zeiten, da habe ich befürchtet, dich zu einem Leben ohne jede Freude verdammt zu haben.«

Angel umarmte Derry stürmisch, dann packte sie ihren Zeichenblock und rannte davon.

Sie dachte über Derrys Worte nach, als sie den steilen Pfad zum Gipfel des Eagle Head hinaufkletterte. Die winzigen Silberglöckchen an ihren Arm- und Fußgelenken leisteten ihr mit ihrem zarten Gebimmel Gesellschaft. Sie war noch immer tief in Gedanken versunken, als sie oben ankam, sich auf einen Felsen setzte und den Zeichenblock achtlos auf ihren Schoß legte.

Unter ihr erstreckte sich die Meerenge, die rastlose, unendliche See mit ihren zahlreichen kleinen grünen Inseln und Inselchen und den Bergen im Osten, die in der Ferne mit einem Himmel verschmolzen, der von einem so tiefen Blau war, daß er beinahe schwarz wirkte.

Die ruhige und dennoch rauhe Landschaft berührte ihre Seele wie nichts sonst – außer Hawk. Er war wie das Land, ein Paradox aus Stein und zartem Grün, aus Mitternacht und Mittag, aus der rätselhaften Weite des Himmels und der sinnlichen Wärme der Luft, aus dem Salz der See und der unendlichen Süße erntereifer Trauben.

»Du liebst dieses Land wirklich, nicht wahr?«

Hawks leise Frage erschreckte Angel nicht. Trotz ihrer Versunkenheit in die Landschaft war Hawks Gegenwart so allmählich in ihr Bewußtsein gesickert wie das leise, sanfte Pochen ihres Herzens.

»Mehr als alles andere, außer dir«, erwiderte sie leise.

Dann merkte sie, daß sie genau das getan hatte, was sie unbedingt vermeiden wollte. Sie hatte von ihrer Liebe zu ihm gesprochen. Sie wollte ihm nicht mit den Worten weh tun, die eigentlich das höchste Glück für ihn bedeuten sollten.

»Wie spät ist es?« fragte Angel daher rasch.

Sie wollte nicht, daß es so aussah, als ob Hawk nun ebenfalls von Liebe sprechen müßte. Das erwartete sie nicht von ihm.

Hatte es auch nie von ihm erwartet, nachdem sie begriffen hatte, wie er aufgewachsen und wie sein Leben verlaufen war.

»Es ist fast fünf«, sagte Hawk.

»Hast du Zeit zum Beerenpflücken?«

»Ich nehme mir die Zeit.«

Sie blickte in seine dunklen Augen und sah die Zukunft in lautloser Bedrohung auf sich zukommen.

Er wird gehen.

Schon bald.

Sie sah es in seinen Augen, hörte es in seiner Stimme und las es aus der Tatsache, daß er sich extra Zeit für sie genommen hatte.

»Angel –«, sagte Hawk erstickt, denn er sah die Schatten in ihren Augen und kannte die Ursache dafür.

Hoch über ihnen ertönte der Schrei eines Adlers. Das schrille, herrlich wilde Pfeifen des Tiers verklang, bis nur noch Stille und der unendlich weite Himmel sie umhüllten.

»Wir beeilen uns besser«, sagte sie. »Wir haben nicht viel Zeit.«

Angel erhob sich mit einer anmutigen, fließenden Bewegung. Wieder zitterten und bimmelten die winzigen Silberglöckchen an ihren Händen und Füßen.

Die süßen Töne schnitten wie Tausende von winzigen Messern in Hawks Herz. Er schlang die Arme um Angel und hob sie hoch. Er hielt sie mit aller Kraft umschlungen und küßte sie, als ob die Welt jeden Moment untergehen würde.

Die Zeit stand still, bis Hawk Angel schließlich wieder auf die Füße stellte und ihr erlaubte, ihm auf dem felsigen Pfad voranzugehen. Keiner von beiden sagte etwas. Jeder genoß die Gegenwart des anderen mit einem heimlichen Lächeln, mit raschen Berührungen und verstohlenen Blicken, wie um sicherzugehen, daß der andere nicht plötzlich verschwand.

Sie schwiegen immer noch, als sie zu dem alten Anwesen fuhren, wo die Himbeeren wuchsen. Es lag am Ende einer alten, verfallenen Straße. Vor langer Zeit hatte hier einmal ein Farmhaus gestanden, umgeben von fruchtbaren Feldern und einem ordentlich gepflegten Hausgarten. Jetzt waren die Felder beinahe vollständig vom Wald zurückerobert worden. Alles, was übrig war, waren die mannshohen Steinwälle, die, ebenso wie ein Teil der Felder, von dichten, üppigen Himbeerbüschen überwuchert waren.

Eine wilde, herrliche Kletterrose rankte sich an dem verfallenen Steinkamin des alten Farmhauses hoch. Von diesem Busch stammte die purpurne Rose, die so tief in Angels Vorstellung verwurzelt war. Ihre siegreiche, weise Rose. Sie hatte das alte Smith-Anwesen und die Kletterrose zum ersten Mal als Kind gesehen. Seitdem hatte sie der Anblick der Rose nicht mehr losgelassen.

Wie aus weiter Entfernung hörte Angel, wie sich der Kofferraumdeckel schloß. Hawk stand bei der Kletterrose und wartete auf sie. Er hielt leere Eimerchen in der einen Hand und einen Picknickkorb in der anderen. Eine dicke Patchworkdecke lag auf seiner Schulter.

Angel holte tief Luft und ließ die Zukunft samt all ihren unheilvollen Schatten von sich abgleiten. Es gab nur noch diesen Moment, Hawk, der auf sie wartete und sie mit seinem atemberaubenden, herzzerreißenden Lächeln ansah.

Eingehüllt in das zarte Bimmeln von Silberglöckchen ging sie zu ihm. Sie blickte auf den Picknickkorb und lächelte zu Hawk auf. Sie liebte ihn dafür, daß er daran gedacht hatte.

»Ein Picknick«, sagte Angel leise. »Was für eine wundervolle Idee.«

»Ich muß gestehen, daß die Sache einen Hintergedanken hat«, sagte er mit tiefer, sonorer Stimme. »Sosehr ich Derry auch mag, möchte ich doch ein wenig Zeit ganz mit dir allein verbringen.«

Angels Lächeln zitterte, dann wurde es wieder fest. Sie verstand Hawks Gefühle. Sie waren nur allein, wenn sie sich auf dem Boot befanden oder spät nachts, wenn das ganze Haus im Dunkeln lag. Sie hatten nie genug Zeit, um einfach nur zusammenzusein, um einander wortlos und mit ein paar kleinen Gesten, die so beredt von ihrer Zuneigung zueinander sprachen, zu genießen.

Nicht genug Zeit.

Wieviel Zeit bleibt uns noch? fragte sie sich.

Nicht genug.

Angel wandte ihren Blick der alten Kletterrose zu. Eine einzige wunderschöne Rose war noch übriggeblieben, purpurrote Blütenblätter, die samtweich in der warmen Nachmittagssonne schimmerten.

Sie schloß die Augen und fragte sich, ob die zarte Rose wohl wußte, daß der Winter mit jedem Sonnenuntergang näher rückte.

Hawk beugte den Kopf und küßte behutsam Angels Lippen. Er fühlte ihre Sorge, wußte, woher sie kam, konnte aber dennoch nichts tun, um sie zu zerstreuen.

Der Gedanke, wie sehr er Angel weh tat, zehrte an ihm, ließ ihn auf eine Weise bluten, wie er es nie für möglich gehalten hätte. Er wußte, daß er sie nur um so tiefer verletzte, je mehr Zeit er mit ihr verbrachte und je mehr sie seiner Unfähigkeit, sie so zu lieben, wie sie geliebt zu werden verdiente, ausgesetzt war.

Jeden Tag nahm sich Hawk vor fortzugehen, Angel freizugeben und aufzuhören, ihr Schmerz zuzufügen.

Und jeden Tag erwachte er aufs neue mit einem Engel in den Armen. Ein Engel, der zu ihm aufblickte und lächelte. Und dann wußte er, daß er sie einfach nicht verlassen konnte.

Noch nicht.

Er wollte nur noch ein paar Stunden länger das unvergleichliche Wunder ihrer Liebe auskosten.

»Wo sollen wir anfangen?« fragte Hawk, während er den Mund gerade weit genug von ihren Lippen löste, damit sie antworten konnte.

»Im Zentrum«, murmelte sie und rieb ihre Lippen an seinen. »Ich kenne einen Pfad durch die Büsche. Dort drinnen, in der Mitte, wachsen die süßesten Beeren. Umgeben von Dornen.«

»Und Mücken?«

»Ein paar schon«, lachte Angel. »Nichts ist umsonst, schon vergessen?«

Hawk lächelte. »Nein, ich hab's nicht vergessen. Und deshalb habe ich Anti-Mückensalbe mitgebracht. Ich will nicht, daß außer mir noch jemand in deine zarte Haut beißt.«

Angel fühlte einen sinnlichen Schauer. Je öfter Hawk sie berührte, desto mehr sehnte sie sich nach ihm. Sie wurde seiner Liebe nie müde, wollte ihn sooft es ging in sich fühlen.

»Sie steckt in meiner Tasche«, sagte er. »Würdest du sie bitte rausholen?«

Er hielt ihr die Hände mit den Eimern und dem Picknickkorb hin, eine wortlose Geste, die sagen sollte, daß er selbst beim besten Willen nicht dazu in der Lage war.

Zuerst probierte es Angel in den Gesäßtaschen seiner Jeans, wo sie die Salbe verstaut haben würde, wenn sie dran gedacht hätte, eine mitzunehmen. Nichts. Sie versuchte es in seinen Vordertaschen, schob ihre schlanken Hände mühsam in den engen, ausgebleichten Stoff.

»Nichts«, sagte sie.

»Such weiter«, sagte Hawk, und sein Schnurrbart verzog sich zu einem leisen, versteckten Lächeln. »Du findest sie schon.«

Ein paar Sekunden lang nahm Angel Hawk beim Wort und wühlte in seinen engen Taschen herum. Dann spürte sie auf einmal die Hitze und Härte, die sich zwischen seinen Schenkeln wölbte.

»Du willst mich bloß quälen«, sagte sie und versuchte vergebens, ärgerlich auszusehen.

»Ich hätte schwören können, daß ich derjenige bin, der hier gequält wird«, sagte Hawk mit tiefer, lachender Stimme. Da bewegte sich Angels Hand auf einmal in seiner Tasche und nahm ihm den Atem.

»In meiner *Brust*tasche, Angel.«

Ihr unschuldiges Lächeln wurde durch das übermütige Funkeln in ihren Augen Lügen gestraft. Langsam, ganz langsam, zog sie die Hände wieder aus seinen Taschen.

Die Mückensalbe befand sich tatsächlich in der Brusttasche von Hawks Flanellhemd. Sie rieb zuerst ihn und dann sich selbst mit der stark riechenden Lotion ein. Dann steckte sie das kleine Fläschchen wieder in seine Tasche zurück – in seine vordere Jeanstasche.

»Die Salbe hilft nur gegen Mücken, das ist dir hoffentlich klar«, meinte er.

»Gott sei Dank«, erwiderte sie und lächelte auf so einladende Weise, daß seine Augen zu funkeln begannen.

Dann wandte sie sich ab und rannte auf die Himbeerbüsche zu. Der Klang von Silberglöckchen begleitete ihren anmutigen Lauf.

Einen Moment lang stand Hawk nur da und blickte der graziösen Gestalt nach. Ein Hunger brannte in ihm, so quälend, daß er sich nicht allein mit sexueller Lust erklären ließ. Und dann rannte auch er, trotz seiner Lasten, leichtfüßig auf die Büsche zu.

Er verlor Angel auf dem gewundenen Pfad rasch aus den Augen, aber das süße Bimmeln ihrer Silberglöckchen sagte ihm, daß sie nicht weit war.

Er holte sie auf einer Lichtung ein, auf der die Himbeeren teilweise noch nicht ganz reif waren. Die Luft war erfüllt von dem zarten Duft der Beeren. Ein sanfter Wind strich durch die Blätter. Zweige beugten sich schwer unter der Last reifer, roter Früchte, und das saftige grüne Blätterwerk zitterte im goldenen Sonnenlicht.

»Derry hat recht«, sagte Hawk und sah Angel an. »Du kennst wirklich die schönsten Plätze auf der Insel. Oder vielleicht liegt es ja auch daran, daß du Schönheit an jeden Ort bringst.«

»Es muß an dir liegen«, sagte sie mit leicht erstickter Stimme. »Ich kann mich nicht erinnern, das alte Anwesen je so schön gesehen zu haben.«

Sie nahm ihm die leeren Behälter ab und sah zu, wie er die Decke ausbreitete und den Picknickkorb in den Schatten stellte. Als er zurückkam, streckte sie ihm wortlos ein Eimerchen entgegen. Dann verflocht sie ihre Finger mit seinen und führte ihn zu den Büschen, die am üppigsten mit Beeren behangen waren.

»Beerenpflücken ist eine Mischung aus Muschelsammeln und Krebsefangen«, erklärte Angel. »Himbeerbüsche können einem genauso zusetzen wie Krebse, wenn man nicht aufpaßt.«

»Schon wieder nichts umsonst?« fragte Hawk trocken.

»Nichts ist umsonst«, stimmte sie zu. »Die erste Regel beim Beerensammeln lautet, daß, wenn sie leicht zu erwischen wären, schon vor dir jemand alles leergepflückt hätte.«

Hawk lächelte. »Sonst noch irgendwelche Regeln?«

»Iß nicht mehr, als du sammelst, denn sonst wird dir schlecht.«

»Hast du wohl aus bitterer Erfahrung gelernt, was?« riet er.

»Wie sonst?«

Angel zeigte Hawk, welche Beeren die besten waren. Reif, aber nicht matschig, fest, aber nicht mehr grün. Sie pflückten Seite an Seite, in zufriedenem Schweigen.

»Ist die da reif?« fragte Hawk nach einiger Zeit und hielt Angel eine Himbeere hin.

»Läßt sich nur auf eine Art feststellen.«

Sie öffnete erwartungsvoll den Mund. Lächelnd schob ihr Hawk die Beere zwischen die Lippen. Sie schnalzte mit der Zunge.

»Ein bißchen sauer«, sagte sie.

Angel entdeckte einen Zweig in der Nähe, der sich nur so bog unter den reifen, schweren Früchten. Sie pflückte die saftigste und ging damit zu Hawk.

»Probier die mal«, sagte sie.

Hawk saugte die Himbeere von Angels Fingerspitzen, wobei er abschließend mit der Zunge über ihre zarte Haut leckte. Er schloß die Augen und stieß ein wohliges Seufzen aus.

»Schmeckt wie du«, murmelte er. »Einfach unglaublich.«

Er öffnete stumm fordernd den Mund. Angel ließ noch eine Himbeere hineinplumpsen. Das Spiel wiederholte sich mehrmals, bis sie sich lachend auf die Zehenspitzen stellte und seine erwartungsvoll geöffneten Lippen küßte.

Der Geschmack nach Hawk und nach Himbeeren überwältigte Angel ganz plötzlich. Sie klammerte sich an ihn und küßte ihn wild und leidenschaftlich. Als sie sich schließlich voneinander lösten, waren sie beide außer Atem.

»Wie viele davon braucht Mrs. Carey?« fragte er mit Feuer in den braunen Augen.

»Eimerweise.«

Hawk stieß einen leisen Fluch aus.

»Dann machen wir uns wohl besser an die Arbeit«, sagte er und gab Angel zögernd frei.

Rasch fingen sie wieder an zu pflücken, wobei sie sich immer wieder verstohlene Seitenblicke zuwarfen. Sie füllten ihre Eimerchen und leerten sie in einen größeren Behälter.

»Du ißt mehr, als du sammelst«, sagte Angel nach einer Weile.

Hawk sah sie an. Sein Mund war ganz rot von den Beeren, die er sich heimlich wie ein Kind in den Mund gestopft hatte.

»Aber wenn mir schlecht wird«, sagte er, »hab' ich was Besseres fürs Bett als eine Wärmflasche.«

Lächelnd nahm sie ihre Arbeit wieder auf. Dann entdeckte Angel auf einmal eine besonders schöne Himbeere. Dick, rot und saftig funkelte sie fast wie ein Juwel auf ihrer Handfläche. Sie stellte ihr Eimerchen ab und rannte zu Hawk.

»Das ist die perfekteste Himbeere, die ich je gesehen habe«, sagte sie und hielt sie ihm zwischen Daumen und Zeigefinger entgegen. »Mund auf.«

Hawks Blick hing mehr an Angels himbeersaftroten Lippen als an der dicken Beere.

»Du hast sie gefunden«, sagte er. »Sie ist für dich bestimmt.«

»Aber sie trägt deinen Namen.«

Hawks Mundwinkel verzogen sich zu einem zärtlichen Lächeln. Er blickte die glänzende, makellose Himbeere an.

»Ich sehe nichts«, sagte er.

»Weil du nicht richtig guckst«, sagte Angel und ließ die Himbeere in ihre Handfläche rollen. »Siehst du? Genau da. Da steht dein Name.«

Doch alles, was Hawk sah, war die Liebe, die mit Angels Geschenk verbunden war. Langsam senkte er den Kopf und leckte die Beere von ihrer Handfläche. Dann küßte er die Stelle, auf der sie gelegen hatte.

Die Qual, die Hawk empfand, hatte nichts mit der Lust zu tun, aber alles mit dem Engel, der ihn mit Augen voller Liebe anstrahlte.

Er wollte sie fragen, wo sie ihre Sanftmut und Stärke hernahm, wollte all ihre Geheimnisse erfahren, wollte wissen, ob er auch je so würde lieben können wie sie, ebenso süß, mutig und leidenschaftlich. Er öffnete schon den Mund, um zu sprechen, als ihm plötzlich bewußt wurde, daß er das nicht von ihr verlangen konnte.

Also stellte Hawk die einzige Frage, die er stellen konnte, doch Angel spürte die andere, die versteckte Frage, die, die er nicht zu äußern wagte.

»Sind das wilde Himbeeren?« fragte er und ließ seinen Blick über das umliegende Dickicht schweifen.

»Nein. Sie sind verwildert wie eine Hauskatze«, sagte sie. »Menschen haben sie angepflanzt und großgezogen und dann einfach sich selbst überlassen. Die meisten Dinge gehen dabei zugrunde. Einige überleben jedoch ... und zur rechten Zeit tragen die stärksten dieser Überlebenden dann die süßesten und herrlichsten Früchte, die man sich vorstellen kann. Wie du, Hawk.«

Hawk ließ seinen Eimer fallen. Er hob Angel mit einer kraftvollen Bewegung auf die Arme und drückte sie so fest an sich, wie er konnte. Er flüsterte ihren Namen wie eine süße Melodie, flüsterte ihn, bis seine Lippen die ihren in einem Kuß fanden, der sie beide zitternd und schwer atmend zurückließ.

Dann trug er sie zur Decke und entkleidete sie, als ob es das erste Mal wäre, mit Händen, die unendlich sanft waren und einem Mund, der sie wie süßes Feuer verzehrte. Als sie es nicht länger ertragen konnte, kam er zu ihr, erfüllte ihre Seele und ihren Körper, liebte sie auf die einzige Weise, die er kannte.

Genauso war es auch später, in derselben Nacht. Schönheit, die Angel zerstörte und neu erschuf, Tod und Wiederauferstehung in den Armen des Geliebten. Sie liebkosten einander mit derselben Leidenschaft, mit dem gleichen Hunger, ihr Mund ein heißes, süßes Versprechen, unschuldig und wissend zugleich. So huldigte sie seinem Körper, bis er sie an sich riß und sich blindlings in das ekstatische Feuer eines Engels stürzte.

Noch lange, nachdem Angel in seinen Armen eingeschlafen war, lag Hawk wach und beobachtete das Spiel von Mond und Finsternis vor dem Fenster. Dann hielt er den Atem an und zog sich behutsam, um sie ja nicht aufzuwecken, von ihr zurück.

Wenn sie aufwachte, würde er es nicht übers Herz bringen, sie zu verlassen. Er würde immer länger bleiben und immer weiter vom Quell ihrer Liebe trinken, ohne ihr etwas dafür zu geben.

Wenn ich bleibe, werde ich sie zerstören.

Endlose Minuten lang stand Hawk an ihrem Bett und beobachtete seinen schlafenden Engel. In qualvoller Sehnsucht beugte er sich vor, um sie ein letztes Mal zu berühren. Aber er tat es nicht. Seine Hand verharrte einen Moment lang zitternd über ihrem Kopf, über der goldenen Krone ihres Haars.

Dann drehte er sich um und schritt lautlos in die dunkle Nacht hinaus.

Angel wurde von der Sonne geweckt, die über ihr Kopfkissen flutete. Sie murmelte schläfrig und streckte die Arme nach Hawk aus. Ihre Hände griffen ins Leere. Erschrocken fuhr sie hoch und blickte sich um. Und dann erstarrte sie.

Auf Hawks Kissen lag eine kleine, mit einem grünen Bändchen umwickelte Zuckerstange.

Da wußte sie, daß Hawk fort war.

Angel vergrub den Kopf in den Armen und weinte.

26. Kapitel

Derry musterte besorgt Angels bleiches, entschlossenes Gesicht.

»Ich muß nicht unbedingt heute nach Harvard aufbrechen«, sagte er. »Ich warte einfach, bis Hawk mit seinen Geschäften fertig ist und wiederkommt.«

»Aber das ist doch Unsinn.«

Angels Ton war ruhig, doch ihre Augen waren viel zu groß und zu traurig, ihre Haut leichenblaß, fast durchsichtig.

»Bist du sicher?« fragte Derry.

»Ganz sicher.«

Mehr sagte sie nicht. Es gab keinen Grund, ihm zu erzählen, daß Hawk nicht nur gegangen war, um seine Geschäfte abzuwickeln. Derry hatte schon genug Mühe mit dem Umzug quer über den ganzen Kontinent an die Ostküste. Und außerdem mußte er wieder lernen, ohne Krücken zu gehen. Da brauchte er nicht auch noch sie auf seiner Liste von Problemen.

Und es gab keinen Grund für ihn, noch bei ihr zu bleiben. Nicht wirklich. Sie mußte allein sein, glaubte jedoch nicht, daß Derry das verstehen würde.

»Brauchst du noch Hilfe beim Packen?« fragte sie.

»Nö. Matt, Dave und ich haben das gestern erledigt, als ihr beim Himbeerpflücken wart. Hawk meinte, ich soll mir wegen der Möbel keine Gedanken machen, sollte einfach alles so lassen, wie es ist.«

Ein plötzlicher Ansturm von Gefühlen drohte Angel aus der Fassung zu bringen, die sie so mühsam bewahrt hatte.

Es war erst einen Tag her, seit sie und Hawk zusammengewesen waren, sich gegenseitig mit Himbeeren gefüttert und gelacht hatten, die Hände und Münder voll von dem süßen Saft der Früchte, bis die Leidenschaft sie übermannt und sie sich tief und innig geküßt und von einer wilderen, noch süßeren Frucht gekostet hatten.

»Alles, was noch hier ist, ist der Koffer, den ich mit ins Flugzeug nehme«, sagte Derry, »und der ist auch schon gepackt.«

Vor dem Haus ertönte ein Hupen. Einer von Derrys Freunden, der ebenfalls aufs Festland reiste, kam vorbei, um ihn mit zur Fähre zu nehmen. Wieder hupte es.

Angel warf einen Blick auf die Uhr in ihrem Studio. Sie bückte sich und nahm den kleinen Koffer in die Hand, den Derry an der Tür abgestellt hatte.

»Du machst besser, daß du wegkommst«, sagte sie.

»Angie – «

Angel stürzte sich in Derrys Arme.

Lange Zeit standen sie nur da, eng umschlungen.

»Ich liebe dich, Derry«, sagte sie, und ihre Augen schimmerten vor unvergossenen Tränen. »Ich bin immer für dich da, wenn du mich brauchst.«

»Mir ist gar nicht wohl dabei, dich jetzt allein zu lassen«, murmelte er besorgt. »Ich weiß, wie sehr du Hawk vermißt.«

Angel blickte zu Derrys Gesicht auf und las darin seine Liebe für sie.

»Raus mit dir, bevor ich noch über dein frisch gebügeltes Hemd heule«, sagte sie leise und lächelte ihn zitternd an.

Er erwiderte ihr Lächeln und reichte Angel ein Stück Papier.

»Ich bin heute abend ab elf Uhr unter dieser Nummer zu erreichen. Ruf mich an, okay? Ich werde wahrscheinlich ganz schreckliches Heimweh haben.«

Derry küßte Angel rasch, griff dann nach seinem Koffer und eilte den Gang entlang nach draußen. Er hinkte nur noch leicht.

Angel sah ihm so lange nach, bis die Tränen in ihren Augen alles vor ihrem Blick verschwimmen ließen. Dann lief sie zum Strand hinunter und ging so lange spazieren, bis die Dunkelheit sie zum Umkehren zwang.

Erst jetzt, wo er fort war, wurde Angel richtig bewußt, wie sehr sie Hawk liebte. Es kam ihr vor, als würde sie feine Glassplitter einatmen, jeder Atemzug war eine Qual für sie.

Später lief sie eine Weile unruhig im dunklen Haus auf und ab, bis es Zeit war, Derry anzurufen. Danach ging sie in ihr Studio, schaltete sämtliche Lichter an und fing an zu zeichnen. Während die schwarzen Nachtstunden allmählich in graue Dämmerung übergingen, zeichnete und verwarf sie Entwurf für Entwurf, immer auf der Suche nach dem einen, der ihrem Schmerz und ihrer Liebe am besten Ausdruck verleihen und so neue Schönheit aus den Trümmern der Vergangenheit schaffen würde.

Als der Morgen graute, waren ihre Anstrengungen endlich von Erfolg gekrönt.

Sie arbeitete den ganzen Tag lang, vollkommen in ihr Werk vertieft. Sie vergrößerte den Maßstab ihrer Zeichnung, bis ihr Bild ein zwei Meter hohes und ein Meter zwanzig breites Fenster ausfüllen würde, so groß wie das Fenster in ihrem Schlafzimmer.

Mit einem schwarzen Filzstift, der so dick war wie das künftige Bleibett ihrer Kreation, übertrug Angel ihren Entwurf auf starkes Papier. Dann pinnte sie den Papierbogen an die Wand und numerierte jedes Teil entsprechend seiner Farbe.

Die Auswahl des geeigneten Buntglases nahm ebenfalls geraume Zeit in Anspruch. Jedes Stück mußte zu dem braunbronzefarbenen Schichtglas passen, das sie für ihre Hauptfigur ausgewählt hatte. Sie probierte mehrere Schattierungen von Goldglas aus, bevor sie den Ton fand, der ihr zusagte.

Zufrieden ging sie in ihr Schlafzimmer und hielt das Preßglas an das deckenhohe Fenster. Kritisch verfolgte sie den Lichtfluß des Glases, wendete es mehrmals hin und her.

Plötzlich hielt sie inne, wie vom Donner gerührt. Die Härchen auf ihren Armen sträubten sich, als sie in dem außergewöhnlichen Glas die Umrisse eines Lächelns zu erkennen glaubte, das Lächeln einer Frau.

Rasch kreiste Angel die Stelle ein, um sie später herausschneiden zu können. Sie schnitt nie Stücke aus der Mitte einer Glasscheibe, doch diesmal tat sie es. Sie befestigte die Scheibe auf ihrem Leuchttisch und schnitt die goldene Wolke, die als erstes auf ihrem Skizzenblock aufgetaucht war, aus.

Sobald sie damit fertig war, brach Angel eine weitere Regel und machte, entgegen ihrer Gewohnheit, außerhalb ihrer üblichen Reihenfolge weiter. Sie nahm einen feinen Pinsel zur Hand und verlieh den Umrissen ihrer Vision, die sie in der Glasscheibe zu erkennen glaubte, klarere Formen. Die Andeutung eines Lächelns, Augen, die sich langsam zu öffnen schienen, einige wenige elegante Pinselstriche, die den Eindruck von Haar erweckten, das im Wind flattert. Das war alles.

Angel schaltete den Glasofen ein und machte sich erneut an die Auswahl des geeigneten Glases. Sie arbeitete ununterbrochen, stundenlang, bis sie schließlich vor einer schweren Wahl stand. Seit dem Unfall verwendete sie niemals farbloses Glas, da es sie an die Splitter des zusammengedrückten Autos, an Tod und Schmerzen erinnerte.

Doch es gab keinen anderen möglichen Hintergrund für Angels Vision – Kristallsplitter, die sich explosionsartig vom Zentrum des Bildes lösen, einem Falken, der mit ausgestreckten Klauen im Sturzflug vom Himmel hinunterschießt.

Stunden wurden zu Tagen, während Angel arbeitete. Sie aß, wenn sich das Knurren ihres Magens nicht länger ignorieren ließ, und schlief nur dann, wenn ihre Augen nicht länger offen bleiben wollten.

Sie fürchtete den Schlaf, wenn sich Dunkelheit über sie senkte und ihr Herz ebenso leer und einsam machte wie das große, leere Haus. Sie begann, ihre Silberglöckchen Tag und Nacht zu tragen, ließ die winzigen Klagelaute für sie sprechen, ließ sie die stumme Leere in ihrem Innern füllen.

Für den Falken selbst benötigte sie mehrere Tage, denn jede Linie, jede Feder wurde fein säuberlich mit Säure ins farbige Glas geätzt, wobei sie unterschiedlich tief in das Zweischichtenglas schnitt, so daß der fertige Vogel am Ende in allen Schattierungen von Braun und Bronze leuchtete. Das Ätzen erforderte viel Zeit und Geduld, aber Angel vertiefte sich nur zu gerne in den langwierigen Vorgang. Solange sie arbeitete, fühlte und sah sie nichts als das, was sie gerade tat, lebte ausschließlich im Moment ihrer Arbeit.

Schließlich war der Falke fertig. Mehr als siebzig mit Ätzungen versehene Glasstücke lagen schimmernd auf dem erleuchteten Arbeitstisch, jede braune Feder ein fantastisches Netzwerk aus Bronzetönen.

Angel begann, die Stücke zusammenzufügen. Sie nahm den polierten Mahagonirahmen zur Hand, den sie für ihr Bild ausgewählt hatte, und befestigte ihn auf einem großen, ungewöhnlichen Tisch. Er stand auf Rollen und ließ sich kippen wie ein Zeichenbrett.

Die Tischplatte selbst ließ sich herausziehen und der Rahmen senkrecht stellen, so daß das Licht ungehindert durch ihr Glasbild strömen konnte. Angel benutzte diese Vorrichtung, wenn sie an Bildern arbeitete, die zu groß waren, als daß sie sie allein hätte hochheben können.

Sie arbeitete Tag und Nacht, legte nur hin und wieder eine kurze Pause ein, um einen Happen zu essen oder um ein Nickerchen auf dem Sofa in ihrem Studio zu machen.

Und dann hörte sie ganz auf zu schlafen, versenkte sich vollkommen in die Kreation, die vor ihren Augen und unter ihren Fingern Gestalt annahm. Funkelndes Glas, die Andeutung eines Lächelns, ein großer dunkelroter Blutstropfen inmitten schimmernden Goldes, ein schwacher Widerhall dieses Tropfens auf dem Falken selbst, und all das umgeben von einer Explosion harter, scharfer Kristallsplitter.

Schließlich ruhte auch das letzte Glasstück in seinem Bleibett, der Zement war aufgetragen und wieder abgebürstet, jedes bunt schillernde Bruchstück auf Hochglanz poliert worden.

Mit einem Seufzer, der so tief war, daß ihre Ohrringe zitterten und bimmelten, lehnte sich Angel gegen den Tisch. Sie wußte, daß ihre Vision vollendet war, sah sich jedoch außerstande, diese Tatsache zu akzeptieren. Sie war noch nicht bereit, sich der Leere vor und in ihr zu stellen, fühlte nichts als eine abgrundtiefe Erschöpfung.

Sie schob den Rolltisch in ihr Schlafzimmer. Mit zitternden Fingern entfernte sie die Sperrholzplatte und stellte den Rahmen mit dem Glasbild in eine senkrechte Position. Nichts stand nun mehr zwischen ihrer Kreation und der dahinterliegenden dunklen Nacht.

Die Glasscheibe wirkte beinahe farblos, so grau und trüb, wie es in Angels Seele aussah, denn kein Licht erhellte die Scheibe, alles war umgeben von Finsternis.

Sie warf einen Blick auf das Bett, in dem sie nicht mehr geschlafen hatte, seit Hawk gegangen war. Die kleine Zuckerstange, deren grünes Bändchen im künstlichen Licht der Nachttischlampe schwach schimmerte, lag noch unberührt auf ihrem Kopfkissen. Mit einem leisen Aufschluchzen nahm sie die Stange in die Hand, hörte das Knistern der durchsichtigen Plastikverpackung, aber noch deutlicher das Echo von Hawks trostloser Vergangenheit, von dem einzigen Geschenk, der einzigen Freude, die er je in seiner Kindheit erfahren hatte.

Obwohl sie vor Erschöpfung zitterte, konnte Angel den Gedanken an Schlaf und ans Aufwachen danach nicht ertragen.

An den Moment, wenn sie wach wurde und begriff, daß Hawk fort war.

Angel ging wieder zu ihrem Studio zurück. Im Türrahmen hielt sie inne. Zum ersten Mal seit Wochen blickte sie sich um.

Der Raum war ein einziges Chaos. Normalerweise machte sie zwischendurch sauber, wenn sie arbeitete, aber diesmal war ihr das überhaupt nicht in den Sinn gekommen. Zahllose Glasscherben bedeckten den kleinen Arbeitstisch, alles Farben, die sie ausprobiert und wieder verworfen, Stücke, die sie zerbrochen und dann vergessen hatte.

Sie betrat ihr Studio. Stille umgab sie, unterbrochen nur vom leisen Bimmeln ihrer Silberglöckchen, wenn sie sich bewegte.

Angel blieb an dem Tisch mit den bunt schillernden Glasscherben stehen und merkte auf einmal, daß ihr schwindlig wurde. Sie streckte die Hand nach der Tischplatte aus, um sich festzuhalten, doch es war bereits zu spät. Die Platte kippte und schleuderte Angel in einen finsteren Abgrund.

Ein großes schwarzes Auto kam vor dem Ramsey-Haus zum Stehen. Lange Zeit saß der Fahrer reglos im Dunkeln und starrte zu den Lichtern im Nordflügel hinauf.

Hawk hatte sich mit aller Kraft gegen den Drang gesträubt, wieder hierherzukommen, kämpfte noch immer gegen die Tatsache, wieder hier zu sein. Er haßte sich dafür, zu Angel zurückzukehren, ohne ihr mehr geben zu können als vor seiner Abreise. Und doch konnte er nicht länger fernbleiben.

Ein Leben ohne Angel war dem Tod so ähnlich, wie Hawk es sich nur vorstellen konnte.

Langsam öffnete er die Wagentür. Die Gehsteigplatten schimmerten bleich im Licht des Halbmondes. Er bewegte sich geräuschlos, mehr ein Schatten als ein Mann aus Fleisch und Blut. Er hielt inne, drehte am Türknauf.

Die Tür öffnete sich.

Er ging hinein und rief ihren Namen.

»Angel?«

Seine einzige Antwort war der Widerhall seiner eigenen Stimme.

»Angel!«

Die Stille war wie die Nacht selbst, wie ein kleiner Tod.

Abrupt rannte Hawk den Gang entlang zu Angels Studio. Er sah den umgestürzten Tisch, sah das Glitzern von zerbrochenem Glas – sah Angel, die bewußtlos inmitten funkelnder, tödlich scharfer Glassplitter lag.

Er rief ihren Namen, als er bei ihr niederkniete, und seine Stimme klang wie zerbrechendes Glas. Mit zitternden Fingern tastete er nach ihrer Halsschlagader. Als er ihren Puls fühlte, ließ er zutiefst erleichtert den Kopf sinken.

Vorsichtig entfernte Hawk jeden einzelnen Glassplitter von Angels lebloser Gestalt. Als er die letzte bronzefarbene Scherbe weggenommen hatte, sah er, daß Angels Hand etwas umkrampft hielt.

Mit unendlicher Vorsicht öffnete er ihre Finger. Er hatte Angst, einen scharfen Glassplitter zu finden, der ihre Handfläche zerschnitt. Aber es war nicht Glas, was er fand, sondern eine Zuckerstange, die mit einem grünen Bändchen umwickelt war.

Zum ersten Mal, seit er ein Kind gewesen war, ließ Hawk den Kopf sinken und weinte.

Angel erwachte nicht, als Hawk sie entkleidete und zum Bett trug. Genausowenig rührte sie sich, als Dr. McKay sie untersuchte und Hawk mit mürrischer, verschlafener Stimme bestätigte, was er ohnehin bereits vermutet hatte. Angel hatte sich so unbarmherzig angetrieben, daß ihr Körper schließlich rebelliert und sie in einen tiefen, längst überfälligen Schlaf hatte versinken lassen.

Hawk zog sich ebenfalls aus und schlüpfte zu Angel ins Bett. Er zog sie in seine Arme und umgab sie mit seiner Wärme. Seine klaren braunen Augen wachten die ganze Nacht lang über ihrem schlafenden Gesicht. Er beobachtete sie selbst noch, als die kräftige Morgensonne die Berggipfel erklomm und Licht durch das

Schlafzimmerfenster fluten ließ, Licht, das das große Buntglasbild schlagartig zum Leben erweckte.

Funkelnde Kristallsplitter zerschnitten das Sonnenlicht in alle Farben des Regenbogens. Fantastische bunte Schatten krochen durchs Zimmer, bis sie Angel mit ihren Fingern erreichten und in ein wundervolles, märchenhaftes Licht tauchten.

Abgelenkt von den tanzenden Lichtschatten, wandte Hawk den Blick von Angels farbüberhauchtem Gesicht ab und auf die riesige, funkelnde Glastafel.

Und dann erstarrte er, vergaß zu atmen, vergaß alles bis auf die bunte Scheibe, so stumm und dennoch so unglaublich lebendig.

Ein Falke, der aus dem klaren Himmel schießt. Eine seiner Klauen grub sich in eine goldene Wolke. Dort, wo die Klaue die Wolke durchstach, quoll ein großer, dunkelroter, leuchtender Blutstropfen hervor.

Und da war noch etwas ... etwas in der Wolke selbst.

Das Rätsel der goldenen Wolke, die Faszination und Schönheit des ganzen, herrlichen Bildes zogen Hawk unwiderstehlich in ihren Bann. Er stand auf und trat an die Glastafel heran. Noch während er darauf zuging, erkannte er die ersten fast geisterhaften Linien, goldenes Haar, das im Wind flatterte.

Als nächstes nahm er leicht schräg stehende Augen wahr, eine Verschmelzung von Licht und Schatten, die sich von Augenblick zu Augenblick veränderte, immer in Bewegung und unglaublich lebendig. Ihr Lächeln war rätselhaft, konnte sowohl Qual als auch Ekstase bedeuten oder eine erschreckende Kombination aus beidem.

Hawk stieß einen erstickten Laut aus und beugte sich vor. Er starrte den roten Blutstropfen an, der aus der Wolke hervorquoll, dort, wo die Klauen des Falken das zarte Gebilde durchbohrten.

Tief eingeätzt in den purpurroten Blutstropfen war eine wunderschöne Rose.

Einen Moment lang schloß Hawk die Augen aus Angst, noch

mehr zu sehen. Aber er wußte, daß er weiterschauen mußte. Er konnte dem Falken nicht ausweichen, weder seiner Kälte und Grausamkeit noch den Krallen, die sich in die wehrlose Wolke gruben.

Langsam öffnete er die Augen und stellte sich Angels Vision von ihm.

Der Falke war unvergleichlich.

Eingefangen im wilden Sturzflug, schimmerte der Raubvogel in allen Schattierungen von Bronze und Braun. Kraft, Grazie und Schnelligkeit sprachen aus jeder Linie seiner Schwingen und seines Körpers, aus der ausgestreckten Kralle und aus dem Topasauge, das seine Beute fixierte.

Doch da war noch etwas, etwas so Winziges, daß es im Feuer der größeren Teile fast unterging.

Eine blutrote Träne quoll aus dem Auge des Falken.

Schweigend trat Hawk noch näher heran und starrte den winzigen Tropfen an. In seine Oberfläche war der Hauch einer winzigen Rosenknospe geritzt, mehr Andeutung als Realität, mehr Hoffnung als Gewißheit. Doch die aufkeimende Knospe lehrte Hawk mehr über die Liebe, als er sich je zu erträumen gewagt hatte.

Er starrte die blutrote Träne so lange an, bis sie vor seinen Augen verschwamm. Er glaubte nicht an Liebe, und dennoch hatte er sie wieder und wieder in seinen Armen gehalten, hatte sie seinen Namen seufzen gehört, hatte ihre Ekstase gefühlt, heiß, süß und furchtlos ...

Und dann hatte er sich abgewandt und war geflohen, aus Angst, selber Liebe zu empfinden.

All das erkannte er jetzt, sah es ebenso deutlich wie die Sonne, die das Glas mit ihrem Licht übergoß, die Scherben der Vergangenheit in etwas so unvorstellbar Schönes verwandelte, daß es ihm das Herz und die Seele zerriß und so neuen Raum schuf für die Liebe.

Regungslos nahm Hawk Licht und Farben in sich auf, so lange, bis ihn das leise Bimmeln von Silberglöckchen aus seiner

Erstarrung riß. Als er sich umdrehte sah er, wie Angels Hand unruhig über das Bett glitt, als ob sie nach etwas suchte.

Mit einigen wenigen lautlosen Schritten war er wieder am Bett und glitt neben sie unter die Decke. Er zog Angel in seine Arme und verstand endlich, warum er zurückgekehrt war.

Liebe war ein Engel, der einen Falken genug liebte, um ihm alles zu geben, der alles riskierte, in der Hoffnung, daß sogar ein Raubvogel irgendwann zu lieben lernte.

Er hatte ebenfalls gelernt, daß der Falke weder kalt noch grausam war, sondern nur das Instrument, um den Engel erwachen zu lassen, ein Erwachen, das sowohl qualvoll als auch wunderschön war. Und der Falke teilte diese Schönheit, teilte den Schmerz mit dem Engel.

Und das Erwachen.

Silberglöckchen klingelten und seufzten, als Angel sich instinktiv enger an Hawks nackten, warmen Körper schmiegte. Er küßte sie sanft und zärtlich.

Ihre Augen öffneten sich. Ungläubigkeit und fassungslose Hoffnung spiegelten sich in ihren grünen Tiefen.

Hawk beugte den Kopf über Angels goldene Haarfülle.

»Hawk ...?«

»Ich liebe dich, Angel.«

Hawks Mund verschmolz mit Angels warmen, süßen Lippen, verschmolz in einem Kuß, den er nur unterbrach, um ihr wieder und wieder von seiner Liebe zu flüstern, einer Liebe, die von ihren weichen Lippen mit Worten und Liebkosungen erwidert wurde, bis er sich mit ihr vereinte.

Mit langsamen sinnlichen Bewegungen entdeckten sie aufs neue, was sie verloren geglaubt hatten, zwei Körper, die miteinander verschmolzen und einander neu erschufen, Worte, die sich zu Lauten der Ekstase formten, Erfüllung, wo zuvor nur Leere geherrscht hatte.

Und dann wurden die Laute wieder zu Worten, ein geflüstertes *Ich liebe dich* inmitten zart seufzender Silberglöckchen.

Umhüllt von einem sanften Farbenrausch lagen sich die Frau,

die keine Lügen kannte, und der Mann, der endlich Wahrheit gefunden hatte, schlafend in den Armen. Beide waren von einem tiefen Frieden erfüllt, dem Frieden, den nur die heilsame Kraft der Liebe schenken kann.